长篇小说

母亲父亲和儿子

请珍惜和爱护我们今天所处的和平稳定的社会环境，热爱我们的正在奋发图强，蒸蒸日上的繁荣昌盛的富有中国特色的社会主义祖国，为实现中华民族伟大复兴的中国梦而努力奋斗！

苑 丁◎著

中国文联出版社
http://www.clapnet.cn

图书在版编目（CIP）数据

母亲父亲和儿子 / 苑丁著. -- 北京：中国文联出版社，2016.6

ISBN 978-7-5190-1675-3

Ⅰ.①母… Ⅱ.①苑… Ⅲ.①长篇小说—中国—当代 Ⅳ.①I247.5

中国版本图书馆 CIP 数据核字（2016）第 139354 号

母亲父亲和儿子

作　　者：苑　丁

出 版 人：朱　庆

终 审 人：奚耀华　　　　复 审 人：蒋爱民

责任编辑：胡　笋　　　　责任校对：傅泉泽

封面设计：中联华文　　　责任印制：陈　晨

出版发行：中国文联出版社

地　　址：北京市朝阳区农展馆南里 10 号，100125

电　　话：010-85923039（咨询）85923000（发行）85923020（邮购）

传　　真：010-85923000（总编室），010-85923020（发行部）

网　　址：http：//www.clapnet.cn　http：//www.claplus.cn

E - mail：clap@clapnet.cn　　hus@clapnet.cn

印　　刷：北京天正元印务有限公司

装　　订：北京天正元印务有限公司

法律顾问：北京天驰君泰律师事务所徐波律师

本书如有破损、缺页、装订错误，请与本社联系调换

开　　本：710×1000　　1/16

字　　数：296 千字　　印　张：16.5

版　　次：2016 年 6 月第 1 版　　印　次：2016 年 6 月第 1 次印刷

书　　号：ISBN 978-7-5190-1675-3

定　　价：49.00 元

目　录

CONTENTS

一

强强今年八岁了，他和其他孩子一样好动好玩，其玩心之重，比其他孩子有过之而无不及。强强和孩子们在一起玩得特别认真，也特别专心。有时候竟玩得不知归家，害得母亲四处寻找，大声呼叫，才能把他找着。强强就是一个人独自玩耍时，也是那么执着，那么痴心。他或在菜花丛里捉蜜蜂；或在树根下挖知了；或蹲在地上几小时不动，专心致志地观看蚂蚁搬家运物；或是像猴一样，爬到桑树上采摘桑果。他的嘴染紫了，手抹黑了，就连圆圆的小脸蛋上，也抓出了一道道紫色的指纹，活像一只老猫一样，蹲在桑树上，布防捕捉鸟虫似的，小心翼翼地东张西望，寻找熟透了的桑果，看了令人捧腹大笑。

强强常常玩得忘了回家吃饭。等到母亲千呼万唤，好不容易把他找回来，逼着他看着他吃完饭，只要母亲眼睛一眨，不提防他又一溜烟跑得无影无踪，出去玩去了。母亲再怎么喊叫呼唤，他都不答应不理睬，任凭你怎么探访寻觅，也不见他的踪影，母亲无可奈何，只得由他去疯去玩了。

近日来，母亲不找强强，也不四处喊叫呼唤强强了，强强反而不出门玩了。人们都觉得很蹊跷，也感到有点奇怪。其实，强强是没有心思去玩了。因为母亲生病了，他还能离开和他朝夕相处的母亲去疯去玩吗？他要陪着母亲说说话，不让母亲寂寞孤独，抑郁苦闷。他要照顾生病的母亲。母亲要喝水，他去倒了端来给母亲喝；母亲腰酸腿痛，他就给母亲捶腰揺腿。母亲看着这么听话懂事的儿子，打心里高兴喜欢。

母亲一会儿摸摸儿子的红扑扑的圆脸蛋；一会儿又紧紧抓住儿子的一双肉滚滚的小手，倍加疼爱地看着儿子。强强是个多么可亲可爱的孩子。谁说这孩子命硬，母子相克呢？这简直是嚼舌头根子，胡说八道。谁能保住自己一生一世不生灾害病呢？

早几天，村里走了一位八十多岁的老大爷。母亲曾经带着强强在逝去的老大爷的灵前作了揖，叩了头，讨要了一顶白纱布孝帽。说是戴着孝帽给逝者作揖叩头，就可以冲喜、消灾、避祸。这是因为母亲听了巫婆的一番鬼话后，极不放心才这么做的。

那天，母亲看见强强在门外玩得憨得满头满脸大汗，就一把拽住他，替他脱了件外套，又替儿子强强擦拭满头满脸的汗水。这时，一个陌生的女人笑嘻嘻地走到母亲面前，神秘兮兮地看看强强的脸，又瞅瞅母亲的脸，显出一脸惊异诡秘的神情，阴阳怪气地说，孩子和母亲两人的眉宇间都透着一股挥之不去的阴气和邪气。母亲听了不以为然地笑笑，没有作声。那个女人见母亲不相信，先是说你们不要把别人的“好心肠当作驴肝肺”，继而又摆出一副十分严肃认真的面孔叮嘱母亲，要母亲一定要重视要注意，不能马虎大意，不能当儿戏，否则会后悔莫及的。那个女人为了让母亲坚信无疑，从包里拿出一张黄色草纸和一瓶看似无色的水，说是要测试给母亲看。母亲想，你这样就能看出一个人有没有灾祸啦？母亲倒要看看这个女人玩什么鬼把戏，搞什么鬼名堂？那个女人自我介绍吹嘘说，她是一位有名的巫医，在当方已经替很多人驱了邪，消了灾，避了祸。巫医要母亲看清楚，她手里拿的是一张草纸和一瓶清水。然后她让母亲把两只手伸出来，将瓶里的水涂在母亲的手指上，再将母亲的手在草纸上按了一下。巫医拿着草纸迎着阳光一照，草纸上立刻显出十条血红的指印。巫医故意伸了伸舌头，显出一脸的惊慌失措的样子，告诉母亲，说什么你们母子将有血光之灾，凶难临头了。母亲虽是个大家闺秀，可她长期生活在一个穷苦农民的家里，已经铸炼成一个典型的农家妇女。她哪里能识别巫医的魔法骗术？她眼见这种情况，竟也惊慌惧怕得脸色煞白，目瞪口呆，不知所措，半会儿说不出话来。等到母亲缓过气来，回过神来，女巫又煞有介事地假惺惺地安慰母亲。巫医要母亲不要着急，不要惊慌，只要破点财就能驱邪、消灾、避祸了。母亲家里一贫如洗，哪来的财呢？母亲心里虽然着急，但她也无可奈何，只得举目望天，默求上苍保佑。

这时女巫突然哈气连天，像大烟鬼一样，萎靡不振，喉管里发出“咕咕”的声响。母亲看见女巫脸色蜡黄，眼睛微闭，闪着微弱的像夜晚的鬼火一样的蓝光，嘴里不断地哺气，形骸怪异，神情诡秘，令人惶怵不宁。继而，女巫又突然从喉管里逼出隐隐约约，含含糊糊，语意不清的话语，说她是某某大山里的大仙菩萨，是奉命来普度众生的。她要母亲破财共香，潜心修炼就能消灾避祸。女巫的那种怪怪的声音，那种怪异的形态，那种语意不清的言辞，令人毛骨悚然。母亲抖抖颤颤，栖栖惶惶走进卧室。母亲想，家里没有什么值钱的东西了，唯一值钱的，就是她做姑娘时戴的银手镯。那年婆母死得很惨，她拿了一只兑了些钱，买了一口像样的棺木收敛安葬了婆母。眼下她毫无办法，母亲为了她对大仙菩萨的笃信虔诚，就毫不迟疑地拿出剩下的这只银手镯，恭恭敬敬地交给了那个女巫，说是买些香烛敬奉大仙菩萨，求吁神灵保佑她一家人平安无事。

女巫接了银手镯，暗笑着随母亲进了屋。女巫让母亲舀来一碗清水，她从黄色香包里拿出一炷香和一张黄表纸。女巫点燃了香，一只手拿着举过头顶，嘴里念念有词，在堂屋里顺转三圈，倒转三圈，然后把燃香靠在门槛上，对着香火作了三个揖，再将手一挥说："去也!"接着女巫用嘴含了一口清水，将黄色表纸点燃，待到黄表纸燃尽时，立刻把纸灰抛向空中，凝神屏气，将嘴里的清水喷射出去，一股水雾裹着纸灰飘落下来，又叫了一声："去也!"最后，女巫神神秘秘地交代母亲，村里老了人，带着儿子到逝者的灵前叩头作揖，讨顶孝帽戴戴，就可以驱邪、消灾、避祸了。

自此以后，母亲总是疑疑惑惑。她觉得这事不能全信，也不能不信。她已经破了财驱了邪，带着儿子强强讨了孝帽磕了头，消了灾，避了祸。这样能不能驱邪，能不能消灾、能不能避祸？母亲还是将信将疑，心里总感到不踏实。多日下来，她吃不香，睡不好。母亲心烦意乱，郁郁不乐，担惊受怕，终于体力不支，躺下了病倒了。

二

母亲门前遇巫医化符驱鬼，破财消灾，以及母亲领着儿子强强在逝者灵前跪讨孝帽，驱邪、消灾、避祸的事情，像秋风扫落叶一样，吹得四到八处，传得沸沸扬扬，尽人皆知。村里人议论纷纷，说母亲属鼠，儿子属鸡，鸡啄鼠，鼠咬鸡，母克子，子克母，娘儿相克，绝非好事。自此以后，人们到了一起，常常神秘兮兮，颠头簸脑，窃窃私语，说强强两岁时差一点被他母亲克死；儿子强强出世时，母亲就昏死过去了，险些送了性命，至今母亲还病蔫蔫的。他们母子俩照这样相克下去，不是好兆头。

想起儿子强强出生时的情景，母亲至今还有点心悸后怕。八年前的一个初春，“春打六九头”嘛，虽说是到了河边插杨柳的季节，可是封冻的大地还没有开阳，凛冽的寒风，吹在人们的身上脸上，透过肌肤侵入骨髓，如针扎刀割一样的生疼难受。这就是人们所说的“春冷如刀刮”吧。这天晚上，丝丝寒风从塌墙烂院的墙隙门缝里挤进草屋，孩子们和母亲都感到特别寒冷，一个个都藏头缩脑，以御寒抗冷。

母亲招呼孩子们吃了晚饭，挺着大肚子围着锅台洗碗刷锅。这时候，母亲感到肚子有点隐隐作痛，她立刻意识到她快要临产分娩了。于是她自言自语地嘟哝了一句：“鬼东西，早不来迟不来，偏偏在这时候来！”

三岁的冬冬听到了，跑来抱住母亲的大腿天真地问道：“妈妈，是爸爸要回来吗？”

“嗯。”母亲不经意地说，“你去睡觉，等爸爸回来了，我叫你。”

是呀，一个女人，而且是一个快要分娩的女人，多么需要孩子的爸爸待在她的身边呢！

母亲已经生了四个孩子：第一个孩子今年十岁，叫天明；第二个孩子是个女孩，今年八岁，叫天蓝；第三个孩子叫天亮，刚六岁；第四个孩子才三岁叫天冬，小名叫冬冬。母亲生这四个孩子时，都有婆母强王氏守在她身边。婆母强王氏过去是她的奶娘，人好又有经验。婆母像对待亲生女儿一样，关心、爱护、照顾母亲，自己的男人不在身边倒也没什么担心害怕的。可是如今婆母已经不在人世了，自家又是单门独户，孩子们都还小，母亲分娩时身边没有个人关心照料怎么能行呢？在这紧要关头，母亲多么希望自己的男人——孩子他爸爸守在自己身边呢！

母亲的肚子越来越痛，而且越来越痛得厉害了。她把锅碗草草地洗刷完毕，肚子痛得更厉害，她深知分娩是挨不过这一晚了。她想，女人分娩产子是一件非常危险的事情，她娘陆俊霞就是生她时难产送了性命的。她该不会跟她娘一样吧？她认为她娘陆俊霞是生头一胎，因为难产送了性命。她已经生过几个孩子，都很顺利，而且都相安无事，这回生孩子也不会有问题的。不过她知道女人生孩子就是闯鬼门关，要注意，慎重些还是必要的。可是，身边没有个人怎么办呢？在当务之急，无法可想的时刻，母亲给孩子们摊派任务了。母亲让大儿子天明到村西边徐云豹财主家去叫他的做长工的爹；叫天蓝和天亮两人到村北——后村去请五婶，因为五婶和母亲相处得很好。可是孩子们都不肯去，都说是怕狗咬。母亲毫无办法，只得听天由命了。既然孩子们不肯去，母亲就让孩子们坐在堂屋里，不许他们乱动。母亲想，这样也好，孩子们的火气旺，火焰高。人们传说，有火焰高的人擋在产房门口，凶神恶鬼就不敢靠近。母亲自己就关了房门准备分娩了。

后来，不知怎么的，孩子们都分头去叫爹请五婶去了。这也许是婆母在九泉之下有知有灵，引领着孩子们去叫爹请五婶去了；也许是母亲在房间里传出来的惨烈痛苦的呻吟和撕心裂肺的喊叫，激起了孩子们对母亲的关爱和怜悯，壮着胆子去喊爹请五婶去了。

天明怯生生地来到了徐府门前，只见高大深邃的楼房，两扇漆黑的大铁门敞开着，天明心里害怕不敢进去。一条黑色紧毛狗朝他走来了。天明吓得想跑开，但他不敢跑，因为他听人说，遇着恶狗不能跑，你跑得快，它追得紧咬得凶。天明胆战心惊地站着没有动，也不敢动。谁知这条黑狗没有咬他，反而用鼻子闻闻他的脚，用舌头舔舔他的小手，哼了两声就进去了。原来，这条黑色紧毛狗是天明的父亲强震虎把它从小养大喂大的。可能天明身上有同他爸爸一样的气息，所以黑狗把天明当成自己人了，也非常友好。不一会儿，黑狗拽着强震虎的衣角来到大门口。天明的爸爸强震虎见到儿子天明后，心里一惊，急切地问道："天明，是你妈妈病了吗？"

天明见到亲人流下了眼泪，点点头说："妈妈肚子疼。"

强震虎心里明白，二话没说，火急火燎地搀着儿子天明像小跑似的往家里赶来。这时候，五婶一手拉着天蓝，一手牵着天亮也急火火地赶来了。

强震虎和五婶见屋里毫无声息，心里有点慌，赶忙推开房门，见孩子的母亲靠在床边，已经昏死过去，急忙把她抬到床上。强震虎立刻施行了急救，猛掐母亲的人中。过了一会儿，母亲才缓过气来，苏醒过来。母亲哼了一声，睁开了眼睛流下了眼泪。强震虎悬着的一颗心，这才落了地。

五婶见刚生下的可怜苦命的孩子气息奄奄地躺在脚盆里，就将孩子托起来，用一件衣服把可怜的孩子包裹起来，放在五婶自己的怀里，用自己的体温，温暖已经冻紫了的可怜的气息奄奄的孩子。半个小时过后，孩子终于“哇”的一声啼哭了。

五婶欣喜地把孩子塞到母亲的怀抱里。母亲十分疼爱地搂着孩子，贪婪地看着孩子；孩子闻到了亲娘的气息，霎时间止住了啼哭，也睁着小眼睛瞅着他的亲娘。真是“此时无声胜有声”，就这样，母亲看着刚出生的孩子；孩子瞅着刚见面的母亲。从他们母子俩满含热泪的眼神里，都传递出了一种谁也缺少不了谁的那种感受和深情。

强震虎见到这种情景，很受感动，也热泪盈眶地用手抚摸着孩子。他想，孩子在如此恶劣的环境下竟然顽强地挺过来，存活了下来，这孩子真是命大福大，感到特别欣慰。于是强震虎就给孩子取名叫天强，小名叫强强。

五婶见他们母子都平安无事了，又帮着忙了一会儿，安慰了母亲几句，并交代孩子们要照顾好母亲，便放心地走了。

这一夜，强震虎悉心照料着他们母子，一夜相安无事，也就放心了。虽然他这一夜没有睡好，但天一亮以后，他给孩子们作了安排和交代，自己又无可奈何地依依惜别地离开了夫人和孩子们，到徐云豹家当他的长工去了。

三

强震虎告别了妻儿无可奈何地走了。五婶也常来看望紫芸他们母子，关照孩子们，指导孩子们如何照顾服侍好母亲。

母亲躺在床上也交代孩子们去做事。孩子们也懂事，穷人的孩子早当家嘛，他们都能把事情做得亭亭当当。母亲看了也很满意快慰，但也深感苦了孩子们。

母亲看着怀中的孩子强强，十分感慨地自言自语地说："我的乖儿子，要不是你的哥哥姐姐们去叫你爹，去请五婶，娘一定是带你见你奶奶去了！"

这时候，母亲有点感激孩子们了，但她更恨自己的父亲徐云豹了。她觉得徐云豹是一个草木身躯，榆木脑袋之人，既无情又无义。其心比蛇蝎还毒，其行比虎狼还狠。

母亲叛逆了她的家庭和父亲徐云豹，拼死拼活嫁给了自己的奶娘的儿子，徐云豹家的长工强震虎。徐云豹看看女儿病得无药可治，在无可奈何的情况下，气不过硬逼着强震虎给他做十五年长工，作为迎娶他女儿的聘礼，依照赵郎中"解铃还须系铃人"的处方，让强震虎把他女儿娶回去了。对于徐云豹这样歹毒心狠的做法，母亲非常气恨！

母亲叫徐紫芸，强震虎只比她大十个月。强震虎是当年八月初生的，紫芸是下一年五月生的。紫芸是徐云豹的大姨太的女儿。大姨太叫陆俊霞。陆俊霞那年年方一十八岁，身材苗条，脸蛋清秀，肌骨莹润，是当方少有的貌美可人的女子。陆家家境贫寒清苦，租了徐云豹家的几亩地耕种着。那年由于老天不从人愿，常年不下雨，干旱严重，以至于田里缺收，陆家交不出地租。徐云豹就动了邪念色心，硬逼着陆家将女儿陆俊霞抵押给他做老婆，那些租金就算聘礼金了。陆家无计可施，无法可想，于是就只好同意了把女儿陆俊霞嫁给徐云豹。谁知徐云豹是个"吃着腕里的，看着锅里"的小人，是个朝三暮四的伪君子，没有多少日子，他又一连娶了两房媳妇。徐云豹是个贪财如命的人，是一个忘情负义的人，他哪里看得起寒门出生的大姨太陆俊霞呢？陆俊霞被他玩够了怀孕了，徐云豹喜新厌旧，在漂亮无比，美若天仙的三姨太的淫威下，逼迫下，他把大姨太陆俊霞打入了冷宫。陆俊霞怀着紫芸熬着冷清凄苦的日子。她要临产了，徐云豹不闻不问，漠不关心。那年代女人生孩子就是闯鬼门关，闹不好就去了阎王殿。当初，紫芸出生时，由于陆俊霞难产，在床上大喊大叫了三天三夜，都没有把孩子生下来。乡村接生婆无计可施，无法可想，急得满头大汗。接生婆问徐云豹说："徐老爷，你看怎么办？"

财大气粗的徐云豹身高马大，穿着黑色长衫，外套一件闪闪发亮的绸缎背心。他不戴瓜皮帽，却留着一头披肩长发，发起怒来，摆动着披肩长发，就像一头奋威咆哮的公狮一样，怒吼着震颤着他的长鬃，威猛凶狠得令人可恶可怕。徐云豹娶了三房姨太太，最得宠的是年轻漂亮的三姨太贡美丽，最受冷落的是出身卑微的大姨太陆俊霞。一个倍受冷落欺凌的大姨太，徐云豹哪能哪敢把她放在眼里，哪能顾惜她的死活？徐云豹问接生婆说："你看会出现什么情况，发生什么问题？"

乡村接生婆毫不掩饰地说："这样拖延下去，大人小孩都没命！"

"那就千方百计地保全孩子的性命！"徐云豹毫无顾忌地狠心地下了这样的残酷无情的指令。

接生婆也不得不依从徐云豹的指令。于是她含着眼泪，粗野地动了手术，取出了孩子。可怜大姨太陆俊霞的痛苦的喊叫声，惊天动地，令人有一种撕心裂肺的感觉。由于大姨太陆俊霞遭遇了三天三夜极其痛苦的折磨，体亏气虚，又失血过多，一个乡野接生婆哪有起死回生的能耐？最终大姨太陆俊霞丢下了可怜苦命的孩子紫芸，一命呜呼，含恨于九泉之下了。

紫芸的亲娘陆俊霞怀着莫大的遗恨离她而去了，小紫芸的命算是保住了。可是由谁来哺育喂养她呢？一个出生卑微的大姨太陆俊霞生的丫头，二姨太、三姨太看得上吗？就连徐云豹也不感兴趣。不过，没人喂养也不行，正当徐云豹烦心之时，家中的长工强大榆，看见小紫芸可爱可怜，就主动向徐云豹推荐他老婆强王氏来当紫芸的奶娘。强大榆告诉徐云豹，他儿子虎娃才十个月大，还在吃着母乳。他老婆身体强壮，奶水足，又营养滋补奶娃子。徐云豹听了异常高兴。不过，徐云豹要求强王氏可以把自己的孩子带过来，但必须断了孩子的奶，只准喂米糊，这样才能保证紫芸吃饱奶，喝足奶。强大榆都一一答应了。

强大榆虽被风吹日晒得黑不溜秋，可他身强力壮，是个种庄稼的行家里手，田里的生活件件拿得起，样样都精通。徐云豹家还真的少不了他。强大榆家住在徐村的村东边，在徐云豹的安排下，他急急忙忙，但也很高兴地回到家里。

他看见虎娃的娘强王氏正在给虎娃喂奶，就把到徐云豹家去当奶娘及徐云豹的要求，一五一十地跟他老婆强王氏说了。

强王氏起初不肯。她认为虎娃才十个月大，正是吃奶的时候，断了他的乳，这也太残酷，太不近人情了。他们有钱人家的孩子高贵值钱，我们穷人家的孩子难道就那么下贱，那么不值钱？

“紫芸那个小女孩，生下来就失去了亲娘怪可怜的。”强大榆善心大发，开导他的老婆强王氏说，“虎娃有米糊吃，你奶水多得小女孩吃不完，你还好让虎娃吃点，又没人看着你，谁知道？”

“那样躲躲闪闪地吃一点，不把虎娃饿瘦？”强王氏不放心地说。

“有米糊，又有奶吃，这样很滋养虎娃的，到时候虎娃会养得又白又胖，令人喜爱的！”强大榆接着说，“你还可以挣得一份不菲的工钱，我们家的生活不就好过了吗？”

强王氏觉得强大榆说得很有道理，也觉得小女孩生下来就失去了亲娘太可怜了，就整理了衣物行李，让强大榆一担挑着，自己抱了虎娃，锁了门高高兴兴地跟着丈夫强大榆一道来到了徐云豹家，当了小紫芸的奶娘。

小紫芸虽然失去了母爱，但她根本就体会不到失去母爱的痛苦。因为奶娘弥补了这一点，给了她母爱。强王氏像对待亲生女儿一样喂养她，呵护她，疼爱她。紫芸长到两岁，还依偎在奶娘的怀抱里嗲吧嗲吧地吮吸着奶，啃着奶，摸着奶。三岁的虎哥常常羞她。她或是用小手打虎哥，或是用小手捂着清秀的脸蛋不看虎哥。到了紫芸能在地上摸爬打滚时，她常常跟在虎哥的后面，操着稚嫩的金声玉韵般的嗓音，虎哥长，虎哥短地叫个不停，十分亲热甜蜜。

虎娃八岁了，他不能陪着紫芸玩耍嬉戏了。虎娃要做事挣钱了，于是他成了徐府的放牛娃，喂养牲口的小伙计。因为夜间要给牲畜添料喂草，他就和他父亲强大榆一起睡在了驴屋牛舍。

紫芸七岁了，不再吃奶了，但她的一切生活料理都由奶娘强王氏操持打理。紫芸却把奶娘当亲娘一样，把虎哥也当成亲哥哥一样，一日不见就想念他们。

一天放牛回来，紫芸吵着闹着要骑牛，虎哥就将她抱上抱下，让她过把瘾；紫芸要骑驴，虎哥做出下蹲的姿势，拍着大腿，搭成云梯，让紫芸踹着他的大腿爬上驴背，让她骑个够，玩个痛快。紫芸常常咯咯咯地笑着对人说：“虎哥好，虎哥善解人意，疼爱紫芸妹子。”

又一个晚上，天黑得像锅底，伸手不见五指，天空电闪雷鸣，又刮起了狂风，下起了暴雨。可是，虎哥放牛还没有回来。原来是一个炸雷惊吓得水牛蹦跳起来，拧断了缰绳，狂奔乱窜着，像离弦之箭似的，飞快地向远方疾驰而去。虎哥冒着惊雷闪电，顶着瓢泼大雨和摧古拉朽的狂风，急得火冒冒地勇敢地追牛寻牛去了。在这么晚，又这么恶劣的天气里，家里人不见虎娃回来，你能不急不担心吗？小紫芸急得顿足捶胸，号啕大哭；虎娃妈强王氏急得像热锅上的蚂蚁，恶心烦躁，不知所措；虎娃的父亲强大榆心急如焚，他穿了一件蓑衣戴了顶笠帽，又拿了虎娃的蓑衣和笠帽冲出了门，消失在夜雨中了。天黑得可怕，强大榆在茫茫夜雨中呼喊虎娃，突然一道闪电划破天空，把大地照得通明透亮，令人焦躁不安，惊慌恐惧，一声接一声的撕破天空，震裂大地的雷鸣，震得人们心惊肉跳。接着又一道闪电，拖着长长的火线，从高空一直延伸到地面，紧接着就是一个地动山摇的炸雷，直震得人们耳聋发聩，把灾难降临到了人间，无情地殃及了虎娃家，可怜虎娃的父亲强大榆不幸遭雷击身亡了。真是苍天无眼，玉帝无珠，竟然闯下了这么大的祸事！

虎娃一家人，哭得死去活来，痛苦之深，悲伤之极，实在是难以形容，不可想象，就连那条乖巧的紧毛黑狗，也伤心地趴在门槛上眼泪汪汪……

虎娃十八岁了，出落成一个大小伙子了。他长得和他父亲强大榆一模一样，又高又大，体格健壮得像一条水牛，浑身都透着一股使不完的劲。虎娃聪明灵巧，庄稼活一看就懂，一学就会，他已经和他父亲强大榆当年一样，铸炼成了徐府的一个得力长工了。虎娃不再放牛，但还管着牲口，每年收租稻，都是虎娃赶着驴，跟着账房先生把收缴来的稻谷驮回来的。

紫芸也已十七岁了。她已经像节节高的芝麻一样，串成一个亭亭玉立的漂亮苗条的大姑娘了。她穿着朴素大方，身材苗条匀称；丰满的胸脯随着她的鼻息一起一伏，显现出她的成熟；长长的瓜子脸，白里透红，笑起来还有两个浅浅的酒窝；一头披肩黑发，衬托着镶嵌着的一对黑亮的眼睛的长长瓜子脸，显得格外水灵秀气。

紫芸已经知道，是徐云豹指令千方百计保住了她那小小的生命，然而，她并不感徐云豹的恩，射徐云豹的情。根据紫芸这些年来的观察和体验，她知道徐云豹一直倾心于那个凶狠霸道的像太上皇一样的三姨太贡美丽。三姨太的话，徐云豹像一个大臣奴才接受女皇的圣旨一样地顺从施行。当初，徐云豹如果有一点人性和良心的话，凭他的财力、物力、权势，用不着她娘陆俊霞拖延三天三夜，就可以早早地设法让她娘顺利地产下紫芸，而不至于丢掉性命。可是，这个忘情负义的徐云豹，竟然听那个母老虎三姨太贡美丽的摆布指令，采取默然不问的态度，最后又做出那样的残酷无情的指令。想起这件事，紫芸又惋惜，又伤心，又气恨！

十七年来，徐云豹心目中只有二姨太和三姨太以及她们的子女，对紫芸从不过问，连一句关心安慰的暖心的话都不曾有过。现在，紫芸长大了，成了漂亮的大姑娘了，徐云豹和三姨太开始重视起紫芸来了。如此说徐云豹和三姨太把紫芸当成大家闺秀的小姐养起来，还不如说是把紫芸关起来，管起来了。他们给紫芸送来了上好的衣物首饰，三姨太还打发人给紫芸送来了法国香水脂粉等等。他们这样极力包装紫芸，岂不是想在紫芸身上打主意，企图在紫芸身上做文章吗？你们的司马昭之心，昭然若揭，谁不知道？你们想得美，紫芸心目中只有虎哥，就是皇帝老儿来，紫芸也不稀罕，也看不中！

近日来，紫芸看到有一个四十多岁，脸上涂得粉嘟嘟的女人，常常来徐府。那个女人跟三姨太打得火热。他们到了一起，鬼鬼祟祟，不知鼓捣些什么。那个女人走时，或朝紫芸瞅瞅；或朝紫芸嫣然一笑。紫芸觉得恶心，也有点蹊跷，估猜他们对紫芸没安好心，不怀好意。紫芸可不能掉以轻心，马虎大意，得想法子堵了她们的臭嘴；断了她们的邪念；死了她们的歹心。

晚饭后，紫芸拿了一块绸缎衣料，说是请她的奶娘给她量身裁剪一下。她来到奶娘的住处，把衣料放下。

奶娘笑着说："紫芸呀，这么好的料子，我裁坏了，你可不许哭啰！"

紫芸看看没有人，就做话说；"娘，你等着，我去拿一件衣服来，让你照样子剪裁。"

奶娘高兴地说："这样好……"

奶娘的话还没有说完，紫芸就悄悄地出了门，见没有人，就跑到驴舍去见她的虎哥了。

强震虎正躺在床上休息，见紫芸妹子来了，就一骨碌爬起来，笑嘻嘻地迎上去说："紫芸妹子，这么晚了，你来有事吗?"

紫芸一本正经地说："有急事才来找你。"

"什么事？看把你急的！"虎哥有点莫名其妙。

紫芸把几天来观察到的情况和她分析判断的事情，毫不掩饰地一五一十地跟虎哥说了。

强震虎听了开怀地哈哈大笑说："这是好事啊！男大当婚，女大当嫁嘛！"

"我都急死了，你还笑呢?"紫芸红着脸说，"你也当婚了。我心目中只有你虎哥，谁都不嫁！"

强震虎听了吓了一跳，忙说："你是千金小姐，我是长工，是佣人，不合适，也不配!”

“谁把你当佣人啦？你是我虎哥，”紫芸没好气地说。

“对呀，你是我的亲妹子，怎么好成亲呀?”强震虎顺势推辞说。

“我是你不是亲妹子的亲妹子，怎么不行?”紫芸理直气壮咄咄逼人地反驳道。

“你那个父亲徐云豹和那些姨太们绝不会答应的!”强震虎十分为难地说。

“那我不管，我认定了你虎哥，虎哥要是不接受我紫芸，我就不活了!”紫芸说着流下了既着急，又伤心的眼泪。那眼泪像观音老母那个净瓶里的晶莹剔透的水似的，闪着亮光，滴滴答答地淌下来了。

“不许瞎想胡说。”强震虎十分疼爱地安慰紫芸妹子说，“这事我们还是从长计议，以后再说。”

“还以后再说呢？以后你就见不着紫芸妹子了!”紫芸一下子扑到虎哥的怀抱里。

强震虎顿觉问题严重。他深知这种自由相爱相许的婚姻，是冲不过时代的牢笼的。可是，这个和他一起长大的小妹子紫芸的真心痴情，深深地感动了他，感染了他。他们脸挨着脸，胸贴着胸，随着那急促的呼吸，紫芸妹子那松软热乎的胸脯，挤压着他的壮实有力的胸脯，牵动着他们的心，牵动着他们的神经。虎哥闻到了一股不可名状的气息，这是女人身上溢射出来的特有的气息；紫芸妹子也嗅到了一个强壮的男人身上透散出来的极富魅力的气息。两人的胸膛里如干炭烈火似的炽热燃烧。一对青年男女拥抱在一起，如胶似漆。他们目空一切，忘记了一切，好像天和地都不复存在了……

四

紫芸一出娘胎，血管里虽然流淌着徐云豹的血液，然而，紫芸是吮吸着奶娘强王氏的乳汁滋养长大的，她的血管里早已流淌着奶娘强王氏的乳汁滋养营造出来的新鲜血液。所以，紫芸的行为举止、语言风骨、秉性脾气，对徐云豹来说，简直就是一个叛逆者。

早饭后，徐云豹把紫芸叫到客厅。紫芸打出娘胎以来，还是头一次来到这个豪华的客厅。客厅的正面墙上挂着中堂，中堂的两边挂着一副对联。对联上的字闪着耀眼的金光。紫芸不识字，当然就无从知道它的内涵了。客厅里的香几、桌凳及太师椅，都是红木制造的，件件光泽锃亮照得见人。

徐云豹坐在太师椅上，左手托着铜质水烟壶，缓缓送到嘴里，嘟嘟嘟地吸着水烟；右手高高抬起，抚掠着他那像威猛的公狮似的长鬃；瘦削的脸上露出微微的笑容说："紫芸呀，这些年来，苦了你啦。"

"不苦。我生活得蛮好的，挺快乐自在的!"紫芸对徐云豹本来就没有感情，也没有好感，见徐云豹假惺惺的样子，感到厌恶，便没好气地说。

其实，徐云豹也不是不想去看看紫芸，关心一下紫芸，她毕竟是自己的女儿嘛。可是，这个三姨太贡美丽像个母老虎，时时处处管着徐云豹，防着徐云豹，监视徐云豹，不许他跟小紫芸接触。徐云豹也只能像奴才一样的慑服于三姨太贡美丽了。徐云豹听紫芸这么一说，没有吭声，只是干笑了笑，又嘟嘟嘟地吸起水烟来了，那乳白色的烟雾，从徐云豹的鼻孔和嘴里喷吐出来，像老龙王吐水一样，在空气中翻滚着……

紫芸看看徐云豹，心里觉得好笑。你徐云豹今日的表演也太笨拙了，谁不知道你这是老虎捻佛珠，假充大善人？你徐云豹就是一头凶猛异常的狗头豹食肉改吃草，佯装改恶从善，其残害生灵的本性是改变不了的。紫芸断定徐云豹是居心叵测，不怀好意。于是就毫不客气地说："你找我有什么事？你就直说吧!"

“你十七岁了吧?”徐云豹明知故问道。

紫芸“嗯”了一声，她想，你别在我身上打主意做文章。

“不小了。”徐云豹放下水烟壶，擦了擦嘴，慢条斯理地说，“我和你三娘考虑给你做主——”

“我自己会给自己做主的，用不着你们操心劳神!”紫芸打断徐云豹的话说。

“你娘过世早，我们琢磨着想给你物色个好婆家。”徐云豹补充说。

“我不嫁人!”紫芸果决地说。

“那有女孩子大了不嫁人的?”徐云豹有点不高兴了。

“不嫁就是不嫁!”紫芸斩钉截铁地说。

“不行，我不能养你一生世呀!”徐云豹是领了三姨太贡美丽的圣旨来的，便露出了凶狠的本想，有点火冒冒的了。

“不烦你养活我！我心目中已经有人了。”紫芸气呼呼地说道。

“是谁?”徐云豹惊呼大叫着，拍着桌子发火了。

“虎哥。”紫芸脱口而出。

“不行！反啦？没王法没家规啦?”徐云豹大发雷霆了。徐云豹想，我和三姨太贡美丽做主，把紫芸嫁给贡美丽的侄子，保长贡家发的儿子贡二愣子。他们家有权、有势，也有家产，你偏要嫁给一个穷鬼强震虎，那哪能行呢？徐云豹立刻招呼人把强震虎叫来。

强震虎惴惴不安地来到客厅，见紫芸也在场，心里一惊。他毕恭毕敬地站在徐云豹的对面，见徐云豹气鼓鼓地不开腔，便怯生生地说:“徐老爷，找我有事吗?”

“有没有事，你自己还不清楚?”徐云豹气冲牛斗地反问道。

强震虎心里清楚，由于一时的冲动，闯下了天大的纰漏。对徐云豹阴阳怪气的反问，他没有作正面回答。他只是两手一摊，装出无可奈何，莫名其妙的样子，一会儿抓耳挠腮，一会儿摇头叹气。

徐云豹直气得横眉立目，抖擞着他那猛狮般的长鬃愤愤地说:“你小子胆大包天了，敢打我的主意，敢娶我的女儿?”

“那敢呢?”强震虎否认道，“没有这回事。”

“我说呢，一个长工，下人，量你也不敢!”徐云豹说着朝紫芸瞅了瞅，心想，是你做话推脱，骗谁呢？徐云豹又得意洋洋转脸对强震虎说，“强震虎，没有这回事对吧?”

强震虎只得尴尬地点点头，没有作声。他看看紫芸妹子，希望她不要把事情说出来。

紫芸可急了。强震虎呀，你这样不是把你妹子紫芸往火坑了推吗？他们存心要逼着紫芸嫁给一个她不愿意嫁的木讷痴傻的男人，你甘心情愿吗？紫芸不能坐以待毙，束手就擒，得想着法子，断了他们的歹意邪念。于是她豁出去了，便冲着强震虎说给徐云豹他们听。她说："虎哥，你别不认账，反正我该给你的都给你了。我活着是你的人，死了是你们强家的鬼！"

强震虎听了，急得像滚油浇心。他捶胸顿足，局促不安。他想，紫芸呀，紫芸，这不能讲呀！这样一来，诡谲狡诈的，心狠手辣的徐云豹，不扒了强震虎的皮就怪了？

"气死我也！"徐云豹呼地站了起来，虎着脸怒吼道，"来人，给我把强震虎这个混账东西捆起来狠狠打！"

这时，两个手执皮鞭的人闯了进来。他们一个是曾经受到过强震虎批评责怪的李刚，一个是王左。他们在徐云豹的指令下，将强震虎五花大绑地捆了起来，抡起皮鞭各抽了强震虎五下。这个王左下手略轻些，可是那个李刚下手非常重也特别狠。强震虎身上被抽出了十条红红的血印。强震虎痛得直喊尽叫，紫芸看了心疼难忍，她流下了眼泪。

紫芸想，虎哥呀，你不要急，也不用怕，我有办法对付他们。我们的事还是依你说的，从长计议，以后再说。紫芸先对虎哥微微一笑，当紫芸看见两个手里拿着皮鞭的家伙，在徐云豹的授意下，又想抡起皮鞭抽打虎哥时，就一个箭步跳到虎哥身边，用自己的身躯挡着强震虎，并张开自己的双臂护着强震虎大声呵斥道："你们这伙畜生，要打你们就打我，不管虎哥的事！"

徐云豹像凶神恶煞似的命令把紫芸拖开拽走。两个打手刚想去拉扯紫芸，紫芸嗖的一下，从身上掏出一把剪刀，对准自己的胸口，怒不可遏地大声喊叫道："谁敢靠近？你们放了强震虎，否则，我死给大家看！"

这时候，徐云豹瞪眦双眼，惶恐惊惧，不知所措；其他人谁也不敢动，谁也不敢近前。这样僵持了一会儿，徐云豹虽然恶狠狠的，但也无可奈何地说："叫强震虎母子俩卷了铺盖滚蛋！"

强震虎拖着疼痛伤残的身子，胆战心惊地火急慌忙地同他的母亲强王氏卷了铺盖，挑了行李，急急慌慌地出了徐府的大门，像离弦之箭，脱缰之马，一溜烟地回到了徐村村东边的自己家里。

紫芸被关进房间里去了。徐云豹让二姨太和三姨太分别去劝告她，都被她轰出来了。三姨太贡美丽气得气不打鼻孔里出了，就冲着徐云豹出气，发了一通火。徐云豹无计可施，黔驴技穷，就打发人看住紫芸，不让她迈出房间半步。

紫芸在房间里又哭又闹又骂。他一会儿乱蹦狂跳，擂门踢墙；一会儿哭她冤死屈死的亲娘；一会儿又瞎鬼骂邪神地大骂特骂一通。她不吃不喝，又气又恨。她气那个三姨太贡美丽尽出馊主意；她恨徐云豹无情无义，心恨歹毒，竟然把紫芸往火坑里推，嫁给三姨太的痴傻木讷的侄子二愣子；她恨那个满脸涂得粉嘟嘟的媒婆。紫芸也非常挂念虎哥和奶娘。她深知虎哥离开徐府这所牢笼是好事幸事，凭虎哥的力气和能耐，到哪里都能混到一碗饭吃。紫芸睡不好觉，吃不下饭，人瘦了，眼圈黑了，显得憔悴得多了。紫芸时时刻刻，分分秒秒都想念着她的虎哥。她凄苦难当，恍恍惚惚，迷迷糊糊，精神透支得支撑不住了。她把他们拿来的新衣裳，绸缎料子，撕成一条一条的，说是给虎哥缝制新衣服；她把他们送来给她吃的米饭，用筷子挑起来在房间里四到八处播撒，说是跟虎哥一起播种谷物；她脱了衣裤寸丝不挂地在房间里载歌载舞，嬉戏狂笑。她气疯了；她急疯了；她想虎哥想疯了。

徐云豹这回急得直跳脚。他想，本来想给紫芸找个门当户对的好婆家，嫁给三姨太的侄子，贡保长的儿子二愣子，现在她染上这等怪病，又病成这种样子，还有谁家肯接受，谁人敢纳娶呢？

徐云豹没有了主意，在束手无策，无计可施的情况下，他找二姨太和三姨太商量，问问她们还有什么办法？该怎么处理？

三姨太贡美丽说："这种怪病不好，传扬出去会败坏门风的！"

二姨太说："这病还是可以治的。"

"能治好，那是最好的结果。"徐云豹听了二姨太的话，立刻打发人去请赵村的赵郎中。

赵郎中是当方有名的郎中，有"手到病除，妙手回春"的美誉。可是，赵郎中有个毛病，给人号脉时，会不时地颠头簸脑。有人说，赵郎中的爷爷是打黄鼠狼的，因为打得多了，他老子倒是没有怎么样，到了他就得了这摇头病。不知底细的人看了还以为是病人病得无可救药了；知道底细的人，也就不以为然，习以为常了。

赵郎中点着头簸着脑，看看紫芸姑娘那种惶惑迷离的神态，又眯着眼睛静心尽意地给紫芸姑娘把着脉，摇着头簸着脑。

徐云豹看着赵郎中不说话，尽颠头簸脑，心里更着急了，便迫不及待地问道："赵郎中，你别光是颠头簸脑地吓人，你说这病还有治没治？"

赵郎中听了徐云豹的话，心里很不是滋味，非常不高兴。他想，你徐云豹也太不够意思了，竟然当着人的面揭人家的短处，也太没有礼数了。赵郎中心里有点气，也没好气地说：“是病都能治，不过要弄清病的起因，找准病根，才能施治，对症下药，才能除根！”

徐云豹听了沉思了一会儿，忧心忡忡地神秘兮兮地对赵郎中说：“这病因嘛，我只对你赵郎中一人说，你可要替我保密哟！”

“我只看病，不会外传，这是我们郎中的医德，你尽管放一百二十四个心！”赵郎中果断自信地说。

徐云豹听了赵郎中的话放心地笑了，窃窃地把紫芸得病的前后情况一一地告诉了赵郎中。

赵郎中听了徐云豹神神秘秘的介绍叙述后，笑盈盈地说：“这叫花柳病，能治好治！”

徐云豹听了赵郎中这怎么一说，觉得有希望了，也高兴得意地笑了。

赵郎中从他的藤篮里拿出笔砚和纸张。他研了墨，摊开纸，龙飞凤舞地写下了“解铃还须系铃人”七个字，交给徐云豹说：“你看看，照着病方处理，包你药到病除！”

徐云豹拿了赵郎中开的处方一看，见是“解铃还须系铃人”七个龙飞凤舞的字，有点莫名其妙，不解地问道：“赵郎中，这叫什么药方？”

“你好生琢磨琢磨。理解了，抓来了药，病就除了。”赵郎中暗暗地笑着，到账房先生那里结算了出诊费，大摇大摆地出了徐府，扬长而去了。

徐云豹拿着赵郎中开的处方，左看右看，摇头晃脑地默念着，思考着；思考着，默念着，徐云豹突然一拍大腿恍然大悟地自言自语地说：“好你个赵郎中，你像讲古今一样，故意设置下悬念来绕人呀？”

徐云豹明白了处方中的意思后，立刻站起身来去找二姨太和三姨太商讨怎么处理好？

二姨太稍大些，她知道这种花柳病的厉害，于是说：“不按赵郎中的处方处理，这病就难得好。”

三姨太贡美丽十分懊恼地说：“这不便宜了强震虎那小子啦？我心有不甘！”

“那就借用强震虎那小子来做药引子，等紫芸的病痊愈了，再给她找个合适的婆家。”徐云豹以为他想得很美，也显出了得意洋洋的神情。

“不行，不行。”二姨太连忙摇着头摆着手说，“换了人，这病会复发的，而且不可收拾！”

“就是不复发，也不行。”三姨太开动她的脑袋瓜子分析道，“人心隔肚皮嘛，你知道谁的嘴稳，谁的嘴不稳？俗话说‘纸里包不住火’嘛，这事总有一天会传出去的。这样的病人谁敢娶她？就是给人家做小妾也没有人敢要，谁肯自找麻烦？”

“好了强震虎那小子，我咽不下这口气！”徐云豹磔磔狞笑着，大声武气地说，“随她病去，不治了！”

“那可不行！”三姨太贡美丽把那像雾岚起舞，又像青丝瀑水，披在脑袋上的秀丽长发，左右摆动得像摇振拍郎鼓似的，一本正经地说，“不治，她就是不病死，也会饿死！到时候，我们都将遭人指责唾骂，落得声名扫地，谁担当得起哟！”

二姨太有点焦躁不安了。她说：“治也不行，不治也不行，那怎么处理才好呢？”

徐云豹有点左右为难，举棋不定了。他无可奈何地搓手砸嘴，抓耳挠腮。他觉得三姨太聪明点子多，就要三姨太动动脑子，想想办法，找出个两全其美的万无一失的法子来。

经过一番苦思冥想后，二姨太有点心软了。她微笑着建议徐老爷发慈悲、示善心、修来世，就成全了他们算了。紫芸毕竟还是徐家的姑娘嘛。

这话要是出自三姨太之口，徐云豹也许能听得进，容得下，可是这是二姨太说出来的，就不是那么应时、顺耳、随心了。徐云豹听了二姨太的话，顿时立眉竖眼，咋咋呼呼地说：“你说得倒轻巧，那不是太便宜了他们啦？”

“也罢。”三姨太贡美丽脑子转得快，她看了看徐云豹发话说，“反正紫芸已经成了卖不出去的甘蔗了，就索性给强震虎那小子领了去。我谅他也拿不出这份聘礼来，就让他给徐府做十五年长工，作为迎娶紫芸的聘礼！”

“这办法好，是个两全其美的好办法！”徐云豹高兴地笑着称赞说。

强震虎又被叫到了徐府，他母亲强王氏放不下心，也跟着来到了徐府。强震虎和他母亲站在徐府的客厅里。他们母子看见两张太师椅上分别坐着徐云豹和三姨太贡美丽，分列在红木质料的精光锃亮的八仙桌两边，摆出一副威风凛凛，不可一世的架势。徐云豹的下手，端坐着账房先生；三姨太贡美丽的下手，端坐着打扮得花枝招展的二姨太。徐云豹手托水烟壶吸了一口水烟，吞云吐雾了一会儿，便虚情假意地说：“奶娘呀，请你们来没有别的事，想跟你们母子商量一件事。”

奶娘强王氏莞尔一笑，心想，你徐云豹能讲什么善行良德？于是她说：“徐老爷不必客气，有什么事，你就说吧！”

“紫芸姑娘病得不轻，她和强震虎已经——”徐云豹没有把话说完，他看看三姨太和二姨太，意思是让她们说说。

三姨太贡美丽心领神会，知道徐云豹的用意，于是她装出一本正经的样子装模作样地显示出她是个通情达理，仁心厚德之人，假惺惺地笑着对强震虎说：“紫芸小姐病得可不轻，真可怜呀！不吃不喝，神思恍惚，寡精寡瘦的，不成人形了。”

紫芸姑娘虽不是奶娘强王氏亲生，但她是用奶娘自己的乳汁一点一点，一天一天把紫芸喂养哺育大的。虽然奶娘强王氏不是紫芸的亲生母亲，但奶娘也像亲生母亲一样疼爱紫芸，听说紫芸姑娘病成这样，她牵肠挂肚，柔肠百折，百般挂念着紫芸姑娘。奶娘强王氏忧心忡忡地说：“赶快请个郎中来把把脉，给诊治诊治呀！”

“赵郎中来看过了。”二姨太说。

“赵郎中怎么说?”强震虎急切地问道。

“赵郎中说，只有你——”三姨太暗笑着，没有把话说完。

“我?”强震虎先是一惊，接着他又急不可耐地问道，“怎么说?”

“只有你能治好紫芸小姐的病。”三姨太和二姨太异口同声地说。

“只要能治好紫芸姑娘的病，就是要我强震虎的命，我也在所不惜!”强震虎斩钉截铁地说。

徐云豹听了一拍八仙桌子说：“好，有你这句话就行了。”

三姨太贡美丽站起身来说：“紫芸小姐是非你不嫁。赵郎中说了，只要你把她迎娶回去，她的病就会好起来，你愿意不?”

“愿意，愿意。”强震虎喜出望外地补充说，“只要徐老爷不嫌弃!”

三姨太贡美丽瞅着强震虎说：“紫芸可是个千金小姐哟，你得带聘礼来迎娶!”

“这——”强震虎家境贫寒，生怕徐云豹狮子大开口，有点为难，不敢答应。

二姨太见大家沉默不语，便插话说；“没有聘礼金，给徐老爷打长工也行。”

“你给我做十五年长工。”徐云豹真的狮子大开口了，接着他又补充说，“不过，你要明白，这算聘礼，我是不付工钱的。”

奶娘听了白了徐云豹一眼，心想你徐云豹的心也太黑太狠了，不过她没有作声。

强震虎想了想说；“不付工钱，没有收入，我娘和紫芸姑娘怎么生活，怎么过日子？到时候，不饿死还怪呢？这不也是人财两空吗？”

徐云豹奸笑着看着强震虎；强震虎也看看徐云豹。强震虎想，你当我傻呀？他表示这个方案不能接受。

徐云豹愣了一会儿，细想想，强震虎的顾虑也不无道理。他细心默默地算了一笔账：一个长工一年的工钱需要十担稻谷，买两亩地绰绰有余，十五年的工钱可买多少地呀？于是徐云豹假充大好人说：“我就索性‘送佛送到西天’吧，我也写两亩地作为紫芸小姐的陪嫁给你。这地和我的地又紧靠着，你起早带晚忙忙，你娘他们的生活就有着落了，不成问题了。你看这样行吗？”

强震虎同他母亲强王氏商量了一下，他们母子觉得，打长工一年也只有十多担稻子，一亩地每年能产五六百斤稻子，两亩地也能有十多担稻子的收获，为了搭救可怜的紫芸姑娘也只有这样了。于是老账房先生写了合同，一式两份，由徐云豹盖了大红印，强震虎按了手印，两人各执一份，就把事情办妥了。当然，徐云豹也没有失信，也让账房先生写了一张二亩地的田契给了强震虎，作为紫芸小姐的陪嫁。

最后，徐云豹交代强震虎说：“一个月后，你把事情处理稳当了，就来徐府上工。不过你可要老老实实，一心一意替我管好地，种好田哟！”

这时候，强震虎和他母亲强王氏迫不及待地去看紫芸姑娘了。他们母子两人急匆匆地来到紫芸的房间门口，看守人员把房门打开了。房间里透散出一股暖烘烘的霉味，令人窒息。屋内到处撒落着撕裂的布条，拧碎的布块，地上到处都是播撒的米饭，已经长出了绿霉。可怜紫芸姑娘，一丝不挂地坐在床沿上，呆板木讷，精神恍惚，瘦骨嶙峋，气息奄奄，已经没有精力喊闹叫骂了。

强震虎和他母亲强王氏看到如此惨烈令人揪心的情景，心疼难忍，心酸不止，那伤心痛苦的眼泪，就像断了线的珠子一样滴滴答答地滚落下来了。

紫芸姑娘见有人进来了，似乎又来了精神。她用手朝门外一指，声音不高却很严厉地说：“你们给我滚出去，滚出去！不用你们来逼婚强娶，我非虎哥不嫁！”

奶娘强王氏的眼泪还没有干，十分疼爱地说：“我的心肝乖乖，我是你的奶娘呀！”

“你是心狠歹毒的三姨太。”紫芸姑娘认不出奶娘了，她声音不高，却很严厉地说，“你给我滚出去！”

“紫芸，我的好妹子，你要虎哥，虎哥我来接你了。”强震虎泣不成声地说。

“你骗谁？你是蛮横凶暴的徐云豹！”紫芸姑娘眯着眼睛说，“虎哥不会来，来了徐云豹要加害于他的，虎哥不能来!”

“你摸摸我的手，我真的是你的奶娘呀!”奶娘强王氏把手伸给紫芸姑娘说。

紫芸姑娘抓住奶娘的手，轻轻地摸了摸，又低头细心地闻了闻，觉得那粗糙的感觉，那异于香水香脂的气味，似曾熟悉。因为打出娘胎以来，她就是在奶娘强王氏的怀抱里长大的，到了三岁时，她还啃着奶娘的奶嗲吧嗲吧地吮吸着……奶娘身上辐射出来的那种异香气味，她再熟悉不过了。紫芸姑娘确认出现在她面前的真的是她亲亲的奶娘。于是她一头扑进了奶娘强王氏的怀抱里，像她小时候那样，像受了委屈一样，呜呜呜地痛哭起来了。

奶娘强王氏抚慰着紫芸姑娘说：“这样不好，你把衣服穿起来。”

强震虎心酸苦痛地流着眼泪，到衣柜里找出了衣裤，交给他母亲。他母亲立刻七手八脚，给紫芸姑娘穿好了衣服。

强震虎坐到床边说：“紫芸妹子，我真的是你的虎哥，我是来接你来了。”

紫芸姑娘左看右看不放心，又凑近虎哥脸上细细看，慢慢瞧。经过认真观察，她忽然闻到了虎哥身上透溢出来的特有的，极富魅力的气息，她一头扑到强震虎的怀里，抽抽咽咽地号啕大哭起来。虎哥和紫芸姑娘相拥而泣，其伤心痛苦之状，悲伤凄婉之情，实在是令人扼腕！谁不为之动容动情?

强震虎的母亲强王氏，要儿子强震虎和紫芸姑娘两人，好生待在房间里等着。她火急慌忙地赶回去，租来了八人大轿，请来了吹鼓手，买来了鞭炮。她要用八人大轿，吹吹打打，热热闹闹，欢欢喜喜，风风光光，把紫芸姑娘迎娶回家。

五

紫云姑娘被用八人大轿，热热闹闹，风风光光，欢欢喜喜地迎娶到强震虎家后，在婆母强王氏和虎哥的悉心调理和关爱下，她的病真的像赵郎中所说的那样好起来了。紫芸心满意足，精神欢愉。她孝敬婆母，疼爱虎哥。她跟虎哥情投意合，夫妻恩爱。他们育有四男一女，大孩子天明已经十岁了，最小的孩子强强虽然还在怀抱中，可他已经能“呵啊，啊呵”地逗着人嬉笑说话，有时还会咯咯地逗着你笑呢！实在是活泼可爱。一家人欢欢喜喜融融乐乐生活在一起，尽享着这天伦之乐，人伦之乐！

看看强强这个活泼可爱的孩子，紫芸心里十分高兴，也思绪绵绵。她想到当时她和儿子强强这孩子，在那天寒地冻的夜晚所受的痛苦磨难，以及所担的生命风险，实在是触目惊心。他们母子俩都奇迹般地挺过来了，实在是不可想象，也不敢想象。这或许是婆母强王氏，强强的奶奶在地下有知有灵，暗中保护了他们母子吧！紫芸真有点想念她的婆母——奶娘了。

婆母强王氏开明诚实，待人忠厚仁慈。婆母像对待自己的亲生女儿一样，对待苦命可怜的紫芸。紫芸的病好得那么快，回复得那么好，多亏婆母的潜心调理、关爱和照顾。紫芸生前四个孩子，都是婆母亲自接生。婆母熟练自如，不费吹灰之力就把许多事情处理得亭亭当当，有条不紊。婆母服侍月子，也是那么关爱备至，尽心尽力。要是生强强时，婆母还在人世间该有多好呢！要是那样，紫芸和儿子强强就不会面临那么多的困苦磨难，担那么大的生命风险了。紫芸想起婆母的好处，忆起婆母的宽厚仁慈的为人，将终生难忘，一世感激；想到婆母的遭人残害，想起婆母的悲惨离世，紫芸将要大哭三天三夜，深感懊恼愧疚，伤心落泪。

那时，紫芸正怀着强强，婆母非常高兴。婆母常常笑着跟紫芸说：“我们强家的子孙兴旺，穷人无地、无钱、无势，你就给我们强家多生几个娃，人多力量大，往后强家就没亏吃了。”

“生多了养不活!”紫芸羞答答地说。

“怎么养不活?大家艰苦点，凑合着过日子呗!”婆母信心百倍地说，“孩子长大了，个个身大力不亏，能做肯累不就好啦!”

婆母非常关心、爱护、体贴紫芸，家里的一切重活累活，都不让紫芸去做。她交代紫芸，保养好肚里的娃娃，就是天大的功劳。什么地里施肥，田里扒行除草等等，都是婆母独当一面，一人担当下来了。

一天上午，家里突然来了一个不速之客。这人的脸长得像歪瓜裂枣，又黑不溜秋。紫芸看了想笑，又不便笑，结果她还是忍俊不禁地笑出声来了。

“紫芸呀，你别笑，你不认识我，我可认识你呢!”这人咧着比目鱼似的嘴发话了。

“你是谁?我不认识你。”紫芸不以为然地说。

“我是你亲叔。”那人自我介绍说，“你老子是畜生徐云豹，我叫徐运彪。”

“我没有叔，也没听说过。”紫芸想，连老子我都不认，还来认你这个从灰堆里蹦出来的叔?多一事不如少一事，跟你们这些人不接触的好，便说，“你去吧，别来打搅我。”

徐云彪似乎看透了紫芸的心思，于是说:“我这个叔，跟你那个不仁不义的爹徐云豹不一样!”

徐云彪在他们徐家是个败家子，吃喝、嫖赌，样样都来。他是一个大烟鬼。他分得的家产，多半花在这上头了。他游手好闲，漂游浪荡，居无定所。后来他成了一个兵油子，靠卖壮丁弄点钱抽抽大烟，混混日子。紫芸打出娘胎就由奶娘强王氏哺养长大，他成了徐家的一个弃儿，哪能知道还有这么个叔呢?

“我跟你们徐家没缘分，你去吧!”紫芸不想找这个麻烦就这么说了。

“你跟徐家没缘，可我这个叔跟我这个苦命可怜的侄女有缘呢，所以，我今天特地来看看你!”徐云彪接着讨好紫芸说，“我知道你受了我那个老哥徐云豹的欺侮虐待。他呀，竟听他那个臭婊子三姨太的摆布，连自己的亲生女儿都不放过，都那么心狠苛刻，简直是个畜生!”

紫芸想，看样子你也好不到哪里去!她不想找这个麻烦，也不想接纳徐云彪。听了徐云彪骂骂咧咧的说辞，只是轻蔑地笑笑，没有作声。

徐云彪又愤愤不平地狗屁倒灶地骂了一通徐云豹，似乎是在为紫芸侄女出气。

这时候，婆母强王氏从菜地里摘了一些蔬菜回来了。她一进门看见是徐云彪，心里一惊，慌忙说:“彪叔，多日不见，在哪里发财啦?”

“哪来的财发哟？我不过在国军里混一碗饭吃。”徐云彪尴尬地笑笑又说，“这碗饭不好吃哟，弄不好就要吃‘花生米’（枪子），不能闹着玩，我这不就溜回来了。”

“那好，那好啊！在家里过过安稳日子，不会劳心费神，担惊受怕。”婆母把蔬菜放下来又说，“既然紫芸的叔来了，今天就在这里吃顿便饭吧！你先坐，我给你倒杯水来。”

听了婆母和徐云彪的对话，紫芸这才知道她还有这么个不速之客的叔。本来她不想找这个麻烦，多管这个事，可是听婆母这么一说，自己也不能不顾大面场，不给婆母做人的面子。于是她就顺水推舟地说：“你请坐。”

徐云彪从口袋里掏出几粒糖果，放在桌子上谦虚地说：“叔头一次来，也没有带什么好东西，这点糖果，给孩子们打打馋吧！”

“你不必客气。”紫芸也不以为然地说。

紫芸的婆母强王氏拿了一只碗，抓了点碎桑叶片放在碗里，这是她们强家常年喝的茶叶。她又从灶膛里端出一只黄罐，倒了煨烫了的开水，端着递给了徐云彪，请徐云彪用茶。

徐云彪鼠眉贼眼地瞟了紫芸的婆母强王氏一眼，笑了笑说：“射射。”

婆母留徐云彪吃顿便饭，原来是一句随口的客气话，眼下看看这个徐云彪嬉皮赖脸的没有走人的意思。婆母是个忠厚善良之人，她想，这个徐云彪一直在外，是个漂游浪荡，住无定所之人。他的老哥徐云豹一向就看不起这个败家子，不接纳他这个浪荡货。徐云彪从来也不跟徐云豹噜嘈。看来今天这顿饭，徐云彪是非在这里吃不可了。吃就吃吧，反正添筷子不添菜，一顿随茶便饭也吃不穷人的！

徐云彪好像好几天没有吃饭一样，呼呼啦啦，狼吞虎咽，一连吃了三大碗，连锅巴都给他铲了吃了。

紫芸和婆母看了面面相觑，暗暗发笑。他们想，这个叔真没品！

饭后，婆母又给徐云彪倒来了桑叶茶水说：“徐叔，你跟你侄女好好聊聊，我田里杂草长得都快超过庄稼啦，我去扒行除草去！”

紫芸急忙说：“娘，我帮你去扒行除草！”

“你把肚里的娃保养好就行啦！”婆母关心地说。

紫芸还是不放心地说：“要不，叫天明陪你去。”

“他还小，才九岁。那里尽是水沟水塘，你说我是管孩子，还是管拔杂草？不行，不行！”婆母摇着头摆着手说。

徐云彪急忙对紫芸和婆母强王氏说："我闲着没事，帮你们去做一趟工吧！"

"不用了。"婆母一边说，一边戴了草帽出门走了。

徐云彪也赶忙站起身来跟着去了。

到了田头地边，紫芸的婆母强王氏见徐云彪跟来了，也没有多说什么，就让他下田扒行除草。徐云彪过去是小少爷，小老板，后来是败家子、大烟鬼、兵油子。徐云彪一天也没有种过田下过地。他哪里会扒行除草呢？让徐云彪扒行除草，他能不给你添麻烦吗？内行人扒行除草是把杂草连根抠出来，甩到田埂上，或是深埋烂泥中。可是徐云彪是把杂草敷衍了事地糊进泥水中，用腐泥把杂草像猫盖屎一样浅浅地盖起来。这样，不出几天，杂草又从烂泥里冒出新芽来抢肥风长。

紫芸婆母强王氏知道徐云彪的底细，晓得他没用无能，也就难得说他，就告诉他要把杂草连根拔起来，要斩草除根。不然，杂草还会长出来与庄稼争肥争水，从而霸占空间，而荒废庄稼。徐云彪也谦虚地表示会按照她的要求去做。这样一来，徐云彪扒行拔草的速度慢下来了。婆母强王氏扒了三趟，徐云彪一趟还未到头。徐云彪不是真心来帮忙的，他是另有所图，另有所谋，才跑来吃这个苦头的。徐云彪必须想方设法赶上趟，他想出了个忽悠人的办法，只在田地的两头认真拔拔草，中间地段连杂草摸都不摸，碰也不碰一下，只是走过场，紧紧跟在婆母强王氏的后面朝前爬去，朝前赶去。他嘴里狗屁倒灶地骂骂咧咧地大骂特骂有钱人，骂徐云豹心狠歹毒，猪狗不如。徐云彪妄图以此来讨好穷人，讨好婆母强王氏。接着他又用不堪入耳的污言秽语进行调笑戏弄，挑逗骚扰。婆母强王氏全当没听见，不理不睬他，只顾自己干活拔草。

徐云彪看错皇历了，以为时机已到，有机可乘了，就仓着胆子说："婆母呀，大榆走了有十几年了吧？这些年来可苦了你啦！"

"我儿孙满堂，高兴着呢，苦什么？"婆母强王氏想，你徐云彪别自讨没趣。

"婆母，你何苦呢？你就随了我吧！"徐云彪真是厕屎掉了胆了，竟然脸不红，心不跳地说出这种无聊透顶的话。

"去你的吧，你是狗嘴里吐不出象牙来的！"婆母强王氏发火了。她想，你徐云彪自己也不掂量掂量是什么个货色，看看你长什么嘴脸？你简直是癞蛤蟆想吃天鹅肉——想得美呢！

"你跟了我，这田里的生活我包干了，用不着你去忙了。"徐云彪不知天高地厚，不知羞耻地老脸皮厚地说。

"那样连西北风都喝不成！"婆母强王氏气呼呼地嘲笑道。

“我可以学嘛。”徐云彪厚颜无耻，大言不惭地说。

“滚，你快滚！我这顿中饭算是装进狗肚里去了！”婆母强王氏大声开骂了。

徐云彪不知羞耻地昂着像歪瓜裂枣似的头脸，咧着满口黄牙的像比目鱼鱼似的嘴，笑得口水都流出来了。

这时，在婆母强王氏的眼里，徐云彪已经显露出了他的狰狞可怖的面目。婆母心里有点害怕。于是，她走上田埂，来到河沟溪水边，准备洗洗身上的泥浆，打道回府，以便避开徐云彪这个小人色鬼！

徐云彪见婆母强王氏走上田埂，也紧随其后，来到河沟溪水边，洗了身子。突然间，徐云彪一把抱住婆母强王氏，想强行调戏亲吻。婆母强王氏顺势“啪”的一声，打了徐云彪一记响亮的耳光，又一把揪住徐云彪的军衣领口。两人在河沟溪水边扭打起来了。最后，婆母强王氏由于又气又急，又羞又怕，她心里愤恨，浑身发抖，两腿发软，扯下徐云彪领口上的一颗纽扣，一头栽进了河沟里去了。

徐云彪也是一个大秤砣，他先是吓了一跳，看看没人，丢下婆母不顾，就慌慌张张，急急忙忙地逃之夭夭了。

天色已晚，婆母还没有回来，紫芸忐忑不安，心急如焚。她立刻叫儿子天明火速把他爸爸强震虎喊回来，到自家田地里去探视寻觅婆母。强震虎的胸口咚咚咚像擂鼓似的剧烈地跳动不停。他听说徐云彪这个浪荡子、大烟鬼、兵油子跟着他母亲一起去了，觉得问题严重，情况不妙，可能是凶多吉少。他急匆匆地小跑着来到田头，大声呼叫：“娘！亲娘呀！亲——娘——呀！你在哪里？”强震虎在自家田里趟了几个来回，终不见他娘的踪影。霎时间，他感到像尖刀在他心上捅了一下一样难受。他又来到河边，发现河沟溪水边有踹踏的脚印和滴落下的泥水。强震虎断定这是打斗的痕迹。母亲强王氏一定是被人害了，一定是徐云彪那个猪狗不如的家伙作的案。强震虎心里难受得像无数蚂蚁在咬着他，娘呀，你怎么就遭人暗算了呢？强震虎真不敢相信，他更希望他的母亲奇迹般地出现在他的面前。

这时候，紫芸也挺着大肚子，带着乡亲们来寻找婆母——她的奶娘了。她声带哭腔地叫喊：“娘呀，我的亲娘呀，你在哪里呀？我当时要陪你来，你却不让我来，这下不得了啰！娘，娘呀，我的亲——娘——呀！你在哪里呀？”

这撕心裂肺的凄惨的哭喊声，撕破了天空，搅乱了河水，震颤着山林旷野，震撼着人心！这声嘶力竭的震撼人心的凄惨的哭喊呼叫声，令人柔肠寸断，回肠荡气，令神鬼号泣，群山哀鸣！……

根据强震虎分析判断，他娘准是落水了。他娘强王氏不会水，落了水就爬不上来。于是，大家就纷纷跳进河沟里，潜入水底，分头去寻找。经过那么多村民乡亲们七寻八找，结果在一堆水草里找着了。大家七手八脚把紫芸的婆母，强震虎的母亲强王氏的尸体打捞上来了。紫芸和强震虎顿足捶胸，呼天抢地，撕肝裂胆地哭喊着他们的亲娘。可是他们的亲娘怎么也不会应声了。

强震虎的亲娘，紫芸的婆母——奶娘强王氏，静静地仰躺在水沟边的田垄上，右手握成拳，攥得紧紧的。大家费了很大的劲才拨开。原来她手心里紧紧地攥着一颗军大衣领口上的纽扣。大家明白了，这一定是徐云彪那个兵油子的，是紫芸婆母强王氏跟他打斗时扯摘下来的。这是铁的罪证！

有人提议，快去找徐云彪那个畜生算账去，别让他跑了。强震虎苦笑着说，国军里的逃兵多得很，只要从这个军逃到那个军，从这支部队逃到那支部队就没事了。这时候的徐云彪又不知道跑到哪个军，哪支部队去了，你上哪儿去找他？

紫芸把她做姑娘时戴的银手镯拿出一只来，让强震虎去兑换了些钱，给她的婆母置办了好一点的棺木，虔诚隆重地收敛安葬了婆母。

这些天来，紫芸一直在想，当初要是不认不理睬这个不速之客，灰堆里蹦出来的叔——坏蛋、色狼徐云彪，直接把他轰出门去，让他有多远滚多远，婆母就不会遭到不测，遭到暗算，就会平安无事了。她的悲惨离世的婆母强王氏都过了“五七”了，供奉的灵位都拆了，紫芸还深感懊恼愧疚，也特别感到伤心痛惜。他眼泪流干了，声音哭得嘶哑了，饭也不想吃了，就连睡到半夜里她都唉声叹气，眼泪汪汪。

强震虎看见紫芸懊恼伤心成这种模样，急在脸上，疼在心里，于是就想着法子劝告安慰紫芸妹子说：“人死了不能复生，活着的人还要奔生活过日子，孩子们都还小，还指望我们夫妻二人把他们抚养长大成人呢！你不能伤透心，哭坏身子，摧残了精神，你千万千万要保重身体呀！”

“我的奶娘，我最亲最亲的娘没了，能不想念，能不伤心吗？”紫芸流着伤心痛苦的眼泪说。

“你要节哀，你要克制！你要多想想高兴的事，开心的事就好啦！”强震虎倍加关心地说，“娘在世时常常嘱咐你要保养好肚子里的娃娃呢！”

“你说的这话倒是提醒了我，我听娘的话。”说话间，紫芸突然感到肚子里的孩子像是用小脚在踢她，又像是用小拳头在捶她，更好像是听了他爹娘的说话，也要表达他的意愿了。于是紫芸摸着自己的肚子说，“我的好孩子呀，你知道不？你还未出世，你的奶奶就非常喜欢你，疼爱你了。要是你出世了，来到人世间，你奶奶还在人世间的话，定会把你当龙蛋凤雏一样宠着、疼着、护着。你奶奶是个多么善良，多么好的人哟！”

强震虎为了让夫人紫芸，他的妹子从悲哀伤痛中解脱出来，就顺势开了一句玩笑说：“老天爷不公道，大不该让‘好人无长寿，祸害活千年’！”

紫芸听了非常感慨真诚地说：“那我宁可做‘无长寿的好人’，也不做‘活千年的祸害’！”

“不过，善有善报，恶有恶报。”强震虎接着又说，“时候一到，像徐云彪这样的恶棍魔鬼，就会挨枪子，当炮灰！”

“你这前后矛盾的话，倒把我弄糊涂啦！”紫芸的眼睛瞅着强震虎，想从丈夫那儿得到满意的解释。

“糊涂了好啊！糊涂了就不会心烦苦闷啦！”强震虎作古正经地说。

这时候，紫芸和强震虎夫妻二人都知心会意地笑了。

六

几天来，强强一直在母亲身边。他替母亲做得最多的，就是给母亲捶腿擂腰。母亲一直哼哼不停，说是她的两条腿好像用绳索五花大绑了一样酸麻难忍。她让儿子强强捶得重点，最好用棒槌才过瘾。强强觉得他已经下手够重的了。可是，母亲还要他下劲再下劲，下手越重她越感到舒服。母亲得的是伤寒病，这种病来得很凶猛，不仅头感到虚空，而且浑身骨头也是酸麻疼痛得难以忍受。母亲要强强给她捶给她擂，越重越好。可是，这种捶法和擂法，就像给犯人用刑似的，强强怎么忍心？哪里下得了手呢？

强强深深知道，母亲为了他已经吃了不少苦头，担了不少风险。不说生强强时差点丢了性命，就是强强三岁那年，也发生了一件不该发生的事情。那天晚上，已经上了床，准备睡觉了。强强在床上，突然想起来要吃锅巴。

母亲很不高兴地说："都睡觉了，还吃什么锅巴？"

强强又哭又闹，大有不达目的决不罢休的架势。母亲还是不答应，竟不理不睬假装着打起呼噜来了。这可不得了啰，强强哭翻了脸，闹翻了天啦！他把被子掀开不肯盖上。母亲给他盖上，他叫着哭着闹着又用脚把被子蹬开。母亲见打也不行，骂也不行，哄也不行，最后还是服软屈从了。

母亲无可奈何，极不愿意地下了床，刚刚坐在床沿上，把右脚伸进鞋子里，就感到有什么东西在她脚背上咬了一口。母亲先吓得惊呼狂叫，接着又痛得啧啧地咂嘴，继而又痛得嗷嗷喊着叫着摇头甩手，痛苦不堪，哼哼不停，最后疼得亲娘妈妈地狂喊乱叫，那痛苦的眼泪都汩汩地流淌下来了。

虽然母亲没有顾上给强强拿来锅巴，然而在这种时候，强强还有心思想吃锅巴吗，还有兴趣吃锅巴吗？强强不再吵不再闹，乖乖地睡到被窝里，悄无声息，一动不动。强强深深感到愧疚，他懊悔不及。他觉得他当初不该吵着闹着要吃锅巴；他不该拼死拼活逼着母亲去拿锅巴，害得母亲被该死的蜈蚣咬了，给母亲带来了莫大的痛苦。母亲那种抽抽毒毒的疼痛，实在令母亲难以忍耐，不能承受。母亲泪如瓢泼大雨，疼痛得声嘶力竭的大喊大叫了一夜，十分凄惨，令人惶恐忧惧。母亲号哭呼叫，一直到雄鸡打鸣，疼痛才稍稍缓解。这一夜的折磨使母亲耗尽了精力，大伤了元气。想起这件事，强强深深感到对不起母亲，也异常愧疚；想起这件事，强强印象深刻，难以忘怀！

现在病中的母亲的痛苦喊叫，同那晚被蜈蚣夹咬后的痛苦喊叫一样惨烈，令人揪心。

谁知这伤寒病来得凶猛。虽然请赵郎中看了吃了药，但恢复起来慢。母亲的浑身骨头还是酸痛难忍。母亲老是埋怨强强抡棒无力，说强强是使乖偷懒，不肯使劲。任母亲怎么埋怨怪罪，强强也不怨母亲，不怪母亲。因为强强知道母亲的痛处和苦楚。强强知道母亲是疼爱孩子的。母亲疼爱孩子绝对不会放在嘴上，说她是多么多么喜欢你疼爱你。然而在她怔怒埋怨的话语里，却深含着对你的爱对你的疼。

强强四岁那年，有一天，母亲在打谷场上翻稻晒稻。强强跟在母亲后头。帮着母亲推稻摊稻。突然间，强强打了个寒战，觉得周身特别冷，头也不舒服，一味地疼。强强就朝场边一睡，浑身索索发抖。母亲看见强强躺在火辣辣的太阳下暴晒着，而且颤抖得特别厉害，断定强强是“官老爷”（疟疾——打摆子）上身了。母亲认为“官老爷”上身了，只要吓一吓，不用两回，就可以吓走“官老爷”，疟疾病就好了。于是母亲恶狠狠地说：“强强，你这个小东西，再不起来，我拿刀来斩你！”

母亲一边说着，一边真的跑进屋里拿来了一把菜刀咬牙切齿，凶神恶煞似的，朝强强躺的地方走来。强强吓得爬起来拔腿就拼命地跑。强强跑到母亲看不见的地方又躺下了。强强委屈伤心地想，这下不好了，妈妈不喜欢不疼爱强强了。强强哪里做错了呢？睡在太阳下暴晒是因为强强怕冷，冷得直打哆嗦。蜈蚣咬了妈妈，这事过去都快一年了，母亲还怪罪强强，记强强的仇吗？强强百思不得其解，怎么也想不通。强强越想越不明白，越不明白就越气，越气就越委屈伤心，以至于伤心得流下了眼泪。强强卷曲着身子，侧躺在地上，怀着一肚子的委屈睡着了。

强强醒来的时候，已经躺在家里的床上。母亲坐在床沿上，用温暖的手摸摸强强的额头，显露出满脸的笑容说：“不发烧了，好啦！官老爷被吓跑啦！”

强强躺在床上想，这一定是母亲把他抱回来的。听了母亲这样说，他恍然大悟了，原来母亲不是不喜欢不疼爱强强，而是用这个办法来给强强驱邪治病呢！

一会儿，母亲又端来一碗鸡蛋面条，喂强强吃。强强非常感激地说：“妈妈，我有病不能吃。”

“吃，没事。”母亲十分关心地笑着说，“饿不死的伤寒，胀不死的疟疾！”

强强呼呼啦啦，把鸡蛋和面条吃了，吃的是那么爽滑，又那么香甜。

强强搂住母亲，不知是委屈呢，还是深深的爱？母亲也紧紧地搂着强强，不知是疼爱呢，还是愧疚忏悔呢？就这样，强强依偎着母亲的怀抱里，母亲紧紧地搂着儿子强强，久久地，久久地不离不分。这爱这疼，这母子之间的深情也就尽在其中了。

强强看着重病中的母亲心想，你让我重重地锤，重重地擂，强强只能悠着点，这棒槌那么实，又那么沉，摆到腿上都会产生不小的冲击力，何况重打重锤呢？强强不能依着母亲的一时痛快，暂时的舒服，就把她打伤打残，而给她带来终生的痛苦。那样强强也会遗恨终生的！母亲呀，母亲，你怨也好，你骂也好，你发火吧，你打我吧，强强都不会怨你怪你。强强知道，你叫出来喊出来，就可以减少痛苦！

这时候天蓝姐姐已经把煎好的汤药端来了。她把母亲扶起来，一口一口地给母亲喂汤药。

这赵郎中开的这位药，母亲已经喝了几天，效果不明显，今天母亲却喝出了满身满头大汗。出汗好，药性开始见效了。谁知这中药的药性来得慢，一旦药性到了位，其效果就显现出来了。母亲的疼痛似乎好了些。天蓝姐姐给母亲擦了擦汗，母亲就迷迷糊糊地睡着了。强强实在累了，也扒在床沿上睡着了。

又过了几天，母亲的病大有好转，她不喊不叫，也不哼哼了，更用不着强强给她擂腰捶腿了；精神也好了许多，能吃点烹米茶汤了。强强同哥哥天明，姐姐天蓝都非常高兴。

五婶来看过母亲了；乡亲们也陆陆续续来看过母亲了；李郎中来看望母亲了。李郎中是当方有名的针灸先生，有些疑难疾病，特别是小儿肚疼抽筋之类的病，经他的银针一扎，就会神奇般地好起来，真是手到病除。李郎中很关心地问母亲说：“嫂子呀，病好些了吗？”

“好些了，承蒙你关心了。”母亲笑着说。

“你身子亏，要补补身子。我拿来一节参，把它煮了喝点汤吧！”李郎中拿出一节参交给天蓝，让她拿去煮汤。

天蓝去了。母亲感激地说：“射射你。这东西精贵，李先生你太客气了，我怎么过意得去呢？”

“你不要客气，我跟虎哥在一起放牛长大的，我们好着呢！”李先生接着说，“你好生调养调养，我就去前村给人家小儿扎针去！”

李郎中前脚走了，赵郎中随后就到了。赵郎中是个很有责任心的郎中，他顺便弯进强家来看看母亲的病情变化的。赵郎中问了母亲的情况以后，很高兴，也很满意。

赵郎中又给母亲把把脉，觉得脉相趋向正常了，也放心了。

这时候，天蓝走进来问道：“娘，我把参汤端来给你趁热喝了吧！”

“啊！参汤？不要命啦？”赵郎中簸着脑袋，摇着头惊呼道，“这是大补，一补就中焦阻塞，神仙来了也救不了你的命呀！”

真险呀，母亲一家人都面面相觑，惊恐万状。

赵郎中又补充说：“我不是说了吗？‘饿不死的伤寒，胀不死的疟疾’吗？眼下病人只能吃点清淡饮食，千万要记住！”

强强一家人都点着头，表示记住赵郎中的忠告。

赵郎中又千叮咛万叮咛了一会儿，出门走了。

强家一家人都捏着一把汗。大家都认为，李郎中是强震虎的好朋友，他是一片好心，差一点好心误了大事。他是扎针先生，并不知道伤寒病的厉害和治疗原理。要不是赵郎中来得及时，发现得早，母亲就难逃一劫！

“幸亏我娘的命大！”儿女们都伸了伸舌头，异口同声地说。

经过几天的精心调理和保养，母亲在儿女们悉心照顾下奇迹般地好起来了。母亲吃饭香了；脸上也有了光泽了；精神也好了。强强又开始出去玩了。不过，他不用母亲费神劳心去叫去请，到时候他知道回来吃饭，陪母亲说说话，帮母亲做事。母亲看着活泼可爱的儿子强强，看看自己的病又好了。她想想村里人的那些议论，也觉得无知可笑。她认为大家都是吃五谷的，都是食人间烟火的，谁能不生灾害病呢？她和强强母子俩活得好好的，谁说母子相克？这不是胡说八道吗？

七

强强八岁了，那年他没有去上学，其原因有：第一是母亲生病；第二是家里穷。那些平常和强强在一起玩的，同他差不多大的孩子们，都去上学了，强强只得一个人闷声闷气地玩耍了。

这天，强强一个人在外面玩了一会儿，觉得毫无情绪，就怏怏不乐地回来了。他显得很无聊，就一个人坐在门槛上，手托腮帮，两眼瞅地，想起心思来了。他想念他的两个哥哥天亮和天冬了。那年强强两岁，哥哥天亮八岁，天冬哥哥才五岁。他们哥仨常常在一起玩，而且玩得非常开心高兴。他们玩起来总是天亮哥哥背着强强，天冬哥哥跟在后面。天亮哥哥背着强强沿着自家的破墙烂院转框框绕圈圈，天冬哥哥跟在后面撵。天冬哥哥撵不上就哭，强强偏叫天亮哥哥朝前跑，逗着天冬哥哥追赶，引得天冬哥哥哭鼻子，强强却在天亮哥哥的背上得意忘形地哈哈哈地大笑。天亮见天冬哭得凶，就停下来等他一下，等到天冬快赶上了，又朝前跑去。强强更自在，笑得更欢了。天冬哥哥实在追赶不上，就像泄了气的皮球一样，瘫坐在地上呜呜呜地哭闹起来。这时候，母亲往往会出来责怪天亮，要天亮哥哥不要落下天冬，做哥哥的要带着弟弟玩，不准欺负弟弟，免得引得天冬声嘶鬼叫，烦死人啦！

强强想起那时候，他们哥仨在一起玩得特别有趣，也特别开心过瘾。可是就在那年，村里突然遭遇了一场天灾人祸，使得两个哥哥天亮和天冬不幸夭折身亡，离他而去了。

提起那场灾难，徐村人就默然神伤，心有余悸。

徐村是个大村子，由前村后村，东村西村，章庄王社而组成。村里姓徐的最多，所以叫徐村。村里同姓不同宗的徐姓派系共有五个支脉，光供奉先祖的祠堂就有三座。村子的中心有座大庙，庙里供奉着很多泥塑的菩萨：有玉皇大帝、王母娘娘；有太上老君、太白金星；有观音老母、痘花娘娘；有龙王、鳌鱼……据说，这个痘花娘娘不能得罪。她是专管水痘、天花和瘟疫的。人们要是得罪了痘花娘娘，就要逢灾遭难。不知村里头谁得罪了触犯了痘花娘娘，徐村人就真的遭殃了。徐村人纷纷议论，众说纷纭。有的说，娘娘庙里不该开办私塾堂，每天摇铃上课下课，吵了痘花娘娘，痘花娘娘发威动怒了；有的说，不知是谁家的孩子嘴馋，偷吃了娘娘的供品，触怒了痘花娘娘，娘娘就降灾于民了……一年中，徐村先后死了一百多个孩子。强强的天亮哥哥和天冬哥哥，就是在这次瘟疫中夭折身亡的。

为此，私塾先生遭到了村里人的指责，甚至于遭到了村里人的唾骂。他背着莫大的冤屈被迫停办了私塾堂。人们问孩子们有没有偷吃娘娘的供品？孩子们都说，课间休息时，肚子饿了就偷吃了娘娘的供品。奇怪的是偷吃娘娘的供品的孩子染病了，那些不上学，没有偷吃娘娘的供品的孩子也有染病的，甚至于捐了命，这就令村里人难以理解，不可思议了。这种瘟疫很奇怪，来势也很凶猛。一旦染上这种病，你脸上身上就会生出水痘和脓疱痘疹，而且满脸满身的脓疱痘疹，令人奇痒特痛，整日高烧不退。得了这种病的人，就是不死也要你脱层皮，大多落得一脸的恶毒麻子。

徐村首先得这种病的是强强。他白天和天亮和天冬哥哥在一起玩得好好的，到了晚上，脸上长出了水疱痘疹。第二天就化脓了，成了脓疱。脸上虽然脓疱不多，但他高烧不退，不停地要喝水，嘴唇也烧破了。母亲还是第一次见到这钟怪病，她先以为是皮肤病——疥疮。谁知这病来得这么凶猛，到了第三天，可怜的才两岁的强强支持不住了，他气息奄奄，不多时就咽气了。母亲伤心难过得痛不欲生，在五婶和乡亲们的抚慰劝告下，她才撕心裂肺地哭喊着强强的名字，悲惨痛惜地放下强强的尸身，让人用稻草裹了，惨不忍睹地轻轻挥挥手，请孤寡老人徐泰安用秧蓝背了送小鬼滩去了。

徐泰安老人急急匆匆地走着，走到小鬼滩，轻轻把秧蓝放下，他出于同情心，想用靶子扒个坑洞把可怜的强强埋了，免得让饿狼野狗撕扯。徐泰安老人刚咚咚咚地扒了几下，突然听到强强“哇”的一声哭起来了。徐泰安老人知道强强还活着，他不忍心就这样把可怜的强强埋了。于是，徐泰安老人又把强强背了回来，交给了强强的母亲。母亲赶紧把强强抱了起来，给强强喂水。强强喝了一碗又一碗水，出了一身汗，那汗水把母亲的衣服都淋涩了。强强在母亲的悉心调理下，慢慢地退了高烧，第二天疱疹也收干结痂了。母亲又精心给儿子强强调理了几天，强强竟然奇迹般地好起来了。徐村人都说强强这孩子命大，就给他起了个绰号叫“秧蓝背”。

“秧蓝背”的名号，“秧蓝背”的传奇的事情，在徐村沸沸扬扬地传开了，传到了徐府，传到了三姨太贡美丽的耳朵里。三姨太贡美丽立刻跟徐云豹说："村里有瘟疫，你那个伤门心的女儿紫芸的小儿子，染上了瘟疫死了，活过来又从小鬼滩背回来了，真晦气，这可是不吉利的事情，我们可得要小心呀!"

"怎么小心?"徐云豹不以为然地说。

"这可是传染病。"三姨太惶恐不安地再三叮嘱徐云豹说，"千万不能让强震虎回家，要隔离，别把瘟疫带进徐府来!"

这样一来，徐云豹倒像是真的拿了鸡毛当令箭了，他强行规定，为了防止瘟疫的传播，强震虎这期间不准回家，就是家里死了人，也不准回家。

这次的瘟疫不仅给徐府带来了惊恐慌乱，就连整个徐村都处在一种惶惶不可终日的境况下了。再说，这种病也真奇怪，专找孩子。几天来，徐村有几个孩子都染上了这种病，而且都不治身亡了。强强能死里逃生，竟存活下了，实在是一个奇迹！可是天亮哥哥和天冬哥哥两人就没有这么好的运气了。

几天后，天冬哥哥突然发病了。他满脸满身都长了脓疱痘疹，脓血把衣裤污染得像褪了色的花布一样，难看而且肮脏。天冬不仅病情严重，高烧不退，而且咳喘不停。那咳喘的声音，就像敲击闷鼓一样，更像敲击破旧锈蚀的洋铁簸箕时发出的"呱呱呱"的声音，听了令人寒冷颤抖，浑身隆起鸡皮疙瘩，也令母亲揪心疼痛。

可怜强强的天冬哥哥就这样折腾了三天，就气绝身亡，小小年纪就走上了黄泉路。

天冬哥哥悲惨地走了，天亮哥哥也发病了。天亮先浑身作冷，索索发抖，母亲用被子将他捂起来取暖。不多时，天亮又发高烧了。内热很高，持续不减。脸上身上的疱疹越出越多，小脸像被马蜂蜇过一样肿得像扒斗。他被高烧折腾得昏昏沉沉，迷迷糊糊，神志不清。他一会儿高声大叫，一会儿窃窃私语。他大喊大叫着："你们不能偷吃娘娘的供品，这是专供娘娘的，凡夫俗子不能吃!"他窃窃私语时说："娘娘，天亮对不起你，我下次再不偷吃啦!"继而他又挥着手大声指责说："天亮、天冬、天强，你们为什么要偷吃供奉娘娘的馍?"

母亲看到天亮病成这样，僵硬直立着愣在那儿一动不动，无声无息地流下了伤心伤情的眼泪。待到母亲回过神来，又见天亮满头满身大汗，浑身上下如同刚淋了瓢泼大雨一样湿透了。母亲心疼得伸出手要用毛巾替他擦汗。天亮紧张地一边避让，一边说："娘娘，你别靠近我，你别摸我，我只偷吃了一个馍，天冬吃了一个，天强吃了一个，其余的都被学馆里的学生枪去吃光了。"

那日，天亮跟往常一样，背着强强带着天冬在自家门口玩耍，忽然听到村里锣鼓喧天，鞭炮齐鸣，喇叭嘟嘟，非常热闹。他们哥仨就跑去看热闹了。

他们哥仨急急匆匆来到村子中心的大庙前，看到不知是那个村来了一些男女。他们敲锣打鼓，放着鞭炮，抬着或者挑着花花绿绿，扎着彩绸，插着彩花的糕点供品进了庙。天亮他们哥仨也跟着这些人进到庙里。

这些外村人把糕点供品摆放在痘花娘娘菩萨面前，点上香烛极其虔诚地磕了头。从他们忏悔的言辞里，人们才知道他们曾经向痘花娘娘许了愿，这次他们是来烧香还愿的。他们怀着十分笃信虔诚的心情敬拜过娘娘后，丢下糕点供品，十分满意的静静地离去了。

天亮有点嘴馋，上前拿了三个馍，给天冬一个，给天强一个，自己留了一个。这时候，私塾馆的娃娃们下课了，他们一拥而上，把糕点供品抢光吃光了。这就是病中的天亮，神志不清，迷迷糊糊说的全部事实。谁知这就触犯了激怒了痘花娘娘，酿成了这么大的祸事，遭了这么严重的灾难呢？

既然是这样，母亲也无法可想，无计可施。于是她为了求吁神佑，祈求上苍开恩，便把五婶请来帮忙，连夜赶制了糕点供品，点上洋红洋绿，扎了彩绸彩花，来到大庙里，心诚笃信地供奉在痘花娘娘的神像前，点燃了香烛，磕头跪拜，祈求娘娘宽宏大量，向痘花娘娘讨饶免罪，求痘花娘娘保佑天亮平安无事，日后一定再来烧香还愿。

徐村的村民们也有像母亲一样来大庙里，给痘花娘娘烧香许愿的。

香烧过了，神也敬过了，愿也许过了。母亲在忙忙碌碌，惶惶惑惑中好像看到了某种希望。她举着轻快的步伐出了庙门向自己家中走来。她走到儿子天亮的床前一看，他惊呆了，天亮的病不但不见好转，反而日趋加重了。

失去儿子天冬的伤痛，还时不时地袭扰着母亲。她心里像针扎刀绞似的疼痛难受，她凄婉悲泣。眼下天亮又病情危重，高烧不止，神志不清，胡话连篇。面对这狂风暴雨般的打击和摧残，母亲苦瓜着脸，不知如何是好了。有时，她仰头对着清澈如水的蓝天，两片薄薄的嘴唇，像蜜蜂的翅膀一样颤动着，颤动着……她默求上苍开恩布道，保佑她那病入膏肓的儿子天亮。

五婶见母亲神不守舍，惴惴不安，便倍加关切地说："天亮她娘呀，别把天亮这孩子耽误了。还是请赵郎中来看看吧，或许赵郎中有办法呢！"

在五婶的关心提醒下，母亲打发人请来了赵郎中。赵郎中看看天亮的病情疫况直咂嘴，把着脉直摇头，尽叹气。赵郎中深知这种病很麻烦，他告诉母亲，这孩子得的是出天花的病，这种传染病传播很快，大凡没有种过牛痘的孩子都难逃厄运。这种天花病毒一旦传开了，村里的孩子就遭殃临难了。

“这孩子怎么染上这种病毒的?”赵郎中十分担心地问道。

“这孩子偷吃了娘娘的糕点供品。”母亲后悔莫及地说，“痘花娘娘发怒了，天亮就得病了。”

“娘娘是泥巴雕塑的，她不管事，也不会接收供品的。”赵郎中是不信鬼神的，他只相信他的医术。他告诉母亲，问题就出在这供品上。凡是给痘花娘娘呈上供品来烧香的，一定是家里有人染上了天花一类的病毒，看着病人的病情有了好转了，就来给娘娘烧香还愿了。这些糕点供品接触了病人，是病人所处的环境中拿来的，已经被污染了，带有了天花病毒，所以孩子们吃了，就被感染上了。

母亲听了赵郎中这么一说，心里明白了许多。她怪罪那些从外村来烧香还愿的人家，也埋怨孩子们不该嘴馋贪吃。她心里非常着急地问赵郎中道：“赵郎中，你看天亮这孩子的病还有救不?”

赵郎中十分平静地说：“根据我的经验，染上这种病的人，能活下来的很少，即使侥幸活下来了，也会落下一脸的麻子。”

听了赵郎中的话，母亲先是像木头一样僵直地站立在那里，无言以对，继而她那哭红了的眼睛里的眼泪就扑簌簌地滚落下来了。

赵郎中龙飞凤舞地开了一服药方，交给母亲说：“抓两服药吃了看看，就看天亮这孩子的造化运气了。”

母亲用双手抖抖地接过了处方，满怀希望地谢过赵郎中。赵郎中出了强家，又急急忙忙赶到别的人家去号脉诊病了。

几天下来，徐村村里天天都有孩子夭折离世，天亮也终于不治身亡了。这几天来，可忙坏了两个人，一个是赵郎中，他整天默默地忙碌着给病孩子号脉开药，他的理念就是救死扶伤，治病救人；另一个最忙的人，就是孤寡老人徐泰安，谁家死了孩子，都是他去处理安葬的。他做到了随喊随到，夜里喊夜里到，无怨无悔。他说得好，他要在有生之年，给村里人行善施德。

这些天来，徐村人被天花病毒闹得人心惶惶，不寒而栗。全村人都把这病看作是不治之症，都把这病视作惨绝人寰的瘟疫。本来村里人谁家有了事，都能互相关照，互相帮助，互相看护，互相安抚。可是，现在都互不来往了，好像别个人都是凶恶的魔鬼，别个家庭都是阴森可怖的荒坟野地了。尽管这样，这病还是在徐村全村汹汹地传播蔓延了。

这场瘟疫给徐村带来了深重的灾难，全村死了一百多个孩子，留下了二十几个大麻子，几个小麻子，强强是最幸运病得最轻的，他不仅保住了性命，而且只在人中上留下了两颗隐约而不明显的麻子。

这场瘟疫席卷了全村，唯独几户深宅大院人家没有波及，没有遭殃。二姨太和三姨太的孩子都安然无恙。这不是老天爷无眼，痘花娘娘无珠，而是他们的孩子不出大门，不与外界接触。他们有专人教他们的孩子读书认字，舞文弄墨。由于他们与世隔绝，也就避免了天花病毒的传播感染。

这场瘟疫中，受到打击最深最大的，就数母亲一家了。她的三个孩子都染上了天花病毒。天亮和天冬两个孩子悲惨地走了，强强这孩子命大，死而复生，拣回了一条命。要是儿子天明和女儿天蓝两个孩子，不跑到他们的舅爷爷舅奶奶家去躲灾避祸，恐怕也在劫难逃，幸免于难！

八

纸船明烛照天烧，瘟神送走了，村子里平静了，可是人们的心情并不平静。有的人还过于悲伤，还没有从悲伤痛苦中解脱出来；有的人还是不明事理，明明知道是外村人传来了天花病毒，给徐村人带来了惨烈的灾祸，可是他们还在怪张三，怨李四。赵郎中不是说了吗？要是当政者替老百姓着想，关心重视老百姓，给村里的孩子都种上牛痘，不就平安无事了吗？

灾难已过，母亲伤痛依旧。瘟疫带给她的创伤及其巨大的伤痛还没有抚平，眼泪还没有流干，有人又在她的伤口上撒了一把盐。近日来，村里人到处传扬，都说是三姨太贡美丽说的。这个可恶无知的三姨太，胡搅蛮缠，胡言乱语，瞎编滥造，硬说母亲是克星，是伤门星。说什么母亲紫芸从出生以来，已经被她克死了多少人。说紫芸刚一出生就克死了亲娘陆俊霞，后来她公爹强大榆、婆母强王氏都被她克死了，再后来她的两个儿子天亮和天冬也都被她克死了。三姨太又胡说什么母亲这个伤门星的儿子强强也是伤门星。强强出生时，母子俩差一点双双毙命，还在娘肚里，就把奶奶克死了，后来又克死了天亮和天冬两个哥哥。往后去，这母子两个克星还不知要害死多少人呢！村里迟早还会遭他们的祸殃的。当初，徐泰安老人就不该把这个克星“秧蓝背”再背回来。

真是人言可畏呀！那些明白事理的人，见到母亲还是虎嫂长虎嫂短地打着招呼。可是，那些不明事理的人，他们见到母亲，常常眯起眼睛或是斜着眼睛瞅瞅她，像见着妖魔鬼怪似的躲开了。甚至于有的人聚到一起，远远地看着，指指点点，鬼鬼祟祟，窃窃私语，不知胡诌些什么鬼话。母亲十分清楚，凡有这种行为举止，形态表情的人的嘴里还能有什么好话说？母亲背着极大的冤屈，怀着满腔的义愤，她有气无处出，有泪也不轻弹了。她昂首挺胸走她的路，做她的事，过她的日子。

三姨太还在大庭广众之中，公然喊叫，不准强震虎回家，否则强震虎会把他家的晦气带进徐府，那可是不得了的事！那个可恶可笑的徐云豹，竟然言听计从，像传达圣旨似的，对强震虎下命令说："强震虎，你不准回家！"

瘟疫过去了，家里出了这么大的事，遭到如此的劫难，两个孩子不幸夭折，小儿子强强死里逃生，捡回一条命，这已经让他伤透了心。自己的夫人，一个女人顶着泰山压顶的难以承受的巨大的压力，怀着翻天覆地的难以忍受的悲伤痛苦，作为她的男人，连看都没有看她一下，更没有机会说一句安抚宽慰的话，你忍心吗？这合情吗？这合理吗？

强震虎非常气愤恼火地冲着徐云豹说："瘟疫过去了，不回家，这是万万办不到的！"

徐云豹震颤着他那雄狮般的长鬃怒吼着道："不行就是不行！"

"你就是把我强震虎的腿打折了，我强震虎爬也要爬回去！"强震虎坚定不移地说。

"你敢回去，就不要再踏进我徐府的大门半步！"徐云豹心里像烧滚的开水一样滚沸的怒意，暴跳如雷地说。

"行。"强震虎瞪着亮起的眼睛，如同两粒火炭一样，简短而有力地回答。

"你还欠我两年的劳工怎么办？"徐云豹以为这下就可难住强震虎了。

强震虎想，你徐云豹又玩花样耍阴谋了，就没有作声。

"你看怎么办？"徐云豹露出阴险歹毒的嘴脸看着强震虎。

"你说怎么办？"强震虎镇定自若地反问道。

"那我就好人做到底喽。"徐云豹假惺惺地说，"你把那两亩地还给我，一年一亩，两年两亩。"

徐云豹打错了算盘，以为这样强震虎没有了土地，逼到最后还是会来找他求他的。

"好啊，一言为定！"强震虎又补充说，"不过，等这季庄稼收上来，我准还给你！"

强震虎和徐云豹达成了协议，做了文书签了字，就卷起铺盖，收拾了行李衣物，一担挑着离开了徐府，回到了家里。夫人紫芸看了又惊又喜，两人抱头痛哭了一场。那悲伤，那亲情融汇在一起，悲中有喜，喜中有悲，悲喜交集，那场面那情景实在令人感动！

强震虎还是那句老话："人死不能复生，遇着这样的天灾人祸，谁也没有办法，我们还是要节哀！"

"丢了两个孩子的伤痛，我已经难以承受啦，可是村里又传扬出了许多不伦不类的邪言疯语。有些人的那眼神，那神情怪异诡谲，好像村里死了那么多孩子，都是我们母子害的，岂不是天大的笑话！”母亲伤子后的悲伤的眼泪流干了，这回见到自己的丈夫强震虎，那委屈的眼泪又哗哗哗地流淌下来了。

“那个三姨太，狗嘴里能吐出象牙吗？她是嚼鬼蛆，放的狗臭屁！”强震虎愤怒地骂道。

“我挠她的肺，揪她的心啦？”母亲也愤然地说。

“你不要听她瞎说。”强震虎安慰夫人说。

“我听她那个臭婊子嚼鬼蛆？”母亲轻蔑地撇撇嘴说。

三姨太贡美丽，喜欢涂脂抹粉。她那雪白粉嫩的脸，像春暖花开时怒放的梨花一样白嫩。雪白粉嫩的脸、红红的嘴唇、黑亮的眼睛、浓浓的丹凤眉毛，线条分明，布局匀称，长长的瓜子脸，被一头乌黑的青丝衬托得更加美丽动人。贡美丽就凭她的美若天仙般的姿容征服了徐云豹，成了三姨太，也成了徐府说一不二的太上皇。

三姨太是徐村前村的贡家大院的四小姐。她的大哥叫贡家发，他是徐村的一个歹毒心狠的保长。村里人都说他坏事做多了，得到了报应，生了个木讷痴傻的儿子叫二愣子。二愣子思维木讷，说话没高没底，没上没下，大话雷雷，不着边际，一句话一件事能重三倒四地说多少遍，所以都二十几岁了，还没有娶到老婆。三姨太见紫芸姑娘身材苗条，脸蛋清秀，肌肤柔润，打扮起来也是个大美人。反正她又不是自己的亲生女儿，把她嫁给自己的亲侄子倒是一桩好姻缘。她决定要做的事，徐云豹也不敢有异议，总是百依百顺。三姨太实指望即使紫芸不同意，也不能由着她的性子，可以采取逼婚强娶的办法，让生米煮成熟饭，促成这件大美事。可是不曾想到，紫芸竟然得了那种怪病，这都是可恶的强震虎的勾引使坏造成的。三姨太知道这种怪病的厉害，如果给自己的侄子娶回去了，非但没有好处，反而给她大哥家一家人带来天大的麻烦。于是，她死了这条心，设局套牢强震虎，就让强震虎把紫芸娶回去了。谁知道紫芸活得好好的，还生了几个娃。三姨太贡美丽很不甘心。她私下里认为，紫芸当时是装疯卖傻，设下了圈套让她三姨太钻，她竟然钻进了紫芸的圈套里去了。三姨太上了当，吃了亏，这口气实在咽不下去，不出这口气决不罢休。于是三姨太就千方百计地攻击毁谤他们，恨不得置他们于死地而后快！

强震虎对这些看得非常清楚，他对夫人紫芸说：“你别理她，我们过自己的日子。”

“她是个卑鄙龌龊的小人，我去臭骂她一顿！”紫芸激动地说。

“算了吧，她那个大哥贡家发是个凶恶如虎狼的保长，随时随地都可以来找我们的麻烦。我们斗不过他们，躲还躲不过吗?”强震虎笑着说。

“就是躲得过，这口气可受不了!”紫芸没好气地说。

“好汉不吃眼前亏，就忍着吧!”强震虎安慰夫人说。

听了丈夫强震虎这么一说，紫芸也不再多说了。

这时候，强强一觉睡醒了。母亲把儿子强强抱起来，让他叫爸爸。强强好长时间没有看见爸爸了，似乎有点怯生，竟往母亲怀里直钻。强震虎将儿子强强一把拉过来，抱在自己怀里，狠命地亲了亲说：“强强，不认识爸爸啦?快叫爸爸，爸爸想死你啦!”

强强看了一会儿，终于操着稚嫩的童音大声喊道：“爸爸!”

强震虎喜不自胜地搂着儿子强强，亲着强强，不住地说：“好儿子，大难不死，必有后福!”

母亲紫芸听了也不觉开心地笑起来了。

自此以后，强震虎不再外出打工。他们一家人日出而出，日落而归，凭着辛勤劳动，借着自己的力气，谋求生活，一家人和和美美地在一起过着温馨幸福的生活。

九

强强同母亲紫芸和父亲强震虎哆狂了一个晚上，就迷迷糊糊地睡着了。天气有点闷热，强震虎和夫人紫芸就到门外的凉床上去纳凉。他们夫妻二人平躺在凉床上，仰面对着秋高气爽的蓝天，满天的星星闪着亮光，似乎在朝他们夫妻二人微笑。

夫人紫芸指着银河东边的一颗星星说，这是紫芸；又指着西边的一颗星星说，这是虎哥，还挑着担子呢！

强震虎笑着说："西边那颗星星不是我，我已经过了河了。你看你旁边那颗星星才是我，像我们现在这个样子，躺在凉床上紧挨着呢！"

这一年来，三姨太贡美丽和徐云豹不准强震虎回家，紫芸跟虎哥好长时间没有像今天这样紧挨着躺在一起了。这回强震虎出了徐府，他们夫妻二人可以厮守在一起好好过日子了。一家人融融乐乐生活在一起，母亲紫芸感到很幸运，也感到特别高兴。

"你看，你看！"强震虎指着天空的银河兴致勃勃地说，"农谚说，'银河折东折西，薪米喂鸡，折南折北，鸡头菱角'，鸡头菱角上世的时候，正是收割大忙的时候！"

"我们家的二亩地里的稻子也该收割了。"紫芸欣喜地说。

"明天，我去把稻子收割掉。"强震虎喜不自胜地说。

说句真心话，紫芸真舍不得把地里的稻子收割掉。她日夜惦记着这二亩地的稻子，她曾经不止一次地用手爱惜地抚摸着这沉甸甸、饱满硕大的稻粒，看着这齐整平铺在地里的金灿灿的稻谷，她感到这是自己日夜辛勤劳动的成果，也是她日夜期盼的希望。紫芸十分清楚，一旦稻子收割了，徐云豹就要收回这二亩地了。这个徐云豹也太不讲良心了。紫芸她娘陆俊霞毕竟跟徐云豹夫妻一场，人们常说，"一日夫妻百日恩"嘛，可是徐云豹倒好，良心都被狗叼去了。紫芸听奶娘，她的婆母强王氏说，她长得跟她娘一模活脱，不差分毫。说句自信的话，她紫芸长得不丑，她娘陆俊霞也不会丑。这个徐云豹就是一个大情种，朝三暮四，喜新厌旧，亏待了紫芸的娘陆俊霞。就凭大姨太陆俊霞跟徐云豹夫妻一场这层关系，陆俊霞的女儿紫芸也应该分得徐府的一份家产呀。你徐云豹不给，紫芸也不稀罕。可是你徐云豹大不该出尔反尔，竟想尽点子，变着法子，硬把明明是作为陪嫁的二亩地收回去。徐云豹的这种做法，实在是可恨歹毒之极，罄竹难书。这二亩地你徐云豹拿就拿去吧，这也难不倒人，吓不死人！俗话说，“船到桥头自然直”，偌大个徐村，偌大个中国，紫芸就不相信，就没有强震虎和紫芸的活路！人们常说，“要儿自生，要钱自挣”。强震虎有的是力气，有的是本事。紫芸这些年来也锻炼铸就出来了，种地吃苦也拿得起来，凭我们的能力和智慧，混一碗饭吃是完全不成问题的。你徐云豹是难不住我们，也难不倒我们的。于是紫芸问丈夫强震虎说：“强强他爸爸，今后你有什么打算?”

强震虎笑着说：“骑着驴看唱本，走着瞧呗!”

“我看你先走一步打一棍，试试看，就不要外出去打工了。”紫芸央求丈夫强震虎说，“家里没有个男人实在是不行!”

“那我们就租几亩地回来自己种。”强震虎说出了埋在他心底盘算了很久的打算。

紫芸听了强震虎说要租地回来自己种，觉得这个办法好，心里特别高兴。她告诫丈夫强震虎千万不要租大户人家的地，尤其不要租徐云豹家的地。他们财大气粗，心像在染缸里染过了一样黑，租金特别昂贵，为人又尖又滑我们搞不过他们。紫芸告诉强震虎，田寡妇家的田地虽然不多，也只有十多亩。田寡妇今年不幸死了丈夫，孩子们还小，这田地看来是种不下去了，必定往外出租。紫芸估计田寡妇家的租金也不会高。

“你知道田寡妇肯不肯租给我们呢?”强震虎显得毫无把握的样子说。

“田寡妇跟我还是合得来的，明天我去跟她说去，先下手为强吗!”紫芸信心百倍地说。

“那就有劳夫人了。”强震虎拿夫人紫芸开玩笑说。

第二天早饭后，强震虎下田去收割稻子去了。紫芸抱着儿子强强来到田寡妇家。田寡妇住着四合大院。她家的四合大院虽然没有徐府那些大户人家的宅院那么高大深邃，豪华气派，但比起一般农家的屋舍来。已经是上好的宅院了，也算得上是一户殷实人家了。要不是她运气不好，灾难临头，她丈夫田瓜不离世，忙个十年八载，买个几十亩地，步入村里不大不小的殷实富户，也不是不可能的事。可是，现在一个孤单女人，带着两个尚小的孩子，还有十几亩地要打理，这就抓了糟了，要了田寡妇的命了。

田寡妇刚二十六岁，还给新死的亡夫田瓜守着孝。清瘦的长脸上还挂着伤夫后的悲伤痛苦的痕迹。田寡妇见紫芸来了，慌忙站起身来迎接让坐，拿水倒茶，热情招待紫芸。田寡妇很客气地说："虎嫂，今日来寒舍一坐，真是稀客啰!"

"你也太客气了，我是来看看你呗。"紫芸笑着说着，把强强放下地，让他跟田寡妇家的儿子和女儿一块去玩去疯。

"承蒙你关心了。"田寡妇深深地叹了口气说，"我们都是命苦的人哟!"

"可不是吗!"紫芸想起了两个儿子天亮和天冬的夭折离世，心里苦苦的酸酸的。

这两个女人，一个死了丈夫，一个失去了两个儿子，都有难言的伤痛。她们同病相吟，所以就合得来，说话也投己。正当两个女人伤痛得默默不语的时候，两家的孩子们，却不晓事，他们咯咯咯地笑得前仰后会，他们在一起玩得开心得很呢!

"虎哥回来啦?"田寡妇羡慕地说，"身边有个男人就是好。"

"虎哥一大早就下田割稻去了。"紫芸怕触动田寡妇的情感，引起她伤心落泪，就有意把话题叉开了。

"你们家的稻子有人收割了。"田寡妇还是伤心地叹了一口气说，"我们家的稻子还不知道怎么办呢?"

紫芸不假思索地说："等我家的稻子收割完了，叫强震虎来帮你收割。"

"那我就感激不尽了。"田寡妇露出笑容说，"那是再好不过了。"

"你别客气，有困难你尽管跟我和强震虎说。"紫芸豪爽大气地说。

"会的。"田寡妇又问道，"虎哥还出去打工不?"

"不出去了，家里缺不了他。"紫芸接着说，"想租几亩地自己种。"

"那好啊，我给几亩给你们自己种吧!"田寡妇爽快地说。

"那就多谢你的支持啰!"紫芸高兴地笑着表示感谢。

两个女人在交谈之时，不知不觉之中，就把租田的事谈妥了。紫芸和田寡妇谈得很投己。紫芸又开诚布公地跟田寡妇说，你们田家也就十多亩地，给我们五亩，还剩五亩多。我家强震虎身大力不亏，是个强劳力，我紫芸今天不是"老王卖瓜，自卖自夸"地夸他，他是个种田的好把式、能手，种十多亩地的力量和功夫绰绰有余，不用吹灰之力。你那五亩地，就让强震虎替你带着忙忙，大忙时你请个人帮帮忙就行，平常的生活强震虎给包了。

“我不能白拉差呀!”田寡妇感激不尽地说，“那样我也过意不去呀!”

“这个你就别烦，到时候，在你家闲空之时，将你们家的大型农具和耕牛借给我家用用就行了，这比什么都好。”

“这还不是小事一桩嘛，你们尽管用。”田寡妇非常高兴，也非常乐意地说，“两好合一好嘛!”

紫芸笑着说：“那就这么定了，君子一言，驷马难追!”

田寡妇笑逐颜开地说：“驷马难追!”

两个苦命的女人都开怀大笑起来；两家的孩子在一起玩得也咯咯咯地畅怀地笑起来了。

紫芸抱着儿子强强离开了田家，面带笑容，满怀希望地回到家里。她把中饭烧好了，等强震虎回来。

强震虎一个上午就把两亩地的稻子放倒了。他准备吃过中饭后再脱谷。强震虎一进门便迫不及待地问夫人紫芸道：“那事办得怎么样了?”

紫芸暗暗地笑着，故意不作回答。

“我说不行吧!”强震虎有些失望。

“人家要自己种。”紫芸装出作古正经的样子。

“不行，就算了。”强震虎有点灰心丧气了，他说，“我们再找别家试试看。”

这时候，夫人紫芸忍俊不禁地“啪哧”一声笑起来了。

“好呀，我的夫人也忽悠人啦!”强震虎哈哈哈地大笑起来。

“成了，五亩!”紫芸自信地高声大气地说，“天无绝人之路!”

“车到山前疑无路——”强震虎十分激动地说，“柳暗花明又一村!”

这一顿中饭，强震虎吃得特别香，也许是表达他对夫人紫芸的无限感激之情；也许是他真的饿了；也许是他太高兴太激动了。

十

强震虎夫妻二人，自从租了田寡妇的五亩田地后，心里特别满意高兴。他们夫妻二人的一切希望都寄托在这五亩地上了。强震虎把寄托居住在他舅父和舅母家的儿子天明和女儿天蓝接回来了。强震虎的舅父今年五十二岁，比他母亲强王氏大两岁，名叫王保露。他的舅妈叫陈丽芬，今年四十七岁。老两口至今无儿无女，在县城里开了一家杂货铺。天明和天蓝两个孩子在他们店里插插忙，舅爷爷和舅奶奶都很喜欢这两个孩子。强震虎把天明和天蓝两个孩子接回来了，他的舅父和舅妈都有点舍不得，也显得冷清孤寂了。强震虎答应他的舅父和舅妈，忙时接回家帮忙种地，闲时上来陪两位老人说说话，帮两位老人站站店，让两个孩子两头住住，这样孩子们就不会忘掉根本。

强震虎和夫人紫芸带着孩子们全身心地投入到五亩地里以及田寡妇的五亩多地里。他们耕地、上水、耙田、插秧、施肥、除草、收割……他们一家人精心运作，环环相扣，一步不落。强震虎一家人经过一年的辛勤劳动，收获颇丰。田寡妇家的五亩多地，田寡妇日夜期盼，也盼来了上好的收成，她笑得嘴都合不拢了。田寡妇对强震虎夫妻二人，千恩万谢，感激不尽，并非常爽快大气地主动减少了五亩地的租金。

强震虎和夫人紫芸二人，对田寡妇也深表感谢，一方面是感谢她减少了五亩地的租金；一方面是感谢她替他们照管强强这孩子。他们一家人为了全身心地投入到田地里一心一意地进行劳作，就把强强这孩子放在田家托管，让强强和田寡妇的儿子田勇和女儿田丽芳一起玩耍嬉戏。强强也非常开心乐意，三个孩子在一起玩得也很投缘高兴。

强家和田家的感情越来越深厚，越来越融洽。两好合一好嘛，他们两家开了佃主和佃户的先河。

俗话说“强将手下无弱兵”嘛，强震虎的天明和天蓝两个孩子，虽然只有十四岁和十二岁，可在他们的爸爸强震虎的手把手地调教下，庄稼活都能拿得起来。尤其是十四岁的儿子天明，长得跟他爸爸强震虎一样，身高马大，已经具备了十八九岁的大小伙子的力气。自此，强震虎有了得力的助手，也可以说是有了理想的接班人了。

强震虎和夫人紫芸也是重情重义之人，他们常常跟儿女们说，人家田家的耕牛、大型农具等等，都随我们用，就跟自己家的一样，我们可不能亏待人家，要善待人家，好好地把她们家的五亩地种好管好，谋求个好收成，这样才能对得起人家，我们自己在良心上也说得过去了。

田寡妇心里也有数，觉得强震虎夫妻二人是个忠厚诚实，大仁大义之人。两年来，替他们田家种地管地，没让她费心操劳，就获得了好的收成，她实在过意不去。她除了像对待自己的孩子一样，照管呵护强强外，每到大忙的时候，她都烧水煮茶，做了可口的点心，亲自送到田头地边，请强震虎他们喝茶，让强震虎他们品尝点心，也好让他们歇歇脚。强震虎一家人，也不客气，笑着边吃边喝，并一致表示感谢！

要说头一年的收成颇丰，这第二年的收成就更上一层楼了。这都是强震虎耕种得当，管理有方，才取得了高于别家的丰硕成果。

两年的收入不错，除吃尽用，家中颇有富余。强震虎夫妻二人商量，认为租种人家的地，毕竟是人家的。自己家里有田有地是最好不过了。那样以后不管遇到什么情况，自家有几亩地种种，日子苦不到哪里去。强震虎夫妻二人做梦都想有自己的土地，于是他们在富余的情况下，量力而行，省吃俭用买了三亩地。强震虎和夫人紫芸二人为此高兴得一夜未眠。

强震虎租地的收成，以及替田寡妇代耕的五亩多土地的收成，都比徐村任何一家好得多高得多，而且仅仅两年的时间，就买了地。这个惊人的消息传到了徐府，贯到了徐云豹的耳朵里，徐云豹心里像灌了醋一样酸辣难受，他坐不住了。徐云豹心里不光嫉妒，而且非常懊恼。他知道强震虎跟他父亲强大榆一样，是个种田的好把式，是个种田的能手。徐云豹是听了三姨太贡美丽的话，把强震虎挤出去以后，提拔长工李刚接替了领头长工。谁知这个李刚是一马子的屁。李刚管理了两年，徐府的田地里的庄稼逐年减产，跟强震虎那时的差距太大了。徐云豹原来指望，强震虎的二亩地收回来，他回去没田种，逼得走投无路，在没有办法的情况下必定会来求他徐云豹，再来徐府给他徐云豹当长工。那样就可以套牢强震虎了。

想不到强震虎却租了田寡妇家的五亩地，租金又特别少，种得也很顺利，收成又好，还买了地。徐云豹觉得自己做了一件扒倒油壶流了油的蠢事傻事。

徐云豹深深感到自己吃了大亏，上了大当，竟懊恼得捶胸叹气。徐云豹吃后悔药了，他认为他当初就不该放虎归山，随了强震虎的意，遂了强震虎的愿。徐云豹开始破天荒地第一次怪罪母老虎三姨太贡美丽了。

三姨太贡美丽在徐府是个一手遮天的太上皇，她听徐云豹这么说，气得鼻孔里嘴里三股冒气。她红着脸大声怒骂道："好你个没用的东西，一天到晚只知道抱着水烟壶医痨病，吃了亏倒怨起老娘来了？"

徐云豹这下可是捅了马蜂窝了，任三姨太怎么骂他也不敢吭声。

"你这个老不死的东西，吃了亏怪我，我怪谁？你吃了亏就不知道想办法把它补回来赚回来？"三姨太贡美丽越骂越气。

"我是这么说说呗。"徐云豹被三姨太骂得狗血喷头，只得垂头丧气地怯生生地说，"还能有什么办法？"

"你们徐家尽出脓胞货！你等着——"三姨太吐了口吐沫，大声愤然说，"看老娘怎么整治他们！"

徐云豹最怕三姨太贡美丽，虽然被她骂了一通，但他也不敢多说一句，只是咧着嘴，赔着笑怯生生地说："最好能把强震虎整得走投无路，无可奈何，再来徐府卖身打工，替我徐府出力卖命。"

三姨太贡美丽瞪大眼睛恶狠狠地瞅了瞅徐云豹，徐云豹吓得不敢作声。三姨太认为徐云豹这样的男人，只会凭借祖上丢下的家产发发虎威，抽抽水烟，玩玩女人，比他那个不争气的败家子、大烟鬼、兵油子徐云彪好不了多少，也是个大草包，没用的东西。徐家的这份产业，徐府的许多事情，不是她三姨太贡美丽给他管着谋划着，给他出点子想办法，他徐云豹就没办法。你徐云豹想要做的事情，就包在老娘三姨太身上，老娘一定有办法用绝招叫强震虎就范。徐云豹呀，徐云豹，你就等着吧，看三姨太贡美丽采用什么魔法手段吧！

强震虎和紫芸夫妻二人面带丰收的喜悦，怀着莫大的信心和希望，带着孩子们在地里种了油菜，播撒了麦子，剩下的管理等细枝末节的事的处理和完成，凭他们夫妻二人的力量和智慧是绰绰有余了。这就是说，已经进入农闲时期。于是他们夫妻二人想到了他们的舅爹和舅妈的孤寂，就打发儿子天明和女儿天蓝带了些农家的土特产，连同强强一道到他们的舅爷爷和舅奶奶家去了。舅爷爷和舅奶奶见孩子们来了，高兴得都没有头绪了，特别是这个活泼可爱的小孙子强强也来了，而且是第一次到来，他们老两口喜欢得抱起来，疼爱的又亲又吻，又逗着强强叫爷爷喊奶奶。强强也跟哥哥天明和姐姐天蓝一样，大声亲热地叫道："爷爷奶奶！"

“唉!”舅爷爷和舅奶奶一边脆蹦地答应着，一边就抓了花生米往强强的小口袋里装。强强高兴开心地笑着吃着花生米直喊：“好吃、香、脆!”

当然，天明哥哥和天蓝姐姐的嘴也没有闲着。

孩子们都走了，强震虎和紫芸夫妻二人感到很清闲，也感到很冷清，特别是活泼可爱的强强不在身边，他们夫妻二人还真有点想念他呢!

天麻麻亮，强震虎就扛着渔网外出到河沟里捕捞了一些鱼虾，另外又叫夫人紫芸到集镇上去买了些菜，他又在家杀了一只鸡，准备好好地烧一桌菜，请田嫂（他们称田寡妇为田嫂）一家人到他们家来聚聚。一来表示对田嫂的感谢，二来两家人在一起热闹热闹。因为两家的大人投缘，孩子们在一起玩得也挺有缘分的。“近亲不如近邻”嘛，这对紫芸来说，感触是最深的了。

强家和田家，两家人在一起欢欢喜喜，热热闹闹，开开心心地吃了一顿饭。田嫂的两个孩子田勇和田丽芳不吃肉，少吃鸡，最爱吃的是鱼和虾。

强震虎十分喜欢的摸着两个孩子的头说：“你们两人喜欢吃鱼虾，我有空闲，就捕捞些来送给你们吃好不?”

“好，谢谢强伯伯!”田勇和田丽芳两个孩子高兴且天真地异口同声地说。

“谢什么?”紫芸说，“他最近闲着呢!”

“强强呢?”田丽芳翘着小嘴说，“我想跟强强一块儿玩。”

“过几天，我把强强接回来。”紫芸告诉田丽芳说。

田勇和田丽芳两个天真烂漫的孩子听了都高兴地拍手欢呼起来了。

一餐饭开心高兴地吃过了，客人也送走了，强震虎和夫人紫芸二人，洗了碗刷了锅，把一切收拾停当以后，两人准备梢梢休息一下。这时候，保长贡家发来了。

保长贡家发是受了三姨太贡美丽的挑拨唆使，也可以说是指令。贡家发保长是来找麻烦的。三姨太跟贡家发说，原来她已经跟徐云豹说好了，将紫芸嫁给贡二愣侄子的。可是紫芸那个小婊子装疯卖傻，那样子令人厌恶可怕，谁还敢娶她?结果我们受了她的骗，上了她的当。这就好了强震虎那个小子了。谁知紫芸那个小婊子跟了强震虎，不仅活得好好的，而且还生了五个孩子。这都是强震虎勾引使坏的结果。害得侄子贡二愣子至今还是光棍一条。这口气大哥家发你咽得下去，小妹贡美丽是咽不下去的。他们不让我们称心，我们也不能让他们过得称心如意。大哥家发呀，我们得想法子整治整治他们，出出这口怨气。整得越狠，我们越称心。这样在三姨太贡美丽的一而再，再而三的鼓动催促下，保长贡家发就气冲冲地来到了强震虎家。

保长贡家发的圆胖的脸盘上鼓着一对金鱼眼，忽闪着血红的眼珠子，凶光四射。他咧着一张鲶鱼般的大嘴，东张西望了一会儿，就不请自己坐下来了。徐村老百姓谁不知道他是一个心狠手辣的人见人怕的保长？强震虎知道他来者不善，也不敢怠慢他，就笑脸相迎，茶水招待他。

保长贡家发毫不客气地喝了一口茶水，虎着脸怪眉怪眼地开口问道："你家大儿子天明呢？"

"他走亲戚去了。"强震虎随口答道。

"躲起来了？"保长贡家发龟五贼六地说。

"躲啥？他也没有犯错！"强震虎有点丈二和尚摸不着头脑了。

"你别装蒜！"保长贡家发掏出个小本子，假马胡鬼地翻了翻说，"你家大儿子天明是个大男人了，算是个壮丁了。"

"他才十四岁，还是个孩子！"强震虎惊呼道。

"站在我面前比我高，还是孩子？"保长贡家发显出一副桀野粗蛮的嘴脸，双目紧紧瞅着强震虎。

"我家天明就是一个孩子嘛，他——"强震虎辩解道。

"行了，现在国军正需要人。"保长贡家发打断强震虎的话说，"天明回来了，告诉我一声，我来带人。"

"这——"强震虎还想解释，但又无言以对。

"这什么？就这样定了。"保长贡家发板着冷峻严苛的脸，跨步出门扬长而去了。

紫芸知道这个保长贡家发没安好心，见他来了就进到房间里，没有出来照面。现在见贡家发走了，就追到门口，对着贡家发保长的背阴，狠狠地吐了一口唾沫说："呸！人狂没好事，狗狂一摊屎，我知道你是来屙狗屎的。"

"他是明摆着来找麻烦的。"强震虎断定这一定是三姨太贡美丽出的鬼点子，耍的鬼花招。天明怎么说也不能算是个壮丁呀？不过，这个贡家发保长我们得提防他。贡家发借着他手上的权力，一向就蛮横无理，心狠歹毒。他要找你的麻烦，就会歪着斧头乱抡瞎砍一气，你也拿他没办法。这可不是非同小可的事，不能掉以轻心，等闲视之。强震虎忧思重重。他告诉夫人紫芸，打算到舅爹舅妈家去一趟，叫天明暂时不要回来，再慢慢跟保长贡家发磨蹭周旋。紫芸也不放心，就跟强震虎一道去了县城舅父舅母家了。

保长贡家发急侯侯的又来到强震虎家，结果吃了闭门羹，直气得吹胡子瞪眼睛，嘴里骂骂咧咧，如同汹涌的海潮似的，辞意不清地咆哮了一会儿，狗屁倒灶地骂了一通，又灰溜溜地退走了。

强震虎一家人，跟他舅父舅妈商量着，请天明的舅爷爷和舅奶奶二位老人出谋划策，以便应对徐村那些要阴使坏的歹徒恶人。

天明这孩子年幼无知，涉世不深，不明事理。他天真地认为当个国军好，军衣一穿，长枪一背，那样要多神气就有多神气，也过瘾带劲。

天明的母亲紫芸听了没好起地说："再把军帽歪戴着，那像什么？像条黄狗，像那个害死你祖母的徐云彪，要多可恶就有多么可恶！"

舅奶奶也提醒天明说："孩子呀，你还嫩着呢！你不懂。这年代世上有三件苦差事，你可知道？"

天明不解地问道："哪三件？"

"当兵、打铁、磨豆腐。"舅奶奶郑重其事地说。

"你还是跟你爷爷爸爸一样，当个泥腿子吧！"母亲紫芸笑着说，"这个你最合适。"

舅爷爷诚心实意地说："就留在我店里当个店员吧！"

"这样好。"强震虎高兴地说，"干脆过继给舅爷爷和舅奶奶当孙子吧。"

"好，这倒是躲避抽壮丁的好办法！"舅爷爷和舅奶奶异口同声地说。

"那我和天蓝姐姐呢？"强强天真烂漫地问道。

"你跟天蓝姐姐还当泥腿子。"母亲紫芸说着笑了起来。

此时此刻，一大家人都开怀哈哈大笑起来了。

十一

强震虎和紫芸夫妻二人，带着女儿天蓝和小儿子天强回到了徐村，来到了自己家中。田嫂就带着田勇和田丽芳两个孩子来看望他们了。两家四个孩子见面后，非常亲热。天强兴高采烈地拿出从舅爷爷和舅奶奶家，带来的香喷喷的花生米，给田勇和田丽芳吃。孩子们到了一起，像亲兄弟姐妹一样投缘和谐。田嫂告诉强震虎夫妻二人，说他们夫妻二人走后，保长贡家发来了几趟，都吃了闭门羹，碰了一鼻子灰，就大发雷霆，狗比倒灶地骂了一通，灰溜溜地回去了。

“看来，贡保长定要给我们找麻烦了。”紫芸愤然说。

“你们别听他的，上头没下指标，他把人带去搁哪儿？他要天天赔吃赔喝，他能舍得？”田嫂笑着说，“贡家发是瞎捣蛋，吓唬人！”

强震虎不无担心地说：“君子好说，小人难防啊！他贡家发狗仗人势，狐假虎威，不可一世，什么肮脏龌龊的事做不出来？”

“你们夫妻二人防着点也好。”田嫂关心地说着，带着两个孩子走了。

紫芸开始收拾房间，强震虎拿着笤帚打扫卫生，天蓝和天强放开关在院子里的鸡、鹅、鸭，并给它们喂食料。有的鸡挤不进去吃不到鸡食，就跑去抢鹅食，鹅们就去追鸡啄鸡，鸡又去抢鸭食。谁知鸭怕鸡，就一味地躲闪避让。霎时间院子里你追我赶，奔溜蹦跳，鸡喳鹅叫，热闹非凡，生机勃勃。连天强也高兴开心地笑着同鸡鹅鸭们追逐嬉戏起来了。

一个老实巴交的庄户人家，除了种好管好地里的庄稼，争取多打粮食外，就指望搞点副业，养点家禽家畜来补贴家用了。强震虎一家人各尽所能，各显其力，忙着家务杂役诸事。尽管这样，强震虎心里还是惴惴不安，惶恐惊惧，不知这个贡家发保长什么时候来找他们家的麻烦？不过，强震虎早已做好准备，不管你贡家发保长采用什么办法，施展什么手段？强震虎就是一个字“拖”，能拖多久就拖多久。要是实在拖不过去躲不过去，那就跟贡家发保长摊牌。天明这孩子已不在强震虎的名下，强震虎名下没有壮丁，你摊什么壮丁，抽什么壮丁呢？于是强震虎一家人该做事的做事，该玩的玩去，到吃饭时，一家人共桌用餐。事态究竟怎么结局？也只有听天由命了！

几天下来，三姨太贡美丽见保长贡家发没有动静，强震虎一家人还潇洒自如地走亲访友，跟没事一样，她急得憋着一肚子的气，这股气都不打一处出了。三姨太贡美丽想，她三姨太都是在为贡家发大哥着想，替大哥出气，你贡家发却稳坐钓鱼台，纹丝不动，一点不急，这真是“皇帝不急太监急”了。你一个堂堂的徐村保长，政府要员，拿一个穷鬼农民强震虎都束手无策，毫无办法，你这个保长是怎么当的？真有点丢人现眼，令三姨太贡美丽小妹脸红羞愧！

三姨太贡美丽气势汹汹地来到贡府。她的嫂子贡宋梅英笑嘻嘻地迎上来说：“四小姐回门来啦！我说呢，‘喜鹊门前喳喳叫，必有贵客会来到’。一大早起来，就有两只喜鹊在门前的树梢上喳喳地叫个不停，我就知道家里要来贵客了，原来还是四小姐你呀！”嫂子贡宋梅英惊异地咯咯咯地笑着砌了茶，款待四小姐三姨太贡美丽。

三姨太贡美丽问嫂子贡宋梅英道：“大哥家发呢？”

嫂子贡宋梅英立刻伸出一个指头搁在自己的嘴边“嘘”了一声诡秘地说：“你听！”

三姨太贡美丽竖起耳朵，敛声屏气地听着，她听到了房间里传来了滚雷般的鼾声，“啪嗤”一声都笑出眼泪来了。

嫂子贡宋梅英没好气地骂道：“一头活猪！”

三姨太贡美丽生气地说：“把他叫出来，我找他有事。”

“白天就知道睡、睡、睡，晚上磨死人！”贡宋梅英埋怨着，气冲冲地走进房间大声粗气地叫道，“活猪，快起来，四小姐来啦！”

贡家发“噢”了一声，翻了个身又鼾声雷动，如同拉风箱一样，真的又像一头懒猪一样呼呼大睡了。

火冒三丈的贡宋梅英嫂子掀开被子，在贡家发旮着的屁股上“啪、啪”重重地拍打了两下。下手重了一点，直打得贡家发嗷嗷地叫着，跳了起来火爆爆地说：“你干啥呀？”

“四小姐美丽来了。”贡宋梅英气鼓鼓地说。

这时，贡家发一骨碌从床上爬起来，穿了衣裤，刷了牙，洗了脸，就到客厅里来见四小姐三姨太贡美丽了。

三姨太贡美丽看见站在自己面前的大哥贡家发，鼓着的金鱼眼珠子上被眼皮包着，只露出一条缝，而且毫无光亮，还咧着鲶鱼般的大嘴，打着呵气，伸着懒腰，看来还没有睡新鲜。三姨太贡美丽顿觉好笑又好气。于是她说："大哥，你光顾着睡大觉，不思办事!"

"有什么事呀?"贡家发不以为然地说。

"你找过强震虎那小子吗?"三姨太贡美丽很不高兴地说。

"找过。"贡家发委屈地说，"我跑了几趟，都磨薄了鞋底，走凹了路啦！可就是不见强震虎的人影，真气死人了!"

三姨太贡美丽提醒贡家发说："他们又回来了，大哥你要抓紧点!"

"急啥?"贡家发无可奈何地说，"目前还没有法子整治他们。"

"怎的？大哥打退堂鼓啦?!"三姨太贡美丽莫名惊诧起来。她显出恨铁不成钢的样子，心里也非常着急。于是她鼓励她大哥贡家发说，"不怕猪头不烂，就怕火功不到，只要心到功到，事情没有办不到的!"

"我晓得，这事不办成功，我贡家发一世都咽不下这口气!"贡家发对他妹子四小姐贡美丽说，"你别急，性急了吃不了烫山芋。"

"你要步步紧逼，让强震虎不得安生，乖乖就范!"三姨太贡美丽出谋划策了。

"上头没有指令，你让我把人绑来后，我搁哪儿？我得天天赔他吃，赔他喝合算吗?"贡家发终于说出了他犹豫不决的难言之隐说，"那样村里人看了，不捣烂贡家发的脊梁骨还怪呢!"

三姨太贡美丽听了大哥贡家发这么一说，也无以对答。过了一会儿，她说："大哥要想法子把强震虎那三亩地套过来也成!"

"要的。"贡家发苦思冥想了一会儿，阴险地说，"慢慢来，我有法子整治他的。"

一场肮脏龌龊的罪恶交易正在酝酿形成。强震虎一家人能不能躲过，避让得开？这就全靠苍天有眼，他们自己的造化了。

几天来，保长贡家发隔三岔五的朝强震虎家里跑。强震虎都是笑脸相迎，好言相求。保长贡家发就是不买账。贡家发保长不依不饶地说："你想把儿子天明藏起来就行啦?"

"我们没有藏。"强震虎理直气壮地说。

"那人呢?"保长贡家发大声武气地说。

"他还小，还是个孩子!"强震虎百般解释说。

"小？孩子?"保长贡家发把手朝空中一挥说，"你让他回来!"

“他回不来了。”强震虎要摊牌了。

“死啦?”保长贡家发恶毒地说，“死要见尸!”

“你别咒人!”强震虎制止保长贡家发说，“天明已经过继给他的无儿无女的舅爷爷舅奶奶当孙子啦!”

“不行，这是逃避兵役，是犯罪!”保长贡家发像一头被围被逼恼的恶狗一样威猛咆哮起来。

强震虎从身上掏出一张把天明过继给他的舅爷爷舅奶奶的凭证给保长贡家发看，并说，“你去找他们说去，天明这孩子已不在我强震虎的名下，与我无关。”

“不行就是不行!跑了和尚跑不了庙!”保长贡家发连看都没看一眼，就咆哮着怒气冲冲地出门走了。

几天来，保长贡家发没有到强震虎家来骚扰催逼。强震虎反而觉得有点奇怪。他知道这些人绝对不会善罢甘休的，也许他们正在酝酿更大的阴谋。强震虎敏感地意识到情况不妙，心里有些忐忑不安。他想到了保长贡家发那天说的话“跑得了和尚，跑不了庙”。这就是说。保长贡家发要在强震虎身上大做文章了，要拿他强震虎开刀了。保长贡家发无非是把我强震虎五花大绑地绑了去。要是这样，只要能保住天明这孩子，我强震虎也无怨无悔了。可是，那样一来，就苦了夫人紫芸和孩子们了。紫芸妹子跟了我强震虎，尽是受苦受累受罪，强震虎于心不忍，实在是对不住夫人了。天明是万万不能回来的，这家里的田地，家里的生活怎么安排，怎么维持呢?一个女人带着两个孩子，这苦这累承受得了吗?自己的男人被绑被抓走了的伤痛凄苦，她承受得了吗?可是，在这动乱而无望的年代，一个小小的老百姓能有什么办法呢?强震虎也只有一脸的无奈无助。

正当强震虎无奈无助，惶恐惊惧的时候，政府要抽壮丁的消息在徐村传得沸沸扬扬，尽人皆知。特别是那个兵油子徐云彪不知从哪个军，哪支部队开溜了，回到了徐村。这就证明了抽壮丁的消息是千真万确的。因为这种时候，徐云彪最忙碌也最吃香。徐云彪又可以弄点钱抽大烟上妓院了。卖壮丁是徐云彪的老本行，徐村人谁人不知，睡人不晓?

紫芸听说徐云彪回来了，恨不得把他五花大绑了绑来，将他碎尸万段，煮了喂狗。强震虎安慰劝告夫人紫芸，说是徐云彪是个典型的可恶的地痞流氓，是个兵油子泼皮无赖，谁能替我们老百姓讨回公道伸张正义呢?我们只有破口大骂出口怨气罢了。

强震虎清楚地知道，徐云彪是赶回来卖壮丁的。强震虎也曾想过，万一贡家发保长把他当壮丁绑了去，他也可以买一个壮丁去顶替。可是自己又没有这笔钱款。这两年来，虽稍有富余，都被用来买了三亩田地了，真是急死人了。究竟怎么办？也只好走一步打一棍了。强震虎笃信“船到桥头自然直”这句话。

徐村的老百姓，已经被保长贡家发骚扰得惶惶不可终日。有的人家的孩子，听到抓壮丁这个消息，谁愿意去擋枪子，去当炮灰呢？他们连夜就溜出村不知去向了。

这些天来，保长贡家发显得神气活现，也忙碌不歇。他把小分头梳洗得油光滑亮，鼓突的金鱼眼，网着血丝，凶光四射。他自己背了一把盒子枪，身边跟着两个背长枪的，像他的贴身保镖，也是听从他的指令执行差事的。保长贡家发昂首挺胸地走在徐村，威风凛凛，不可一世。以往，人们见到他多半是闪躲避让。眼下人们见了他都笑脸相迎，高声请叫一身：“贡保长！”

贡家发保长已经在徐村拿了几个信息不灵的倒霉的小伙子。当然贡家发保长也没有急着去强震虎家。他尽量在徐村耀武扬威，让强震虎看看他贡家发保长的威严架势，让你强震虎知道认识他贡家发保长的厉害。

保长贡家发竟在徐村绕圈圈转框框，就是不到强震虎家，甚至于是过其门而不入。强震虎倒是越发惴惴不安了。强震虎不知道这个保长贡家发的葫芦里到底卖的什么药？从其威武阵势看，他知道这个保长贡家发明明是在向他显威摆势，到时候来个出其不意，就要了强震虎的好看。强震虎呀，强震虎，你要充分作好思想准备，免得措手不及，不知应对。

果不其然，那天强震虎一家人刚吃过晚饭，保长贡家发真的出其不意地来到了强震虎家。不过他没有带背长枪的兵，他自己却背了一把盒子枪大摇大摆地走进强震虎家。他在强震虎的笑脸相迎之下，大大咧咧地坐了下来，把盒子枪拿出来朝桌子上一放，一反常态地咧着鲶鱼般的大嘴朝强震虎一家人点头微笑。这种一反常态的举动，带给强震虎一家人的可不是好兆头。过了一会儿，贡保长笑嘻嘻地说：“震虎呀，那事你考虑得怎么样了？”

“我不是说了吗？天明还是个孩子。”强震虎想，好汉不吃眼前亏。于是央求道，“请贡保长高抬贵手，天明已经过继给他舅爷爷舅奶奶，‘君子一言，驷马难追’嘛，我怎么能改口呢？”

“我们还是一个村的人嘛。”保长贡家发瞟了天蓝姑娘一眼，心平气和地说，“不过公事还是要公办的！”

“我家里没有壮丁，你就包涵点吧！”强震虎继续央求道。

贡家发保长将手枪拿出来把玩了一下。天强被吓得哭起来，十二岁的天蓝姑娘也被吓得差点钻到她母亲紫芸的怀抱里去了。贡家发保长又将手枪放回枪盒子里，哈哈笑着说："那就这样吧！"

"怎样？"强震虎惊异地追问道。

"那就——"保长贡家发喝了口茶，笑眯眯地说，"你把天蓝姑娘给我做儿媳吧！"

保长贡家发这一语一出，如同五雷轰顶似的轰击着强震虎、紫芸和天蓝姑娘，他们几乎是同时说："不可能！"

"怎么不可能？跟了我家二愣子没亏吃。我们就是亲戚啦，不好吗？"保长贡家发恬不知耻，大言不惭地说。

当初，你们利用三姨太贡美里丽，变着法子想把她紫芸嫁给贡家发的儿子贡二愣子，现在又来打天蓝的注意，这简直是瞎胡闹，于是她说："贡保长，你怎么想得起了的？"

贡家发保长哈哈哈大笑说："不好吗？"

"天蓝还小，才十二岁，万万不行。"强震虎坚决果断地说，"贡保长可不能开这个玩笑。"

"个头这么高，都成大人了还小？"保长贡家发咧着鲶鱼般的大嘴，都笑出口水来了。

"这件事，绝对不行！"强震虎态度明确坚决地说。

"那你说怎么办？"保长贡家发开始不高兴了，他挂丧失脸地说，"我早就说了，跑了和尚，跑不了庙嘛！"

"冤有头，债有主，这事跟孩子们没有关系，一切的一切你就找我强震虎吧！"强震虎非常气愤，就毫不客气地说。

"那好，你就跟我走一趟吧！"保长贡家发的本性又显露出来了。他"呼"地站了起来，把盒子枪背上身说，"走吧！"

女儿天蓝和儿子天强一味地哭，夫人紫芸着急地说："震虎呀，你不能去！"

"走啊！"保长贡家发露出了狰狞的面貌恶狠狠地说，"要不要叫两个人来陪着你走？"

强震虎让夫人紫芸拿了一件御寒的衣服给他，就跟着保长贡家发走了。

强震虎被贡家发保长无缘无故地带走了。夫人紫芸、女儿天蓝和儿子天强娘儿三人，抱在一起哭得像黄河溃了坝长江决了堤。他们叫天天不灵，叫地地不应，好像天都塌下来了。他们伤心悲愤，担惊受怕。许多乡亲们都来劝告安慰他们了，尤其是田嫂和五婶，一边好言相劝，百般安慰；一边也陪着她们母子三人流下了眼泪。

强震虎跟保长贡家发来到贡府。贡府虽没有徐府高大深邃，豪华气派，但也是一幢高大挺拔，气势不凡的大宅院。

强震虎跟着保长贡家发来到贡府的客厅。客厅里金碧辉煌，非常豪华亮丽。客厅里散发出一阵阵女人身上透射出来的浓浓的香气。强震虎感到一阵恶心，不由自主地捂了一下口鼻。三姨太贡美丽虚情假意地从太师椅上站起来皮笑肉不笑地说："姑爷今天是稀客嘛。"

强震虎想，我明明是贡家发保长，虽没有用盒子枪顶着，但也是被押着进来的，你还假充大好人，岂不是挖苦人？于是他气呼呼地说："差点五花大绑，你还挖苦人！"

"姑爷何出此言？"三姨太贡美丽故作正经地哈哈笑着说，"关起门来，我们还是一家人嘛。"

强震虎瞅了她一眼，心想你是黄鼠狼给鸡拜年，没安好心，你们不坑害我就是好事啦，还老虎捻佛珠，假充什么大好人呢？

"我公事公办，我是把你强震虎请来的。"保长贡家发慌忙假惺惺地向强震虎好言相劝，并解释分析了利害关系。他说，你强震虎已经是几十岁的人了，你与那些兵油子不一样。他们身经百战，到了战场上，经验丰富，知道该怎么躲子弹，晓得该怎么防炮弹。你强震虎没有经验，年纪也大了，也没有经受过那个场面，到了战场上十拿九稳是当炮灰，或是吃枪子。人都没有了你这个家怎么撑持下去？你不如花点钱买一个壮丁，做你的替身，这是允许的，我保长也好交差，你看行吗？

强震虎和夫人紫芸也想过这件事，可是那来的这笔钱呢？于是他摇摇头摆着手说："我没那么多的钱。"

"你不是有三亩地吗？"保长贡家发顺势提醒强震虎说。

强震虎考虑了一会儿说："当兵打仗的人，谁还要土地？"

"要不，让徐老爷给你先垫上。"这正中三姨太贡美丽的下怀，她得意地插话说。

强震虎头脑清醒，他也意识到这是他们设置好的圈套让他钻的。强震虎虽然舍不得用血汗钱买来的三亩地，但眼下也没有别的办法，贡保长也不会立地成佛，发善心饶过了他强震虎，田地也是身外之物，以后赚了钱还可以再买回来。于是他也就同意这么办了。

保长贡家发现事已谈妥，他和三姨太的目的达到了，就得寸进尺地说："你把三亩地都抵押过来，我保证三年不抽你家的壮丁。"

强震虎看透了他们的心思，知道要是不这样，他们绝对不会饶了他。于是强震虎干脆利索，爽快响亮地说："行。"

这样，他们双方写了条约签了字画了押，就这么糊里糊涂地决定了这件事。强震虎怀着莫大的失落感回到了家里。

十二

天强今年五岁了。这一年他玩得很开心，当然他也有不顺心的事。这一年，他们家一家人辛苦勤劳，省吃俭用，好不容易买了三亩地，虽然被贡保长和三姨太设置圈套，硬逼着他父亲强震虎用来顶替壮丁一事上，但还种着田家的五亩地，因此两家的孩子在一起玩的机会就多。田家的田勇七岁，田丽芳四岁。田勇这孩子很有灵气，他发现一个秘密，就带着天强和田丽芳悄悄跑到村里的一片小树林里去捕捉一种会叫的小虫子。这种小虫子只有米粒一般大，形状像蟋蟀，羽翅呈银灰色。它们喜欢藏在树叶的背面，或是卷曲的枯黄败叶中叫个不停。那美妙动听的叫声，就像摇振小小的银铃似的，清脆婉转，悦耳动听。他们三个孩子凝声屏息寻着叫声，轻手轻脚，小心翼翼地把藏着小虫子的树叶一片一片地掐下来，或将枯黄的败叶取下来，把小虫子装进玻璃瓶中带回家。这种小虫子有一种特异功能，它们能停歇在玻璃上，而且活动自如。田勇、天强和田丽芳三人，为了携带方便，就找来小园玻璃和硬纸板，做成小巧玲珑的盒子，将小虫子装在里面，放在自己的上衣口袋里，它们仍然叫个不停。你走到哪里，它们也会不停地叫。三个孩子玩得非常满意过瘾。大人们看到了，都说这小虫子是金铃子。人们问他们三个孩子是从哪里捕捉来的，他们三个孩子都异口同声地说："不告诉你们。"

村里的孩子们都感到很新奇好玩，就暗暗布防，发现了田勇他们三个孩子的秘密。至此村里的孩子们都玩起金铃子来了。有的大人也饶有兴趣地玩起了金铃子。于是玩金铃子一时间成了徐村人的一种玩风。金铃子也就成了徐村孩子们和大人们把玩的宠物。你说开心不，好玩不?

后来田嫂突然把租给强震虎家的五亩地，以及请强震虎家代耕的五亩多地收回去了。自此以后，两家的孩子们的接触就少了，这是强天强最不开心，最扫兴的事。

强天强家租种的田家的五亩地，以及替田家代耕的五亩多地的收成非常好，产量远远超过徐村任何一家。村里人都感到很奇怪。有的还是认为强震虎耕种得法，管理有方，都想找强震虎取经学习。可是，有的人却不这样认为。他们说，这些田地都在黑龙沟上坎，沾着黑龙的灵气，你怎么种收成都会好。

多少年来，徐村流传着这样的传说：原来黑龙沟是一条非常狭窄的小溪流。一天，天空突然乌云黑暴，狂风大作，暴雨滂沱，雨云中挂着一条灵动的黑龙。黑龙摆动着尾巴，降落到小溪流中，吸干了小溪流中的水，就着泥浆打了一个滚，小溪流就变成了宽阔颀长的黑龙沟了。从此以后，黑龙沟上坎的土地借着黑龙的灵气，种上的庄稼疯长繁茂，其收成怎么能不好呢？

徐云豹和三姨太贡美丽可不相信这种神乎其神的传说。他们了解强震虎，所以他们相信前一种说法，认为强震虎种地有方，管理得法，是个种庄稼的能工理手。他们总想把强震虎逼得走投无路，再来给徐府当长工，为他们徐府拼死卖命。可是田寡妇的几亩地搅了他们的局，打乱了他们徐家的如意算盘，最好能想方设法让田寡妇将五亩地收回去，断了强震虎的念头，让他绝望。

三姨太贡美丽想，这个田寡妇的男人已经死了三年，三年的孝也守过了。一个才二十八九岁的女人，正当年轻，谅她也不甘心守寡一辈子，也该找个男人了。三姨太贡美丽听他大哥贡家发保长说，最近乡里刚调来一位李乡长，也只有三十多岁。李乡长老婆生孩子伤了命，连个孩子都没有给他留下。现在李乡长想物色一个合巧的女人。本来保长贡家发想把田寡妇说给他的儿子贡二愣子，看看二愣子那种熊样子，人家田寡妇也不会同意，不如把田寡妇说给李乡长。

田寡妇在徐村也算得上是个美女，哪个男人不爱美女？三姨太贡美丽想，李乡长看了一定满意。这根红线谁来牵？这个鹊桥谁来架？三姨太贡美丽考虑再三，想到了媒婆陈二嫂。这个陈二嫂能说会道，巧舌如簧。她在男人面前，能天花乱坠地把一个女人夸成一枝花，让你心猿意马，茶饭不思，你不得不心仪想往；她在女人面前，能把一个男人吹得神乎其神，让你神不守舍，心旌摇荡，你不能不心动渴求。大凡经陈二嫂牵线搭桥的，没有不终成眷属的。唯独让陈二嫂遗憾的是贡二愣和紫芸姑娘这一对，为了牵线搭桥，她经常往徐府跑，经常去见三姨太贡美丽，几乎磨破了鞋，跑断了腿。眼看这事就要成功了，等着喝喜酒了。结果强震虎从中插了一杠子，拧断了线，拆毁了桥，致使她说媒失败。于是，陈二嫂罔顾事实，颠倒是非，混淆黑白，一味地怪罪强震虎大不该拆散人家的美好姻缘。究竟是谁在拆散人家的美好姻缘，看官心里清楚明白，世间也有公允明确的评判！

陈二嫂喜欢涂脂抹粉，走村串巷，招摇过市。当方的村村社社，街坊里弄的人们没有不认识她，不知道她是专给人做媒说亲的媒婆的。她一向乐意说亲做媒，这几乎成了她的终生作业。三姨太贡美丽把欲替田寡妇牵线搭桥的事一说，陈二嫂能不接受，能不去吗？她们两人一拍即合，当天晚上陈二嫂就兴冲冲地来到了田寡妇家。

田寡妇姓杨，名叫杨桃，是杨庄人。她不高不矮，不胖不廋。不管你从正面看，还是从侧面看，或是从背后看，都很匀称等样。一双画眉眼，像著名画匠巧手勾画出来的一样，镶嵌在她那雪白笋嫩的脸盘上。她剪着短发，梳着刘海，显得清新自然，大方得体，端庄自信，确实是一个人见人爱的标志女人。

杨桃的娘家也有十几亩地，不穷不富，是吃、喝、穿、用都用不着劳神烦心的农户，跟徐村田家旗鼓相当。门当户对就是杨家择婿的标准。杨家人认为像他们这样的不穷不富的小户人家，在富人眼里还是显得很窘迫穷酸的。他们杨家的姑娘即使长得美若天仙女，也不能嫁给有钱有势的人家的公子哥儿。当初，财大气粗的花花公子，总是以貌取人，用不着多久，他们玩够了，玩腻了，终于因为门不当户不对，瞧不起你的家庭，而喜新厌旧，百般冷落你，毫不吝惜地抛弃你。徐云豹的大姨太，紫芸姑娘的亲娘陆俊霞，就是这种炎凉事态的牺牲品受害者。当时，虽然有大户人家的公子哥儿来杨家提亲说媒，但都被杨家一一婉言谢绝了。后来杨桃就嫁到了徐村门当户对的田家，成了田瓜的夫人，人们都称她为田嫂。婚后夫妻恩爱，生活安定舒适。可是好景不长，一个才二十几岁的女人，竟然不幸死了丈夫，沦为田寡妇了。这是老天的不公呢，还是她杨桃活该倒霉呢？

田寡妇清楚地知道，媒婆陈二嫂登门来拜访，除了那种事，不会有其他的事。于是，她安排孩子们去睡觉，就坐下来陪陈二嫂拉开话匣子闲聊起来，想听听陈二嫂怎么说，有什么高见？

媒婆陈二嫂显出一脸的关心同情的神色说：“田嫂呀，你一个单身女人，带着两个孩子多么不容易啊！”

“落得这个地步，也没有办法。既然生了他们，你就得负责任把他们拉扯大。”田嫂显出一脸的无奈的样子。

媒婆陈二嫂苦口婆心地跟田嫂说，你田嫂虽不是花季少女，但也正是桃花绣朵的时候，要是不开不放，过了这个时节，也会枯萎的。你田嫂才二十几岁，年轻漂亮，正是享受温存，体验恩爱的时候，可你就这么苦守着，多么孤单寂寞？这形孤影单，苦闷抑郁的日子何时才能熬到头呢？你田嫂也是忠孝节义之人，谁不知道你为丈夫田瓜苦苦守着孝？怎么说也对得起你那个死鬼丈夫了。你丈夫田瓜在九泉之下，要是有知有灵，也不希望你就这么孤孤单单的生活苦熬下去的！你还是趁早，趁着还年轻，还风光漂亮，找一个伴算了。

田嫂听了媒婆陈二嫂的一番话后，春心有点萌动了。她十分担心地说："万一找的不好，那就既苦了两个孩子，又亏了自己。"

媒婆陈二嫂似乎觉得田寡妇冰冻着的心已经回暖溶解化冻了，只要功夫下得深，这门亲事是可以成功的，于是她说："田嫂呀，我给你物色的人包你满意。"

田嫂想，你陈二嫂说物色一个我会满意的人，别拿贡家发保长家的宝贝儿子贡二愣子来糊弄人坑害人哟！于是她说："我一个寡妇，还有什么好人看中我呢？"

"有，有，有。"陈二嫂哈哈笑着拍着胸脯说，"这个包在我身上，你尽管放心，包你一百个满意。"

"那是谁？"田嫂试探道。

"本乡李乡长。"陈二嫂咯咯地笑着说，"你看满意吗？"

"不行，不行。"田嫂连忙摇着头摆着手说，"我是个小小老百姓，又是一个半边人，一个寡妇，哪能中人家大乡长的意？"

陈二嫂一五一十地把李乡长前前后后的婚姻情况及择偶要求添油加醋地说了一下。陈二嫂认为凭田嫂的年龄人品，各方面的条件都合李乡长的意。媒婆陈二嫂为了消除田嫂的顾虑担忧，让田嫂确信无疑，就捕风捉影地做话说了。她说，李乡长常常到保长贡家发家来，曾经看到过田嫂，李乡长说你年轻漂亮，看了很舒服。保长贡家发告诉他你是个半边人。李乡长非常心仪你田嫂，以至于产生了爱慕之心。这些日子来，李乡长想你都想疯了心，几乎茶饭不思，味同嚼蜡，都快要害相思病了。你说那个畜生贡家发怎么说？

田嫂急忙追问道："贡家发怎么说？"

媒婆陈二嫂用眼睛瞅着田嫂说："贡家发耀武扬威惯了，就对李乡长说，如果李乡长真的看上田寡妇，就派两个人去把那个田嫂绑了来，送入洞房得了。李乡长为人正直，他说那哪能行呢？强扭的瓜不甜。后来李乡长就托人找到我陈二嫂，叫我来向你提亲做媒了。田嫂呀，你看这情势行不行，中不中？"

田嫂听了媒婆陈二嫂的这一番甜言蜜语，有点心动了。但她还是前怕狼后怕虎地说："我有两个孩子了，人家不嫌弃？"

媒婆陈二嫂开心地哈哈大笑起来，又胡编乱造了一番美丽动听的鬼话，她说有孩子不挨事，李乡长没有孩子，但很喜欢孩子，你放一百二十四个心，他会把你的孩子当成自己亲生的孩子一样看待的。到那时候，你田嫂在我们乡里就是一人之下，众人之上的人物。谁还敢称你田嫂叫田寡妇这个难听秽气的称号呢？还不是乡长夫人短，乡长夫人长的叫你，甚至于称呼你是乡长太太！这称呼多么热乎，多么响亮，多么好听啊！

“我可受用不起。”田嫂笑得合不拢嘴了。

媒婆陈二嫂看看火候已到，便追问道：“你看行不？”

田嫂有点羞答答的，不好意思开口，只是一味地低着头笑，以至于笑得把脸都转过去了。

媒婆陈二嫂见得多了，她是个精明强干的女人，也是一个见风使舵，善于察颜观色的女人。她能从别人的一举一动，音容笑貌中看出端倪，揣透你的心思。她明明知道田嫂一味地笑，不开口说话，就是默认暗许，田嫂的微笑，就是点头满意。但媒婆陈二嫂还是要打破砂锅问到底地说：“你究竟同意还是不同意？满意还是不满意？”

田嫂虽然心里还是有些矛盾，有点吃不准，但她也怕失去这个极好的机会，她在被媒婆陈二嫂逼问得头都碰墙了没有退路了，也就红着脸，哆着胆子说：“那就试试看吧！”

“那明天，我就请李乡长来相亲了。”媒婆陈二嫂十分满意开心地咯咯咯地笑着说。

“行。”田嫂像个大姑娘似的，竟然捂着脸窃窃地笑了。

李乡长在家是排行老五，所以名叫李五。他身材挺拔，方头大脸，鼻宽嘴大，特别是两个大耳朵，除了三国时的刘备，李五的耳朵比谁的都大，因此人们都说他有做大官的富态大相。

田嫂和李五乡长，都是伤偶之人，两人同病相吟，正好是一个锅要补，一个要补锅。两人婚配亲事，没有费事就顺顺当当，糊里糊涂地成功了。相亲的当天晚上，李五乡长就没有回乡政府。这对年轻夫妇虽然都是过来之人，却都是初次见面，一见钟情。他们两人如同干炭遇着烈火一样，炭离不开火，火就着炭，炭火融汇，在一个炉子里交织在一起，轰轰烈烈地燃烧着，燃烧着……

李五乡长和田嫂两人，卿卿我我，甜甜蜜蜜地忙了一夜，也窃窃私语地谈了一夜。田嫂家的今后的一切事务，李五乡长都做了统筹安排。李五乡长千叮咛万嘱咐田嫂，家里的田地再不要出租，也不用代耕了。到时候，他每天可以从乡政府里派人来耕种管理，用不着夫人田嫂操心烦神。

这样一来，就顺理成章地促使田嫂，而今的乡长太太，把租给强震虎家的五亩地和请强震虎家代耕的五亩多地统统收回来了。这件事对田嫂来说，是福是祸，这还要历史来见证；这件事是媒婆陈二嫂一手牵线撮合而成的，是好是坏，也让历史来说话吧！这件事是三姨太贡美丽和保长贡家发一手策划导演的一曲戏，她们暗暗地发笑，也开心得意，拍手称快叫好；这件事是强震虎一家人最不情愿乐意看到的，也是强天强这孩子最不顺心，特别扫兴不快的事！

十三

强震虎原来想凭自己的勤劳和智慧，通过自己的辛勤劳动来养家糊口，结果，这一梦想也破灭了。他们一家人省吃俭用买下了三亩田地，被三姨太贡美丽和她大哥贡家发保长，这伙歹人要阴使坏设置圈套强取豪夺去了。租种的田嫂家的五亩地，也不知何故突然被收回去了。一个种田人没有了土地，你就是有全身的力气，也无处使；你就是有天大的本事，也没有地方去施展。现在该怎么办？是租几么地来种呢，还是出去打工受辱呢？根据夫人紫芸的意见，还是租几亩地来耕种为好。那样一家人一窝一块生活在一起，虽然家境贫寒，生活清苦，但温暖如春。强震虎当然也认为租几亩地自己种好，那样自由自在，不受人管制，又能照顾妻儿。一家人吃住在一起，劳动在一起，和和美美地生活在一起，正如夫人紫芸所说的那样温暖如春，多好呢！虽然家徒四壁，一贫如洗，但强震虎还是觉得在家好，“金窝银窝，不如自家的穷窝”嘛。

强震虎沿着徐村转了几个圈圈，绕了几个框框，到大户人家走了一趟，想从他们那儿租几亩地耕种。可是有的主人不在家，有的人家没有接待他，有的人家倒是接待了他，但却表示不打算出租给他强震虎，或许是想出租呢，又显得很为难，似乎有一种难言之隐。看来这租地的事情眼看就要泡汤了。强震虎百思不得其解。他想，这租田租地谁租不都是一样？强震虎又不是不给租金，也不会比别人少给租金！强震虎听他们的口气，好像就是不想也不能租给强震虎。强震虎把这些情况跟他夫人紫芸一一地说了。他们夫妻二人都觉得很蹊跷，都认为其中一定有人从中做了手脚，使坏作梗上了烂药！

夫人紫芸手托腮帮，眼睛瞅着屋顶，沉思默想起来。她恨透了三姨太贡美丽和贡家发保长，一定是他们这两个恶人要阴使坏，设局施计，硬把我们家的三亩地强夺硬套去的。这次说不定也是他们巧施毒计，对我们穷追不放，在租种田地上大做文章，想置我们于死地而后快。紫芸决定要把这件事弄个水落石出，否则，死不瞑目。他想去找田嫂打听了解一下，说不定田嫂略知一二。于是，紫芸就起身出门，大步流星地来到田嫂家。田嫂见紫芸来了，立刻出门迎接，笑逐颜开地执手而入，十分热情亲密。

“紫芸嫂子，今日来寒舍，我有失远迎请你谅解包涵！”田嫂非常客气地说。

“你别客气，听说你高攀高就了。”紫芸笑嘻嘻地说，“今天我是不请自来，是特来恭贺道喜的，也想讨杯喜酒喝！”

“只要紫芸嫂子不嫌弃，一定请你。”田嫂高兴爽快地说。

“你不请，我厚着脸皮也要来！”紫芸撇撇嘴笑着说。

“你们夫妻二人忠厚仁义，对我们田家有恩，我总过意不去。”田嫂有点自责地说。

“什么有恩不有恩的？那是互相帮助！”紫芸十分诚恳地说。

“这几年，我家的地里的收成都不错，都亏了虎哥，是虎哥帮了我们田家的大忙。”田嫂深情地看着紫芸，其内心里表示对紫芸一家人的千恩万谢。

“你别这么说，我们可能在什么地方做错了，还望田嫂原谅包涵哟！”紫芸说着用眼睛瞅着田嫂，看田嫂有什么反应。

田嫂也是个聪明人，她听了紫芸的话后，知道其话中有话，感知到了其话外之音，心里也感到十分愧疚，于是她向紫芸说出了她的苦衷。她说她把五亩地收回来并非她的本意，完全是出于无奈，是没法子的事情，实在是对不起虎哥，对不起你们强家了，万望谅解。虎哥的难处和苦楚，我也知道的非常清趣。租田是租不到，想给人家打工也没人敢接受。这简直是上了搂抽了梯的事情，承心让人下不来了噢！这事道不公，也无处去说，这些人的点子真多，我在不知不觉中也做了一件对不住你们的蠢事。田嫂说着流下了悔恨的眼泪说，虎嫂呀，你千万要劝劝虎哥，让他不要跑不要求啦，那样是没有用的。那些人不是人，他们都是魔鬼恶煞！你跟虎哥说，让他到我田家来，替我们田家管理管理，我田嫂不会亏待他的，请你们放心就是了。

紫芸想，光你田嫂倒也好说，虎哥也会乐意接受的，可是你现在是乡长太太了。这个李五乡长，常常去保长贡家发家，他们打得火热，来往密切，恐怕也是一路货，官官相护，谁不知道？他们互相勾结，沆瀣一气，什么丑事、坏事、恶事做不出来？强震虎不能去引火烧身，自找麻烦，自讨苦吃。紫芸觉得我们老百姓跟他们玩不得，也玩不起。紫芸婉言谢绝说：“那就不用了，我们再想别的法子吧。田嫂的好意我们心领了，谢谢田嫂了。”

田嫂无可奈何地说：“既然你们不愿意，我也不能强求。人们常说‘东方不亮，西方亮’，在徐村无路可走，不如让虎哥走出徐村，到外村去看看。我相信凭虎哥的力气和能力，凭虎哥的智慧和人格，活路还是有的!”

强震虎和夫人紫芸想得一点不错，猜得也十分准确。果然是三姨太贡美丽和贡家发保长从中作梗使阴。他们利用手中的保长的权力，对几个大户施压，跟这些大户打招呼，不准租地给强震虎，也不准雇用强震虎去种地，否则，别怪他贡家发保长不讲人情。

强震虎租种田家的土地，以及给田家代耕的田地，由于耕种得法，管理有方，年年丰产丰收，徐村人谁不知道？谁不赞许？谁不想雇请强震虎去给他们种地管地呢？可是，这些大户人家，由于慑服于贡家发保长的权势和霸道，不仅不敢租地给强震虎，而且也不敢雇用强震虎去替他们耕种田地。这样一来，强震虎这个种地的能手，好把式，在偌大个徐村，竟然成了卖不掉的甘蔗。强震虎租不到田地，也打了工。

当然，在徐村也不是没有人肯接纳雇用强震虎。说起来倒有两户：一户是田嫂家，一户是徐云豹家。田嫂是出于同情，也出于感谢强震虎对她家的关心和照顾，更是出于钦慕强震虎的能力和智慧。田嫂现在是不怕那个三姨太贡美美丽和保长贡家发的。徐村别的人怕三姨太贡美丽和贡家发保长，田嫂现在是堂堂正正的乡长太太，“官大一级压死人”嘛，难道她田嫂还怕保长不成？可是，强震虎和紫芸不想自找麻烦，不想引火烧身，婉言谢绝了田嫂的盛情邀请。徐云豹最知道最了解强震虎了。强震虎在徐村租不到田地，帮不了工，完全是三姨太贡美丽和她大哥贡家发保长两人，巧施小计设置骗局的结果。这一结局正中徐云豹的下怀，他心里特别满意高兴，也深深感谢三姨太和贡保长。强震虎种田管地有一套本领，有独特的才能，比李刚强得多了，徐云豹是心知肚明的。他徐云豹必须再把强震虎弄到手，让他再为徐府拼死卖命。于是徐云豹打发李刚去请强震虎。

李刚已经是徐府的长工的领头人，他有点不愿意去请强震虎。因为万一强震虎又来到徐府，他李刚就得让位，屈居其下。他曾经狠命地鞭打过强震虎，恐怕会遭到强震虎的报复，这是他李刚不乐意的。不过，李刚又想，徐云豹老爷吩咐的事情，他不敢不听，也不敢不去。况且强震虎这些年来，屡遭他们徐府的明欺暗算，强震虎又不痴不傻，他能不知不晓，不闻不问，不气不恼，无动于衷吗？李刚估猜估猜强震虎也不会轻易答应来徐府就范的。李刚到强震虎家来登门拜访了三次，可也算是“三顾茅庐”了。果然不出所料，这个倔强的强震虎竟然没有跨进徐府的大门半步，李刚倒是暗暗得意地窃笑了。

徐云豹大有不达目的决不罢休的势头，他要亲自出马去请强震虎了。徐云豹想，战国时的刘备贵为一国之主，尚能屈尊“三顾茅庐”去请军师诸葛亮，他徐云豹就不能委身也来它个“三顾茅庐”去请种田能手强震虎？徐云豹连续登寒门两次，强震虎家都是铁将军把门，徐云豹都吃了闭门羹，真不是滋味！

这几天，强震虎一家人都到县城他的舅父和舅母家去了。强震虎想，这个保长贡家发垂涎三尺，虎视眈眈地瞅着天蓝姑娘，想在天蓝姑娘身上打主意，给他那个呆头木脑的儿子二愣子取亲完婚呢！总有一天我家的天蓝姑娘会遭到歹毒可恶的保长贡家发和三姨太贡美丽的暗算的。天蓝姑娘千万要提防着点他们，不能待在家里了，这就把天蓝姑娘送到她舅爷爷舅奶奶身边，也好帮着两位老人做做事，也许就安全得多了。另外强震虎跟夫人紫芸共同商量谋划，没田种我们就不种田，没工打我们就不去打工，跟舅父舅母借些钱，凑合着买一张鱼盆和一些渔具，就靠打鱼为生，养家糊口。强震虎有一双力大无比的手，还有一颗灵活睿智的脑袋，还能饿死我们强家一家人吗？

强震虎把小儿子强天强也丢在了舅父舅母家。这样他们夫妻二人，就准备白手起家，一心一意甩开膀子大干一场，开辟另一番事业。这也许会迎来“车到山前疑无路，柳暗花明又一村”的美好的喜人境界呢！

强震虎和紫芸他们夫妻二人，信心百倍，满怀希望地回到了徐村。徐云豹得到强震虎回来的消息后，他真的“三顾茅庐”又来到强震虎的寒门穷舍。紫芸睡在房间里没有出来招面，因为她不想也不愿见这个绝情无义的徐云豹。强震虎半阴半阳地招呼徐云豹道：“徐老爷今日来寒舍，真是大菩萨进小庙，委屈你了。”

徐云豹非常尴尬，但他还是皮笑肉不笑地说：“哪里，哪里，不屈，不屈。”

“家里穷没茶没烟。”强震虎毫不客气地说，“你找我有何事？”

“震虎呀，我都来三次了，你上哪儿去啦？”徐云豹似乎有点委屈的样子。

“我们穷人还能上哪儿去？”强震虎没好气地说，“出去奔生活呗！”

“有眉目吗？找到主了？”徐云豹装出假惺惺的样子，其实他心里很不放心，生怕强震虎在外村找到主家。

“我强震虎在偌大个徐村，都这么臭，别处还会有人看中我？”强震虎故意愤然不平地说。

“我正是为这事来的。”徐云豹放心了，兴头足足地进一步说，“像你这样的种地能手，请还请不到呢？”

“我都成了卖不掉的甘蔗了。”强震虎哈哈笑着说。

“你暂无着落，不如还是上我徐府去吧！”徐云豹向强震虎提出邀请。

强震虎何尝不知道你徐云豹的昭然欲揭的险恶用心？他想，你徐云豹和三姨太贡美丽明目张胆，上蹿下跳，使阴耍坏，最终还不是千方百计地想达到让我强震虎，再去为你们徐府拼死卖命的目的？那好，强震虎就来它个将计就计。你们徐府这些恶人坑害我强震虎千次，强震虎就让你徐云豹上一回当也不为过！这个李刚最恨强震虎，因为他做事拖沓偷懒，强震虎曾经数落批评过他，因而他怀恨在心。那次鞭打强震虎，他打得最凶狠，下手特别重，恨不得置强震虎于死地。这次强震虎也顺便教训教训他，也让他长点记性。于是强震虎说："我不去！"

"为什么不去？"徐云豹着急地问道。

"人家李刚干得好好的，我不能把他赶走呀。"强震虎故意哈哈笑着说。

"他不行，我去把他辞退了！"徐云豹早就想辞退李刚了，可是没有合适的人选，这回是下定决心了。

"徐老爷你别这样，这不好，我是不会再进徐府的！"强震虎态度坚决地说。

徐云豹却想，不辞退掉李刚，看来强震虎是不会到徐府去的。于是他二话没说，站起身来，出了强家的大门，匆匆忙忙地回到了徐府，板凳还没有坐热，就急不可耐地把李刚叫来，当众宣布叫李刚打道回府另找主家。

李刚听了徐云豹当众宣布辞退他的决定后，霎时间脑门轰的一声巨响，像山崩地裂一样使他惊慌震颤，他苦苦哀求徐老爷。

"这些年来，你李刚是怎么种田管地的？年年歉收，给我徐府造成的损失太大了。"徐云豹火冒冒地说，"留你何用？"

"今后改正，请徐老爷开恩，徐老爷开恩。"李刚一而再，再而三地哀求道。

徐云豹想，我不辞退你李刚，强震虎就不肯来，必须辞退你，看来你李刚也没有什么好办法给徐府带来好的收成，留你有何用？徐云豹摆出徐老爷的威严，震颤着他那像威猛的雄狮般的长鬃怒吼道："不行就是不行！"

李刚被辞退了，他气鼓鼓地无可奈何地挑了铺盖行李，郁郁不乐地出了他待了多年的徐府走了。

徐云豹立刻打发长工王左去请强震虎。强震虎清楚明白地告诉王左，他强震虎压根儿就没有答应徐云豹。挤走别人，去抢占别人的位子，强震虎没有那么缺德，也绝不会损人利己。强震虎态度坚决，斩钉截铁地说，不去就是不去，徐云豹就是请人吹吹打打，用八人大轿，鸣锣开道来请来抬，强震虎绝不会动心，也不会去。受苦受累，忍饥挨饿强震虎自己活该；要死要活，强震虎也只愿意在自己的家里，你王左就告诉徐云豹，让他死了这条心吧！

十四

强震虎跟他的舅父舅妈借了一些钱，置办了一张长方形的腰子盆，一只木制的鱼桶，以及一些渔网渔具，雄心勃勃地开始弃农经渔，改操新业了。强震虎是个智商偏高的聪明人。他脑子灵活，又肯开动脑筋，所以他做什么事，都比别人略胜一筹。强震虎在捕鱼时，通过观察研究，发现了鳜鱼（鲚花鱼）的活动规律和生活习性，经他研究探讨后，就采用了一种绝佳极妙的捕捞方法。徐村的黑龙沟同大小溪流沟渠连接在一起，纵横交错，一直通向秦淮河。每年春暖花开季节，发桃花水的时候，长江里的鳜鱼逆流而上，随着大批鱼群浩浩荡荡，顺着秦淮河游进了黑龙沟及其溪流沟汊里。一群群白鹭也迎着春风春雨，在这一片空域活泼欢快地盘旋翱翔。此情此景，不正是张志和的《渔夫》诗中描写的“西寨山前白鹭飞，桃花流水鳜鱼肥”的优美景象的生动写照吗？面对着这样的美好动人的景象，强震虎的心情也是激动不已。强震虎要是诗人，他也会写一首诗来赞美这佳境美景的。可是，强震虎不是诗人，而且目不识丁。当然，“人非草木，孰能无情”？强震虎也感受到了自然景观的异常优美。他不会写诗，但他却“啊，啊！”了两声，表达了他一农民渔人最质朴纯真而美好的心境情感！强震虎想到的还是他的捕鱼事业。他意识到今年的捕鱼事业前景无量。他可以大展宏图了，因而也高兴无比，激动异常！

一天，天刚麻麻亮，强震虎就出门打鱼去了。强震虎在沟渠溪流边转悠了好大一会儿，竟然观察发现了鳜鱼的一大秘密。鳜鱼也捕杀水蛇吃，十分有趣，也十分惨烈。鳜鱼喜欢一动不动地浮在水草里，水蛇却呆头呆脑的，以为鳜鱼是死的，就用它们的长长的身子将装死的鳜鱼缠绕起来，而且越缠越紧，当紧到不能再紧的时候，狡猾的鳜鱼，像孔雀开屏一样，突然展开它那锋利无比的鳍，可怜的水蛇顿时被撕裂成数段，粉身碎骨，一命呜呼，成了鳜鱼的美味佳肴。那惨烈且惊心动魄的场景，令人扼腕咋舌，惊呼绝妙。强震虎看了感慨万千，也十分高兴，他根据鳜鱼的这种特有的能耐和生活习性，想出了操“鲚鱼

(鳜鱼）包”的巧妙绝伦的捕捉方法。强震虎先采集水草，做成一个个水草包。傍晚时分，再把水草包一个一个地放在河沟里漂浮着。到了第二天天还没有亮，强震虎就划着鱼盆，用操操网一个包一个包地操一遍，这样每天都能操捕到不少鳜鱼。因为这里的鳜鱼是常常吃水蛇肉滋补生长的，其肉质细嫩，味道鲜美无比。有钱人特别爱吃。虽然价钱不菲，但并不愁卖。到后来，强震虎还没有出门，人家就来预定了，以至于吃香到了供不应求了。强震虎捕捞的鳜鱼好卖，收入颇丰，生活有着落了。他们夫妻二人喜在心里，笑在脸上。

每天晚上，夫人紫芸把卖鱼得来的钱拿出来数点着，开心地笑着对丈夫强震虎说：“天无绝人之路！”

“‘车道山前疑无路，柳暗花明又一村’。”强震虎也笑着激动地说，“我们的路子真的是走对了。”

徐云豹和三姨太贡美丽，见强震虎执意不肯到他们徐府来打工卖命，偏要以捕鱼为生，心里非常懊恼不悦。现在又见强震虎每天捕捞来的鱼很多，又吃香好卖，而且比租种田地，打工卖命的收入好上百倍。徐云豹和三姨太贡美丽心里不是滋味，因而心生嫉妒，恨之入骨。他们想找强震虎的叉，制造事端，找强震虎的麻烦。可是，这个强震虎鬼得很，他就是不就范。强震虎从来不去徐云豹家的塘边坝头去布网打鱼。强震虎偏不中徐云豹和三姨太贡美丽的奸计，钻他们的圈套，他们也就找不了强震虎的叉。强震虎已经经受过徐云豹和三姨太贡美丽的厉害，也揣透了他们的祸心歹意。所以强震虎总是小心为妙。强震虎打鱼只到公沟野溪里去打鱼捕虾。有时候就到外河捕捞来各种各样的鱼，让他们这些人眼馋羡慕死了。这样徐云豹和三姨太贡美丽就无从过问，也无权干涉，当然也就找不到借口，惹不了麻烦。

强震虎捕捉来的鱼的种类很多：有鳜鱼、黑鱼；有鲶鱼、鳗鱼；有鲏咕、白鱼等等。几个月下来，就获得了顶得上租田种地的一年的收入。这真是天无绝人之路，真是“柳暗花明又一村”了。每天，强震虎全身心地外出打鱼，夫人紫芸一门心思地去卖鱼，真是夫唱妇和，配合默契，他们夫妻俩都感到非常开心快慰，幸福无比！

一天上午，强震虎刚捕鱼回来，突然家里来了两个背长枪的兵丁，不问青红皂白就把他五花大绑地捆走了。夫人紫芸责问他们为什么不说明情况缘由，无缘无故就捆人抓人呢？

两个兵丁头也没回地说：“到了乡政府就知道了。”

强震虎无缘无故，莫名其妙地被带到了乡政府，关在了一个小房间里。他大声申诉喊冤道："我没有犯法，凭什么要抓我关我？"

"你犯了大罪，要老实考虑交代，免得受皮肉之苦！"李五乡长没头没脑地说了一句就走开了。

强震虎闷坐在小房间里，怎么也想不通，也想不到，他起早摸黑，不管刮风下雨，还是寒冬酷暑，都吃辛熬苦，凭借自己的勤劳智慧，以捕鱼为业，以捕鱼为生，怎么就糊里糊涂地触了法犯了罪呢？这世道不正，老天爷不公已经到了登峰造极的地步了。

李五乡长威严地坐在公堂上。他身高八尺，方头大耳，眼睛上架着一副黑色眼镜，闪着寒光反射到公堂下，活像饿狼瞅着猎物似的凶恶的眼睛，透过镜片闪着蓝光，令人生畏得不寒而栗。四个兵丁背着长枪，杀气腾腾地分列两边，看这架势就像如临大敌一样严防哗变，防范同伙来劫法场。看来他们要审讯重型犯人了。不一会儿，两个公差押着强震虎上了公堂，并叫强震虎犯人面对李五乡长跪着。公堂上的观众席上坐得满满的，大多是大户人家的头面人物。三姨太贡美丽和她大嫂贡宋梅英坐在前排。当然公堂上也少不了被告人的家属紫芸。

紫芸想，捕鱼捕得好好的，生活刚有了着落，怎么就犯了法了呢？她实在是莫名其妙，也无处申辩。看看在座的这些人，还能有谁会帮她说话，还能有谁凭着天地良心为强震虎说句公道话呢？紫芸只觉得有口难辩，有理难诉，有冤难申。她深感无奈无助，她痛苦得几乎要出离愤怒了！

强震虎昂着头挺着胸，大义凛然地跪着，大有视死如归的架势。强震虎一向循规守法，没有犯罪，怕什么呢？强震虎想好了，你们想问就开审吧！

公堂上鸦雀无声，连一根针掉到地上都能听到它的响声。大家都在静候开庭审判。

李五乡长一拍惊堂木，大声喝问道："犯人强震虎，你知罪吗？"

"我强震虎不是犯人，也无罪。"强震虎威武不屈地说。

"你杀了人，还说无罪？"李五乡长大声喝问道。

强震虎心里想，为人不做亏心事，不怕半夜鬼敲门，我怕什么呢？于是他十分坚定地回答道："我不知道，说我强震虎杀人，这又从何说起？"

"你强震虎不老实，给我打，看你招还是不招？"李五乡长怒吼着说。

两个执法的公差，把强震虎拖了出去，狠狠地打了二十警棍。强震虎咬紧牙关，忍耐着哼都没哼一声。当两个公差再把强震虎拖进公堂时，他已经一瘸一拐的了。然而，强震虎还是挺着胸膛，昂着头向他的夫人紫芸微笑着。夫人紫芸心疼得泪如雨下，泣不成声。

李五乡长又将惊堂木一拍问道："犯人强震虎，你要老实交代，保长贡家发是不是你杀害的?"

"我只顾打鱼，这事你不说，我还不知道呢！怎么说是我杀了他呢?"强震虎这才明白抓他审讯他的原因，就这样反问道。

三姨太贡美丽哭丧着脸，举手要求发言，李五乡长殷勤地微笑着点点头准许了她。

三姨太贡美丽愤怒地指着强震虎说："强震虎，你不要狡辩！你强震虎跟贡家发保长有私仇，这在徐村谁不知道？他抓你的壮丁，把你的三亩地抵押了壮丁款，你怀恨在心，就把他杀害了。"

强震虎听了轻蔑地冷笑了一声，他准备开口说话反驳，李五乡长阻止他不让他说话。强震虎无可奈何只得忍气吞声，怒目而视，表示他的愤愤不平。强震虎心想，照你三姨太贡美丽这么说，跟贡家发有仇的人多着呢，他们都是杀害贡家发的凶手疑犯了。

"别让强震虎狡赖，枪毙他！"贡家发保长的妻子贡宋梅英大叫了一声，接着又呜呜呜地伤心苦痛地哭了起来。

公堂里的听众也有人窃窃私语，纷纷议论起来了。他们是同情可怜贡宋梅英呢，还是同情含冤受屈的强震虎呢？他们是支持惩办强震虎呢，还是认为三姨太贡美丽的说辞薄弱无力站不住脚呢？人群中叽叽喳喳，众说纷纭，不一而足，反正公堂里有点乱糟糟的了。纷纷议论的人们哄笑唏嘘不已，一时间公堂里失去了宁静严肃的气氛，连李五乡长也控制不了喽！

李五乡长看看苗头不对劲，觉得恐怕审不下去，也审不出什么结果来。谁也拿不出真凭实据来，三姨太贡美丽证据不足，说话无力，没有说服力。如此再审下去，倒变成这个倔强的强震虎审讯他们了。为了避免在公众面前现眼出丑，李五乡长宣布休庭了。

贡家发被杀是罪有应得。贡家发保长坏事做绝，害人太多，结怨太深。他是当方的一个大恶棍，大恶霸。有的人家被他害得夫妻不和，反目成仇；有的人家被他害得妻离子散；有的人家被他害得倾家荡产，不想活命……总之，恨他的人很多很多，除掉这个恶棍，大大的害人精，恐怕也是人心所向。谁敢做这件事呢？强震虎不敢做，一般人也是不敢做的，也没有这么大的胆子。昨天晚上十点钟光景，贡家发保长不知在什么地方，或是哪个村子里干了坏事回来，得意忘形地哼着小曲，唱着京腔，趺趺撞撞，歪歪倒倒地走到一处高坎下时，被几个蒙面大汉用鱼叉、尖担结果了性命，为当方的人民除了这个罪恶不赦的恶棍。李五乡长从县城开会回来，走到高坎下，发现了贡家发保长像死猪一样躺在那里。李五乡长以为贡家发是醉酒跌倒了躺在那里人事不知了。便骂道："不能喝嘛，就少喝点儿，这不就跟死猪一样啦！"

贡家发保长躺在那里动也不动，哼也没有哼一声。

李五乡长摇着头，叹着气，一边骂骂咧咧，一边就弯腰蹲身来细细打量。霎时间，李五乡长惊出了一身冷汗。他借着微弱的月光和星光，隐隐看见贡家发脑浆涂地，血流成河，才知道贡家发保长是遭人暗算杀害了。这就是这个案子的全部过程，究竟是谁下的毒手？谁也不知道，反正是贡家发保长的仇人。

三姨太贡美丽一口咬定是强震虎干的。这个混账的李五乡长竟然凭三姨太贡美丽的一句疯言胡语，瞎说八道，就把无辜的强震虎当成杀人真凶，五花大绑地抓起来了。

李五乡长审讯过强震虎，也没有审出个油和盐来。他觉得这个强震虎的脾气强，嘴又硬，三姨太贡美丽的说话软弱无力，缺乏有力的令人信服的证据。惩办一个人，总得拿出点证据，当着众人的面才能说得过去呀！明天还得再审，一定要让强震虎开口招供，拿到证据后再严加惩办！

晚上，李五乡长回到徐村的田家。他告诉夫人田嫂，说是强震虎杀了贡家发保长，犯了十恶不赦的死罪！

田嫂十分诧异地惊问道："什么时候杀的？"

李五乡长说："昨天晚上九、十点钟的时候吧。"

田嫂急忙追问道："是九点还是十点？"

"看样子是九点到十点钟之间。因为我是十点钟时打那儿经过才发现的，他的脑袋还在淌血。"李五乡长回忆说。

田嫂听了哈哈大笑起来说："这简直是胡说八道，睁着眼睛说瞎话！"

"夫人，你何出此言？"李五乡长一时摸不着头脑，不解地问道。

田嫂一五一十地把前前后后的经过情况说给李五乡长听。田嫂说，他们成亲那天，本来想请强震虎和紫芸来家中喝杯喜酒的。可是，那天家里来的全是有头面的人物，又有徐云豹和三姨太贡美丽、保长贡家发这些人。这样的场面强震虎和他的夫人紫芸也不见得肯光临。于是，田嫂就决定择日再宴请强震虎和他夫人紫芸，表示一下这些年来他们夫妻二人对我们田家的关心照顾的感谢。那天，李五乡长到县城去开会了。田嫂准备了一些菜，把强震虎夫妻二人以及后村的五婶请来赴宴。我们几个人，还有我们田家的两个孩子田勇和田丽芳，大家很谈得来，就高高兴兴，欢欢喜喜在一起吃吃喝喝，说说笑笑，热热闹闹地一直闹到晚上十一点钟才散去。这个强震虎难道真的能有像孙悟空一样的分身法跑去杀人？再不就是这个强震虎没不是练就了障眼法隐身法，来他个金蝉脱壳，放下酒杯，跑去把贡家发杀了，再赶回来和我们一起喝酒嬉戏？照这么说，她田嫂、紫芸、五婶，还有我们田家的两孩子田勇和田丽芳，都是杀人同伙了！

“啊?!”李五乡长惊异地“啊”了一声，顿时目瞪口呆，半晌没有作声。

“说强震虎杀害了贡家发保长，这不是胡说八道，血口喷人，还能算什么?”田嫂义愤填膺地说，“这是栽赃陷害，栽赃陷害!”

“那你说怎么办?”李五乡长也觉得理亏，显出不知如何是好的样子。

“赶快放人，去缉拿真正的凶手。”田嫂斩钉截铁地说。

李五乡长没有作声，觉得这事有点棘手，他抓耳捞腮，有点无所适从了。

田嫂把这些年来，强震虎夫妻二人对他们田家多么多么好，以及悉心全力关心照顾她这个半边人的情况了叙述一遍。她说人不能忘情负义，要有“滴水之恩，当涌泉相报”的气度。当然，田嫂“涌泉相报”是有原则的，必须依照事实。强震虎没有杀人的动机，也没有杀人的时间，他根本就没有杀人。这已经是不争的铁的事实，她田嫂和五婶，甚至于田家的两个孩子田勇和田丽芳，都可以算是铁打的证人，怎么能把杀人的罪名硬套到一个无辜的农民渔民强震虎的头上呢？这可是要遭电灼雷劈的!

“那明天重审时，你带着两个孩子和五婶到公堂上去作证，我们当庭放了强震虎就是了。”李五乡长也觉得理亏，就答应放人了。

“你不说，我田嫂也要带着他们到公堂上去作铁证!”田嫂态度坚决地说。

强震虎在田嫂、五婶、和田嫂的两个孩子田勇和田丽芳的强有力的出庭作证下，真的被当庭无罪释放了。

十五

强震虎在乡政府的公堂上，面对着李五乡长和公众大义凛然，振振有词地陈述了他没有杀人的事实根据，在田嫂、五婶和田勇、田丽芳的铁定的证词下，终于获得了无罪解放。强震虎由夫人紫芸和田嫂以及五婶三个女人护着搀扶着出了乡政府的公堂，由田勇和田丽芳两个孩子在前面蹦蹦跳跳地引路，踏上了回家的路。强震虎像打了胜仗且挂了彩刚从前线撤下来的英雄一样，一瘸一拐地回到了自己家里。他对田嫂和五婶表示千恩万谢。人们常常说“救人一命，胜造七级浮屠”嘛，这可是大恩大德。他对田嫂和五婶的救命之恩，将永远记在心里，终生不忘！强震虎认为，这个三姨太贡美丽实在是阴险歹毒。她竟然想置强震虎于死地而后快。三姨太贡美丽明明知道她大哥保长贡家发不是强震虎杀害的，她不去追查缉拿真正的凶犯，却为了一己之私，个人的恩怨，一口咬定是强震虎杀害了她的大哥贡家发保长。三姨太贡美丽大搞栽赃陷害，实在是可恶可恨到了极点！

这些天来，强震虎没有去打鱼，也不能去打鱼，因为他要疗伤养伤。他没有触法犯罪，在公堂上竟然被两个公差打得皮开肉绽，疼痛难忍。这样无端受刑，无辜受辱，实在是令人气愤难平。现在想来，强震虎感到十分荒唐可笑，更感到这是天大的世道不公。强震虎才三十多岁，怎么就经历了这么多的残酷无情的打击和难以忍受的磨难呢？父亲强大榆不幸遭雷击身亡；母亲强王氏无意中被色狼、大烟鬼、兵油子徐云彪害死了；两个孩子天冬和天亮不幸染上了天花瘟疫夭折身亡了；夫人紫芸曾经被徐云豹和三姨太贡美丽逼疯逼病，差点儿丢了性命；自己被李刚和王左鞭打得遍体鳞伤；保长贡家发把他当壮丁抓起来，三姨太贡美丽耍阴使坏夺走强家的用血汗钱卖来的三亩田地；后来租地租不着，打工没人敢要；这回三姨太贡美丽他们又栽赃陷害，企图给他强震虎套上杀人犯的罪名，想置他于死地……强震虎这一生才过了半世，就遇有这么多打击和磨难，这下辈子还不知道有多少磨难，多少拦路虎在前头等着强震虎呢？

是狼是虎，不管是妖魔还是鬼怪就一起来吧，强震虎也有七尺之躯，是一个堂堂正正的钢铸铁打的汉子，即使“黑云压城城欲摧”，掀起狂风暴雨，铺天盖地的压过来，强震虎也将勇往直前决不退缩！

强震虎细想想，保长贡家发这个恶棍已经不在人世。原先贡家发在世时，眼睛瞪得大大的，像馋猫见到鱼儿一样紧盯着女儿天蓝姑娘，竟然想着心思寻着法子，要娶回去给他那个已经几十岁的木讷痴傻的儿子二愣子做老婆，这简直是痴心妄想，白日做梦！如果这个恶棍贡家发保长不死，天蓝姑娘总有一天要受他的害。那时强震虎一直担心害怕，悬着的一颗心总是放不下来，现在可以松口气了，也放心得多了。强震虎考虑可以将女儿天蓝姑娘从她舅爷爷舅奶奶那里接回来，帮着她母亲紫芸料理家务，让她母亲一心一意地去卖鱼赚钱。有天蓝姐姐在家，强强这孩子也该接回来了。这些日子来，强强不在家，强震虎和夫人紫芸真有点惦记他想念他呢！

这些天来，在家养好伤后，强震虎早上起来跑到门外活动活动呼吸点新鲜空气，感觉不错，精神足了劲也上来了。强震虎天生一副做骨，他闲不住了。强震虎挑了鱼盆，拿了渔具，急匆匆外出打鱼去了。强震虎划着腰子盆，在沟沟汊汊里布了网，下了钩，就等着鱼进网，鱼上钩了。强震虎斜躺在沟坎上休息，仰望着澄碧湛蓝的天空，又看看沟坎上的一望无际的绿波荡漾的一畦畦田地，十分赏心悦目，也令他感慨万千。强震虎想，大家都生活在一个蓝天空域底下，为什么有的人不劳动不耕种，却拥有那么多土地？有的人面朝黄土背朝天，世世代代起早摸黑，辛辛苦苦在田地里耕种劳累，却没有一分一毫属于自己的土地呢？这大概是皇帝老儿定下的不公的规矩，一直沿袭至今。这太不公正，太没有道理了。对于这种现状，对于这种制度，一个农民又有什么法子呢？就连自己吃辛熬苦，俭约紧用，结攒下来的钱买下的三亩地，也被他们强取豪夺了去。强震虎觉得好笑，也觉得荒唐透顶！

这时候，强震虎看见沟汊的水面上漾起了涟漪波纹。强震虎熟悉地知道，网中兜着鱼，钩上挂着鱼了。他好不开心，就划着鱼盆在沟沟叉叉里来回起了网收了钩，挑着沉甸甸的鱼盆鱼桶，怀着丰收的喜悦笑嘻嘻地回来了。

这次捕鱼，大获丰收，他和紫芸都感到很满意高兴，他们知道可以变卖不少钱，但他们一点都不卖。强震虎给五婶和田嫂各送去了一份，以表达他对她们的深深的感激之情，也让田勇和田丽芳两个孩子，高兴开心地吃到强伯伯给他们打来的鱼。强震虎自己留下了一份，打算进城去接女儿天蓝和儿子强强时，带给他们的舅父舅妈两位老人尝鲜纳福。

强强已经六岁了，从他的个头看上去，都像七、八岁的人了。不难看出，强强也一定是个大个头的胚子。强家人都生得身高马大，不会错种，变种长成矮冬瓜的。这是强震虎感到骄傲自豪的地方，也是一个老实巴交的农民对自己的后代所寄托的最简单朴实的希望。强强这孩子长得活泼可爱，也非常懂事听话，实在是令强震虎和夫人紫芸两人欢喜疼爱。

把两个孩子接回家后，强震虎每天照常外出打鱼；夫人紫芸每天上集镇去卖鱼；女儿天蓝带着小弟强强在家里照看喂养猪、鹅、鸡、鸭这些家养的禽畜。强震虎一家人，各尽所能，各尽其力，融融乐乐，欢欢喜喜地生活在一起，安安稳稳地享受着温馨甜美的生活。

强震虎并不知道“居安思危”是一种哲理，但这些年来，他所遇到的林林总总的令人伤痛落泪的事情，使他对“居安思危”这四个字有了极其深刻的理解和认识。他认为“害人之心不可有，防人之心不可无”。他清楚地知道，没有了保长贡家发，还会有张三保长，李四保长，或者是王二麻子保长。像徐云豹、徐云彪、三姨太贡美丽这一类心术不正，专门想着坑害人的人还在，他们绝对不会立地成佛，改恶从善的。这些要阴使坏的人，生着一颗害人之心；长着一颗坑人的脑袋。一有机会，他们就会千方百计地来坑你害你。强震虎必须时刻警惕，防范着这一伙卑鄙龌龊的小人。

那个李五乡长，也不是一盏省油的灯，他虽然贵为一乡之长，但他绝对不是老百姓的代言人。李五乡长就凭三姨太贡美丽的一句疯言瞎话，就无缘无故地把强震虎当杀人疑犯五花大绑了去，在公堂上，他无凭无据，不问青红皂白，就指令公差狠狠地打了强震虎二十警棍，要不是田嫂和五婶拿出铁的事实，力挺死保，作证营救，这个李五乡长，还不是顺着三姨太贡美丽和贡家发保长的老婆贡宋梅英的意愿，糊里糊涂地给强震虎硬扣上杀人的死罪！

他们这伙肮脏的小人，编织成了一张坑人的网；连接成了一条害人的链条。强震虎躲着他们，小心谨慎地防着他们，还是防不胜防。他们像苍蝇紧叮食物一样紧紧地盯着你不放，千方百计地找你的麻烦，想方设法坑害你折磨你。强震虎呀，强震虎，人们说“走路防跌，吃饭防噎”你千万千万要小心呀！

打鱼人强震虎不管寒冬腊月，还是炎夏酷暑；不管是风和日丽之日，还是狂风暴雨之时，都得出门作业，下钩布网，起早摸黑也是常有的事。打鱼这活计，的确很苦很累，但也给强震虎带来了莫大的乐趣。特别是收网捉鱼时，心里总是乐呵呵，美滋滋的，那样子，那心情简直是无法形容，难以言表。这天，强震虎早早地就捕捞得网实桶满，开开心心，高高兴兴地挑着鱼和鱼盆胜利归来了。

强家一家人见强震虎捕捞来这么多各种各样的鱼回来了，都十分高兴开心，一个个都喜不自胜地观看着活蹦乱跳的鱼儿。

“爸，乖乖隆冬，这么多鱼呀！”儿子强强围着鱼桶惊呼道，“爸爸，你把蛇也抓来啦?”

天蓝姐姐笑强强不识货说：“那是鳗鱼，值钱呢，好吃呢！”

“我要吃鳗鱼。”强强迫不及待地说。

“鳗鱼值钱，你别想吃！”天蓝姐姐撇撇嘴说，“留着卖钱呢！”

“我想吃，我就要吃！”强强任性起来了。

强震虎二话没说，毫不吝啬地把鳗鱼捉了出来，留给儿子强强吃了。

紫芸好不开心地拿了一杆秤和一只秤鱼用的网兜，挑了鱼桶，兴致勃勃地到集镇上去卖鱼了。她来到街面朝北的一个巷口，把鱼桶放下来，这里也是她经常卖鱼的地方。这条街上的人都认识紫芸。不一会儿，就有不少人围了上来，大家你喊我叫，有的要黑鱼；有的要白鱼；有的要买一条鲶鱼；有的要买一斤黄鲅……

紫芸正高兴地给大家捡鱼秤鱼时，突然传来了一个尖声怪气的女人霸蛮且咄咄逼人的声音：“大家快让开，这鱼我全包要了。”

大家回头一看，原来是一个打扮得花枝招展的妖里妖气的女人。她的身后站着高大魁梧的李五乡长。霎时间，前来买鱼的人一个个都像树倒猢狲散一样，慌忙丢下手中的鱼，吱溜溜地散去了。

“啊哟喂！”三姨太贡美丽故作大惊小怪地尖着嗓音轻蔑地嘲笑道，“啊哟喂，徐大小姐还会卖鱼呀?!”

李五乡长瞅着紫芸咧着嘴笑。紫芸瞅了三姨太贡美丽一眼没有理睬她。紫芸想，你三姨太贡美丽不是明摆着是承心来瞎捣蛋的吗?

三姨太贡美丽涂着口红，画着眉毛，颀长的秀发上撒了香水，那味道令人恶心烦躁，紫芸闻了真想呕吐。三姨太贡美丽身着一件绸缎料子做的花旗袍，脚上蹬着一双浅红色的绣花鞋。三姨太贡美丽在李五乡长面前显得妖里妖气，娇生惯养，却颐指气使地对紫芸大声说：“这鱼我全买了，你挑着送到徐府去！”说着三姨太贡美丽又窃窃地笑起来了。

紫芸看着三姨太贡美丽这种轻蔑傲慢的样子，听了她这种挑逗蔑视的言辞，心里非常恼火气愤，也就凶头狠脑地朗声说：“我不卖，就是不卖给你！”

“不卖，我还不要呢！”三姨太贡美丽以为她搅局已经成功了，得意忘形地转过身去，嗲吧嗲吧地挽着李五乡长的胳膊娇滴滴地说，“李乡长，我们走!”

紫芸看了听了，心里一阵恶心，差一点就呕吐出来了。她感到这个三姨太既卑鄙又龌龊；这个李五乡长也不是一个正经牲口，也是一个拈花惹草的情种。紫芸对着三姨太贡美丽和李五乡长远去的背阴“呸”的骂了一声。

三姨太贡美丽撅着庇股扭着水蛇腰，娇滴滴地挽着李五乡长的胳膊大明大白，大摇大摆，在众目睽睽之下，招摇过市，不知羞耻地向前去了。

“臭婊子!”紫芸对着他们的背影骂道，“不知羞耻!”

紫芸想，好你个李五，你竟然背着田嫂勾引女人，搭上三姨太贡美丽这个不要脸的臭婊子。你李五大不该欺骗田嫂，玩弄和亵渎人家田嫂的感情。要是田嫂知道了这事，不把肚子气瘪了?不过，这件事紫芸看就算看到了，她不能说，也不能告诉田嫂，这个李五乡长，紫芸可惹不起，也得罪不得。紫芸拿了扁担，准备把鱼挑走。这时来了两个背长枪的乡丁，他们走到紫芸面前，说了声“卖鱼”，每人随手在鱼桶里捉了一条黑鱼，拎着转身就走。

“还没付钱呢?”紫芸慌忙大声提醒说。

两个乡丁头也没回，一边走，一边奸笑着说：“下次一道付!”

“呸！今天竟遇着鬼啦，一伙强盗无赖!”紫芸骂着，拿起扁担挑了鱼，快步如飞地离开了这个倒霉的鬼地方。她走村串巷去了。

紫芸一边走，一边吆喝叫卖。她跑了几个村子，不到中午时分就把鱼全部卖完了。

紫芸心里怀着一股怨气回到了家里。她把遇到的倒霉不快的事情跟丈夫强震虎一一地说了。强震虎听了非常气愤，也感到特别惊异。他觉得这个三姨太贡美丽坏得出蛆，简直是伤风败俗。

“这事要是田嫂知道了，不气疯了?”夫人紫芸愤然说，“这个李五欺骗了田嫂，要遭雷劈的。”

“这事你先别说，这个李五乡长，我们可惹不起他。”强震虎交代夫人紫芸说，“早晚田嫂会知道的。”

打那以后，强震虎打了鱼回来，再也不会拿到集镇上去卖了。他们不是走村串巷，就是让天蓝姑娘拿到县城她舅爷爷舅奶奶那里去卖。他们打的鱼还是不愁卖。一年半载忙下来，收入还不错，还真结余了几个钱。他们一家人还是省吃俭用，尽量攒些钱。强震虎还是不死心，他认为种田人没有土地不行，耍不开膀子，使不了劲，种田人没有土地就活不成。于是强震虎狠狠心又买了三亩地。强震虎说，这样好，一旦打鱼不行，还有地种，这是双保险。自从买了土地后，强震虎高兴得脸上总露着笑容。他忙时种田，闲事打鱼，真是种田打鱼两不误，都双双获得了丰收。一家人的日子过得红红火火，舒舒服服……

十六

强强七岁那年的下半年，家里种地和打鱼两方面的收入都不错，除了一家人的吃用开支，还能略有富余。强震虎和夫人紫芸考虑，想让儿子强强去念书上学了。他们夫妻二人也想给强家培养一个识字懂文，知书达理的人。那天，强震虎打了不少鱼回来，母亲紫芸捡了两条较大的鳜鱼，贴上了红底，装在篮子里，一手拎着鳜鱼，一手搀着儿子强强到学馆里去拜见私学的徐老先生。徐老先生不肯收礼，母亲紫芸非常客气地说，这是自己家里打捞来的，拿来送给徐老先生尝尝鲜，不成敬意，万望徐老先生一定要收下。徐老先生也没再推辞，就收下了。

徐老先生今年六十多岁，留着八字胡子，身材偏瘦，但精神矍铄。他沉稳严肃地坐在私学馆里，讲台上放着书籍和管教学生的戒板。他正在监督学子们看书写字。徐老先生和蔼可亲地问强强说："你叫什么名字？"

"他叫'秧蓝背'！"田勇坐在自己的位子上调皮地大胆的大声嚷叫起来，又吃吃地笑起来。

私学堂的学生们也都被逗得哄笑起来了。

"多嘴多舌，要遭打！"徐老先生瞅着田勇严厉地训斥道。

"我叫强强。"强强怯生生地说。

"不，他小名叫强强，大名叫强天强！"母亲笑着纠正道。

从此以后，强天强就是私学馆里的一个学生，也成了徐老先生的一个得意门生弟子了。

这所私学馆还是设在徐村中心的大庙里，只有一个教室。不管你是念三字经、百家姓、千字文，还是大学中庸，或者是论语，大家都坐在一个学馆里一个教室里。这样，强天强又跟田勇和田丽芳到了一起，这就使得强天强感到非常幸运，也特别高兴。因为强天强跟田勇和田丽芳的友好情谊已非一日。

二姨太和三姨太贡美丽的孩子也在这个私学馆里，也和强天强他们坐在一个教室里。他们的年龄也不大，一个十四岁叫徐文，一个十三岁叫徐武。他们已经学习大学、中庸。一天，课间休息时，孩子们都喜欢在供奉菩萨的殿堂里玩耍嬉戏。徐文和徐武两个活闹鬼，把强天强拖着硬逼着他跪在娘娘菩萨的神像前，一本正经地说："秧蓝背，娘娘放你一马，你还不向娘娘请安谢罪?"

在场的孩子们都被他们两人逗得哄堂大笑起来了。徐文和徐武两人更加得意忘形了，他们又变本加厉地逼着强天强跪在他们两人的面前，硬要强天强喊他们"舅舅"，而且还轻蔑张狂地哈哈哈地大笑不止。强天强又气又恨，竟被徐文和徐武两个活闹鬼折腾得委屈痛苦得呜呜呜地大哭起来了。

徐老先生在办公室里都听到了。徐老先生刚想去看个究竟，弄个水落石出。这时候，田勇和田丽芳很不服气，就气喘吁吁地跑到徐老先生面前，告了徐文和徐武一状。

上课铃响了，孩子们纷纷走进教室，端端正正，鸦雀无声地坐在教室里，一动不动地等待徐老先生给他们布置课业内容。

徐老先生十分严肃认真地站在讲台前，用手推了推老花眼境框，微微低着头，将眼光从镜框的上方投射到教室里，威严地朝孩子们扫视了一遍，最后他将敏锐的眼光停在了徐文和徐武身上。徐老先生锐利的眼光注视着徐文和徐武。徐文和徐武两人知道大事不妙，要挨批挨骂了，吓得低下了头，不敢正视徐老先生，徐老先生十分严厉地大声说："在这个私学馆里念书习文的，不管你是念三字经，还是大学中庸；不管你是三岁娃娃，还是胡子一大把的老者，大家都是同学，同学知道吗？这里是不谈什么尊卑大小，舅舅外甥的，也不准大欺小，小辱大的。从今以后，谁要是犯了这一条规矩，定罚定打不饶。

徐文和徐武二人，听了徐老先生的严厉批评后，面面相觑，再不敢越雷池半步，他们再也不敢欺负凌辱强天强了。

强天强这孩子非常灵巧聪明，学得快记得清，又懂事又有礼貌。徐老先生非常喜欢爱惜他。强天强进学馆才一个多月的时间，就通读了三字经百家姓。现在他又开始攻读千字文了。照这样的情势，这样的速度，像强天强这样认真刻苦，废寝忘食的学习下去，不用多久，他定能攻克千字文。

可是好景不长，万恶的日本鬼子发动了侵华战争，大肆侵犯我们中国，不久就攻入了南京，屠杀了我三十万同胞。小鬼子还经常下乡来清乡扫荡，到处烧杀掳掠，无恶不作，无所不为。万恶不赦的小日本鬼子搅乱了中国人的安静的生活，也骚扰了我们中国乡村百姓的生产和生活。中国老百姓经常要跑反逃难，被小鬼子搞得鸡犬不宁。这样一来，一个年事已高的徐老先生，要带着这么多的学生娃们跑反逃难多有不便，也照顾不过来。徐老先生在力不从心，毫无办法的情况下，不得不宣布私学馆停办散伙。

孩子们虽然正处在渴求知识，增长知识才干的时候，但遇到这种兵荒马乱的时局，也无可奈何，只得怏怏不乐地回到家里。从此以后，孩子们还得经常跟随家里人一道逃反避难，躲灾避祸，防范小鬼子的疯狂屠杀。

强天强回到家里，随他的父母一道跑过几回反，躲避凶残可恶的日本鬼子的清乡扫荡，防范日本鬼子的疯狂杀戮。强天强是个非常肯动脑子，十分精明强干的孩子。强天强通过细心地观察分析，发现小鬼子总是在上午从村西边，或者从村子的南边两个方向出其不意地闯进村里来。每次小鬼子都是偷偷摸进村来的，村民们出逃迟缓，显得非常匆忙，有的村民来不及跑，往往被万恶不赦的日本鬼子逮住，遭到毒打拷问，甚至于遭到残酷无情的折磨，有的还不幸丢掉了性命。

强强五岁那年跟他的小伙伴田勇和田丽芳一道捕捉宠物金铃子，常常到村南边长着密密麻麻的灌木杂树林里去。这个灌木杂树林中也有几棵参天大树，大树上的枝叶繁茂，上面藏个把人，谁也看不见，也不容易发现。强强想，不如每天上午爬到树梢上，在树梢上站岗放哨，观察小鬼子的动向。一旦发现万恶歹毒的小鬼子来了，就鸣锣警示。这样徐村的村民们就可以不慌不忙，有组织有步骤地扶老携幼撤离出村子。强天强自告奋勇地担当起了这一重要而且光荣的任务。

强天强想的这一招，还真的起了大作用。有几次万恶不赦的小鬼子偷偷摸进村来都扑了个空。凶恶歹毒的小鬼子见村里没有人，歇斯底里地发泄了一通，烧毁了几间房子，抓了一些鸡、鹅、鸭就悻悻地走了。

一天，强天强的父亲强震虎在徐村的东边的河沟溪流里正在紧张地收网拿鱼。万恶的小鬼子这次偏偏从东边偷袭进了村，强震虎正好被小鬼子逮个正着。小鬼子在进村时，看见有人在沟渠里打鱼，就拉动枪栓瞄准着在沟渠里打鱼的强震虎，叽里呱啦的大声吆喝着叫强震虎划上岸来。强震虎看看这形势对自己很不利，他想，好汉不吃眼前亏，暂且划上岸去再见机行事。强震虎的渔网和鱼钩还没有收完，他只得丢在沟渠溪流里，战战兢兢地划上了岸。

“你的，新四军的？”小鬼子的一个长官唬着满脸胡茬的脸说。

“我是打鱼的。”强震虎陪着笑脸说。

另一个小鬼子走上来“啪啪”打了强震虎两个嘴巴，恶狠狠地大声吼道：“你的不老实，要刺啦刺啦的！”

虽然强震虎的脸被打得麻辣生疼，心里愤恨难平，但他还是赔着笑脸说："我真的是个打鱼为生的农民。"

那个长着满脸络腮胡子的小鬼子的长官，看看鱼桶里有许多活蹦乱跳的新鲜鱼儿，也觉得强震虎是真正的打鱼人，但他还是露出狰狞可怖的面目恶狠狠地一把揪住强震虎的衣领，向上提得老高，几乎要把强震虎的两脚提离地面，怒吼着逼问道："你的，新四军的?"

"我是大大的良民，是一个打鱼的渔民。"强震虎勉强咧着嘴微笑着说。

小鬼子让强震虎把他打的鱼挑进徐村去。强震虎摇摇手佯装着，说他不是徐村人，他将手故意朝远处的村子一指，意思是告诉小鬼子他是那个村的人。小鬼子也信以为真，就指着桶里的鱼说："米西米西的!"

小鬼子要强震虎把他打的鱼挑着送到徐村去让他们小鬼子"米西米西"。强震虎无可奈何，但他还是故作镇定，装出笑嘻嘻的样子，挑着鱼跟着小鬼子进了徐村。小鬼子在徐村折腾了一番，连个人影也没有见着，就抓了些鸡、鹅、鸭，叫强震虎连同他打的鱼一起挑着送到小鬼子的据点去了。

强震虎在村东边沟渠溪流里打鱼，被小鬼子逮住后，进了徐村。儿子强天强在树梢上看得一清二楚，他当时就惊呆了。强天强非常着急，差点从树上掉下来。小鬼子走了以后，强天强回到村里，把他看到的前后情况告诉了他的母亲。霎时间，他母亲紫芸像落了魂似的，木讷不语，眼睛直勾勾地看着一个方向，眨都不眨一下，母亲惊呆了。徐村的村民们都围了过来，大家你一言我一语地劝说安慰母亲。他们叫母亲放心，不要急坏身子。村民们说，强震虎脑子灵活，人也精明强干，会设法骗过小鬼子，平安无事地回来的。五婶和田嫂都来劝说安慰母亲了。正当大家说话间，强震虎真的回来了。

大家好不开心，都问强震虎是怎么脱身的?强震虎笑着告诉大家，他是怎么骗小鬼子他不是徐村人。小鬼子叫他把他们在徐村抓的鸡、鹅、鸭和强震虎打的鱼一担挑着送到小鬼子的据点，又叫他将鱼煮了给他们小鬼子"米西米西"。强震虎为了骗过小鬼子，以便逃过劫难，就用心把鱼煮熟了。

小鬼子吃了强震虎煮的鱼都说好吃，便竖起大拇指说："你的大大的好，米西米西的好!"

小鬼子要把强震虎留下来，每天打鱼煮鱼给他们"米西米西"。

"太君，我还有鱼盆、渔网、鱼钩丢在河沟里没有收上来，怎么去捕鱼?"强震虎急了，用手比划着说。

小鬼子当时是看到强震虎把鱼盆渔具落在河沟里了，就叫强震虎快去把渔网收了连打的鱼一起挑了送到小鬼子的据点来，否则，下次抓住了就刺啦刺啦的。

强震虎只得连连点头表示愿意的样子，就这样骗过了小鬼子，小鬼子还叫强震虎多打点鱼送来给他们小鬼子“米西米西”的。

强震虎在小鬼子允许他回到沟渠溪流里来收网取钩的当口，才得以脱身，回到家里，实在是万幸中之万幸！

有人笑着打趣地说：“小鬼子让你多打点鱼送给他们小鬼子米西米西的！”

强震虎“呸”了一声说：“我送大粪给小鬼子米西米西！”

大家被逗得哄然大笑起来。紫芸见丈夫强震虎安然无恙地回来了，一颗悬着的心这才落了地，竟然也高兴得流下了激动的眼泪。

一场虚惊过后，强震虎一家人还心有余悸。

儿子强天强说：“当时，我在树梢上，看到小鬼子把爸爸带走，我又慌又急，又气又恨，差点从树上跌下来！”

天蓝姑娘此时还有点惴惴不安，她说：“我回到村里，不见爸爸的踪影，我立马跑到河沟溪流边，只见鱼盆还漂浮在水面上，我的心扑通扑通跳个不停，像落了魂失了魄似的，整个身子轻飘飘的，我欲哭但又无泪。”

“我都急疯啦。”母亲紫芸心有余悸地担心地说，“孩子他爸呀，最近小鬼子活动频繁，你不要去打鱼了。”

“过都过去了。”强震虎百般安慰家人说，“我不是好好地回来了。”

强震虎又来到徐村东边的河沟里捞了鱼盆，划着鱼盆收了网，取了鱼钩，当然也收获了不少鱼，就挑着回到了家里。

这天，一家人烧了一大锅鱼，开开心心，欢欢喜喜吃了个饱，吃了个狗够，以便压压惊，松弛松弛紧绷着的神经。

晚上，天黑的伸手不见五指，一家人关了门，准备就寝睡觉了。突然又传来了急促的脚步声和敲门声。强震虎一家人松弛了的神经一下子又紧张了起来。他们一家人听到门外有人一边敲门，一边低声急切地说：“老乡，快开门，老乡，快开门呀！”

母亲紧张地搂着儿子强天强吓得浑身哆嗦着，坐到灶门口动也不敢动；天蓝躲在房间里不敢出来。强震虎想，不管是好人还是坏人，不开门都不行。于是，他壮着胆子开了门。这时，站在他面前的两个人，都穿着和老百姓一样的衣服，而且面相也不凶不狠，不阴刁不油滑，倒是显出了一脸的和气相。强震虎紧张的心理缓解了。

两个敲门的人气喘吁吁地说："你们别怕，我们不是坏人。天黑了迷了路，想请你送我们出村去！"

看样子他们好像很急，左右邻村的狗子叫得很凶，似乎有人追捕他们。强震虎二话没说，让他们一个扛了渔网，一个背了鱼篓，他自己挑了鱼盆，急急忙忙向徐村紧靠沟渠溪流纵横交错的水套子的后村走去了……

母亲紫芸带着儿子强天强和女儿天蓝两个孩子坐在床沿上，不敢睡觉，也不想睡觉，强震虎带着陌生人出门了，是好是坏，是安是危，是福是祸谁也说不清楚，心里也没有底。他们娘儿三人，既担心又着急，一直等到强震虎平平安安挑着渔网鱼盆回到家里，他们悬着的一颗心才落了地。

这时候，已经是半夜时分，强震虎一家人的确感到累了睏了，这才宽衣睡觉。

十七

时间像白驹过隙，一晃强天强这孩子已经八岁了。这一年是多事之秋，特别是强天强一家，经受的打击，简直是令人发指，不可想象。

这一年，强天强的母亲生了一场大病重病，其严重的程度，令强天强一家人担惊受怕。可以说母亲是死里逃生，捡回了一条命，要不是赵郎中来得及时，发现得早，母亲就会被误而冤死屈死，真是好险好险哟！

穷凶极恶的日本鬼子，三天两头下乡来清乡扫荡，搅乱得人心惶惶，害得父亲强震虎不能外出打鱼，也不能及时耕种管理田地，以至于歉收缺收，家庭生活也带来了困难。真是“富日子好过，穷日子难熬”啊，这时局不稳混乱的日子更难过难熬，真有点度日如年的感觉了。

强天强这孩子聪明伶俐，学习进步很快。可是私学馆被日本鬼子搅得又无法开馆，孩子们的学业眼睁睁地看着被荒废。万恶不赦的小鬼子真的害死了一地的人。强天强都八岁了，私学馆复馆八字还没有一撇，还不知道拖到哪年哪月？这样不贻误了孩子们的学业前程吗？

强震虎希望能有像那天晚上他送走的那两个人一样的人，带来军队，把该死可恶的日本鬼子赶出中国去，使老百姓安居乐业，孩子们能有安静稳定的读书学习的良好环境。

为了生存，强震虎不能不打鱼。为了防范小鬼子搞突然袭击，他白天不敢去河沟溪流里布网下钩捕捞鱼虾，就改在夜晚，借着月光和星光，划着腰子盆在河沟溪流里布网下钩，捕捞来各种各样的鱼儿。这样虽然辛苦一点，劳累一点，但每天的收获不小，强震虎也就心满意足了。

强震虎每天捕捞来的鱼，都有女儿天蓝姑娘不辞劳苦地送到县城，在她舅爷爷和舅奶奶那里去卖，销路还不错，也不愁卖。天蓝姑娘已经十六岁了。她像夏日的高粱玉米一样，一个劲地串株疯长。她身材高挑苗条，脸蛋跟她娘紫芸一模活脱，不差分毫。天蓝姑娘已经出落成一个漂漂亮亮，讨人喜爱的大姑娘了。她每次出门卖鱼，强震虎都要千叮咛万嘱咐叫她要小心，要避让歹毒可恶的小鬼子，要躲着防范着坏人，时时事事要多个心眼儿。你说天蓝姑娘怎么回话的？天蓝姑娘总是说："爸爸，我也不小了，我知道该怎么着，你们就放心吧！"

母亲紫芸抓住天蓝姑娘的手疼爱地说："现在时局不稳，你还是小心一点好，娘真有点不放心！"

"娘，你放心吧，女儿没事的。"天蓝姑娘安慰母亲说。

话虽这么说，可是这世道不稳，社会混乱，小鬼子横行无忌，到处硝烟弥漫，强震虎和夫人紫芸怎么不担心呢？特别是做母亲的，那儿女情长，比男人要深刻得多。因为"一个儿一段肠"嘛，怎么不牵肠挂肚地关心疼爱女儿呢？每次天蓝姑娘去了县城她舅爷爷舅奶奶那儿，母亲紫芸总要跑到路口，站在呼啸的山风口眺望，眺望等待女儿天蓝姑娘平安无事地回来。

那天，天蓝姑娘又去县城舅爷爷舅奶奶家去了。到了该回来的时候，天蓝姑娘还没有回来。母亲急得像热锅上的蚂蚁似的，心里五不是，六也不是，十分烦躁不安。她跑到路口，站在风口上，极目远眺，左顾右盼，望眼欲穿，也不见女儿天蓝姑娘的踪影。母亲急得像刚下到油锅里的蚂蚱一样，直蹦乱跳。她心神不宁，就催促丈夫强震虎前往路上去迎接女儿天蓝姑娘。

野外都黑得伸手不见五指了，女儿天蓝姑娘还没有回来，强震虎能放心吗？他心里着急得像十五只吊桶打水一样七上八下。强震虎拿了一把晚上打鱼时用的手电筒，立刻消失在夜幕里了。

强震虎心里惴惴不安地急急地朝前走着寻着……天黑得静得令人可怕，一个姑娘家在这样的暗夜里一个人摸索赶路，真是难为天蓝这孩子了。强震虎真的有点舍不得，他心疼懊悔不该让天蓝姑娘担着天大的风险出门闯乱世。强震虎走着想着，忽然发现他的正前方有一个移动的黑影。强震虎没有用手电筒去照射，因为黑夜里用手电筒照射人是不懂规矩，欠家教的极不礼貌的行为。于是强震虎警觉地问了一声："谁？"

黑影人听到这熟悉的声音，一颗悬着的心放下了，先前的紧张和害怕都解除了。黑影人喜出望外地回答道："爸爸，是我呀！天蓝呀！"

这时候，强震虎心里一动，用手电筒照了照女儿天蓝姑娘。他看到女儿天蓝姑娘安然无恙，才放心地十分疼爱地说："天蓝呀，我可接到你啦！你怎么到这么晚才回来呀？你娘都急坏啦！"

天蓝姑娘没有作声，她怎么说呢？家里人着急担心，这是在她的预料之中的。天蓝姑娘心里有点酸酸的，像打破了醋坛子时的那种感觉。

强震虎让女儿在他前面走，他像铁杆保镖一样跟在女儿天蓝姑娘的后面，打着手电筒照着前进的路面。父女两个人一边赶路，一边说说笑笑，不知不觉地回到了家里。母亲紫芸见女儿天蓝姑娘回来了，她虽然高兴，但还是不放心地将女儿天蓝姑娘一把拽到灯光下，从上到下，从左到右，细细打量，除了见到女儿天蓝姑娘额头上有点汗水外，其他什么也没有少，没缺一块肉，没擦破一点皮，这才放心地问女儿天蓝姑娘说："你怎么这么晚才回来呀？娘可急死啦!"

强天强见姐姐天蓝脸上有汗水，就去拿来了一条毛巾递给姐姐天蓝擦汗。天蓝高兴地接了毛巾，擦了擦汗，便坐下来了。一家人围着她听她叙述她一路上的经过情况，以及晚归的原因。

原来天蓝姑娘离开舅爷爷舅奶奶家后，急急地出了县城，顺着马路往回赶路，她估计是可以早早地回到徐村来到家里的。她走着走着，突然看到马路上的行人都朝两边的田野里拼命地奔跑，天蓝也像条件反射似的，不管三七二十一，也跟着人们朝田野里拼死命地跑去。天蓝跑到一处高坎下，眯起眼睛朝马路上看去，发现有两个凶神恶煞似的小鬼子，他们骑着马，挥舞着锃亮锋利的闪着寒光的日本军刀，见人就砍，逢人就杀，好像两个小鬼子是在杀人比赛。天蓝姑娘幸好跟着人们避开了马路，逃离了现场，躲过了一劫。这样，天蓝姑娘就不敢上马路了。她沿着小路摸索着寻找着回家的路。天蓝姑娘逢山过山，绕过溪流，走进村巷，弯弯曲曲，慢慢地探寻着回家的路。天蓝姑娘跑了很多冤枉路，摸索前进，不敢松懈怠慢。一开始她还有点心慌意乱，担惊受怕。后来，她就糊里糊涂，什么也不怕，什么也不管，一味地海里糊涂地只管赶路。现在好了到了家了，平安无事了，你们就放心吧!

强天强家一家人又是一场虚惊过去了。天蓝姑娘确实吃了不少辛苦，有点累了，也伤了一些元气。母亲十分疼爱地护理着女儿天蓝姑娘，烧了一些好菜，让女儿天蓝滋补调养一下。强震虎这几天没有外出去打鱼；强天强还是每天爬上灌木杂树林的大树梢上守岗放哨，监视小鬼子的活动迹象。一家人生活有序，老百姓嘛，世道再乱再凶险，这日子还是要过的。

这一年，田地里歉收严重，强震虎还是要靠打鱼来补贴家用开支。他白天要防范小鬼子的突然袭击，不敢出去打鱼，还是吃尽辛苦选择在夜晚出去打鱼，白天由女儿天蓝姑娘送到城里她舅爷爷舅奶奶那儿去卖。可是女儿天蓝姑娘上次进城去卖鱼，回来的路上竟遇到了如此严重的危险，这还能让女儿天蓝进城去卖鱼吗？强震虎考虑再三，真的不敢让女儿天蓝进城去卖鱼了。强震虎打算自己晚上下河沟打鱼，白天进城去卖鱼。夫人紫芸认为丈夫强震虎晚上要打鱼，已经吃苦欠觉劳累得不得了，白天再去赶路进城卖鱼，这未免太难太累太辛苦了，万一把身子累夸了，这一家不就散了板炸了箍啦？紫芸坚决不让丈夫强震虎进城去卖鱼，她要自己去城里卖鱼。

天蓝姑娘见她的父亲跟母亲为卖鱼的事争持不下的时候，就笑着说："爸爸，妈妈都不能去。这个任务还是我的。我路熟了，起个早吃点苦，尽量走小路没事的，你们就放心吧！"

"天蓝呀，这路上太危险啦，你不能去。"母亲紫芸坚决地说，"还是我去吧。"

天蓝姑娘开诚布公地告诉母亲，马路上小鬼子来来往往，川流不息，路上的行人时时刻刻都担着风险，一般的男人都不敢轻易打马路上通过，作为女人其危险性就更大了；要是走小路吧，母亲又不熟悉，而且路道难走难过，既要绕过沟渠溪流，又要翻山越岭，七弯八绕，弄不好就把人绕晕了迷路了，母亲万万去不得，还是女儿天蓝去最合适不过了。天蓝对路途熟悉，跑了几趟也习惯了，不会有事的。

在天蓝姑娘的再三请缨下，强震虎和夫人紫芸絮絮叨叨，一而再，再而三地嘱咐女儿天蓝在路上千万要小心谨慎，不可麻痹大意。

"我会的，不会大意失荆州的！"天蓝姑娘乐观地笑着说。

这样天蓝姑娘一大早，吃了早饭就挑着各种各样的鱼，自信得意地进城去了。

天蓝姑娘出了徐村，沿着小路穿过了许多村落里巷，绕过了一条条沟渠溪流，翻过了一道道山丘陵地，七折八拐，七弯八绕好不容易进了县城，来到她的舅爷爷舅奶奶的店铺。这是一座两层小楼，底下两间，一间作为店铺的门面，做点杂货生意，一间作为生活用房；上面两间是两个房间，是用来睡觉休息的。天蓝姑娘进到店铺里，天明哥哥正在营业。他见妹妹天蓝来了，急忙高兴关心地问道："天蓝妹妹，又来卖鱼啦？爸爸妈妈和天强小弟他们可好吗？"

天蓝姑娘擦了擦汗笑着说："他们都很好，你放心吧！"

天明还是母亲生病时回家去了一趟，已有好长时间没有见着爹娘了，怪想念他们的。

舅爷爷舅奶奶听到有人说话，知道是天蓝姑娘来了，就高兴地迎了出来说："天蓝，今天怎么来得这么迟啦？"

“我是走小路来的，绕了不少弯路，走了不少冤枉路。”天蓝姑娘笑盈盈地说。

“你这个傻丫头，放着宽大的马路不走，偏要走小路?”舅奶奶责怪道。

天蓝姑娘这才把那天她回去时，在马路上遇到的惊险的一幕和亲眼看到的小鬼子杀人比赛的惨绝人寰的恐怖景象叙述了一遍。舅爷爷舅奶奶和哥哥天明听了，都惊出了一身冷汗。他们三人意见一致，都叫天蓝以后不要到城里来卖鱼了。因为小鬼子凶残毒辣，都是杀人不眨眼的魔鬼，他们经常滥杀无辜。既然路上这么凶险可怕，还是躲着点好，万事都得图个安全。天蓝姑娘认为，她开辟了一条通往县城的小路，虽然远一点，难走一点，但偏僻宁静，非常安全，不会出问题的。于是，天蓝姑娘拿了一张小板凳，坐在店铺大门的左侧，设摊卖起鱼来了。

买鱼的人很多，你争我抢，不一会儿就卖得差不多了，还剩两条鲶鱼，天蓝姑娘准备留给她的舅爷爷舅奶奶他们吃，自己准备收摊打道回府了。

这时候，一个打扮得花枝招展的娇声邪气的女人，尖着嗓音惊叫起来说：“啊哟喂！好漂亮的妞也来卖鱼呀？干脆嫁给我家二愣子算了，那样就不用吃这么大的辛苦来卖鱼啦!”

天蓝姑娘发现站在自己面前的竟然是那个可恶卑鄙的三姨太贡美丽。她是陪着李五乡长来的。李五乡长是来开什么治安会的。李五乡长被小鬼子邀请去开会了，三姨太贡美丽没地方去了，就妖里妖气地到处闲逛，这就闲逛到了这里，碰见了天蓝姑娘，说出了这一番无聊可耻的胡话浑话。

“你别胡说！太可耻了。”天蓝姑娘非常气愤地大声说。

“啊！连外婆都不认啦?”三姨太贡美丽故意大惊小怪地说，“好厉害!”

“狼外婆!”天蓝姑娘没好气地大声骂道。

天明在店堂里听得清清楚楚，立刻跨出门去，把天蓝妹妹拖进店堂里，关了门说：“别理她。”

三姨太贡美丽自讨没趣地扭着屁股，妖里妖气地灰溜溜地走了。

天蓝姑娘把两条鲶鱼丢给她的舅爷爷舅奶奶，自己就操小路，跋山涉水，吃辛熬苦，回到了徐村，走进了自己的家中。强震虎和夫人紫芸见女儿回来了，也就放心得多了。一家人吃饭时，天蓝姑娘把三姨太贡美丽的那一番丑态百出的表演告诉了她的父母。强震虎和夫人紫芸两人听了大吃一惊，他们觉得这个李五乡长已经当了汉奸，是日本人的忠实的奴才走狗。这就苦了也害了田嫂这个忠厚善良的女人了。往后去，大家要多多提防他们，不要被他们出卖了。这个三姨太贡美丽不仅卑鄙龌龊，也是一个不简单的人物，大家也必须提防着她。

天蓝姑娘在家休息了两天以后，又信心百倍地挑着她父亲强震虎打捞来的各种各样的鱼，高高兴兴地进城去了。

强震虎和夫人紫芸两人都认为天蓝姑娘走小路进城，只要不摸黑赶夜路，是不会有多大问题的。不过，一个姑娘家，单独一个人出门在外，做父母的总有点惦记，有点不放心。如果到时候不见女儿天蓝姑娘回来，母亲还是要到风口路头上去远眺盼望的。这天，母亲已经几次到村外路口来看过了，始终不见女儿天蓝姑娘回来，心里有点不踏实。天渐渐地黑了，还是不见天蓝姑娘的身影，母亲心里由不踏实变得焦躁不安了。天蓝呀，天蓝，你怎么还不回来呀?天黑了，娘替你担心着呢！天越来越黑，黑得跟那回一样，已经伸手不见五指了。母亲急得来回走动，而且直蹦乱跳，不知所措了。强震虎也坐卧不安了。他预感到情况的不妙。强震虎安慰夫人紫芸不要急，在家好好地等着，他就是一直接到城里，也要把女儿天蓝找到带回来。强震虎还是穿了一件御寒的衣服，拿了手电筒，噔噔噔地跨出家门，消失在黑洞洞的夜幕里了。

强震虎根据女儿天蓝姑娘说过的小路，大踏步地摸索着朝前走着。他多么希望跟那次一样能在路道上遇见女儿天蓝哟！

天越来越晚，越来越黑，路道上已经没有过往行人，旷野夜空万籁俱静，只有秋虫悲鸣。有时候也会传来猫头鹰的一两声令人毛骨悚然的凄厉的怪叫声。强震虎虽然有点惊慌害怕，毫毛紧竖，但他还是壮着胆子，硬着头皮朝前闯。强震虎想，要是女儿天蓝姑娘作为一个女孩子，真的在这样的夜深人静的黑夜路道上跋涉行进，那该多么困难，多么可怕呀!？这时候，强震虎反倒不希望他的女儿天蓝姑娘在静得令人寒心的阴森可怖的夜幕下往回赶路了。强震虎觉得女儿天蓝姑娘一定是鱼卖得不好，或者是卖鱼卖得时间太迟了，来不及回乡，她舅爷爷舅奶奶不放心，留她歇息过夜了。要是真的这样，强震虎倒也放心了。可是，究竟是什么情况呢？还是要眼见为实。强震虎加快了脚步，几乎是小跑了。他走过一村又一村，拐过一巷又一巷；他趟过了一条条沟渠溪流,；他翻过了一道道山陵丘地。强震虎又急又累，跑出了一身大汗，终于进了城。强震虎甩开膀子，迈开大步，一口气来到他舅父舅妈的店铺前。天黑得什么也看不见，他用手电筒一照，惊呆了，店铺没有了，变成了残垣断墙，一片焦土，到处还弥漫着呛人咽喉的烟雾，空气中散发出一股焦煳味。强震虎心里喊着，舅父舅妈，天明天蓝呀，你们在哪里呀，你们在哪里呀？强震虎打着手电筒东张西望，四处搜寻，终不见舅父舅妈和儿子天明、女儿天蓝的踪影。强震虎顿觉情况严重，大事不妙。他断定他们是遭到劫难了。此时此刻，强震虎欲哭无泪，欲喊却喊不出声来。天也，这是怎么回事呢？地呀，这到底是为什么呢？

在这夜深人静之时，街面上已经没有了行人，除了临街店铺里传出来的如雷的鼾声以外，别的就什么声音也听不见了。强震虎伤心痛苦地坐在那里抽抽咽咽，啜泣不止，鼻涕和着眼泪扑簌簌地流淌下来。那切肤之痛，天不知，地也不知，只有强震虎自己知道。

后来，有一户开面馆的老板，听到门外的哭泣声，还以为是冤魂屈鬼在哭泣，他想看个究竟，就壮着胆子开了门，见是一个人坐在门外十分伤心痛苦地抽咽啜泣，就把强震虎引进屋来。通过交谈询问了解，方知道强震虎是王保露老爷子的外甥，这才把白天这里发生的惨绝人寰的一幕一一地说出来了。

上午十点钟光景，突然来了四个端着枪上着刺刀的小鬼子，径直闯进了王保露老爷子的店铺里。四个小鬼子在货架上随意拿了香烟，拿了老酒，抓了花生米。四个小鬼子叽里呱啦地叫着喊着，哈哈哈地狞笑着，得意忘形地抽烟喝酒，吃着花生米。小鬼子在店铺里胡搅蛮缠，把店面搞得狼藉一片，一塌糊涂。天明这孩子看了气不过，他以为小鬼子听不懂他的话，就骂了一声说："一伙强盗畜生!"

谁知这几个小鬼子知道这是不好的话。其中一个矮胖的小鬼子恶狠狠地走上来"啪啪"打了天明两个嘴巴，并咆哮着说："你的，良心的大大的坏了坏了的!"

王保露老爷子夫妻二人，在楼上听到了，赶快下楼来给小鬼子打招呼，也挨了小鬼子的一顿毒打。小鬼子临走时，又拿了烟酒，抓了花生米。小鬼子走到门口，看见天蓝姑娘在卖鱼，立刻纠缠起来，嘴里还不干不净地胡说八道："花姑娘，花姑娘的！……"

天蓝姑娘听到小鬼子的不堪入耳的赃言秽语；看到小鬼子的不堪一睹的下流龌龊的动作，吓得尖声大叫起来。两个小鬼子像厉鬼魔兽一样地狞笑着架起天蓝姑娘就走。

天明和舅爷爷舅奶奶急得冲到门口，大声喝道："不准欺负女孩子，你们这伙畜生!"

小鬼子见王保露他们三人冲上来了，二话没说，回过头来"噹噹噹"连开三枪，就把王保露夫妻二人和天明他们三人击倒在地，血流成河，要了他们三人的性命，小鬼子在中国的大地上又犯下了一宗滔天罪行！可怜天蓝姑娘又喊，又叫，又骂，又哭，又闹。小鬼子又折回去，把被他们打倒的王保露夫妇和天明的尸体拖进屋，放了一把火。四个凶神恶煞似的，残忍无道的小鬼子一直看着熊熊大火燃烧起来，直到烧得无法施救时，才狞笑着，连拖带拽，把天蓝姑娘架走了……

根据街上的人议论猜测，天蓝姑娘被抓去不会有生命危险，但被凌辱后，一定会送出去当慰安妇。究竟送到哪里？有的说是送广州，有的说是送南阳，有的说是送缅甸……究竟押送到哪里？谁也说不清。总之是送到很远很远的地方，可怜蛮好的一个姑娘，恐怕这一辈子都别想回来了。

天蓝姑娘还活着，活着就能回来。这是母亲紫芸的期盼。因此，母亲不管寒冬腊月，还是刮风下雨，她都常常到村外的风口路边去眺望等待，希望天蓝姑娘能奇迹般地出现在自己的眼前，让母亲好好地看看女儿天蓝姑娘伤着没有，是胖了还是瘦了？这些日子来，母亲是多么想念女儿天蓝姑娘哟！

日本鬼子投降了，母亲还是时不时地站在村头风口，迎着刺骨的寒风，望眼欲穿地希望女儿天蓝姑娘站在她面前，亲热甜蜜地叫她一声“亲娘”。娘好长时间没有听到女儿天蓝的金声玉韵般的甜蜜亲热地叫“娘”了。

儿子强天强虽然也很想念他的亲爱的姐姐天蓝，但他看见母亲这样痴傻地想念女儿天蓝，等待盼望女儿天蓝就劝告安慰母亲说：“娘，你别等啦，也别盼啦！天蓝姐姐不会回来了。”

“你别瞎说，你姐姐天蓝有自己的家，她不回来吗？天蓝有爹，有妈，有天强弟弟，她不想念吗？她一定会回来的，你等着吧！”

强天强也不好多说什么，只得陪着母亲在风口路边站一会儿。母亲怎么等，怎么盼，也等不到盼不回天蓝姐姐，可是母亲还是常常到风口路边去等呢，盼！盼呀，等……

五婶和田嫂看到母亲紫芸这样痴情地等待盼望女儿天蓝姑娘的情景，都陪着母亲紫芸流下了悲伤痛苦的眼泪。他们也劝说母亲紫芸，告诉她天蓝姑娘一定还活着，但天蓝姑娘不会回来了，因为天蓝姑娘有隐私。听说，大多数被小鬼子抓去充当慰安妇的女人都不愿公开他们的隐私，天蓝姑娘也是如此。日本鬼子投降了，她们也一定解脱了，但她们多半是选择在哪个穷乡僻壤的地方找到她们的归宿，做到人不知，鬼不觉，渡过她们苦难悲哀的一生。她们也是欲哭无泪；她们有恨也不说。她们大多数选择把对万恶不赦的小鬼子的仇和恨，深埋在心底，甚而至于打算带进棺材里去。这是大多数慰安妇的被扭曲的心态和最终的选择。

她们不愿意说，你们就别问啦！你们应该信奉“理解万岁”，充分理解她们的苦衷。作为家人，作为母亲更应该理解她们的良苦用心，应该原谅她们。她们何尝不想念家，不想念她们的亲人呢？这是她们采取的没有办法的办法！

十八

强震虎和夫人紫芸这几天来一直沉浸在极度悲愤痛苦之中，他们的舅父王保露，舅妈陈丽芬，儿子强天明都被凶残恶毒的小鬼子惨烈杀害了，就连尸首都没有留下来，实在令人伤悲痛心。他们的舅父舅妈和儿子天明遇害的悲惨场景，实在是不堪一睹，小鬼子的罪恶罄竹难书！天蓝姑娘才十六岁，被小鬼子绑架去不知要遭受怎样的凌辱，吃什么样的苦头，承受多大的磨难？也不知道可恶歹毒的小鬼子把天蓝姑娘押解到天涯海角的哪一角去了？做父母的怎么能不牵肠挂肚地惦念她呢？

强震虎和夫人紫芸静下心来细想想，觉得这件事来得有点蹊跷。他们敏感地知道，这件事与那个龌龊可恶的三姨太贡美丽不无关系。天蓝姑娘跟他们说过，三姨太贡美丽那天在她舅爷爷舅奶奶店铺门口的丑恶表演就是先兆。那天，一个偶然的机会，三姨太贡美丽妖里妖气地闲逛到店铺门口，发现了天蓝姑娘在卖鱼，也发现了天蓝的哥哥天明，这又激起了那个三姨太贡美丽要进行报复的邪念歹意。

徐云豹那个缩头乌龟，竟然甘愿戴绿帽子，放任三姨太贡美丽在外面丧心病狂地袅播淫乱。那天，三姨太贡美丽就没有回徐村。她跟李五乡长开了房在城里住下了。他们在客房里互相苟合，亲热无比的面对面地坐着。三姨太贡美丽两腮似桃红，两眼含春波。三姨太眯眯笑着，用一双媚眼滴溜溜地瞅着李五乡长，竟然把李五乡长瞅得不自在地底下了头。三姨太贡美丽顺势倒在了李五乡长的怀抱里，李五乡长的兽性发作了，一把搂住三姨太贡美丽又亲又吻，直闹得三姨太贡美丽咯咯咯地笑个不停，直闹得三姨太贡美丽浑身颤抖。他们一对男女哄闹了一番，肉贴肉，脸挨脸地神思恍惚地躺在床上，心满意足地说起了悄悄话。

三姨太贡美丽嗲声嗲气地问：“田寡妇人长得也不丑，你为什么看上我？”

“野花总比家花香嘛。”李五乡长不知羞耻地哈哈笑着说。

“就这么简单?”三姨太贡美丽对李五的回答感到很不满意地说。

李五乡长窃笑着说：“田寡妇古板，没有激情，如喝白开水，寡淡寡淡的……”

李五乡长的话还没有说完，三姨太贡美丽打断李五乡长的话，迫不及待，不知羞耻地问道：“那我呢?”

“你呀。”李五乡长故意卖关子说。

“我怎么样?”三姨太贡美丽急切地问道。

“你呀，”李五乡长“啪嗤”一声笑着站起来又亲吻了一下三姨太贡美丽说，“你有激情，又新潮，像一杯酽酽的茶水，有滋有味。”

三姨太贡美丽咯咯咯地笑着在李五乡长胳子窝里捞了一下，嗲巴嗲巴地骂道：“你就知道这些!”李五乡长被捞得忍不住的吃吃地笑起来了。他们两个男女又亲热地打闹了一番，嬉戏了一会儿，就迷迷糊糊地睡着了。

睡梦中，三姨太贡美丽梦见了徐云豹这个老东西，像只老狗一样压在她身上，使她喘不过气来。她使劲把老东西推开骂道：“去你的吧，老娘不想受你的累受你的罪啦!”

三姨太贡美丽从睡梦中惊醒过来后，又想到了白天受到卖鱼的天蓝那个小丫头的凌辱和奚落，竟然委屈地抽抽咽咽地哭起来了。三姨太贡美丽的抽咽啜泣声，惊动了李五乡长。李五乡长关心疼爱地问三姨太贡美丽说：“你怎么哭啦？做噩梦啦?”

三姨太贡美丽把她白天在王宝露的杂货铺门口受到强震虎和紫芸生的那个女儿天蓝小丫头片子的羞辱奚落的事，告诉了李五乡长。三姨太贡美丽说，她好歹也是天蓝那个小丫头片子的外婆，天蓝那个小丫头不但不讲礼数，还没人前没人后的，在大庭广众之中，在众目睽睽之下羞辱她，差点把她气疯了。李五乡长呀，你是一乡之长，你得管管你的臣民，你要替三姨太贡美丽我做主，教训教训那个小丫头片子。

李五乡长听了三姨太贡美丽这么一说，愤然地说：“谁敢欺侮你三姨太，那还得了，不想过啦?”

三姨太贡美丽顺势说出了她的苦衷：她的内侄贡二愣子的爸爸贡家发被人害死了，二愣子都几十岁的人了，还未娶亲成家，这是她三姨太贡美丽郁郁不乐，深藏多年的心病。她一直在想，做姑妈的要做主给二愣子娶亲配对。这个天蓝小妞还不错，长得跟她娘一样，也是蛮漂亮的，请李五乡长帮忙，派人把那个小丫头天蓝绑架来，把她关起来。然后由三姨太贡美丽在城里租点房子，把二愣子接过来，让他们园了房，生米做成了熟饭了，不成也得成，不依也得依。李五乡长也觉得这办法好，就答应了三姨太贡美丽的请求。李五乡长和三姨太贡美丽这两个狗男坏女又鬼混了一会儿，迷迷糊糊睡了一觉天就亮了。

过了两天，李五乡长找到鬼子的小队长，请小鬼子的小队长帮忙替他绑架一个花姑娘来。小鬼子你不找他们，他们都干这种缺德短寿的事，你们请小鬼子干那种伤天害理的事，这些万恶不赦的小鬼子还有不干的？不过，李五乡长和三姨太贡美丽别做大头梦了，小鬼子能听你们摆布，受你们利用，为你们效劳？小鬼子绑架来的花姑娘，他们可不会交给你们，小鬼子总是先玷污，后送到很远很远的地方去充当慰安妇。这样，由于李五乡长和三姨太贡美丽的出谋划策，登场导演了一场惨绝人寰的悲剧上演了。这样就出现了小鬼子枪杀强震虎的舅父王宝露夫妻二人和强震虎的儿子天明三人，抓走女儿天蓝姑娘的那凄惨的一幕。真是小鬼子凶恶残忍，汉奸走狗坏得出蛆。这曲令人痛心，不堪一睹的悲剧，完全是李五乡长和三姨太贡美丽这两个汉奸走狗一手策划导演的，这是天大的罪过！

三姨太贡美丽的如意算盘打得并不如意。这件惨案发生以后，三姨太贡美丽和李五乡长都惊得伸了伸舌头，出了一身冷汗，不敢伸张。他们心怀鬼胎，战战兢兢，神不知鬼不觉地回到了徐村。

三姨太贡美丽和李五乡长，这两俱肮脏的身躯，两颗龌龊的灵魂，又像幽灵似的在徐村人前人后的漂浮游荡了。可是，又有谁知道他们犯下了不可饶恕的滔天大罪呢？

十九

徐云豹从娶了三姨太贡美丽以后，大多数夜晚都是陪着三姨太贡美丽渡过的，只在三姨太贡美丽外出不在家时，才敢到二姨太房间里去过夜歇息。三姨太贡美丽这几天跟李五乡长在城里鬼混，徐云豹都是在二姨太房间里过夜歇息的。现在三姨太贡美丽从城里回来了，徐云豹觉得他应该回三姨太贡美丽的房间过夜歇息了。徐云豹兴致勃勃地去敲门喊门，三姨太贡美丽极不耐烦地告诉徐云豹，她从城里回来情绪不好，心里烦躁，对什么都不感兴趣，也提不起精神来，一个人想清静清静。三姨太贡美丽要徐云豹到二姨太那儿去过夜，不要来打搅她。徐云豹嬉皮赖脸地使劲敲门喊门，敲痛了手，喊破了嗓子，三姨太贡美丽也不理不睬他。徐云豹向来就怕三姨太贡美丽撒娇暴怒，也不敢拿她怎么样，只得无可奈何地悻悻地回到二姨太的房间里，钻进二姨太早已替他焐热的被窝，享受二姨太的温存去了。

三姨太贡美丽从城里回来，整天到晚神不守舍，忧心忡忡，站也不是，坐也不是，躺着也感到很不舒服自在，心里烦躁得像热锅上的蚂蚁一样，更像是丢了魂失了魄似的，一夜都没有睡好。第二天一大早，草草地吃了点早饭，就出了徐府，不知跑到哪里去充军招魂去了。三姨太贡美丽一直担惊受怕，烦躁不安，她担心她在城里跟李五乡长做的事被人知道，就会落得汉奸走狗的罪责骂名，这可是千人骂万人恨的事情。那日，她在城里的大街上闲逛，偶然碰到发现了强震虎和紫芸生的那个小丫头片子天蓝，本来想像羞辱她那个曾经买过鱼的娘紫芸一样羞辱她一下，结果反倒被那个小丫头片子天蓝奚落羞辱了。这件事，那个小丫头片子天蓝肯定跟她父亲强震虎和母亲紫芸说了。时隔两天，他们的舅爷爷舅奶奶的店铺就出了这么大的事，强震虎和紫芸肯定会怀疑她三姨太贡美丽。那天，三姨太贡美丽从城里回来，悄悄地把贡二愣子带回来交给他娘贡宋梅英，让他娘严加管制，别让他出门，别让他到处乱讲乱说，这是三姨太贡美丽最不放心的。李五乡长会不会把这件事情透露给他的老婆田寡妇呢？

人心隔肚皮，这就不好说了。再说李五这样的男人，会不会像有的男人那样耳朵根子软，也未可知？如果他在他老婆田寡妇的三查两问，一哭二遍的情况下，李五乡长说不定像竹筒倒豆子似的，一股脑儿地倒出来呢。最让三姨太贡美丽惶恐惊怵的还是近来在徐村传得沸沸扬扬的，说是村里常常有“四老板”（新四军）活动，要是这事被“四老板”知道了，就会把三姨太贡美丽当汉奸走狗看待，不用多少日子，就会把她三姨太贡美丽除掉，这是多么危险可怕的事情哟！

三姨太贡美丽想，强震虎和紫芸这头抓不住她的真凭实据，光猜想是不管用的，空口无凭，她并不担心。关键是李五乡长这边，他可以一拍屁股一走了之。三姨太贡美丽必须稳住他，哄着他管着他，交代他不要多嘴多舌，言多必失，说话要谨慎，不能说漏了嘴，这可是性命关天的事情。三姨太贡美丽决定整天码着李五乡长，他即使要三姨太贡美丽这个人，三姨太贡美丽也在所不惜给了他，还怕徐云豹这个老东西把她三姨太贡美丽吃掉不成？

于是三姨太贡美丽不顾舆论，不知羞耻地整天在乡政府里头转悠，整天到晚像李五乡长的夫人一样，也像李五乡长的用人侍从一样跟着李五乡长一步不离。李五乡长要喝茶，她沏了端来；李五乡长要抽烟，她替他打火点烟。三姨太贡美丽在徐府是个饭来张口衣来伸手的姨太太，像太上皇一样要人服侍，可她对待李五乡长，真是服务周到，体贴入微。晚上三姨太贡美丽就陪着李五乡长睡觉，李五乡长想怎么着就怎么着，真是百依百顺，有求必应。

三姨太贡美丽像这样肆无忌惮，明目张胆地跟李五乡长在一起厮混胡闹，一天两天还不打紧，可是这时间一长，日子一久，露着的餡也会散架了，纸里的火总归是包不住的。三姨太贡美丽同李五乡长的风流韵事，被闹得满城风雨，传得沸沸扬扬，传遍村村社社，传遍街巷里弄，成了人们饭前茶后的谈资笑料。特别是徐云豹和田嫂，他们听了有关三姨太贡美丽和李五乡长的这些风流韵事的传言和议论，心里是什么滋味？有什么感受？这打破醋瓶子的味道，人们是不难想象的！徐云豹想，你三姨太贡美丽也太不给面子了，让徐云豹戴绿帽子也不能大明大白，硬往人头上套呀？这样叫徐云豹的老脸朝哪儿搁呢？这让徐云豹怎么做人呢？拿什么脸面在世上混呢？于是徐云豹坐也不是，站也不是，心里又气又恨，又羞又恼，他又摆动着他那像公狮的长鬃一样的披肩长发咆哮起来了。徐云豹叫王左带几个人，四到八处去打探寻找三姨太贡美丽，让她回来好好地收敛收敛。他徐云豹这样处理应该算是仁至义尽了。

可是，田嫂却没有徐云豹的涵养和风格，也没有徐云豹那样的气度。田嫂把恨和气装在肚里埋在心底，她每天什么事也不做，吃了饭以后，一大早就悄然跑到集镇的街道去布防探寻。古话说“捉贼拿赃，捉奸拿双”，田嫂决心要拿双。一旦拿住双了，看你们两个狗男贱女拿什么脸面面对田嫂？田嫂终于恍然大悟，怪道李五这个没肝没肺的东西经常不回家，不进田家的大门，他常常拿公事来忽悠田嫂，原来李五是瞒着田嫂在外面拈花惹草，勾引女人。他被三姨太贡美丽这个不要脸的臭婊子勾引去了。李五呀，李五，你哄骗了田嫂，欺侮了田嫂；媒婆陈二嫂呀，陈二嫂，你也骗了田嫂，你当初把李五吹得天花乱坠，说李五多么多么好，这简直是鬼话连篇，谎话一堆。李五根本就不是什么正经牲口，而且是一个乌龟王八蛋！田嫂有点义愤填膺，就缺少骂娘了。

田嫂每天早饭后，都急匆匆地跑到集镇去明察暗访，大有不达目的誓不罢休的架势。她相信她一定能布防到并且能当场抓到两个苟合不规的贼男淫女。果然老天不负有心人，在一个午休时间，田嫂终于布防到了两个贼人的淫窝。在临街的一个房子里，田嫂当场抓住了两个奸人。李五和三姨太贡美丽这两个淫男贱货正在床上嬉戏哄闹。田嫂感到十分恶心，也非常气愤。田嫂气不过用尽吃奶的力气，一脚踹开了门，冲进房间破口大骂特骂三姨太贡美丽：“你这个不要脸的臭婊子，淫女贱货！”

三姨太贡美丽被田嫂骂得狗血喷头，脸上刷地红一阵白一阵。三姨太贡美丽虽然被田嫂骂得哑口无言，但她还是不打算离开。三姨太贡美丽像一个泼皮无赖一样，采取了老脸皮厚里外里的态度。

田嫂直气得鼻孔里嘴里三股气变作一股朝外冒了。田嫂觉得这个三姨太贡美丽真是个泼皮无赖货，不要脸的贱货，你怎么羞辱谩骂她，她都不在乎，就像一拳打在老母猪身上一样毫无反应。田嫂气不过就冲着李五咆哮怒吼道：“李五，你把这个臭婊子当活宝呢？扒光衣服抛在路边上狗都不闻！”

李五乡长摇着头说：“你别骂得这么难听好吧。”

“我骂得难听，你们做得好看是吧？”田嫂越发气愤地吼道。

李五乡长毕竟理亏，也不敢多说什么，只是闷着头坐在那里抽烟。

这时候，房间里已经挤满了来看热闹的人，房前屋后也都围了许多看笑话的人，很多人都像看西洋镜一样来凑热闹，把个不大的房间和不宽的街面挤得水泄不通。他们指指点点，议论纷纷。他们有的眨眨眼睛；有的撇撇嘴；有的摇摇头……总之现场是一片嘘声，年轻人的口哨声不绝于耳。各种神态，各种各样的表情都在这里淋漓尽致地登台表演了。

三姨太贡美丽用被头捂住脸，像一头嬉皮赖脸的死猪一样，躺在床上一动不动，一声不吭。这时候，徐云豹家的长工王左带着两个他手下的长工，闯了进来。他们拨开众人，挤进房间，见三姨太贡美丽蒙着脸躺在床上一动不动，便大声说："三姨太呀，你让我们找得好苦哟！"

三姨太贡美丽装得像没有听见似的，仍然不吭不响，一动不动。王左把声音提得老高地说道："三姨太，徐老爷让我们来请你回去！"

"我不回去！"三姨太贡美丽虽然开口了，但还是纹丝不动。

"那我们就不客气了。"王左得了徐云豹的指令，必须要完成这个任务，他说罢就同两个长工一起上前，不管三姨太贡美丽愿意不愿意，三个人七手八脚把三姨太贡美丽硬从床上拉起来，替她穿上绣花鞋，死拖硬拽，就这样架到徐村进了徐府。

看热闹的人一片嘘声，一阵哄笑。

田嫂一把拽住李五乡长的耳朵气势汹汹地说："李五你这个没心没肝没肺的东西，你跟我回去！"

李五乡长在众目睽睽之下，因为理亏也没多说什么，也装得像老鼠见到猫一样，乖乖地跟着田嫂回到徐村走进了田家。

再说，田嫂在乡镇的那个淫窝大吵大闹的时候，徐村这边也开辟了一处热闹非凡的场面，出台了一曲精彩绝伦的好戏。徐村的大人小孩，都像看马戏团玩大把戏一样，都围在徐村中心的大庙前的空场上。原来是三姨太贡美丽的宝贝侄子贡二愣子在傻乎乎地高谈阔论。贡二愣演讲得口中白沫翻滚喷射，还是喋喋不休，重三倒四地说个不停。他语意不清，但振振有词地说，他的嫡亲嫡亲的姑妈三姨太贡美丽和李五乡长，十分热心地帮他贡二愣子的忙，请小日本鬼子出面，把漂亮可爱的天蓝姑娘绑来，交给姑妈三姨太贡美丽他们，说是让二愣子我和漂亮水灵的天蓝姑娘在城里租房拜堂成亲的。他贡二愣子眼看到手的好事，结果被可恨万恶的小鬼子搅和掉了。小鬼子还杀害了天蓝姑娘的舅爷爷舅奶奶和她哥哥天明三人，抓了天蓝姑娘，把她带走了，押送到很远很远的地方去了。小鬼子害得二愣子永远也见不到天蓝姑娘了。二愣子说他非常痛恨可恶该杀的小鬼子，是小鬼子拆散了他二愣子和天蓝姑娘的美好姻缘。他二愣子如果有枪，就一定会去杀小鬼子……

这时候，贡二愣子的亲娘贡宋梅英，急急忙忙，慌里慌张地拨开众人，冲了上去一把捂住贡二愣子的嘴巴说："不许你胡说八道！"

二愣子被捂住的嘴里，还是挤出了语意不清的话语："我偏要说，偏要说……"

人们一下子恍然大悟了，原来李五乡长和三姨太贡美丽两人是通小鬼子的汉奸走狗。大家都摇着头表示不可思议，吐着唾沫，表示愤然不平。原来强震虎的舅父王宝露和舅妈陈丽芬夫妇及强震虎的儿子天明，被小鬼子残忍杀害，跟这两个汉奸走狗有关，强震虎的女儿天蓝姑娘被小鬼子抓去充当慰安妇，也是这两个汉奸走狗一手导演造成的。城里发生的惨案，强震虎家遭到的劫难，李五乡长和三姨太贡美丽是罪魁祸首，难辞其咎！

大家正在愤愤不平，唾骂李五乡长和三姨太贡美丽这两个害人精，十恶不赦的坏蛋汉奸走狗时，三姨太贡美丽被王左他们架着拽着回来了；李五乡长也被田嫂拖着回来了。徐村的村民们见到这两个活宝，两个坏得头顶长疮，脚底下流脓的汉奸走狗回来了，特别是见到那个大权在握的李五乡长，一个个都像见到鬼似的，也像兔子见到狼一样，跑得无影无踪了。大庙前的空场上，只孤零零地剩下贡宋梅英和贡二愣子母子两人了。三姨太贡美丽见了脸色煞白，她全明白了；李五乡长见了惊愕地打了个寒战，他也明白了。他们都知道他们在城里做的事露餡了，彻底败露了。

三姨太贡美丽被徐云豹关在房间里不再准许她出门，其实三姨太贡美丽自己暂时也不想出门，也不敢出门了，因为他们的事已经暴露了。老百姓恨她骂她，强震虎和他夫人紫芸恨她骂她，她都不在乎，并不害怕，她最害怕的是神出鬼没的“四老板”来处治她。那可是防不胜防，也是招架不住的。

李五乡长是个地地道道的汉奸走狗，在乡里做了不少伤天害理的事情，是狼是虎再凶恶狠毒，他总归是怕人的。李五乡长知道他做的事情已经暴露，因此他也整天整夜地担心害怕，害怕总有一天，也会像保长贡家发一样，在防不胜防的情况下被人暗害掉。虽然他有乡丁可以保护他，但老虎还有打盹的时候，万一到了那一步，就无法挽回施救了。李五乡长小心谨慎地提防着，一般情况下，他是不回徐村不进家门的，万一要回来，他不光带着乡丁，而且枪不离身，子弹都是上了堂的。李五乡长的嗅觉很灵敏，他知道小日本鬼子的时日已经不多了。这对他李五来说不是好消息，他觉得情况不妙，没过几天他就不声不响逃得无影无踪了。

田嫂的运气也不好，她非常懊悔。她气那个专事骗人的媒婆陈二嫂，田嫂已经经受了年纪轻轻的伤夫之痛的打击，你陈二嫂不同情也罢，大不该哄骗田嫂，将这样的狼心狗肺的东西介绍来坑害田嫂，把田嫂害得好苦好惨啊！她田嫂乡长太太没当几天，就沾了一身的腥臭，落得个汉奸走狗的老婆的臭名，连两个未成年的孩子田勇和田丽芳，也被李五害得飞不高，抬不起头来。此时此刻的田嫂像万箭穿心一样痛苦难受，她懊悔得伤心得欲哭无泪。

有一段时间，强天强这孩子还错怪了田勇和田丽芳两个孩子，说什么是他们的爸爸李五和三姨太贡美丽勾结小日本鬼子杀害了强天强的舅爷爷舅奶奶，杀害了强天强的哥哥天明，连强天强的姐姐天蓝也被小鬼子抓走带走了，至今还下落不明，生死不知。田勇和田丽芳想，李五姓李，田勇和田丽芳姓田，李五怎么能算是田勇和田丽芳的爸爸呢？田勇和田丽芳从来也没有叫过李五一声爸爸呀！一人做事一人当，他李五做了伤天害理的事，做了伤害你们强家的事，跟田勇和田丽芳有什么关系？怎么能怪田勇和田丽芳呢？李五害惨了你们强家，也害苦了我们的亲娘，当然也害了田勇和田丽芳。田勇和田丽芳两人对李五恨之入骨，恨不得千刀万剐了他才解心头之恨呢！

强家和田家的孩子们，过去是那么友爱和好，为这事竟然闹得互不来往，不搭理说话了。

强震虎想，三姨太贡美丽是个十足的小人，你有气有仇，就冲着强震虎和夫人紫芸来好了，大不该坑害无辜和孩子，这可是缺德短寿的勾当。强震虎非常后悔，后悔不该让女儿天蓝姑娘进城去卖鱼。不然，这场劫难也许就可以躲过了。

可是，这世上哪有后悔药吃呢？人哪有前后眼呢？

二十

日本鬼子投降了，强天强也十一岁了。他用不着再爬上徐村的灌木杂树林里的参天大树上去站岗放哨，监视小鬼子的活动迹象，防范小鬼子进村来骚扰残害村民百姓了。徐村已经兴办了公办学堂，这是一件大好事。强天强、田勇和田丽芳三个孩子都上四年级。因为他们三人的基础很扎实，上四年级是不成问题的。这多亏了他们的恩师私学的徐老先生。那时，小日本鬼子侵犯我们中国，常常清乡扫荡，到处烧杀掳掠，搅乱得村村社社鸡犬不宁，徐老先生的私学馆只得散伙停办，虽然私学馆停办不能开馆，但强天强、田勇和田丽芳他们三人常常主动去拜访恩师徐老先生，请恩师徐老先生指点迷津，辅导学业。因此，强天强、田勇和田丽芳他们三个孩子的学业，不但没有耽误荒废，而且大有长进，获益匪浅。他们三人把一本千字文背地滚瓜烂熟，倒背如流，连书壳子都翻旧磨破了。强天强、田勇和田丽芳他们三个孩子的基础这么好，读四年级是绰绰有余的。强天强、田勇和田丽芳他们三人在一个年级，又化解了前嫌矛盾，和好如初了。

强天强、田勇和田丽芳他们三个孩子感到特别遗憾的，是他们的恩师徐老先生已经不幸仙逝。他们三个孩子都哭丧着脸，怀着悲伤痛苦，虔诚敬重的心情护送恩师徐老先生的灵柩上山入土为安了。这次强天强可不是去讨要孝帽向逝者跪拜以消灾避祸的，他纯粹是以恩师徐老先生的得意门生弟子的身份，出于对恩师徐老先生的至诚敬重，而特意去护送恩师徐老先生他老人家最后一程，以表达一个门生弟子对恩师徐老先生的思念之情，愿恩师徐老先生一路走好，愿恩师徐老先生在九泉之下安息，永远地安息吧！

徐村的公办小学的校舍，也还是设在徐村中心的大庙里，一共开辟了两个教室。一、二、三这三个年级放在一个教室里；四、五、六三个年级放在另一个教室里。这样强天强、田勇和田丽芳三个人就同徐文和徐武同在一个教室里上课学习。徐文和徐武两人已经上六年级了，是最高年级，也是大小伙子了。

徐文和徐武两人非常调皮捣蛋，同学们都说他们两人是活闹鬼。徐文和徐武两人常常以大欺小，他们喜欢逞强好胜，无视课堂纪律。有时候，他们以一个鬼脸，一个举动，一言半语，就引地哄堂大笑，老师怎么批评他们都不在乎。对于这样的学生，老师见了都摇头，也是哭笑不得，真有恨铁不成钢的感觉。

有一次，徐武欺负田丽芳，说田丽芳是汉奸走狗的女儿。田丽芳气得委屈地哭起来了。强天强听徐武这么说，气愤不平地说："徐武你不要欺负小同学，你这是以'五十步笑百步'!"

徐武听了强天强这么一说，便底下了头，不再多话了。因为徐武觉得自己的话说得不好，是搬石头砸了自己的脚，也是自己打了自己的嘴巴。徐武顿时想到了他的母亲三姨太贡美丽和李五乡长，在城里和乡镇的那些风流韵事，以及干的那些罪恶勾当，感到十分羞愧难当。从那以后他再不敢欺负田丽芳了。

日本鬼子投降了，像三姨太贡美丽这样的汉奸走狗，又和李五两人勾结日本鬼子干了伤天害理的坏事，有命案在身，应该受到严厉惩办。有些日子，三姨太贡美丽的确有点烦心紧张，她常常抱怨没心没肝没肺的李五，不该一走了之，丢下她三姨太贡美丽不闻不问。三姨太贡美丽想起她跟李五乡长在城里做的那些不可告人的事，就惶恐惊惧，寝食难安。现在小鬼子投降了，如果这天下落在"四老板"手里，一定会把她当成汉奸走狗抓去严惩不贷。为此，三姨太贡美丽日夜担心，茶饭不思，以至于到了惶惶不可终日的地步了。后来看看外面的形势，并不像她想象的那样，"四老板"不在这一带活动了，当然也就没有拿到管控天下的大权，这天下还是有钱人的天下，三姨太贡美丽紧绷的神经松弛了，一颗紧张的悬挂的心才落了地。三姨太贡美丽还是三姨太，她又神气起来了，又人前人后地张狂起来了。当然，三姨太贡美丽也非常思念李五，要不是李五逃逃之夭夭了，她不知又要跟李五演出什么样的精彩绝伦的风流韵事来呢？

强天强对徐武说的话中有话的话，使徐武惊醒了。徐武感到他母亲三姨太贡美丽和李五乡长在城里和乡镇的风流韵事，以及勾结小鬼子干的那些不可告人的罪恶勾当，使他讲不起嘴，抬不起头来，他倒有点抱怨他母亲，憎恨三姨太贡美丽了。

这个徐文倒是有点耀武扬威了。因为他是二姨太的儿子。二姨太没有像三姨太贡美丽一样的风流韵事。二姨太整天待在徐府，尽心尽意地伺候徐云豹老爷，大门边都不出。自从徐云豹娶了十分宠爱的三姨太贡美丽以后，二姨太生怕像大姨太陆俊霞一样被打入冷宫，就时时处处，顺着哄着徐云豹老爷，虽然她也生得风光妩媚，然而她不敢越雷池半步。二姨太没有像三姨太贡美丽那样的传闻，在这方面徐文比徐武的底气足。

徐文要替徐武打抱不平了，他说："李五通小鬼子，徐武他娘没有通小鬼子。"

强天强看看徐文暗笑着想，你徐文说这话一点不害臊？这是自欺欺人的话，你忽悠谁呢？三姨太贡美丽和李五在城里勾结小鬼子干的那些走狗汉奸才敢做得出来的罪恶勾当，她的亲侄子贡二愣子在徐村大庙的广场上大讲特讲，已经说得清清楚楚，徐村人谁人不知，谁人不晓？三姨太贡美丽和李五乡长是勾结日本鬼子杀害我舅爷爷舅奶奶和我哥哥天明的罪魁祸首；是坑害我姐姐天蓝的罪恶推手，铁証如山，罄竹难书，还不是通鬼子，还不是汉奸走狗？亏你徐文说得出口!?

强天强没有跟徐文辩论，他觉得大人做的事，由大人担当，不能怪孩子，不能怪子女，也不应该轻视子女。田勇和田丽芳又不是李五的子女。他们的亲娘田嫂嫁给李五是被人哄骗，一时糊涂投错了门嫁错了人。当初，田嫂要是知道李五是这种卑鄙龌龊的小人，说什么她也不会嫁给李五这种人呀！现在田嫂后悔得屎都吃地下去呢！谁都知道，田嫂是个忠厚正直，讲仁重义之人，那次强天强的父亲强震虎被三姨太贡美丽栽赃陷害，在无处申冤，命悬一线之时，是田嫂挺身而出，同五婶还有田勇和田丽芳两个孩子，他们拿出铁证力挺死保，在公堂上证明强震虎无辜无罪，才救了强震虎一命，这是大义大德之举，田嫂跟坏人根本就沾不上边。

李五乡长的汉奸走狗的身份一旦暴露，被田嫂知道了，田嫂当即就气得晕过去了。田嫂醒过来以后，不管你是李五也好，还是李乡长也好，她气愤难平，就用笤帚把李五赶出了门，叫李五从此以后永远不要进她田家的门。她田嫂心里从此再没有李五这种人，也不欢迎李五这样的卑鄙龌龊的小人。她叫李五这样的坏人，这样的汉奸走狗有多远滚多远，这一生田嫂再不想见到李五这样的人了。可见田嫂对坏人，对走狗汉奸是疾恶如仇，深恶痛绝的。

强天强认为，田嫂才三十几岁的人，就遭到了两次沉重的打击，丈夫田瓜的英年早逝，李五这个狗汉奸的欺骗玩弄，已使她心碎眦裂，她已经够惨够惨的了。我们要是有一点正义感，就应该同情她，关心她，安抚她。怎么能又怎么忍心拿她的儿女田勇和田丽芳两个孩子开刷呢？青少年进公学念书认字，就是要知书达理，学习先贤义士的高尚品德，做一个有正义感的人。徐文和徐武不应该跟他们的爹徐云豹，跟他娘三姨太贡美丽一样心术不正，搞歪门邪道害人坑人；也不应该像他们的那个叔父兵油子、大烟鬼徐云彪那样不学正道。徐文和徐武应该自我压缩，严格修炼，选走正道，日后才能成为正人君子。

强天强是这么想的也是这么要求自己这样去做的。他严格要求自己，刻苦认真学习，进步很快，又尊师守纪，老师都喜欢他。强天强认为“一日为师，终身为父”，一个不尊师的人，定然是学不好的，也不是一个好学生。强天强在学生中的威信很高，上下课喊起立、敬礼、坐下的口令，都是强天强操着稚嫩的童音发号施令的。

强天强最想不通的，是小日本鬼子都投降了，那些应该惩办的人得不到惩办，像三姨太贡美丽这样的汉奸走狗却得不到严厉惩办，那些好人反倒受到了牵连，遭到非议。这些天来，徐村风言风语地传得沸沸扬扬，竟然有人说田嫂是汉奸走狗的老婆，说五婶、管田、紫芸、强震虎他们跟田嫂搅和在一起，打得火热，肯定也不干不净。这都是不分好歹的狗屁不通的废话胡话！那个被田嫂用笤帚赶出门的李五，不知怎么又混到本县当了县长。三姨太贡美丽还不知道，要是被她知道了，定会找上门去演出更精彩的一曲戏来。那个头颅长得像歪瓜裂枣的兵油子、大烟鬼徐云彪，竟然带着个风流女子衣锦还乡了。据说，他已经混到国军里的一个连长。这真让徐村人刮目相看了，连一向不理不睬看不起徐云彪的徐云豹也一反常态的像迎接大官贵宾似的，把徐云彪迎接到徐府，徐云彪顿时成了徐府的座上宾了。

徐云彪带着风流女子得意忘形地抽着好烟，喝着好酒，品赏着美味佳肴，还有徐村的所谓的大人先生们作陪客，真是好不热闹，好不风光。坐在徐云彪旁边的漂亮风流女人，娇滴滴地夹了一快大肥肉，哆巴哆巴地硬往徐云彪的长得像比目鱼般的嘴巴里塞去，嫣然一笑地说：“彪连长，你吃块大肥肉补补身子。”

“不能再补了，再补把我胀死了，你也会胀得吃不消的！”徐云彪哈哈哈大笑着，嘴里嚼着大肥肉，说着荤话，朝大家撇撇嘴挤挤眼，显得十分得意自在。

一桌人都哄堂大笑着陪徐连长喝酒，恭维的话语说了一大堆，气氛也非常热闹。

强天强的父亲强震虎就没有这么好的运气了。小日本鬼子投降了，一个打鱼人庄稼汉，应该能够安静平安，潜心一意种好庄稼多打鱼了，可是竟然有人说强震虎通匪。通什么匪？当时他们没有明说，就不管三七二十一把他抓到乡里头去关了几天，叫他好好交代通匪的事实罪行。强震虎想，通什么匪？强震虎是一个种田打鱼的人，除了小鬼子进村要跑反外，其余时间他只知道种地打鱼，通什么匪呢？这就让强震虎有点“丈二和尚摸不着头脑”了。那回小鬼子抓住他，重重地打了他两个嘴巴，连同他打的鱼都被小鬼子硬抢去了。日本鬼子用雪亮的闪着寒光的刺刀，逼着他挑着鱼和小鬼子抢抓来的鸡鹅鸭，送到鬼子的据点去，你不挑不去行吗？一个农民不要命啦？后来小鬼子放了他，是因为他巧舌如簧地哄骗了小鬼子。小鬼子让他回徐村河沟里去收渔网，再多打点鱼送给他们小鬼子“米西米西”，这才侥幸回村，逃过了一劫。你们想想看，没有小鬼子拿着枪，拿着明晃晃的刺刀逼着强震虎，强震虎又不痴不傻，不颠不疯，自己会挑着鱼送到小鬼子的窝里去找死吗？要是那样的话，就是不是汉奸，也是一个失去中国人的节操骨气的民族败类！强震虎是一个农民，也是一个打鱼的人，首先考虑的是有理有节地保护自己的身家性命，无谓的牺牲不要命地去拼死总不是个好办法吧？“好汉不吃眼前亏”嘛，这怎么能说是通敌通匪呢？强震虎百思不得其解，也想不通。

过了几天，他们开始审讯强震虎了。他们说强震虎有一天晚上，送走了两个“匪人”。强震虎这才恍然大悟，他说那两个人是不是匪人，他们脸上也没有写上“匪人”两个字，强震虎怎么知道呢？从那两个人的衣着打扮看，和我们农民百姓一模一样，也不像是坏人。当时，好像有人追赶他们，强震虎看看大家都是中国人，也就把那两个人从水路送出去了，这也不为过。你们说他们是“四老板”，强震虎又不认识他们。不管怎么说，是“四老板”也好，是小鬼子的便衣也好，都有可能，他们要你送，你不送行吗？当时要是换了你们，你们也不敢不送呀？

强震虎就这样被他们无缘无故地关了几天，审讯了好几次，也没有审出什么东西出来。强震虎是糊里糊涂被抓进去的，现在又糊里糊涂地被放出来了。

面对这样的黑白颠倒的现实社会，强天强有点愤然不平；强震虎也很感慨，恶人得不到应有的惩办，好人常常含冤受屈，这叫强震虎怎么说呢？他也只能“唉”地叹一口怨气！

二十一

强天强的母亲紫芸还时不时地跑到村外的路边风口去眺望女儿天蓝姑娘，盼望女儿天蓝姑娘奇迹般地出现在自己面前，亲热甜蜜地叫她一声亲娘。可是总不见女儿天蓝姑娘的身影。母亲却常常在睡梦中梦见到女儿天蓝姑娘，女儿天蓝已经十九岁了，长得高高大大，跟她娘一样，身材颀长，脸模子清秀漂亮。天蓝姑娘也到了该做妈妈的时候了。她到了很远很远的地方，不想回来了。天蓝姑娘希望母亲不要想念她了，叫母亲把女儿天蓝忘掉吧！……

母亲紫芸醒来以后，惊出了一身冷汗，她觉得在徐村，她和田嫂都是苦命的人。她们两家都受到了李五和三姨太贡美丽的坑害。母亲紫芸想，田嫂年纪轻轻死了丈夫，实指望能再续一个称心如意的好男人来帮她撑持好田家这个家，结果她被媒婆陈二嫂哄骗了。原来是三姨太贡美丽设置好圈套，让媒婆陈二嫂来设施骗局，害得田嫂无意间嫁了个大汉奸、大走狗、大坏蛋李五。田嫂自己上了当，吃了大亏，有人还在她的伤口上撒把盐，说她想当乡长太太，结果乡长太太没当几天，沾了一身腥臭成了大汉奸走狗的老婆，害了自己，也坑害了自己的孩子，真是偷鸡不着反蚀把米。

田嫂听了人们的各种各样的议论，心里非常气愤，而且越想越气，越气越恨。田嫂恨那个媒婆陈二嫂，恨那个臭婊子三姨太贡美丽，恨那个汉奸走狗李五，是他们这三个魔兽恶鬼害了她。田嫂又听说，这个汉奸走狗李五又当了本县的县长，田嫂想不明白，一个彻头彻尾的汉奸走狗，犯有典型的严重的通敌卖国罪行，又有命案在身，非但不加以重罚严惩，反倒升官发财当了县长了。这个社会是怎么啦？是非颠倒，黑白不分，太不可思议，太可怕了。

这些日子来，田嫂有点惴惴不安，她怕李五又来胡搅蛮缠，打扰她和田勇和田丽芳两个孩子，这是她最不愿意看到的。当然她也担心李五县长跑来寻衅闹事，进行报复。李五现在是县长，他嘴大有权势；田嫂是平民百姓嘴小，还不是任李五宰割？正所谓“人为刀俎我为鱼肉”啊！田嫂的担心也不无道理。

这些对田嫂一个人来说，她倒也无所谓，可是要是害了田勇和田丽芳两个孩子，田嫂就是死了也无颜面去见她的死鬼男人田瓜呀？田嫂成天担惊受怕，痛苦眦裂；她躺在床上，彻夜难眠；她郁郁不乐，茶饭不思，终于病了。紫芸和五婶知道了，就跑来劝告安慰田嫂了。母亲紫芸和五婶帮助田嫂揣摩分析，都认为李五过去在乡里当乡长时得罪得人多，乡里有人恨他，徐村也有他的仇人。李五不敢轻易到乡里和徐村来，保长贡家发被杀，李五亲眼见着了，给她的教训是极其深刻的，他也怕被人暗算杀了他。再则，李五虽然贵为一县之长，但他也怕徐云豹，因为徐云彪已经是国军里的一个连长，是玩枪杆子的，他不能不提防。母亲紫芸和五婶都希望田嫂不要担心，不要害怕，要振作精神，要起来吃饭，养好身子是最要紧的，两个孩子田勇和田丽芳还小，需要田嫂照顾抚养，可不能苦了田勇和田丽芳这两个孩子。田嫂在紫芸和五婶两人的苦口婆心的相劝之下，情绪好了一些，也从床上爬起来，吃了五婶替她盛来的饭菜。田嫂表示，从今而后，她要振作起来好好过日子。打那以后，田嫂放下了思想包袱，解除了痛苦。田嫂吃饭香了，睡觉也踏实了，精神也逐渐好起来了。田嫂要撑起田家这个家，悉心培养田勇和田丽芳两个孩子长大成人。这样她才能对得起死去的丈夫，让他在九泉之下放心！

三姨太贡美丽过去在背地里都瞧不起徐云彪，骂徐云彪。她骂徐云彪是他们徐家的败家子、兵油子、大烟鬼。徐云豹在三姨太贡美丽的淫威下，也不敢接近这个不争气的弟弟。现在徐云彪当了国军的一个连长，而且带着漂亮风流的女人衣锦还乡了。三姨太贡美丽一反常态，彪叔长彪叔短地叫个不停，也十分亲热甜蜜。这些天来，三姨太贡美丽借着徐云彪的国军连长的光环，在徐村东游西逛，招摇过市，表现得更加张狂了，好像这赤地千里，大千世界就是他们徐府一家的了。

这天，三姨太贡美丽嗲巴嗲巴地挽着徐云彪带回来的那个漂亮风流女人的胳膊，癫狂地跟着徐云彪在徐村的村巷里弄里显威摆势。她们走着，咯咯咯地笑着，高声大气地说话，目空一切，不可一世。村里人都伸头引颈地张望，也七嘴八舌地纷纷议论。有的说，三姨太贡美丽作为嫂子跟着小叔子徐云彪紧紧的，倒有点像是小叔子的小老婆了，成何体统？有的说，徐家的老坟山上通了洞了，才会有这样的德行，简直是伤风败俗。有的说，三姨太贡美丽背靠大树好乘凉啰！有的说，三姨太贡美丽背靠的不是一棵大树，而是两棵大树……三姨太贡美丽听了这些，她把耳朵竖起来听。她想，哪来的两棵大树呢？她也像丈二金刚一样摸不着头脑了。这些日子来三姨太贡美丽一直待在徐府，对于外面的事情她也跟有些人一样一无所知。后来，还是那个发议论的人泄露了天机，说李五又混到本县来当了县长县太爷了。三姨太贡美丽听到这个消息，差一点尖声怪叫起来，她心里又惊又喜，又怨又恨。三姨太贡美丽暗暗想，好你个李五，高升了，发财了，当县长了，不认老娘我三姨太贡美丽了。三姨太贡美丽为你李五背了这么大的声名，被多少人唾弃，遭到多少人的白眼，你李五不讲良心，丢下三姨太贡美丽不闻不问了，老娘自己去找你去，看你李五怎么向三姨太贡美丽交代！

第二天一大早，吃过早饭后，三姨太贡美丽换了一身十分时髦的衣服，擦了胭脂花粉，浑身上下撒了一些法国香水，装出笑脸亲热甜蜜的样子亲了亲徐云豹老爷说："老爷，我想到集镇上去转转，看看有什么好的绸缎料子。"

徐云豹瞅了瞅三姨太贡美丽笑嘻嘻地关心地说："要不要派个丫头陪你一道去？"

"不用，不用。"三姨太贡美丽诓骗徐云豹说，"我先去看看，今天不一定买，一会儿就回来了。"

"那你就早去早回，不要叫我们不放心满街去找你！"徐云豹很不放心地说。

"不会的，老爷你放心吧。"三姨太贡美丽撒了个弥天大谎，暗笑着说着出了徐府，扭着水蛇腰，撅着屁股兴冲冲地朝集镇的方向去了。

三姨太贡美丽急急忙忙来到集镇汽车站，她没有急着上车，先是小心谨慎地东张西望，躲躲闪闪，看看有没有徐村人。当三姨太贡美丽看到没有徐村人，也没有遇见她熟悉的人，就急慌慌地买了车票，鬼鬼祟祟地爬上了汽车，走到车厢最后排的边角的座位上坐下了。三姨太贡美丽一直低着头，不朝人看，生怕遇见熟人。

三姨太贡美丽坐在汽车上心情十分复杂，她既怕被人发现，又很激动，因为她很快就要见到李五了，她跟李五已经好长时间没有见过面了，还真有点思念他呢！三姨太嫌汽车开得太慢，开快点就好了，越快越好。汽车到了车站，三姨太贡美丽悬着的心落地了，她没有遇见一个熟人，就迫不及待地下了车。三姨太贡美丽到县城来不止一次了，那次她随李五在县城里住了几天，玩了几天，对县城的街道里弄还是比较熟悉的。三姨太贡美丽很快来到了县政府的大门口。县政府门口有岗哨把守。岗哨一边一个，都拿着枪，十分严肃威武地站在那里，注视着进出县政府大门的每一个行人。

三姨太贡美丽像进她家的徐府一样，扭着纤纤细腰，撅着屁股，大摇大摆，自由随便地就往县府里面走去。两个岗哨立刻喝住了她，不让她进去。

“老总，我是来找李五的。”三姨太贡美丽妖里妖气地笑嘻嘻地说。

“去你的，李五是你叫的吗?”一个岗哨大声武气地喝问道。

“去，去，去！这是县政府，像你这号人是不准随便进去的!”另一个岗哨把三姨太贡美丽当成妓女看待了。

“李五县长是我的朋友，我找他会会面不行吗?”三姨太贡美丽知道直呼李五的大名有点不恭敬，便改口称呼李五县长了。

两个守岗的哨兵想，什么朋友？还不是妓院里鬼混认识的。于是便严肃认真地大声说：“现在是办公时间，李县长不会客，也没时间会客，你赶快走吧!”

“我今天偏不走!”三姨太贡美丽要起无赖来了，又毫不客气地直呼李五的大名了，她气势汹汹地说，“我就在这里等李五下班!”

两个岗哨斜着眼睛瞅了瞅三姨太贡美丽，报以轻蔑的一笑，理也没有理睬她，仍然严肃威武地站岗，守卫着县政府的大门，注视着一切过往行人。

三姨太贡美丽站在县政府的大门外，全神贯注地注视着县政府的大门里面。她望眼欲穿，目不转睛地死死地盯着县政府里面。三姨太贡美丽是多么希望李五出现在她的面前啊！她心里着急，烦躁不安，她就这样急不可耐地等呀，盼，盼呀，等，总不见李五的身影。她心急如焚，恨不得像孙悟空一样来他个金蝉脱壳，化作一道光气，飞到李五的办公室里，变成一只美丽的蝴蝶，停在李五的办公室的窗口，看看李五县长还认识三姨太贡美丽吗？也给李五县长一个惊喜。三姨太贡美丽正如同水牛打汪一样胡思乱想的时候，忽然看到李五县长在办公大楼前走动。三姨太贡美丽喜出望外，尖着嗓子，声嘶力竭地大声喊着：“李五，李五!”

三姨太贡美丽一边“李五，李五”地大声喊着，一边也不顾一切地拔腿就往县政府大门里面冲去。两个哨兵立刻一个箭步冲上前去一人拽住她的一只胳膊，阻止她进去。

三姨太贡美丽拼死拼活地赖着，大喊大叫着：“李五，李五！你们放开我，放——开——我!”

这时，李五县长隐隐约约听到有人叫他的名字，看看大门口又闹哄哄的，不知发生了什么事？他便赶了过来，想看个究竟。原来李五县长刚才上公共厕所解了手，准备回办公室。李五刚走到楼前，就听到大门口乱哄哄的，便走过来了。李五一看又惊又喜，原来是老冤家三姨太贡美丽来了。李五赶紧命令两个岗哨放开三姨太贡美丽。

三姨太贡美丽一见到李五县长，便十分委屈地撒娇起来伤心地哭着说：“李五，你高升了，当县长了，还叫两个混账岗哨硬把我揺在大门外，硬不让我进县政府的大门!”

李五县长笑着百般解释说：“这是规矩，他们也是例行公事。”

“那是狗屁规矩，什么公事？都是屁事!”三姨太贡美丽愤怒地吼叫着，用眼睛横扫了一下两个哨兵，那神态是说，你们两个不知天高地厚的东西知罪吗？

两个站岗的哨兵十分尴尬地伸了伸舌头，心想，这个女人不简单，看来其来头还不小呢!

这时候，三姨太贡美丽大明大白嗲巴嗲巴地挽着李五县长的胳膊十分轻狂亲热地走上了大楼，进了李五县长的办公室。三姨太贡美丽走进李五的办公室，就娇生惯养地急不可耐地一头倒在了李五县长的怀抱里，哭哭啼啼地说：“你官当大了，成了县太爷了，不去接我了？我都想死你啦!”

“我这县长才当了没多少日子呢。”李五县长殷勤地说，“这里人来人往，你先起来坐着，我给你倒杯茶来。”

三姨太贡美丽也就服服帖帖顺从着李五县长，坐到椅子上去了。

李五县长十分殷勤地给三姨太贡美丽沏来了一杯茶，以表示歉意。他问三姨太贡美丽说：“你从徐村来的时候，家里人知道吗？路上有人看到否？”

三姨太贡美丽告诉李五县长，徐云豹那个老东西，只知道她上集镇，不知道她上县城来，路上也没有人看见她上县城来。她是在人不知，鬼不觉的情况下悄悄跑来的。

李五听了高兴地笑着说：“那就好，那就好。”

三姨太贡美丽不解地反问李五县长说：“你身为一县之长，还怕谁？”

李五神秘兮兮地说：“别人我不怕，我就怕那个徐云彪。他现在是国军里的一个连长，他跟徐云豹关起门来还是一家人，弄不好我怕他用枪把我李五给崩了!”

“那他们也不会放过我三姨太贡美丽呀!”三姨太贡美丽神色慌乱，不知所措地说，“这怎么办是好呢？”

李五县长安慰三姨太贡美丽，叫她别急，办法总归会有的。李五县长想了一会儿说，好在徐府没有人知道你上哪儿去了，也没有熟人看到你到县政府来了。你先在休息室里喝茶休息，他让秘书买些饭菜来，再叫秘书替我们在县城偏僻寂静之处租点房子，你就暂时住在里面休息静养，不要露面，以防被人发现，惹来麻烦。这样他们就是来寻也寻不着，找也找不到，你就在人不知，鬼不觉的情况下，安安心心，稳稳当当住下来，等过了风头再说。

三姨太贡美丽也认为别无他法，只好这么办了。

三姨太贡美丽一大早出了徐府上集镇去了，天都这么黑了，徐云豹老爷还是不见三姨太贡美丽回来，他已经慌了神，没有主意了。这样一来，徐府的人们上蹿下跳，就像腾粥锅一样闹翻了天。都说三姨太贡美丽早上高高兴兴出了门，兴冲冲地上了集镇，很多人都看到了，怎么就杳无音信地失踪了呢？二姨太着急地说，三姨太贡美丽早上好好的从徐府出去的，天都这么晚了，这么黑了，还没回来，会不会跟她大哥贡家发一样被人暗害了。二姨太认为要暗害三姨太贡美丽的人，多半是跟三姨太贡美丽有深仇大恨的人。强震虎跟三姨太贡美丽的仇最大，怨最深，这是秃子头上的虱子明摆着的，徐村人谁不知道？如果三姨太贡美丽真的被人暗害了，强震虎的嫌疑最大。大家都知道这个道理，活要见人，死要见尸，这不见活人，也找不到尸首，不是被暗害了，毁尸灭迹了，也是失踪了。既然失踪了，就得千方百计，掘地三尺也要把三姨太贡美丽找回来呀！也有人不赞成二姨太的说法，认为三姨太贡美丽会不会去找李五去了，听说李五又到本县当了县长啦！

徐云豹听了这些议论和说法后，闷闷不乐，天这么晚了，他有点惶怵不安，他后悔当时没有坚持派一个丫头陪着三姨太贡美丽一道去集镇，那样也许就不会发生这样的令人担惊受怕的事情了。徐云豹托着他的水烟壶嘟嘟嘟地抽着水烟，左思右想，考虑再三，觉得人们说的这两种情况都有可能，都不能排除。徐云豹的鼻孔里嘴里的三股烟雾喷射出来，像老龙王吐水一样出彩。徐云豹在烟雾缭绕中深思了片刻，就发号施令派人兵分两路，按两条线索去寻找三姨太贡美丽。

夜深人静时，徐云豹老爷派了几个人，埋伏在强震虎家的破墙烂院四周，布防偷听壁脚。夜静得令人可怕，除了草丛中的小虫子的鸣叫声外，就只有呼呼的风声了。几个人贴着墙细听，就着门缝细细窥探，这样闹腾了一晚，忙活了一夜，也没有听出什么动静来，也没有探知到关于三姨太贡美丽失踪的一点可靠的信息。

另一班人马摸黑连夜赶到县城，大街小巷里寻觅探访，也没有寻觅探访到三姨太贡美丽的行迹踪影，也没有明察暗访到三姨太贡美丽的蛛丝马迹。

这两处人马，都非常失望地灰心丧气地回到徐府，向徐云豹老爷如实汇报了他们探访的情况。徐云豹听了，急得一会儿嗷嗷直叫；一会儿唉声叹气；一会儿又摆动着他那像雄狮的长鬃一样的披肩长发，咆哮怒吼。徐云豹冷静下来后，立刻叫家人给他拿来笔墨纸砚，奋笔疾书，写了一封长信，派人立刻送到徐云彪连长处，请他的亲弟弟徐云彪连长带人到县城去问问李五县长，三姨太贡美丽是不是上他李五那儿去了？如果三姨太贡美丽在李五县长那儿，请李五县长务必立即把三姨太贡美丽交出来，把她带回徐府，徐云豹不怪李五县长，否则，别怪徐云豹不讲义气，不讲情面！徐云豹的口气之硬，是你万万没有想到的。过去，徐云豹见到乡长、保长，都是笑脸相迎，唯唯诺诺，低声下气，好话说尽，从来不敢高声大气，而今面对一县之长的李五县长，竟然说出了如此强硬胆大的话，他是全仗着徐云彪连长的那根枪杆子。

徐云彪连长拿了鸡毛当令箭，带了一个警卫排的人马，威风凛凛地开往县城，开进县政府李五县长那儿做客去了。李五县长虽然有点惴惴不安，但他还是强装笑脸高规格地亲自出迎，不敢怠慢，并好吃好喝地悉心招待徐云彪连长。徐云彪连长抽着好烟，喝着好酒，夹着好菜吃着开心地哈哈哈的大笑着，把他的来意直截了当地跟李五县长挑明了说："三姨太贡美丽有没有上李五县长这儿来？"

李五县长装出非常轻松大气的样子，也哈哈哈地大笑起来说："我李五上任才几天，三姨太贡美丽根本就不知道我李五到县里来当县长，她怎么可能来我这里呢？"

徐云彪连长想，李五县长说的也是有道理的，县城里很多人都不知道李五来当县长的事，徐村离县城那么远，又怎么能知道李五当了本县的县长呢？徐云彪连长是个大老粗，脑子都花在抽大烟，逛婿子上了，他哪里会想得那么复杂，那么深，那么细呢？徐云彪信了李五县长的话，也断定他的嫂子三姨太贡美丽不在李五县长这儿，他要求李五县长，要是三姨太贡美丽还藕断丝连，跑到李五县长这里来，一定要派人把她送到徐府，交给他老哥徐云豹老爷，否则，别怪徐云彪翻脸不认人！

李五县长一直笑脸相迎，便连连回话道："那是，那是，一定，一定，请徐连长和徐云豹老爷放心！"

徐云彪连长多话也不说了，就只顾尽兴地抽烟，尽情地喝酒，大口地吃肉，直到喝得吃得酒足饭饱，醉醺醺，昏呼呼才拿了一些礼物赠品，一行人浩浩荡荡地回连部去了。

徐云豹坐在客厅里的太师椅上，左手托着铜制的水烟壶正往嘴里送，但他没有放进嘴里去；右手拿着燃着的纸捻子正欲点水烟，都快要烧着手了，但他还拿在手上没有点燃水烟。徐云豹心事重重，神思恍惚，眼睛无精打采地瞅着客厅正前方的地面。徐云豹想，三姨太呀，三姨太，你真的是失踪了呢，还是被人暗害了呢？好端端的一个大活人，难道就这样没有了吗？……

徐村的老百姓都知道三姨太贡美丽失踪了，大家也议论纷纷，说法不一。有的说，三姨太贡美丽失踪了是好事，免得这个害人精日后再去害人；有的说，三姨太贡美丽哪里会失踪呢？她的鬼门经大着呢，还不是又跟着哪个有权有势的大官跑了；还有人说，三姨太贡美丽要么看上她的小叔子徐云彪连长，徐云彪这个鬼东西把她藏起来了……

田嫂听了这些议论后，暗暗发笑。她断定三姨太贡美丽这个骚货臭婊子，一定是偷偷地跑到县城，跟李五那个千刀万剐的家伙，躲在县城的那一处偏僻隐蔽的房子里寻欢做爱呢！你徐云豹就这么草草率率地问一下，妨一下，就问得出来，妨得到啦？徐云豹这个老东西也一时聪明，一时糊涂。徐云豹也是正事不足，闲事有余，他还真的信了二姨太的话派人跑到强震虎家的门上去偷听暗妨，如此像这样耗费时间，错过机会，三姨太贡美丽跟李五在一起鬼混，时间一长，恐怕连小娃娃都生出来了。

田嫂分析判断得一点都不错，三姨太贡美丽跟李五县长，正是躲在县城里的一处非常隐蔽偏僻的房子里，亲热甜蜜，恩恩爱爱地像一对新婚夫妻一样度着蜜月呢！

二十二

三姨太贡美丽失踪了，这件事与其说是徐村人普遍关心的事，倒不如说这件事成了徐村人饭前茶后的谈资笑料。有人分析说，三姨太贡美丽不会像她大哥贡家发一样被人暗算谋害了，死要见尸，四处打探寻找都找不着尸身，这就是一大疑点。他们说，三姨太贡美丽多半是犯了挑花心跟人跑了。徐云豹年岁这么大了，三姨太贡美丽又这么年轻，又是一个新潮风流女子，她守得住吗？能不犯桃花心？上次她跟李五跑了，同李五明目张胆地在城里乡里在一起鬼混，就是因为她的挑花心泛滥了。一个女人一旦她的桃花心泛滥了，就会不顾一切，不思羞耻地逢人配，在田头路边都会拖你做爱。在场的人听了都哈哈哈地大笑起来。有的人不相信，说是三姨太贡美丽这么年轻漂亮，又是大家闺秀有钱人家的姨太太，这么高贵的人，她能做出这等下三烂的事？有人说，即使三姨太贡美丽不会做出这等下三烂的事，但她肯定是犯了桃花心跟人跑了……

这件事对于徐府来说，确实是一件痛心不齿的事情。徐云豹老爷整天抱着个水烟壶，嘟嘟嘟地抽水烟，他朝思暮想，愁肠百结，日夜期盼。期盼着有关三姨太贡美丽的消息；期盼着三姨太贡美丽奇迹般地回到徐府的喜讯。徐云豹老爷多么希望三姨太贡美丽回到他的身边啊！徐云豹这个家，少不了三姨太贡美丽这个既能干又有方向的女人哟！可是，几天下来了，还是像“泥牛入海无消息”一样，三姨太贡美丽还是杳无音讯，总不见三姨太贡美丽回来。对于三姨太贡美丽的杳然无踪，徐云豹彻夜不眠，遑然乞思。白日里，徐云豹总是默然神伤，忧戚于怀，竟至于寡言默语了。有时候，徐云豹也怒火中烧，震颤着他那像雄狮的长鬃似的长发怒吼着，把一腔怨气火气都在二姨太身上发泄了。二姨太吓得活像一只逼鼠猫一样，不敢伸张，不敢辩解。对于三姨太贡美丽的消息飘然无闻，二姨太心里也是纷乱如麻，不知如何是好了。她觉得这件事来得蹊跷奇怪。这不见活人，也不见尸身，肯定是被仇人害了，被毁尸灭迹了。如果三姨太贡美丽真的被仇人杀了害了，二姨太还是认为强震虎应该是首当其冲的疑凶嫌犯。徐村人谁不知道是三姨太贡美丽和她的保长哥哥贡家发两人巧设圈套，夺走了强震虎吃尽千辛万苦，攒钱买下的三亩田地的？特别是三姨太贡美丽通过李五乡长借助小日本鬼子的手，杀害了强震虎的舅父舅妈以及强震虎的儿子天明，又抓走了强震虎的女儿天蓝，致使天蓝被押解到很远很远的天涯海角，当了小鬼子的慰安妇，至今还未归家。这些都是深仇大恨，强震虎对三姨太贡美丽能不恨之入骨？强震虎恨不得啖三姨太贡美丽的肉，喝三姨太贡美丽的汤呢！强震虎最有可能杀害三姨太贡美丽，并且毁尸灭迹了，让你查无实据。于是二姨太苦心一意地劝说徐云豹老爷，一定要抓紧时间，明察暗访，一旦拿到真凭实据，一定要严厉惩办，定斩不绕。不能因为强震虎是老爷你的女婿，心慈手软，姑息养奸，后患无穷！

徐云豹听了二姨太的一番话后，恨得咬牙切齿地说："我没有这个女婿和女儿。只要掌握了真凭实据，一定严惩不贷！"

这时候，三姨太贡美丽的二哥贡家贵急吼吼地来了。贡家贵身材矮小，脸庞瘦削无肉，长着一张酷似翘嘴白鱼一样的嘴。贡家发保长被蒙面人暗算遇害后，由贡家贵接替了徐村保长的职务。贡家贵听说他的四妹三姨太贡美丽失踪了，是死是活还不得而知。他贡家贵作为三姨太贡美丽的二哥，不能漠不关心，况且他还是徐村的现任保长呢！这件事非同小可，与他贡家贵不是漠然无关，而是息息相关，岂能不管不问？于是贡家贵悲怆激昂地来到了徐府，要问清他的四妹三姨太贡美丽失踪的前后情况，再催催妹夫徐云豹，要以急雷迅闪的速度把他妹子三姨太贡美丽找回来。活要见人，死要见尸！

"二哥，你请坐。"徐云豹涕泣如雨，也有点茫然失措。

"我四妹贡美丽的事，可有点头绪了？"贡家贵保长显出一脸的愁容急态问道。

徐云豹疲惫不堪地摇摇头，表示毫无头绪，不过他又"唉"地叹了一口气灰心丧气地说："人多半是没了，没了，恐怕是被人暗害了。"

"啊？"保长贡家贵惊愕震怒得奋然跃起说，"那还了得！没王法啦？要严查，查出来一定要严惩重办！"

徐云豹一哭二遍，伤心痛苦地把二姨太说的可能被仇人强震虎暗害了并毁尸灭迹的情况又跟保长贡家贵叙述了一遍。

贡家贵保长瞿然一惊，拍着桌子大发雷霆地说："好你个强震虎，你胆敢跟我们贡家作对，我贡家贵不查个水落石出，誓不为人！"

强震虎除了种地，就是打鱼，他哪儿也不去，一心一意忙他的事业，过他的日子。强震虎打的鱼，不用他自己去卖，都由五婶一担挑着到县城去卖，也不愁卖。五婶的男人是管田，管田有弟兄五人：老大叫管天；老二叫管地；老三叫管人；老四叫管和；老五就叫管田。他们弟兄五人的名字合起来就是“天地人和田”，听起来倒也新鲜有意思。他们弟兄五人都是地地道道的忠厚老实的管田种地的农民。管田排行老五，他的老婆村里人都叫她五婶。管田原来不会打鱼，因为管田和强震虎两人的私交深厚，两家人关系也处得好，强震虎就毫无保留地教管田学会了打鱼。强震虎和管田两人经常一起出村，一起打鱼，一道回村。晚上两人又常常在一起喝酒划拳，或者喝茶谈心，几乎到了形影不离的地步。两人的关系好，两家人相处得好，大家合得来，他们就合伙打鱼。打来的鱼都由五婶负责挑到县城去卖，卖的钱两家二一添作五地平分，从来不斤斤计较。

近几日来，强震虎感到很纳闷，也觉得很蹊跷奇怪。强震虎发现每天都有陌生人在他家门前房后转悠不歇。那些人的神态诡谲，他们见到强震虎家里的人，总会贼眉鼠眼地瞅瞅，窃窃私语地议论，鬼鬼祟祟的不知道他们鼓捣些什么。强震虎敏感地觉察到又要发生什么事，麻烦又来袭扰了。不过强震虎想，你们转悠你们的，强震虎什么亏心事也没有做，“为人不做亏心事，不怕半也鬼敲门”，强震虎以打鱼种地为生，行得正，站得稳，怕什么呢？于是强震虎还是该下地就下地，该打鱼就去打鱼，该吃饭时吃饭，想喝酒就喊管田来对饮。强震虎每天按部就班，生活干活一切正常。

这样过了几天，门前屋后转悠的幽灵不见了。强震虎一大早爬起来，洗刷完毕，吃了点早饭，准备出门去打鱼。这时候，贡家贵保长带着两个背枪的兵丁，突然出现在强震虎的面前。强震虎心里明白了，麻烦事情又找上门来了。强震虎不知道为什么？他就把鱼盆、鱼桶、渔网统统放下来，且看看贡家贵保长怎么说？

贡家贵保长咧着翘起的白鱼嘴一样的嘴板着脸说：“请你跟我们走一趟！”

强震虎说：“我没犯法，我要去打鱼。”

“是你打鱼要紧，还是公事要紧？”贡家贵保长虎着脸，口气十分强硬地说。

这样，强震虎无可奈何，被两个背长枪的兵丁一前一后，夹在中间无缘无故地带走了。

贡家贵保长没有跟着到乡里去，两个兵丁把强震虎带到乡政府关押了起来。他们谁也不来问询，到了吃饭时，派人送来一些饭和水，没有人跟他说明关押的原因，也没有人提审他。究竟为什么？强震虎一时也摸不着头脑，也就无法辩解说明。强震虎坐在黑洞洞的小房子里，百思不得其解，心里感到非常憋闷难受。

紫芸和儿子强天强也不知道强震虎为什么被抓被关押？他们家的房前屋后，不管白天还是黑夜都有人走动，好像是在观察他们母子两人的反应和神态，又好像是在偷听他们母子说什么悄悄话，要从他们母子身上得到些什么，探听些口风。紫芸和强天强母子两人始终不知道这是为什么？他们认为强震虎不偷不抢不拿，遵法守规，全凭劳动吃饭，种地打鱼为生，无缘无故地被抓去关押起来，这天地公道究竟在哪里？后来，强天强在学校上学时，听田勇和田丽芳告诉他，说徐文和徐武两人都说他爸爸强震虎杀害了三姨太贡美丽，而且还毁尸灭迹了。强天强听了田勇和田丽芳这么一说，才恍然大悟，原来这就是关押他爸爸强震虎的所谓的理由，怪道他们家的房前屋后，门边墙根天天都有人听蹩脚！愿来他们还是唱的这曲戏呀？真是好不精彩！真是滑天下之大稽！

强天强和他母亲紫芸两人把这件滑稽可笑的事跟管田和五婶说了。五婶气得直摇头尽叹气。管田气愤填膺地骂道："一派胡言！我和强震虎天天在一起打鱼，强震虎不是在家里，就是在沟溪河汊里打鱼，他怎么可能去杀人呢？"

管田和五婶夫妻二人主动请缨，跑到乡政府亲自作证，证明强震虎不是杀人疑凶嫌犯。他们夫妻二人敦促乡政府赶快无罪放了强震虎。结果，乡政府还是不审讯，也不放强震虎。

田嫂听到这件事后，觉得非常可笑可气。她认为那一班人无知可耻！田嫂知道冤枉好人是他们这伙卑鄙龌龊的小人的一贯手段，一个心术不正的人要害人，"欲加之罪何患无辞"？田嫂告诉紫芸、五婶和管田，根据田嫂的分析判断，三姨太贡美丽这个不要脸的贱货臭婊子，一定躲在县城李五那儿。田嫂叫管田和五婶两人为朋友帮忙就要两肋插刀也在所不惜，吃点辛苦到县城偏僻寂静的非常隐蔽的地方去暗访布控，一定能发现三姨太贡美丽的蛛丝马迹。你们只要找到了三姨太贡美丽那个贱货，他们乡政府就不得不放了强震虎。田嫂说，凭她的经验，即使三姨太贡美丽闭门不出，这个李五县长能不出门？李五县长天天要外出办公事，必定天天出入其门，他经常出没的地方，就是他藏娇的地方，保你们找到三姨太贡美丽这个臭婊子。

管田和五婶夫妻二人，听了田嫂的话后，就不打渔不去卖鱼了。他们夫妻二人为了朋友宁愿两肋插刀，也在所不惜。他们夫妻二人每天一大早就来到县城，根据田嫂提供的方案，交代的路子，暗暗布防，细心观察。真是功夫不负有心人，他们终于发现了李五县长经常出没的地方。这个李五县长也鬼得很，他先东张西望，四处探视，见没有人就火速进屋去了。有一天，李五县长不知为何没有按时回来吃中饭，三姨太贡美丽大概等得不耐烦了，也有点着急，在屋里待不住了，就跑到大门口来张望，结果，就在这时被五婶和管田发现了看到了。

五婶故意高声大叫地喊道："三姨太，三姨太！贡美丽，贡美丽！"

三姨太贡美丽不敢答应，连忙慌慌张张地跑进屋去，立刻关了门，心里咚咚咚地跳个不停。

管田和五婶也立刻跑到三姨太贡美丽住房的门口，一边嘚嘚嘚地敲门，一边大声呼喊着三姨太贡美丽的名字。三姨太贡美丽在屋里既不开门，也不答应。管田和五婶夫妻二人想，你三姨太贡美丽开不开门，答不答应，都无关紧要，反正我们告诉你三姨太贡美丽，徐村已经有人发现看见你了，你是躲在县城李五县长这里呢！管田和五婶夫妻二人非常开心高兴，他们笑嘻嘻地满意地下馆子吃了一顿中饭，便像在战场上打了胜仗一样，信心百倍地回徐村去了。

管田和五婶夫妻二人前脚进了徐村，三姨太贡美丽后脚也跟进了徐村。三姨太贡美丽回到徐府，又哭又闹又骂，她抱怨怪罪徐云豹老爷心太恨，她失踪了，不派人去找她，不去搭救她。三姨太贡美丽又撒了个弥天大谎，她说要不是李五县长搭救及时，她的小命就没有了。那天，她被几个不明身份的歹徒绑架了。幸亏李五县长偶然发现了，还算发现得早。李五县长拿了枪，带了兵把她搭救下来了，她才脱了险，捡回了一条命。三姨太贡美丽说着，假惺惺地呜呜地痛苦伤心地大哭起来。徐云豹、二姨太一班人都同情地流着动情伤感的眼泪安慰三姨太贡美丽。三姨太贡美丽又顺着竹竿爬到顶，撒起了弥天大谎，说是李五县长讲仁讲义，他怕徐云豹老爷担心着急，就派人把她送回徐府，三姨太这才回到徐府来了。三姨太贡美丽说着说着又用手帕捂住眼睛呜呜地悲怆痛苦地哭起来了。

原来三姨太贡美丽把管田和五婶发现她的情况告诉了李五县长。李五县长觉得大事不妙，担心这事如果被徐云豹和徐云彪知道了，他和三姨太贡美丽都不会有好果子吃，这可不是闹着好玩的，不如将计就计。李五县长让三姨太贡美丽赶快赶回徐村回到徐府。起先，三姨太贡美丽执意不肯回徐村进徐府，她说要死咱俩死在一起，葬在一起。李五县长叫三姨太贡美丽不要犯傻。他窃窃地告诉三姨太贡美丽，现在形势不好，国军节节败退，共军节节胜利，根据他的分析判断，这天下早晚是共军的。共军得了天下，我们两人都有共同的命案，他们不会饶过我们的，再过些日子，等他李五把钱赚足了腰包，就带着你三姨太贡美丽出国去逃命，也好过上神仙般的好日子。李五要三姨太贡美丽先回到徐府，暂时缓和一下矛盾，骗过徐云豹那个老东西，哄着那个老狐狸，会平安无事的。

“你不能骗我呀!”三姨太贡美丽极不放心地说。

“我李五骗一千个人，也不会骗你三姨太贡美丽呀!”李五县长举手要对天发誓说，“我可以对天发誓!”

三姨太贡美丽急忙用手捂住李五县长的嘴说：“行了，我相信你，听你的就是了。”

这样，三姨太贡美丽就回到了徐村进了徐府，并编了一大堆胡言谎话，骗过了徐云豹和徐府的人。

管田和五婶夫妻二人为了搭救被关押的强震虎就急急忙忙往乡政府赶去，准备把他们在县城发现三姨太贡美丽的踪迹的事情，向乡政府汇报，并敦促乡政府立刻放了被无辜关押的强震虎。他们夫妻二人还未到达乡政府，在半道上就遇到了强震虎。强震虎已经被释放了。乡政府早已获悉三姨太贡美丽的信息，既然三姨太贡美丽没有被人杀害，而且已经回到了徐村归了徐府，强震虎也就不是杀人疑犯。强震虎是被糊里糊涂抓进去的，现在又糊里糊涂地被放回来了。

强震虎、管田和五婶三人，一边往徐村走，一边谈论着这件令人哭笑不得的怪事，他们都觉得非常好笑，也觉得十分荒唐!

二十三

三姨太贡美丽在李五的授意下将计就计地回到了徐村走进了徐府，又哭又闹又骂地骗过了徐云豹。徐云豹见三姨太贡美丽回到自己身边了，脸上有了笑容，又宽心得意地托着他的铜制的水烟壶，嘟嘟嘟地抽水烟了。徐云豹比以往更加疼爱三姨太贡美丽了。徐云豹喋喋不休地向三姨太贡美丽表示歉意忏悔。三姨太贡美丽失踪后，他虽然派人四处去寻找她，但没有坚持派人到外面去深查细找，把注意力都放在了强震虎身上了，致使三姨太贡美丽险些伤了性命，他感到很愧疚。幸亏三姨太的福分大命大，也亏了李五县长的搭救。日后徐云豹一定要好好地感谢李五县长。三姨太贡美丽听了徐云豹这么一说，嫣然一笑说："事情都过去了，就不提它了，往后大家多注意就是了。"

三姨太贡美丽被不明身份的歹人绑架了，是二姨太从徐府传出来的。这也成了徐村人谈笑的话题。有人很担心，认为今后出门要多加小心，万一碰到绑匪被绑架了去，勒索钱财，有钱人家还能用钱去赎命；要是穷人就是死路一条，眼睁睁地看着绑匪撕票。有人说，你们别听三姨太贡美丽胡编乱造，她一定是犯了桃花心跟人跑了，人家玩够了，玩腻了就把她抛弃了。三姨太贡美丽无法交代，就胡编瞎诌了这一套谎话来诓骗徐云豹这个蠢猪笨驴的，你们也就相信？有人说，我们乡里根本就没有绑匪，如果真的是被绑匪绑去了，必须要拿出可观的钱物去赎人，单凭李五县长那两下子，分文不花，就那么容易把人救回了啦？照这样看来，这个绑匪不是别人一定是李五！这一番一针见血，入木三分的话，引得在场的人们都哄堂大笑起来了。

这些议论笑话传到了徐府，传到了三姨太贡美丽的耳朵里，三姨太贡美丽故作委屈伤心，哭得比死了老子娘还要伤心痛苦，以至于茶饭不思。三姨太贡美丽哭着闹着，拼死拼活，硬要徐云豹老爷为她做主，说句公道话，给她洗刷清白之身。徐云豹听了人们的议论，虽然也很生气，但他也无计可施，只得百般安慰三姨太贡美丽说："人家要说，你就随人家说去，只要我不说就是了。"

三姨太贡美丽认为，人言可畏，像这样闹下去，传播开来要败坏她的名声的。她要徐云豹老爷一定要想方设法堵住这些吃了饭没事做，专管别人的闲事的人的碎嘴。徐云豹无可奈何，只得把贡家贵保长找来商量，要贡家贵出面召开村民大会，发布告示，叫徐村的老百姓不要胡编滥造，无中生有，乱嚼舌头根子，损毁他四妹三姨太贡美丽的香身名誉，那是要负责的！三姨太贡美丽遭到绑匪绑架，差一点送了性命，你们村民还信口雌黄，于心何忍？以后谁要是再胡说八道，别怪我贡家贵翻脸不认人！

田嫂听了，吃吃地笑着“呸”了一声，她想，你们这是“只许州官放火，不许百姓点灯”，你们骗谁哄谁吓唬谁呢？你贡家贵和徐云豹这是自欺欺人，徐云豹的绿帽子戴得老高老高的，都快捅破天啦，还老脸皮厚地充当英雄好汉，一点不害臊？五婶想，三姨太贡美丽你骗谁呢？三姨太贡美丽骗不了别人，只能骗骗笨驴蠢猪样的徐云豹，把徐云豹当老猴子耍玩戏弄。三姨太贡美丽的那一套鬼门径，骗不了我们。“传言为虚，眼见为实”，我五婶和管田亲眼看到三姨太贡美丽躲在李五县长那儿鬼混，铁的事实无可否认！

有关三姨太贡美丽的风流韵事，在孩子们当中也有反应和议论。那天，课间休息，孩子们在供奉菩萨的那个厅堂里玩耍嬉戏。徐文和徐武两人都神秘兮兮地告诉同学们，说是我们乡里出了绑匪，徐武的亲娘三姨太贡美丽被绑匪绑架了，差一点丢了性命。徐文和徐武要大家今后出门要小心谨慎，别让绑匪绑架了去。

一向三姨太贡美丽失踪了，徐文和徐武两人都在同学们面前说，是强天强的父亲强震虎杀了三姨太贡美丽，并且毁了尸灭了迹。现在徐文和徐武两人又改口说三姨太贡美丽遭到绑匪绑架了，管有义听了又好气又好笑。

“你娘三姨太贡美丽不是被强震虎杀了吗？你们快去收尸，去迟了给狼狗叼了去，就见不着最后一面了！”管有义对徐武和徐文说着哈哈大笑着。

“谁说的？我娘没说。”徐武辩解说。

管有义说：“二姨太说的。”

徐文不服气地说：“我娘不是这么说的。”

“反正都一样！”管有义说着笑着走进教室里去了。

强天强、田勇和田丽芳等一大批同学，吹着口哨，哄笑着也朝教室里走去准备上课了。

有关三姨太贡美丽的风流韵事，一直在徐村发酵传播，不管大人小孩，男女老少，他们到了一起，都离不开谈论三姨太贡美丽的风流韵事，贡家贵保长的禁令根本就不起作用。大人们大多数都认为三姨太贡美丽并未遭到绑匪的绑架，要是遭到绑架了，没有那么容易就放出来了。孩子们议论的角度跟大人不同。他们大都为强天强的父亲强震虎打抱不平。孩子们认为，他们贡家出了命案，徐府发生了问题，都罔顾事实，硬往强天强的父亲强震虎头上套，无缘无故地抓人关押人，简直是欺人太甚！

三姨太贡美丽在徐云豹的悉心关爱下，由下人端吃端喝，身子养得一白二胖。三姨太贡美丽清楚地知道徐村人都在背后议论她，像决了堤的黄河，溃了坝的长江一样，堵也堵不住。三姨太贡美丽根据儿子徐武对她的抱怨，她深深知道连徐村的学生娃们都不放过她。三姨太贡美丽想，你们爱议论就让你们议论去，徐村有那么多人，有那么多张嘴，凭她三姨太贡美丽的一双手，捂还捂不过来呢？三姨太贡美丽里外里了，里子面子都不顾了。三姨太贡美丽就装糊涂，东耳进西耳出。三姨太贡美丽比谁都精明，她知道“要欲人不知，除非己莫为”这句话的意思。她知道管田和五婶知道她三姨太贡美丽的风流韵事，而且看到她，知道她躲在什么地方。三姨太贡美丽就是因为暴露了才匆匆忙忙回到徐村进了徐府的。你们说三姨太贡美丽被绑架是谎言，三姨太贡美丽不管也不介意，只要徐云豹老爷和徐府的人相信三姨太贡美丽说的，不说三姨太贡美丽扯慌造假就行了。到了适当的时候，三姨太贡美丽悄悄地跟着李五县长溜走出国，到人间天堂去享受美好生活，想怎么着就怎么着，你们议论三姨太贡美丽也好，你们大骂三姨太贡美丽也好，三姨太贡美丽是耳不闻，心不烦。三姨太贡美丽想到这里暗自得意，暗暗发笑。

眼下三姨太贡美丽什么都不想，什么都不烦，她就烦心怎么把金条银圆变成银票，便于她携带着逃之夭夭。

二十四

管有义今年十一岁，是管田和五婶的儿子。管有义是徐村小学的五年级的学生，圆圆的脸蛋，一年四季都是红扑扑的，显得很健康；大大的眼睛，神采奕奕，眉宇间透着一股正气。管有义看不惯徐文和徐武欺负小同学。强天强被徐文和徐武凌辱；田丽芳被徐文和徐武欺负，管有义看了都非常反感气愤，他义正词严地冲着徐文和徐武说，你们两人有本事有能耐就跟狠人去斗，不要以大欺小，以势压人。管有义认为贡家发保长被杀，三姨太贡美丽罔顾事实，栽赃陷害，硬说是强天强的父亲强震虎杀的，徐文和徐武两人没有抓到事实，就不应该跟着三姨太贡美丽起哄，也说是强天强的爸爸强震虎杀的。后来，徐武他娘三姨太贡美丽跑到李五县长那儿躲起来，你们徐府找不到就说三姨太贡美丽失踪了，徐文的亲娘二姨太不顾事实，胡推蛮断，竟然说是强天强的父亲强震虎杀了人，毁了尸，灭了迹。二姨太说得神乎其神，徐文和徐武两人也跟着信口雌黄，在同学当中瞎说一气，等到三姨太贡美丽被人发现了她的蛛丝马迹，在被逼得无奈的情况下，自己偷偷地溜回来了，三姨太贡美丽又撒了个弥天大谎，编造了被不明真相的人绑架的鬼话，你徐文和徐武两人也相信也这么胡说？三姨太贡美丽明明藏在县城李五县长那儿，管有义的父母管田和五婶亲眼所见，而且还追到她的住处敲了门，呼唤了她，这都是千真万确的，不可否认的事实。徐武的娘三姨太贡美丽的西洋镜，就像捅破的窗户纸一样，暴露在人们的眼皮底下，徐村人早已看得清清楚楚。三姨太贡美丽放个屁，徐文和徐武还不知羞耻地捧着到处兜售叫卖，就不怕人笑掉牙？耳听为虚，眼见为实，读书人要以事实说话，不能人云亦云，不持主见。管有义看到徐文和徐武两人这样的处事行为和态度，既看不顺眼，也十分生气。因此，那天管有义当着徐文和徐武的面，嘻嘻哈哈说了一些不痛不痒的话，是想提醒徐文和徐武两人，今后不要口无遮拦地瞎说八道，要放稳重些。

管有义这孩子跟强天强、田勇和田丽芳相处得很好。管有义认为，强天强、田勇和田丽芳他们三人都是受害者。特别是强天强一家人受的冤屈最多，遭到的迫害最深最重，说起来真有点令人发指。管有义觉得这世道不公，都是富人显威摆势，穷人和好人受辱受气。

强天强认为管有义是个有正义感的人。他父亲管田，他娘五婶也是主持正义，奉行大义的人。他们为了搭救无辜被抓被关押的强天强的父亲强震虎，夫妻两人几天不打渔不下地耕种，吃辛茹苦，跑到县城明察暗访，巧妙布控，探得了三姨太贡美丽藏身的下落，发现了三姨太贡美丽的蛛丝马迹，终于救出了强天强的父亲强震虎。管田和五婶两人，真的做到了为朋友两肋插刀了。人们常说，“有其父（母）必有其子，”父母有正义感，他们的儿子也刚正不阿，真是龙生龙凤生凤了。像管有义这样的朋友，强天强是交定了。

强天强上五年级，管有义升到了六年级。强天强是四、五、六这三个年级复合班的班主席，他又向老师推荐了管有义当了付班主席。强天强和管有义两个品学兼优的孩子走到一起，真是珠联璧合，配合默契，把个班级管理得有条不紊，秩序井然，他们两人成了班主任的得力助手，老师十分喜欢他们两人。

徐文和徐武两人已经小学毕业，他们的学习成绩不用你询问就知道是很差的，谁都知道凭他们两人的水平绝对是考不上学校，升不了学的，但是他们有钱有势有人，还是进了县城的县级中学读书去了。据说，他们两人没有考上中学，是他们的娘三姨太贡美丽的一封信起了作用。三姨太贡美丽那天从县城溜回徐村快一年多了，她在徐府休养生息，大门边都没有出过，免得徐村人指着她的脊梁骨议论不休，唾骂责怪。每天虽然有徐云豹老爷陪着她哄着她宠着她，但她总还是不感兴趣，也不满意。三姨太贡美丽日日夜夜，时时刻刻都在想着那个大耳坠坠的有福态大相的李五县长。三姨太贡美丽已经有相当长的时间，没有能跟李五县长交流感情，叙叙爱意，致使她整天到晚神思恍惚，味同嚼蜡，夜不能寐，真的要害相思病了。这回徐文和徐武两人都没有考上县城中学，徐府一家人上上下下的人都心急如焚。他们一家人互相商量后，都认为三姨太贡美丽点子多路子宽，为了两个孩子的光明前程，让她出面找人帮忙或许能行。徐云豹把大家的意思跟三姨太贡美丽一说，三姨太贡美丽非常爽快地笑着答应了，说是她去县城跑一趟试试看吧！其实这正中三姨太贡美丽的下怀，是她求之不得的事情。三姨太贡美丽想，这是天助我也！她可以借这个机会跟李五县长取得联系，相互叙叙旧情，表表爱意了。于是三姨太贡美丽拿出纸墨笔砚，龙飞凤舞地写了一封别具一格的书信，请李五县长帮忙解决徐文和徐武两个孩子的上县城中学的事情。三姨太贡美丽也是一个一笔滔滔的才女，她借用清人的药物情书来表达她对李五县长的思念爱意。……

“官人常山一去，已过半夏，岂不当归耶？谁使君子，放牵牛花缠绕他枝，今故园芍药无主矣，妾仰观天南星，下视忍冬藤。盼不见白芷（纸）书，茹不尽黄连苦！古诗云：‘豆蔻不消心上恨，丁香空结雨中愁。’奈何，奈何！”

最后三姨太贡美丽才写道：“爱子徐文和徐武想上县城中学，万望您帮忙，切记，切记！——贡美丽”

三姨太贡美丽十分欣慰满意地把信写好封死后，叫徐文和徐武两个孩子亲自送到县政府，亲手交给李五县长。

徐文和徐武两人怀揣着三姨太贡美丽写给李五县长的信，兴致勃勃地来到县政府大门口。两个岗哨不让他们进去。他们两人拿出三姨太贡美丽给李五县长的信给两个岗哨看了。两个岗哨要他们把信件丢下，由他们岗哨代为传递。徐文和徐武两人不肯，一定要亲手交给李五县长，这是她娘交代又交代了的。两个岗哨听了明白了许多，知道一定是那天那个来头不小的女人派来的。为了避免麻烦，挨批挨骂，两个岗哨就让徐文和徐武进了县政府。

徐文和徐武两人虽说是大户人家的孩子，但他们两人毕竟是农村里来的，见得世面少，而且还是第一次上县城，也是第一次闯进县政府，所以他们两人既感到新奇，又有点怯生生的。徐文和徐武两人东张西望了一会儿，就径直朝县政府的办公大楼走去。徐文和徐武很快就找到了县长办公室。在办公室门口，他们遇到了李五县长的秘书。

“你们两人找谁？”秘书打探着他们两人问道。

“我们找李县长。”徐文和徐武两人同时回答。

秘书告诉他们坐在办公室桌前的就是李县长。徐文和徐武两人谢过秘书就进门恭恭敬敬向李五县长鞠了躬，把他娘三姨太贡美丽写的信恭恭敬敬地交给了李五县长。李五县长一看笔迹，心里一惊，而后又一动，知道这是三姨太贡美丽写来的，他问徐文和徐武说：“你们是——”

“我是三姨太的儿子。”徐武慌忙指着徐文介绍说，“他是二姨太的儿子。”

“好，好！”李五县长高兴地笑着说，“你们都是徐云豹的儿子？”

徐文和徐武两人同时回答说：“是的。”

李五县长故意问道：“你们两人想上县城中学？”

“我们没有考上中学。”徐武不好意思地说，“想请李县长帮帮忙。”

李五县长非常爽快地说：“那好，我写一张条子，你们拿着去找中学校长就行了。”

徐文和徐武两人高兴得咪咪笑了。李五县长很客气地倒了两杯开水，让他们到休息室去休息喝水。他也开始龙飞凤舞地写回信和条子了。李五县长也是有点才学的，跟三姨太贡美丽还真是门当户对，难怪两人一拍即合。李五县长看了三姨太贡美丽的信后，不觉暗暗发笑。李五县长也借用清人的药物情书回了三姨太贡美丽一封信。……

“红豆杉一别，桂香枝已凋谢矣！也思菊花茂盛，欲归紫苑，奈常山路远，滑石难行，姑待远志有望。卿勿使性子，说我属苍耳子，企盼春红花开时，吾与马勃杜仲结伴还乡，至时有金银花相赠也！”

最后李五县长也写道：“关于爱子徐文和徐武的上中学之事，一定照办，勿烦，勿烦！——李五”

李五县长把信也封死，又写了一张便条，签了大名盖了章，交给徐文和徐武两人，并要求他们两人一定要把这封信亲手交给他娘三姨太贡美丽；要他们两人拿了条子也亲手交给县城中学的校长，上学的事情没有问题。

徐文和徐武两人接了信和条子，说了声“谢谢李县长”，就兴高采烈地出了县政府的大门，直奔县城中学去了。

徐文和徐武两人没有费口舌，轻而易举地就在县城中学报了名注了册，成了县城中学的一名初一学生。徐文和徐武两人趾高气扬地回到徐村，把李五县长的信亲手交给了三姨太贡美丽。三姨太贡美丽看了李五县长的亲笔回信后，才解除了她的相思之苦，激动得眼泪都快要流出来了。

徐文和徐武两人把好消息向他们的父亲徐云豹做了汇报，徐云豹一家人高兴得不得了。大家喜形于色，有说有笑，拍手称快。一个个都称赞三姨太贡美丽有能耐有本事，解决了徐文和徐武两个孩子的上学读书的大问题，三姨太贡美丽为徐府立下了汗马功劳！

三姨太贡美丽跟李五县长别后都快一年了，她思念心切，信息全无，度日如年地煎熬着，现在能跟李五县长取得联系，这是三姨太贡美丽梦寐以求的事情。这回借助徐文和徐武两个孩子上学的机会把通道打开了，她跟李五县长的联系就会畅通无阻，也会密切起来。三姨太贡美丽已经有了很好的借口，可以名正言顺地上县城去了。三姨太贡美丽想念关心儿子了，进城去看看徐文和徐武两个孩子不行吗？这样，她就有机会亲亲热热地去见李五县长，从他那儿了解一些情况，打听一下形势变化的情形，也可以问问李五县长打算什么时候带她出国？

原来徐武对他娘三姨太贡美丽有点埋怨，甚至于有些反感。徐武怪他娘三姨太贡美丽不该做那些见不得人的事，害得他在同学们面前抬不起头来，讲不起嘴。现在徐武不这样想了，他觉得亏了他娘三姨太贡美丽，使他有了靠山，上了县城中学，连中学校长对他和徐文两人都刮目相看，关心备至了。打上了县城中学后，徐文和徐武两人趾高气扬地回到徐村，走路昂首挺胸，傲气十足，把他娘三姨太贡美丽的恶行丑事忘得一干二净。

徐村的孩子们看了，有的有点羡慕徐文和徐武，但大多数人却不以为然。特别是强天强、管有义、田勇和田丽芳，他们认为徐文和徐武两人在徐村小学调皮捣蛋，学习马虎，成绩特差，凭徐文和徐武的水平无论如何是考不上县城中学的，徐文和徐武完全是靠徐武的花心娘三姨太贡美丽找了徐武的野爸爸李五县长帮了大忙，才上了县城中学的，有什么值得神气的？徐文和徐武两人反以为荣，不以为耻，我们可替他们感到羞耻呢！

徐村的大人们也有议论，他们说，徐府的两个孩子徐文和徐武能上县城中学，只要三姨太贡美丽找到李五县长，那还不是小菜一碟，简单容易得很。李五身为一县之长，只要一个电话或是一张条子，事情就稳稳当当办成了。可是这对徐府的徐云豹来说，是好事也是一件坏事。从今以后，这个徐文和徐武就成了三姨太贡美丽和李五县长的联络员，也是三姨太贡美丽的挡箭牌。那些知书达理的人和消息灵通人士，他们看得更深刻久远。他们觉得，根据当今的形势看，国军节节败退，共军节节胜利，中国恐怕要改朝换代了。到了那时候，改了朝换了代，连老蒋都跑了，这个李五县长还沉得住气，呆得下去吗？李五县长要不带着三姨太贡美丽，跑到不知哪个天涯海角躲起来还怪呢？

二十五

田嫂用笤帚把李五赶出门以后，李五再也没有进过田家的门。田家的地就没有人替她管理耕种了。强震虎自己家里买了三亩地要耕种，又要打鱼，时间很紧就没有闲空替田嫂家去代耕田地了。田嫂的十多亩地就全靠请短工来给她耕种管理了。

李刚被徐府的徐云豹解聘以后，在家里无所事事，就专靠给人家打短工过日子。李刚听说田嫂家最缺短工，也最需要短工，就自己找上门，自我介绍，给田嫂家做短工。这样一回生二回熟，时间一长，李刚就成了田嫂家的长工了。从此以后，田嫂也就不用烦心她的十多亩土地没有人耕种管理了。

李刚是山前李庄人，至今还是单身一人。李刚人生得不漂亮，但也不丑。方头大脸，身材高大结实，很有力气，也懂得种田管地。他有个坏毛病，做事拖沓，喜欢偷懒，干起活来像算盘珠子一样，你拨弄一下他就动一下，你不拨弄他就不动，从来不会主动积极地去做。当初，在徐府李刚是强震虎的手下。强震虎就看不惯李刚的这种懒散相。强震虎认为，你李刚既然干了种田管地这件事，吃的是种田管地的饭，你就得认真主动地去做，而且还要把它做好，尽到你对你所做的这项工作的责任。一个人对人有看法有意见，但对土地不能有意见，土地能为人类提供多少粮食，全靠我们劳动者向它去讨去要，天上绝对不会掉下馅饼来的。所以，强震虎常常严厉地批评李刚的懒散不作为。李刚却认为，你强震虎抓这么紧，这么严干什么？你何必何苦呢？多打了粮食徐云豹又不会多给你一粒！强震虎认为，粮食收得多了社会上的粮食就充足。徐云豹堆着储着，时间长了粮食会霉变腐烂掉，徐云豹清楚得很，他必须想方设法要把粮食推销出去。这样粮食行里的粮食就充足，粮食越多价钱就越便宜。老百姓虽然没有多少钱拿去购买粮食，但可以有一个钱敲一个钱的糖，总能凑合着买些粮食来吃个半饱，总比饿肚子或者饿死好吧？李刚对强震虎说的这一道理想不明白，反而怨恨强震虎，总觉得强震虎看不得他，跟他李刚过不去，老是拿他开刷。李刚和强震虎的矛盾的焦点就在这里。那次为了紫芸的事情，徐云豹吩咐李刚和王左鞭打强震虎时，李刚就借机公报私怨，用心狠，下手毒辣，直打得强震虎皮开肉绽。强震虎想，你李刚不该这样怨恨强震虎，强震虎是当着你李刚的面说说你而已，从来没有跑到徐云豹那里说过你的坏话。强震虎说你李刚，批评你李刚也是没有办法的事。我们这些当长工的，替人家干这种管地种田的事，要是不种好管好，地里歉收缺收减产了，徐云豹也不会宽容我们呀！我们大家一起都会被解雇，脸面没有了，声名也毁坏了，谁还敢雇用我们去打工呢？我们这不是自己打碎了自己的饭碗吗？一家人没田没地又不打工，还怎么生活呢？强震虎这么考虑完全是合情合理的，我们怎么能做自己扒倒油壶流了油的蠢事傻事呢？你李刚怎么就不能理解呢？

现在李刚给田嫂管地种地，他就不好偷懒了。李刚吸取了在徐云豹家的教训，就是因为他偷懒，虚于管理，连续两年田地里的庄稼都减了产，而且一年比一年差，徐云豹不解雇李刚，还能解雇谁呢？害得李刚声明扫地，谁都不肯雇用他。这个教训实在是太深刻了。这回李刚可要珍惜自己的声誉了，所以他替田嫂管地种地就不敢偷懒马虎了。一年忙下来，虽然不能赶上强震虎那几年给田嫂代耕时的收成，但也不错，因此深受田嫂的信赖。田嫂虽有十多亩地，但李刚一个人也就忙下来了。有些事一个人做不了，必须要人帮忙，李刚坚决不请人，就让田嫂亲自学着插忙：比如车水，李刚就教田嫂蹬水车两人一起车水。他们主仆两人扒在水车上忙一趟工，就把田里的水灌满了上足了。

李刚虽然暗暗心仪田嫂，但他始终不好意思开口，也不敢开口。李刚有心通过和田嫂两人一起劳动来培养感情，拉近距离。凡是要两人干的农活，李刚都让田嫂跟他一起去做。这样时间长了，两人真的产生了感情。田嫂看看这个李刚还不错，自己家里确实也少不了一个男人，就把李刚以招亲的形式招回来了，从此以后，李刚就成了田家的倒插门的女婿了。

过去，田嫂错嫁给了那个令人讨嫌的李五，是受了陈二嫂那个不地道的媒婆的欺诈哄骗，上了大当，吃了闷心亏，害得田嫂窝着一肚子的火，呕着满腹的气，她心惊肉跳，抑郁苦闷，生了一场病。这次找李刚是她自己经过一年的细心观察，认真严格的考验后决定的。庄户人家，不能好高骛远，求全责备，只要找一个懂生活，会管地种田的庄稼汉就行了。田嫂是自己挑选的李刚，她相信她的眼睛和判断，她更相信李刚不会像那个油滑刁钻的李五那样，朝三暮四，喜新厌旧，沾花惹草。她相信李刚即使想去拈花惹草，估量他也没有拈花惹草的胆量和本钱。当然，这个李刚究竟怎么样？人心隔肚皮嘛，谁知道谁呢？

田嫂又不是人家肚子里的蛔虫！不过田嫂深信李刚在大节上是不会有问题的。至于李刚身上的小毛小病，谁都有点，“金无足赤人无完人”嘛，那是可以包含的，敦促他克服改正就是了。

田嫂和李刚定亲那天，田嫂烧了四样菜，买了一瓶酒以及香烛。田嫂让李刚一担挑着，两个人来到田嫂的早逝的男人田瓜坟前。他们两人将四碟菜一字摆开，倒了酒，点燃了香烛，烧了纸钱。田嫂和李刚两人极其虔诚敬重地双双跪在田瓜的坟前，双双给田瓜磕了三个头。

“田瓜哥，孩子他爸，请你原谅，田嫂要嫁给李刚了。李刚能种地，是跟你一样的庄稼汉，我们向你发誓，一定会带好田勇和田丽芳两个孩子，培养他们读书上学，呵护他们长大成人，你在九泉之下就放心吧！”田嫂说出了发自内心的话。

李刚也郑重其事，极其敬重地表白说：“田瓜哥，你放心吧，我一定善待杨桃，善待田勇和田丽芳两个孩子，我李刚一定把他们当成自己的亲生子女一样对待他们，你在九泉之下放心吧，安息吧！”

田嫂和李刚两人祭拜发誓，许愿承诺后，又给在九泉之下的田瓜磕了三个头，双双又跪着默哀了三分钟，才双双回到徐村，回到了田家。

徐村人看到田嫂招来了一个倒插门的女婿李刚，都认为田嫂早就该这么做了。庄户人找个会管田种地的汉子是最合适不过的了。早先田嫂根本就不应该嫁给一个当官的。当官的李五架子大，人又刁酸圆滑，跟种地的庄稼人哪里合得来处得好呢？田嫂又是个古板本分的人，哪里玩得过管得住像李五这样刁蛮奸猾的人呢？结果怎么样？田嫂的官太太没有当几天，两人就黄了牌，还落得个汉奸走狗老婆的名分，沾了一身的腥臭味，真是得不偿失，倒了大霉了。

强震虎、紫芸、管田、五婶他们四人知道田嫂把李刚招亲招回家了，都为她感到高兴。他们四人认为，这样田嫂家里的十多亩田地有人管理耕种了，不用再烦心劳神了。田嫂有了伴，心情就会好些，就不会苦守空房，一个人孤孤单单，郁闷寡欢地带着两个尚小的孩子过日子了。

田嫂和李刚成亲的那天，强震虎和紫芸夫妻二人，管田和五婶夫妻二人都带着他们的孩子来参加了李刚和田嫂的婚礼，以示庆贺。新郎李刚，新娘田嫂两人都分别给他们敬了酒，他们也都回敬了新郎和新娘，并祝贺新郎新娘夫妻和睦，白头偕老，早生贵子。酒席间大家热热闹闹，欢欢喜喜洋溢着吉日喜庆的欢乐气氛。

强天强、管有义、田勇、田丽芳，还有田勇和田丽芳的舅舅家的几个小孩子，单独开了一桌，一共八个孩子。他们八个孩子就田丽芳一个女孩子，像八仙过海，大家围坐在一起吃吃喝喝，说说笑笑，开开心心地玩了一个晚上，乐了一个晚上。

新郎新娘这一桌人敬过酒后，强震虎和管田他们要送新郎新娘进入洞房。紫芸和五婶立刻搀扶着新娘田嫂进了新房，又给新娘盖上了红绫子的头盖布。强震虎和管田随即又拥着新郎李刚，推推攘攘地送进了洞房。他们说着笑着关了门，扣上门鐾子，用一枝竹筷子插封了起来，名叫“关子”。玩事后，强震虎、管田、紫芸、五婶他们又坐下来开开心心，热热闹闹划拳喝酒吃菜了。

这时候，闯进来一批青年人，他们笑着哄闹着要闹新房，逗一逗新娘子。这是徐村的乡风乡俗，也不足为怪。

强震虎和管田都笑着说：“田嫂都是老娘子啦，还闹什么新娘子，逗什么新娘子?”

青年人都哄笑着说：“今天是田嫂和李刚的婚庆佳日，李刚和田嫂就是一对新郎新娘，一定要闹闹洞房。闹洞房不分男女老少，不闹一闹，大家不甘心，也绝不答应，不达目的决不散场!”

强震虎和管田二人看看说服不了青年人，就告诉青年人闹归闹要有分寸，适可而止，不能过火。于是就开了洞房门。青年人一轰而入，把个洞房挤得水泄不通，开始闹起洞房来了。闹洞房的青年人要吃喜糖喜烟。吃喜糖的时候，硬要新娘子把糖纸剥了往他们嘴里塞。田嫂已经经历过两次婚姻，这点小事难不倒她。田嫂像喂孩子一样，把一颗颗喜糖，挨个顺序地塞进他们的嘴里，遇到有的青年故意不张嘴，田嫂来得十分花巧，用手将你的嘴一捏，你一笑糖果就进了你的嘴里了。大家都夸赞新娘子聪明伶俐。最难的是点燃香烟，多数青年一点就燃着了，可是有几个难对付的青年人，田嫂给他们点香烟，他们不吸，光用嘴吹。大家想想看，田嫂孩子都生了两个了，又不是头一回上轿的大姑娘，她还会嫩生怯场吗？田嫂想，好吧，至多三根火柴，你再不点燃，就不客气了，第四根火柴就烧你的脸，看你痛也不痛？点还是不点？这样一来，那几个青年人不敢造次了，一个个服服帖帖地点燃了香烟。青年人这才高高兴兴，欢欢喜喜，心满意足地散了场。

酒席开过了，亲戚朋友也散了。强震虎、紫芸、管田、五婶他们四人给新郎李刚和新娘田嫂打了招呼，也带着孩子回去了。

田嫂安排田勇和田丽芳两个孩子睡了觉，就和李刚进了洞房上了床。李刚和田嫂睡在一起拥拥抱抱，亲亲嘴说了些亲热体贴的话就算完事了。李刚呼呼大睡，田嫂却睡不着，她想，李刚还是童男子，没有见过女人，也没有做过那些事，这头一回有点羞涩害怕，这是正常的，也难得怪他，就没有往心里去。

其实李刚也没有真睡着，他也在想，我倒是想做那事，但就是不敢。因为他在徐府打工时，听三姨太贡美丽说过。三姨太贡美丽说，你们知道田嫂的死鬼男人田瓜是怎么死的吗？田寡妇的那个东西跟母狗一样，像一把锁，进去了就锁住了出不来了。这样夫妻两人分不开，时间一长都会被尿憋死，医学上说“尿过大肠，不死就亡”。田瓜很疼爱他的老婆杨桃，他为了保护他老婆杨桃，毫不犹豫，毅然决然地拿起剪刀，狠命一剪刀剪断了，可怜田瓜流血过多，疼痛难忍就这样痛死了。三姨太还说，后来田寡妇嫁给了李五乡长，她已经死了一个男人，生怕又伤了第二个男人，就不敢跟李五做那事，她只准李五亲亲嘴，抱抱摸摸，别的就别想了。李五乡长是一个身体健康的大男人，哪里憋得住呢？这样李五乡长就在外头采野花拈野草，勾引女人了。李刚想娶田嫂也没有过高的要求，只要有个女人陪在身边说说话，亲亲抱抱也就满足了。田嫂还不知道底细，以为李刚嫩生不好意思，也就原谅他了。这样一次两次倒也罢了，一夜两夜也情有可原。可是三夜四夜，一连几天都是这样，田嫂不能不心生疑虑了。

田嫂心里憋闷得慌，便问李刚说：“李刚，你这是怎么啦？是不是生理上有毛病呀？”

“我没有毛病，你——”李刚原来是想说你有毛病，但他吞吞吐吐没有说出口。

“我怎么啦？”田嫂惊异地问道。

“你——”李刚欲说又止住了。

“我到底怎么啦？你说呀？”这时候的田嫂怒从心上起，气向胆边生，没好气地追问道。

李刚在田嫂的咄咄逼人的追问之下，抖抖颤颤，吞吞吐吐把三姨太说的事一五一十地说了出来。

田嫂听了恍然大悟了，她也气愤难忍，便怒发冲冠地大骂三姨太贡美丽这个贱货贼女人太缺德短寿了，是要断子绝孙的。田嫂告诉李刚不要听三姨太贡美丽胡编乱说，她这样胡诌是要烂舌头根子的，遭到雷打电灼的。三姨太贡美丽勾引李五，田嫂在乡镇的一个僻静的房子里亲手抓到了，她怀恨在心，就胡编滥造出这一套鬼话来坑害田嫂，毁坏田嫂的名声，用心何其毒也！这个断子绝孙的三姨太贡美丽可恨到了极点，也不得好死！你李刚就不动动脑子好好地想想，也不该这么痴傻无知呀？如果真的像三姨太贡美丽瞎说的那样，田嫂还能生出两个活蹦乱跳的孩子吗？你李刚别听三姨太贡美丽嚼鬼蛆，三姨太贡美丽这条母狗的嘴里是吐不出象牙来的!

李刚听了田嫂的一番话后，觉得田嫂说得很有道理，就打消了重重顾虑，尝试着跟田嫂作了爱，结果他们竟像缸炭烈火一样，一发不可收拾了。从此以后，李刚和田嫂夫妻两人恩恩爱爱，和和美美地过着美满幸福的夫妻生活。

李刚得到女人的恩爱以后，也知道疼爱女人了。他一反常态，改掉了身上的懒散相，一味地下地干活，像一条老黄牛似的，勤勤恳恳地耕田种地了。

二十六

强天强今年已经十三岁了，他像白杨树抽条串枝一样疯长，看来也是一个高大魁梧的身躯，正赶超他的父亲强震虎呢！正如他的已经离世的奶奶强王氏生前所说的，强家无矮个头人。强天强学习好，做事认真负责，待人和善诚恳，对坏人疾恶如仇。老师都示意同学们向强天强学习。强天强和田勇、田丽芳三人都已经升入六年级了，下一年他们三人就要报考县城中学了。看样子他们三人考上县城中学是不成问题的。好朋友管有义说的好，你们快毕业吧，我等着你们的到来。

管有义已经考入了县城中学，对于管有义的高升，强天强、田勇和田丽芳三个孩子都非常高兴，都赠送了小礼物给管有义，以表示庆贺。管有义是徐村小学第一个真正考进县城中学的，这是徐村小学的光荣，也是整个徐村的光荣。徐村的平民百姓都感到很高兴，他们常常拿管有义作为榜样来教育鼓励自己的子女，希望他们的子女们好好向管有义学习，学好功课，争取考上县城中学。他们跟他们的子女说，要是像徐文和徐武那样，吊儿郎当不学好，不好好学习，考不上县城中学，娘老子是没有像徐文和徐武家的三姨太贡美丽那种关系和那样的本事的。

徐文和徐武两人的学习成绩跟管有义、强天强、田勇和田丽芳他们四人是不能比的。徐文和徐武两人在徐村小学读书时，是出了名的捣蛋鬼。徐文和徐武以为家里有钱有势，什么都不怕，连老师见了都摇头叹气。现在，徐文和徐武两人凭着三姨太贡美丽跟李五县长的那种令人不齿的关系，凭借李五县长一张纸条子，就轻而易举地上了县城中学，已经混到初中二年级了，这在大多数徐村人的眼里是不以为然的。

管有义说了，现在徐文和徐武两人在县城中学成了香饽饽，红得发紫，几乎成了县城中学的大名人。他们两人成了县城中学校长室的常客，连校长大人都迎合他们两人，似乎想通过他们两人，能巴结到李五县长，从而得到李五县长的关照提携。徐文和徐武两人学习极不用功。他们两人目空一切，耀武扬威，喜欢浪荡游逛，经常缺课，跑到大街上去吃喝玩乐。老师也不敢惹他们，只得睁一眼闭一眼。徐文和徐武回到徐村，每人戴着一付黑色目镜，叼着老刀牌香烟，昂首挺胸，神气活现地走在村巷里，其架势不可一世，十分癫狂。徐文和徐武两人从徐村返校后，必到李五县长那儿去作客。不知不觉中他们两人就充当了三姨太贡美丽和李五县长的捎信传书的角色。

三姨太贡美丽也经常名正言顺地去县城看望徐文和徐武两人。三姨太贡美丽每次上午来到学校，跟徐文和徐武说几句体贴入微的话，丢下一些钱钞，中午跑到李五县长那儿吃饭休息，恩爱一番。下午再匆匆忙忙地回到徐村，心满意足地步入徐府。三姨太贡美丽跟李五县长的私会密切起来了，这多亏了徐文和徐武两个孩子，也成了徐府的人们心照不宣的公开秘密了。

三姨太贡美丽每隔三两天就往县城里跑一趟，徐村人不是没有反应，大家都清楚地知道，三姨太贡美丽看望徐文和徐武是借口，密会李五县长是真。有些人的话说得难听一些，说是三姨太贡美丽哪里是去看望儿子呀，是送货上门去的。有的人脑子木讷，竟也不明白是什么意思，偏要打破砂锅问到底说，是送什么货去的呀？人们只好面面相觑，哈哈一笑了之。有些有知识的人，或是关心时局的人看得深想得远。他们认为现在时局对国民政府很不利，蒋介石的八百万军队，已经被共军吃了一半，还有一半看来也不会支撑多长时间，败局看来已经是铁板上钉钉吃定了。多少大好老都纷纷溜之大吉了。这个血债累累的李五县长，他呆得住呆得下去吗？这些日子来，李五县长不择手段地疯狂敛财，腰包足足的了。早晚一天，李五县长会带着三姨太贡美丽一道偷偷溜之大吉。徐云豹对三姨太贡美丽这样听之任之，放任自流，将来三姨太贡美丽跟李五县长偷偷逃之夭夭了，找都没处找她，到那时候徐云豹一定会懊悔莫及，欲哭无泪。

管田想，上次三姨太贡美丽犯桃花心，躲在李五县长那儿鬼混，你们徐府找不到人，就怪张三怨李四，最后罔顾事实，栽赃陷害强震虎，要不是我管田和五婶夫妻两人布防探听到三姨太贡美丽的下落，发现了三姨太贡美丽的踪迹，她硬躲在李五县长那儿不回来，强震虎不冤屈死啦？这回要是三姨太贡美丽跟着李五县长跑远了，跑得无影无踪了，永远不回来了，你们徐府又要去栽赃陷害谁呢？让谁做替死鬼呢？

强震虎打那次被三姨太贡美丽的失踪的事，遭到栽赃陷害以后，他特别小心，也想得很周到。他想，三姨太贡美丽经常往县城里跑，你们徐府的人都知道，万一三姨太贡美丽跟李五县长跑了，你们徐府不要再来找强震虎，冤枉强震虎了。强震虎一年到头不上乡镇，也不去县城，整天到晚不是下田种地，就是下河沟打鱼摸虾。晚上回到家里也不串门，至多跟管田在一起或对酒当歌，或品茶聊天，外界的事与强震虎毫无关系。

一天晚上，强震虎和管田两人在吃茶说笑，紫芸和五婶两个女人也在拉家常。这时候徐云豹在他家门口走来走去，转悠不停。强震虎和管田见了像没有看到一样，不理不睬仍然喝茶说笑。徐云豹好像有什么心思似的，底着头忧心忡忡，见强震虎他们不搭理他，自己就硬着头皮闯进门来了。强震虎和管田他们还是喝茶说笑，没有理睬他。

徐云豹自讨没趣地找了个空位子不请自坐了下来，他勉强干笑着说："震虎呀，我来找你有点小事。"

"你找我有什事呀?"强震虎谈然地说着仍然喝自己的茶。

徐云豹看错皇历了，也找错人了。他以为把他的如意算盘，想好了的周密计划说出来，强震虎一定开心高兴地乐意接受。于是徐云豹用手摸了摸他那像雄狮般的长鬃似的披肩长发说："这样吧，你家的地不够种，我写二十亩田地给你，你看行吗?"

"我可受用不起。"强震虎冷冷地说。

"我是奉送给你的。"徐云豹把强震虎的意思理解错了，就这样解释说。

"送我，我也不要!"强震虎态度坚决地说着，他想，你徐云豹哪有好药搽别人的头哟!

徐云豹还想说什么，强震虎催徐云豹快走，他们一家人马上要关门睡觉了。

徐云豹碰了一鼻子灰，只得灰溜溜地怏怏不乐地出门走了。

强震虎和管田两人都认为徐云豹是没有好药给人搽的，现在时局不好，他是想把他的田地化整为零，为自己日后找退路。这种人反手为云，复手为雨，强震虎是万万不会上他的当受他的骗的。

过了几天，大烟鬼、兵油子徐云彪回来了，他这次回来不像以前那样耀武扬威，不可一世了。他是穿着便衣回来的，身边也没有那个风流漂亮的女人陪着了。徐云彪这回给徐云豹带来了一个极坏的消息，他徐云彪的一个连的部队，都被共军打夸打散了，死的死逃的逃。徐云彪躲过了枪林弹雨，捡回了一条命，化装成平民百姓偷偷地溜回来了。徐云彪在省城的火车站下火车时，远远地发现三姨太贡美丽和李五县长两人，匆匆忙忙，鬼鬼祟祟地上了南去的火车走了。

徐云豹听了又急又恨又气，顿时就晕过去了。徐府一家人像炸了锅一样，大家七手八脚，忙了好大一会儿，徐云豹终于哼了一声苏醒过来了。徐云豹喝了口水，气息奄奄地轻声细语地交代家人在外面找点房子，把徐云彪安顿下来，也表示他这个做哥哥的一片心意。

徐云豹对于三姨太贡美丽的出逃，不是没有感觉，不过他没有想到会来得这么快这么突然，致使他防不胜防。话又说回来，三姨太贡美丽离家出走是早晚的事，也是必然的，全在他的预料之中。三姨太贡美丽不逃不行，那次在县城的命案十分严重，也十分惨烈。强震虎的舅父和舅母被杀，强震虎的儿子强天明的遇害，强震虎的女儿天蓝被鬼子抓去充当了慰安妇，至今还未归。这些虽不是三姨太贡美丽直接所为，然而她也脱不了干系。老蒋自我江山不保，摇摇欲坠要倾覆了，有钱人失去了依赖和保护，三姨太贡美丽能不跑吗？三姨太贡美丽跑就跑了吧，这也是大势所趋，无可挽回的，徐云豹也不想怪罪她了。可是，徐云豹认为，三姨太贡美丽不该转走徐府那么多的银园现钞，你三姨太贡美丽还有儿子徐武呢，你不为他着想吗？

晚上，徐云彪在徐府吃了晚饭，徐云豹留住徐云彪，想同他谈谈心，了解一下外面的局势究竟发展到了什么样的地步了？徐云彪十分清楚明白地告诉徐云豹，老蒋快完蛋了。共军非常厉害，来势凶猛，如同破竹，像摧古拉朽一样打垮了蒋家军。蒋介石的军队已经溃不成军，眼看着一个连一个师，甚至于一个军地被共军端掉吃掉。许多残兵败将都纷纷往海外或者是台湾香港跑。徐云彪也想往那些地方跑，可是苦于没有钱缺少盘费，他这次偷偷溜回来，是想跟老哥讨点或者是借点盘缠，万望老哥开恩帮忙成全了你的弟弟徐云彪。徐云豹听了沉思起来了。徐云豹想，这些日子你徐云彪当连长搞的钱也不少，还是不学好，抽大烟逛窑子，浪吃浪喝，落得如此穷酸相，真不是人了。徐云豹想想也难得去说徐云彪了，觉得在这种时候，自己要留在徐村，也不会有好日子过，如此那样受罪受累，不如趁早溜之大吉，迟了就怕跑不掉了。徐云豹经过深思熟虑以后，于是对徐云彪说："你就带着我一起走吧！"

徐云彪听了喜出望外，十分高兴地说："那你就把钱带足。"

徐云豹老奸巨猾，他跟徐云彪商量研究好后，不动声色，在家暗暗准备了两天。徐云豹换了一套新衣服，淡蓝色的绸缎长衫，外套了一件印花的绸缎背心，背了一只蓝色布包，跟二姨太及家人说，他跟徐云彪两人去县城一趟，一方面看看徐文和徐武两个孩子，一方面打听打听，寻找寻找三姨太贡美丽。徐云豹要二姨太好生管好徐府这个家，他几天就回来。就这样，徐云豹和徐云彪弟兄两人一道，出了徐府走出徐村，向县城方向去了。从此以后，徐村人就再没有见着徐云豹和徐云彪两人回来。

三姨太贡美丽溜了；徐云豹老爷和徐云彪也失踪了。徐府就留下二姨太和徐文徐武两个孩子了。徐府的千斤重担一下子落在了二姨太一人的身上，压在二姨太一人的肩上了。这对二姨太的打击也太大了太沉重了。二姨太有点扛不住了，她神思恍惚，忧心忡忡，默默不语，常常到大门口去张望，盼望徐云豹老爷回来。她想徐老爷不会出问题吧，徐老爷走吗也应该跟二姨太说一声，免得二姨太担心挂念呀！徐老爷跟二姨太说一声，二姨太能不让你走吗？二姨太挂念着徐老爷，天天等日日盼，十天半月过去了，也不见徐云豹老爷回来，二姨太心急烦躁得不能自已了。徐文和徐武回来了，二姨太问他们两人说："老爷有没有看过你们?"

徐文和徐武告诉二姨太，老爷没有到学校去看过他们，他娘三姨太也没有去看他们。徐文和徐武两人还说，他们在县城里听说，现在时局不好，李五县长带着一个女人跑了，很多头面人物都纷纷往海外、台湾等地跑。徐文和徐武两人分析，老爷和彪叔可能也向那些地方去了。后来，徐文和徐武在老爷的书房里的书架上的一本书里，发现了一封写给二姨太的信。信上徐老爷交代二姨太要好好主持这个家，带好徐文和徐武两个孩子，说是现在时局不好，他和徐云彪一道暂到台湾或是香港避避风，等时局好了就立刻回来。

这时候，二姨太才恍然大悟，但也放心了。她认为既然时局不好，徐云豹老爷出去躲躲，避避风也是要得的，连三姨太贡美丽都躲起来了嘛。不过，二姨太不怕，因为她觉得她没有做过过分过火的事情。三姨太贡美丽是有命案在身的，不走村里的老百姓也不会放过她的，特别是那个强震虎和紫芸。

二姨太感到这么大一个家，过去都是三姨太贡美丽过问管理，现在都丢给她一人管，实在是苦了她也难住她了。当然，二姨太必须要把这个家撑持起来，因为还有徐文和徐武两个孩子要培养，好在他们两人也渐渐长大了。他们一旦学成以后，再把这个家交给他们两人管，到那时二姨太就轻松了。

最近徐村发生的这些事情，在徐村传得沸沸扬扬，尽人皆知了。三姨太贡美丽跟着李五县长跑了，这是在人们的预料之中的，现在徐云豹和徐云彪也跑得无影无踪了，这是人们没有想到的。不过，这些事情的发生并不奇怪，确好证实了人们传说的时局的不稳，"天要变了"的说法。徐村的老百姓有的幸灾乐祸，有的高兴。他们知道，共产党要代替国民党统治天下了。共产党就是新四军的那个党，他们是代表老百姓的，你们有钱人跑，我们老百姓不用跑。

贡家贵保长这些天来坐不住了，他像热锅上的蚂蚁一样，晕头转向，烦躁不安。贡家贵变得老实得多了，在村里转悠来转悠去，见到村民也一反常态，换了面孔，笑嘻嘻地主动跟人打招呼，其用意是让村里人日后高抬贵手，放他一马。可是贡家贵心里总不踏实，他还是坐卧不安，担惊受怕。后来贡家贵觉得不对劲，还是一走了之，不知躲到那个阴暗的角落里去了。

强震虎想，你们跑也好，躲也好，都不管我强震虎的事。强震虎是个农人也是个打鱼的人，他还是该种地时种地，该打鱼时就去打鱼，只要你们不来找强震虎的麻烦就行了。

强天强、田勇和田丽芳他们三个孩子特别兴奋。他们听老师说，共产党要来了，老百姓可以分田分地，穷人也能过上安宁的好日子了。强天强、田勇和田丽芳他们三人恨小鬼子，恨李五、三姨太贡美丽、徐云豹，恨徐云彪这样的人。他们三人渴望变天，高呼变天，天应该变了。

二十七

强天强已经十四岁了，这一年又发生了几件大事。那年的四月徐村人又开始跑反了。这次跑反不是因为日本鬼子进村清乡扫荡，日本鬼子都无条件投降好几年了。这次跑反是老百姓受到了吃了败仗而节节败退的国民党军队的残兵败将的骚扰。过去小日本鬼子进村清乡扫荡，大都从徐村的西南两面进村。这次国军的残兵败将是从省城败下来的，他们是从村北面进入徐村的，打徐村经过，大概是向南方逃窜。这些残兵败将从徐村经过时，遇到男丁就抓去替他们挑东西，老百姓称作“拉夫”。如果你不去给他们挑东西，他们就极其凶狠毒辣地打你，甚至于处死你。这样一来，一旦败退下来的国军的残兵败将从徐村经过，老百姓都四处逃散，比兔子跑得还快。

一天，强震虎正在徐村北边的沟渠溪流里布网打鱼，一伙国军的残兵败将从河沟边经过，他们发现了正在打鱼的强震虎，就把他抓了，硬逼着强震虎替他们挑着沉重的枪支弹药跟着他们走了。紫芸和儿子强天强在家等着强震虎打鱼回来，结果总不见强震虎回来，就四到八处寻找，声嘶力竭地呼唤，结果只在河沟里发现了强震虎的鱼盆和鱼桶。帮忙寻找强震虎的管田把鱼桶和鱼盆挑了回来，紫芸和儿子强天强以为强震虎不慎落水，正打算要人四处寻觅，徐村有人说，远远地看到强震虎被国军的残兵败将拉夫拉去了。

母亲紫芸和儿子强天强心急如焚，哭干了眼泪，喊哑了嗓子，左等右盼，也不见强震虎回来。紫芸和儿子强天强母子两人经常跑到徐村南边的路边村口，站在风口上踮着脚向远处眺望，心情凝重，默默地眺望期盼，期盼着强震虎能奇迹般地平安无事地回来。然而他们母子两人望眼欲穿，始终不见强震虎的踪影。紫芸和强天强母子两人只得一次次地失望地悲伤痛苦地回到家里。

“唉！天强呀，你爸爸多半是没了，唉！没了，没了。”母亲紫芸唉声叹气，灰心丧气地对儿子强天强说。

母亲紫芸眼泪汪汪，痛苦不堪。儿子强天强总是安慰母亲，要母亲想开点想远点，多往好处想想。强天强坚信他爸爸强震虎是不会死的，爸爸是个大好人，好人必有好报；爸爸脑子聪明灵活，小日本鬼子都被他骗过了，而侥幸逃过了一劫，他肯定也会骗过那些残兵游勇而脱身避祸的。强天强还认为，他爸爸强震虎身强力壮，一定能克服重重困难，排除千难万险，迟早一天都会回来的。强天强告慰他的母亲不要伤心悲苦，伤了身子，要耐心等待，安心等待，放心等待！

几天后，徐村又过了一回兵，这次过兵是从南边过来向北边往省城去的。这次打徐村经过的兵，都穿着灰布衣服，有的还穿着便衣，他们和老百姓一样，不差分毫。他们这些兵，只打徐村路过，不打扰老百姓，老百姓也就不跑不躲了。孩子们还成伙结伴地跑到村口路边去看过兵。强天强、田勇和田丽芳他们一些孩子都去看了，这些兵不仅朝孩子们笑，而且还向孩子们挥手致意，可亲热和蔼啦！这些兵列队整齐，步伐一致。他们一边行军，一边唱歌。他们唱“三大纪律八项注意”、“解放区的天是明朗的天”。歌声嘹亮，铿锵有力。孩子们意识到天真的要变了，正如大人们所说的要改朝换代了。

就在这一年，强天强、田勇和田丽芳三个孩子都考取了县城中学。管有义真的等到了他的好伙伴好朋友了。

开学前，强天强坐在自己的大门边，眼睛看着门外，遐思狂想起来。他想他爸爸强震虎被国民党的残兵败将拉夫已经走了几个月了，他和母亲两人天天想日日盼，至今不见爸爸的踪影，不见爸爸回来。要是爸爸强震虎回来了，爸爸知道儿子强天强考上了县城中学，一定会高兴得跳起来，一定会亲自送儿子强天强到县城中学去报到注册，要是那样该有多好呢！可是爸爸至今还杳无音信。强天强是多么想念他爸爸强震虎啊！他像毛驴打滚一样，胡思乱想了一会儿，伤心痛苦得眼泪汪汪，但他不敢出声，也不敢不忍心面对母亲，生怕勾起母亲的心思，引得母亲伤心落泪。强天强深深地思念记挂着他的父亲强震虎，暗暗地流着眼泪，眼睛盯着门外，正在出神遐思。这时候他突然发现有一个乞丐似的人，气息奄奄地来到他家门口。强天强看见那人衣服褴褛，浑身脏兮兮的，脸上沾满了黑灰泥土，蓬头披发，眼睛无神，走路蹒跚无力，跌跌撞撞。强天强顿生可怜悯恻隐之心，立刻走上前去搀扶那人。那人竟然有气无力地，用非常微弱的声音叫了一声“强强”，那委屈痛苦的眼泪就扑簌簌地流下来了。这时候，强天强才发现是他亲爱的爸爸强震虎。强天强一阵心酸，那眼泪也不住地流下来了。母亲紫芸也十分惊喜地冲了出来，她和儿子强天强两人赶快把强震虎搀扶着进了屋，三人相拥而泣，良久不离不散，这情景实在是令人心碎！

强震虎洗完澡，换了衣服，吃了饭喝了水，解决了饥饿干渴，精神稍稍恢复了一些，虽然骨瘦如柴，但这条命算是捡回来了，调养几日会好起来的。

这时候，村里人闻风而至，都陆陆续续地来看望侥幸活着回来的强震虎了。大家都为母亲和强天强高兴，都祝愿强震虎“大难不死，必有后福”。母亲紫芸倍加疼爱地不断给强震虎倒茶递水。强震虎大概是太干渴了，大口大口地喝着茶水。稍微休息了一会儿，强震虎就把他被国民党的残兵败将抓去当了挑夫，一路跋山涉水，蹚河过桥，吃尽千辛万苦，到他脱身后，一路遭遇的艰辛磨难的前前后后的情况，原原本本，详详细细地叙述了一遍。

那天强震虎正在河沟里下网捕鱼。这时候，一大批阵容不齐，一个个歪戴着军帽，懒散拖沓的国民党的残兵败将从河边走来，他们拿着枪大声吆喝，叫正在河沟里打鱼的强震虎上岸来。强震虎本来不想上岸来，但看见这些凶神恶煞一样的大兵拉动了枪栓，杀气腾腾地对着他，也就乖乖地划着鱼盆来到水边。强震虎以为这些大兵想要他打的鱼，就拿鱼给他们。这些残兵败将瞪着虎狼一样的眼睛，恶狠狠地强行把强震虎拖上岸来，硬逼着强震虎拿了扁担给他们挑东西，充当他们的挑夫。强震虎在这些横蛮无理的残兵败将的威逼下，为了不吃眼前亏，只得无可奈何地挑着很沉重的东西跟着这些大兵们走了。

强震虎被夹在这些残兵败将的中间，跟着他们逢山过山，遇水蹚水，日夜兼程拼命赶路。人们说“兵败如山倒”，这话一点不假，这些残兵败将非常狼狈，也非常懒散，一个个都想着开小差，有的趁人不备，把枪一甩就溜之大吉了。最后这些残兵败将溜的溜逃的逃，连挑夫强震虎在内仅剩下十个人了。强震虎替他们挑着很沉重的枪支弹药，跟着几个顽固不化的残兵败将已经走了好几天，到了很远很远的地方。听说是到了浙江和广东交界的地方。看样子这几个顽固不化的残兵败将都是大小不等的军官，他们是想到海外去逃命，才跑到这里来的。强震虎是一个地地道道的农民，一下子到了这么遥远的地方，又人生地不熟，想溜之大吉，自己连方向都分不清了，再则，这几个顽固不化的家伙，个个都是凶神恶煞一样的暴戾狂徒，都是杀人不眨眼睛的魔鬼怪兽，他们将强震虎看管得很紧，步步留神，生怕强震虎开溜了没有人替他们挑东西。强震虎无法可想，无计可施，只得走一步打一棍，硬着头皮跟着这几个顽固不化的残兵败将走。他们在那个边远的地界转悠着，在那个地方的一个村庄边，有一个农民打扮的男人在田边挖野菜。这些残兵败将赶路赶得又饥又渴又累，就把那个农民打扮的人叫住，要他回去烧点饭菜给他们吃。那个农民打扮的人长得五短三粗，方头大脸，双眉带煞，虎目生光，看上去力气不小，还透着一股英气。这个农民打扮的人没有推辞，非常爽快地答应了他们，并笑嘻嘻地把这些残兵败将领回家去了。这个农民打扮的人的家是三间草房，东边是厨房，西边是卧房，中间是堂屋。堂屋里除了一张八仙桌和几张长凳子而外，几乎是家徒四壁。这个农民打扮的人是一个单身人，倒也勤快，不多时他就烧好了一锅饭，烧炒了几样菜，又爽快麻利地恭恭敬敬地把饭菜端上桌子，请逃兵流寇们就餐享用。这些逃亡的国民党的残兵败将真的累极了也饿极了，他们喜笑颜开，毫无防备地把枪卸下靠在了墙边上，围坐上桌子，满意开心地狼吞虎咽地吃饭夹菜了。这些逃亡的残兵败将们吃得正香正过瘾的时候，那个农民打扮的男人，操起一把枪拉开了大栓，把子弹推上膛，对着这些国民党的残兵败将大喝一声说："不许动，否则我就打死你们!"

这些逃亡的国民党的残兵败将本来就是吃了败仗的惊弓之鸟，胆战心惊，狼狈不堪地跳到这里来的，眼下又遇到了这突如其来的生命威胁，一个个被吓得目瞪口呆，惊慌失措，屁滚尿流，不敢动弹了。那个农民打扮的男人，搜了他们的身，交了他们的枪，命令这些国民党的逃兵败寇吃了饭以后，就有山的归山，有庙的归庙，好好做人，不要危害老百姓。

这些缴了枪戒的逃兵败将，胆战心惊地吃了饭，乖乖地出门灰溜溜地走了。

强震虎没有跟残兵败将们走，他终于获得了自由了。强震虎心里十分高兴，但也非常苦恼烦心，觉得这对他这个没有出过远门的地地道道的农民打渔人来说，一下子来到这么遥远的人生地不熟的地方，千里迢迢的路程，要摸索着回去，可不是一件容易的事情。然而强震虎必须回去，就是走不回去，他爬也得爬回去。强震虎非常思念记挂自己的唯一儿子强天强和自己的夫人紫芸，他们母子两人也一定惦念牵挂他强震虎，他们母子一定是没日没夜的期盼他，不问刮风下雨，炎热寒冷都在风口路边眺望他，还不知道强震虎是死是活，这种精神上的煎熬和折磨，他们母子两人承受得了吗？经受得住吗？

强震虎回家的决心是大的，他知道这条回家的道路的艰险，有一道道山丘坡地要翻过；有一条条沟渠河流要渡过；山间密林中还得要他自己开辟路径，还要防范野兽恶狼的袭击。强震虎来的时候是跟着几个带着枪弹的逃兵一道走的，人多好办一些，可是现在要回去就是他强震虎一个单身人，又身无分文，要经受这样的考验，是非同小可的，也是非常严峻的。

强震虎深信，虽然路途遥远千里迢迢，路况又十分艰难险阻，但他一定能回到徐村，回到自己的家，同他的家人儿子强天强和夫人紫芸圆满团聚。强震虎想，他有坚定顽强的意志；有坚实强壮的身体，再大的苦他能吃得了，什么样的磨难他也能顶得住。虽然路途遥远，路道艰险，身无分文，但他有体力有智慧就会有生存能力，就能克服困难战胜困难，在徐村他不也遇到了不堪想象的窘境困难吗？有钱人刁难坑害他，致使他没田种打不了工，他凭体力智慧，靠打渔摸虾，一家人的生活还是挺过来了。强震虎就不相信，他一个大活人到了深山老林，荒郊野地会憋死饿死？

从那个农民打扮的男人家里临行时，强震虎把他被国民党的这些残兵败将拉夫把他拉来的情况，一一地告诉了那个农民打扮的男人，也说出了他的苦衷，那个农人听了非常同情，给了他一些吃的，还给了他一包火柴，让他在道路上找点野味充饥，也好点燃一堆火防范野狼恶兽的袭击。强震虎千恩万谢，告别了那个农民打扮的男人出了门上了路，开始了他的艰苦卓绝的跋涉；踏上了荆棘丛生，险象百出的归途。

强震虎沿路乞讨，到了阡陌荒野，深山老林，他或者是捕鼠杀蛇，或者是采摘野果充饥，掏取鸟蛋用以止渴。强震虎晓行夜宿，住牛棚歇庙角，熬过了一个一个白天和风声鹤唳，草木皆兵的夜晚。强震虎的鞋磨破了，衣服弄脏擦破了。他的头发胡子长了，他已经演变成一个蓬头垢面的讨饭花子了。强震虎忍饥挨饿，吃尽辛苦，受尽磨难，自己摸索着回家的归途。强震虎在不堪忍受令人难以想象的艰难危险的路道上，不止一次地遇到了恶兽野狼，他都聪明地用火柴点燃了火把，或燃起了篝火吓退了野狼恶兽。强震虎已经忘掉了时日，他不知走了多少路，翻过多少座高山，躺过多少条河流，他不知道过了多少天，才排除了艰难险阻，耗尽了多少精力，经历了九死一生，很幸运地摸索着回到了久违的徐村，糊里糊涂地回到了家里。

二十八

强震虎在夫人紫芸的悉心关爱和精心护理下，恢复得很快，也恢复得很好。九月一日这天，强震虎很早就起了床，准备了一餐上好的早饭款待儿子强天强。早饭后，强震虎挑起行李物件，送儿子强天强去县城中学上学去了。

强震虎从三姨太贡美丽那次失踪，遭到徐府的栽赃陷害以后，整天到晚不是打鱼就是下田种地。强震虎不外出，也不进城，以免招来麻烦，受人诬陷。他还是女儿天蓝失踪那次，为了寻找女儿天蓝连夜进了一趟县城，此后他就没有再进过城。这次进城是送儿子强天强去上学。强震虎挑着行李铺盖，怀着兴奋的心情和殷切的期望来到了县城。他没有急着带儿子强天强去县城中学报到注册，而是带着儿子强天强来到他舅父和舅妈的住居的地方，父子两人双双跪在废墟前，向遭受小日本鬼子残酷杀害的舅父舅妈和儿子天明，默哀祭拜，告慰他们的在天之灵。强震虎要告诉他们，小日本鬼子投降了，蒋介石也跑到台湾岛上去了，徐村的那些坏家伙——李五、三姨太贡美丽、徐云豹、徐云彪和贡家贵都吓得跑得无影无踪了。强震虎领着儿子强天强极其虔诚地祝愿他的舅父舅妈和天明一路走好，愿他们在九泉之下安息吧！永远地安息吧！

日本鬼子投降了，人民当家做主了，天下太平了，强震虎也很思念他的女儿天蓝姑娘。他希望天蓝姑娘也能奇迹般地回到徐村，回到她父母的身边。可是这已经是一种期盼和企望。

强震虎跪拜祭奠过舅父舅妈和儿子天明他们的亡灵以后，才带着儿子强天强到县城中学报了到住了册。强震虎千叮咛万叮咛，要儿子强天强听老师的话，要好好学习，为强家争光。强天强都一一地点头答应了。其实，强天强是个聪明懂事的孩子，他父亲强震虎不说，他也知道应该怎么去做。

强震虎帮着儿子强天强开好铺垫好床，又喋喋不休地交代了儿子一番，就满意地兴高采烈地打道回府了。强震虎在回家的路上想了很多。他想起了那天晚上，沿着进城的小路来县城迎接寻找女儿天蓝姑娘的情景，他是多么希望同那一次一样，能在半路上迎接到天蓝女儿，可是他一直迎接到城里也不见女儿天蓝的踪影。他心里虽然有点惴惴不安，但他还是往好处想得多，但愿女儿天蓝姑娘在她舅爷爷舅奶奶家歇息过夜。于是他急急忙忙来到舅父舅母家的店铺门前。因为天黑伸手不见五指看不清，等他抬头举目探望的时候，他惊呆了傻眼了。舅父舅母家的店铺已经被烧成了一片废墟。立时三刻，强震虎的心犹如石沉大海一样，但他心里明白，觉得大事不妙，灾难临头了。后来强震虎得知他舅父舅妈和儿子天明惨遭万恶的小日本鬼子残忍杀害的噩耗，差点晕倒在地。强震虎恨透了小鬼子，哭哑了嗓子，流干了眼泪。现在想来他还是不住地伤心落泪。强震虎也想到了他的女儿天蓝姑娘，不知她落在天涯海角的哪方哪界，现在不知她生活得怎么样了？做父母的怎么能不惦记思念呢？强震虎还想到，这些年来他所经历的种种磨难冤屈，总觉得什么倒霉的事情都找到他强震虎。那些心术不正的坏人，甚至于老天爷也不放过他强震虎。他深感这个世界不公道，也十分荒唐可笑。为什么放不过一个凭力气混日子奔生活，而且是个忠厚老实的地地道道的农民打鱼人呢？强震虎任何时候都不忘朝好处想。他又想到了儿子强天强读书上学的事情。强震虎回顾了一下他们强家的家族史，他们强家祖祖辈辈，一直到他强震虎这一代，都是泥腿子出身，都是扁担长的一字不认识一个，斗大的人字不识一升。现在到了强震虎的儿子强天强这一代，却开了强家的先河。强天强已经上了县城中学，算是个知书识字的人了，说不定强家还真能出一个秀才呢！儿子强天强是有出息的孩子，他真的能为强家光鲜门庭，荣宗耀祖了。强震虎想到这里，感到特别欣喜快慰，也十分得意。步履变得轻快起来，跨步分外高远了。不知不觉强震虎就回到了徐村，回到了自己的家中。

夫人紫芸笑嘻嘻地迎了上来。强震虎放下挑行李铺盖的扁担，从怀中掏出一方给夫人紫芸买的红经白纬构成的方格子的绿色方巾，笑盈盈地抖抖颤颤地包扎在夫人紫芸的头上，左看右看，赏心悦目地欣赏了好大一会儿，半晌不语，只是满意舒心地笑。

“怎么？才出去一天，就不认识啦？”夫人紫芸对强震虎这种神情举止，有点莫名其妙。

“哪里？我看这样才像我这个农民打鱼人的老婆。”强震虎一边说一边抿着嘴笑。

“难道过去不是？”夫人紫芸有点不解地问道。

“过去是，我是说现在更像了。”强震虎开心爽朗地笑着说，“扎上头巾很像我在很远的外乡见到的少数民族的姑娘一样，显得更漂亮了。”

“那你看不够就一直看吧！”夫人紫芸有点不好意思地把脸背过去说，“漂亮又不能当饭吃！”

强震虎和夫人紫芸都会心地笑了。他们夫妻间的恩爱之情，只有在这种时候才能淋漓尽致地完美地表现出来。

解放了，新中国成立了。徐村发生了翻天覆地的变化。害人精三姨太贡美丽跟着李五县长跑了；徐云豹和徐云彪结伴跑了；贡家贵保长也跑得无影无踪了。长工李刚当了徐村的村主任；王左当了徐村的副村长。徐村在他们两人的领导管理下，治安环境大有好转。强震虎不再担心遭人暗算陷害了。强震虎还是忙时拼命耕田种地，闲时勤快地下河沟布网打鱼。他们一家人过上了安定舒适的日子，这是他们做梦也没有想到的。

土地改革了，强震虎作为雇农，除了分到了三亩地，还分得了一些大型农具，特别令他高兴的是，他家还分得了一条牛腿（四户人家共养一条牛）。强震虎家连自家原来的三亩地，现在一共有六亩地，他终于成了土地的主人，这是他梦寐以求的事情，能不高兴吗？

强震虎想，他那年娶回夫人紫芸时，徐云豹为了要强震虎安心地白白地替他做十五年长工，为徐府耕种十五年地，假惺惺地写了二亩地作为紫芸姑娘的陪嫁，用以打消强震虎的后顾之忧。后来又不择手段地把二亩地强行收了回去。强震虎一心想拥有自己的土地。他蛮拼死做，省吃俭用，狠心买下了三亩地，结果又被三姨太贡美丽和贡家发保长设下圈套把三亩地强取豪夺了去。强震虎想拥有自己的土地的一颗心没有死，这种念头没有磨灭。他凭着自己的勤劳和智慧，又省吃俭用买下了三亩地。这回他非常小心谨慎，生怕又被那些心术不正，心狠手辣的奸诈小人抢占了去，一直提心吊胆，惴惴不安，也从来没有感到自己是这三亩土地的主人。现在，强震虎竟然拥有了属于自己的六亩土地了，他做梦也不曾想到，他真正成了土地的主人。这使他和夫人紫芸睡着了都会笑醒呢！

过去，强震虎养不起耕牛，现在却分到了一条牛腿，已使他和夫人紫芸高兴得不得了啰。紫芸说，这条耕牛四家合养，其他三家每家喂养七天，剩下的时日，月小七天，月大十天，我们强家包养包管了。紫芸打耕牛进了家门，像疼爱自己的孩子一样疼爱耕牛，像爱护自己的眼珠一样爱护耕牛。她每天起早带晚，不辞劳苦地去放牛吃草，一有空闲，就替耕牛刷毛挠痒，把个水牛喂养得膘肥体壮，滚圆溜滑，看了真是十分喜人爱人。强震虎睡到半夜里还常常爬起来给水牛添料加草呢！

强震虎和夫人紫芸非常爱惜水牛，耕牛是农家宝。他们更珍惜土地，土地是农人们施展才能，显示力量和智慧的园地，是赖以生存的根基。自从分得了这六亩土地以后，他们夫妻二人，不分刮风下雨，都全身心地精耕细作，精心管理，用他们的勤劳和智慧换取丰收。这样一方面可以改善自家的生活；一方面用以培养儿子强天强读书上学。这就是强震虎这个农人的最朴实的理想，最现实的心愿。

二十九

强天强又添了一岁，顺利地升入了初中二年级了。前一年的中考和期末考试的成绩，他在全年级都是名列前茅的，深受同学们的青睐以及老师们的喜爱和赏识。强天强打上县城中学以来，没有辜负他父亲强震虎和母亲紫芸的殷切期望。强天强学习上非常自觉认真，专心刻苦，即使在月光底下他也要熟读诗文，背诵课文。强天强是在乡村农家生养长大的，是在父亲强震虎这个忠厚诚实的农人和善良纯朴的母亲紫芸的调教下成长起来的。强天强这孩子懂事早，知道家中的甘苦，他跟他父母一样，有着省吃俭用的传统美德。强天强深深知道父母挣钱的不容易，他从来不乱花一分钱。由于强天强克勤克俭，学习的压力又大，营养又跟不上，开学才一个月，他就病倒了。

强天强病得不轻，咳喘不止，高烧不退。老师门来看望他关心他，他强忍着病痛，感谢老师们的关怀；同学们来看望他安慰他，他也强装出笑容安慰同学们说：“没事的，睡几天就会好起来的。”

从小在一起玩大长大的好朋友田丽芳非常着急，也十分关心这个既是玩伴朋友也是好同学的强天强。田丽芳一有空就来关心照应强天强，给他倒水喂水，一日三餐饭菜都是田丽芳打来一口一口地喂他吃。一个礼拜下来了，田丽芳不见强天强的病情好转，她心急如焚，不知所措。田丽芳想，她不能看着强天强就这样病着躺着，就找到管有义和田勇商量，打算把强天强送回去交给强天强的父母照应并带他去看医生。田丽芳、田勇和管有义他们三人向老师借了一张办公用的藤椅，找了一根扁担和一根捆行李的绳子，把强天强背上椅子，由管有义和田勇两人抬着去了车站，上了汽车，田丽芳也陪着回到了乡镇，抬进了强震虎伯伯家中。

强震虎和夫人紫芸见儿子强天强病成这样，心痛难受，泪水盈眶。当日强震虎就在村里借了一辆独轮车，一边坐着儿子强天强，一边坐着夫人紫芸，嘎吱嘎吱嘎吱地推着到了乡镇卫生院，请赵郎中珍视。赵郎中是当方出了名的郎中，有手到病除，妙手回春的美誉。乡镇卫生院成立以后，就聘请他当了卫生院的主治医生。赵郎中还是像那年跟母亲紫芸把脉看病一样，摇着头簸着脑。赵郎中细心地观察了一下强天强的面色和舌苔，又把了一会儿脉，诊断说："这孩子染上了肺结核。"

果不其然，胸透后也确诊强天强是染上了肺结核。医护人员给强天强注射了链霉素，挂了水吃了药。这样医治了一个疗程以后，强天强的病情有了好转，高烧退了，咳喘也止住了，精神也好了许多。强震虎和夫人紫芸的一颗悬着的心才落了地。

穷人生了这种富贵病，是一件极其麻烦的事情，也是极其伤脑筋的事情。这种富贵病除了要每天打针吃药，还需要精心调养滋补，而且还不是一天两天，十天半月的事情，闹不好需要一年两年的时间才能康复。好在强震虎不光是一个农民，而且还是一个打鱼的人。穷人没有多少钱用来购买营养滋补品，强震虎就忙中偷闲，外出跑到沟渠河坝里捕捞些鱼虾回来，由夫人紫芸或红烧，或清蒸，或汆汤……，总之想着法子给儿子强天强增加营养，补充钙质，促进肺部病灶的钙化康复。强天强在母亲紫芸的悉心护理下恢复得很好，康复得很快。现在强天强脸上也有了红润，眼睛也有了神韵。当然，强天强的身子还比较虚弱，浑身乏力，经常盗汗不止，这是十分伤身子的伤脑筋的事情。母亲紫芸心疼得如同万箭钻心，难受着急得不知如何是好了。母亲紫芸找到赵郎中，问赵郎中还有什么法子治愈她儿子强天强盗汗不止的毛病。赵郎中告诉她可以用瘪桃、浮麦、红枣炖汤给孩子当茶饮，几个疗程下来就可以消除盗汗，身子恢复如初了。

根据赵郎中提供的秘方，母亲紫芸遍访了许多地方，跑遍好多个山村，磨破了鞋跑痛了腿，最后找到一家桃园，在盛开的粉红的桃花丛中，采摘到了一些青香宜人的瘪桃。母亲又走村串巷，挨家挨户地去寻找浮麦，结果在人家多年的陈麦里筛选出了一些浮麦。母亲又跑到街上卖了一些红枣，费了很多周折才算把三样东西凑集起来。母亲紫芸按照赵郎中提供的方法熬煎了浓浓的瘪桃、浮麦、红枣茶，每天给儿子强天强当茶饮当饮料喝。几个疗程喝下来以后，儿子强天强真的不出倒汗了，真的神奇地康复了，精神也好了。强震虎和夫人紫芸非常感谢赵郎中，心里也十分高兴。根据赵郎中说，强天强这孩子的这种富贵病需要长期滋补修养，不能过分劳累伤神，对于孩子上学的事情，也只能暂时放一放了。

强天强这孩子非常看重学习，他很天真幼稚地要去上学了，他说他可以把治病的药带到学校去服用。父亲强震虎和母亲紫芸告诉强天强这病不光要继续吃药，还要滋补调养，休息尤其重要。强天强无可奈何只得依从了他的父母。

强天强这孩子跟他父亲强震虎一样，也是一个闲不住的人。他的病好转了，精气神也足了，每月的下旬，耕牛派他们家喂养了，强天强每天就骑在水牛背上代替他母亲紫芸去放牛了。母亲紫芸不让儿子去放牛，要儿子强天强好好在家休息调养，别累着伤了身子。

“到大自然中去呼吸呼吸新鲜空气，可以激活肺子，康复得好些快些。”强天强坚决要去放牛。

母亲紫芸听了，觉得儿子强天强说的也很有道理，也就无话可说，就同意儿子的看法，让他去放牛了，反正骑在牛背上，也不会有多累的，外面的空气新鲜，早晨的空气更清新爽气，在这样的环境中，儿子强天强的心情好，精神愉快，儿子的病可能会康复得更快更好。

再说田丽芳，因为在学校关心照顾病中的好同学好朋友强天强，每天给强天强倒茶递水，拿饭送菜，接触的次数多时间长，没隔多少日子也染上了这种令人头痛，十分麻烦的富贵病肺结核。田丽芳也无可奈何地弃学在家治病调养了。强震虎和夫人紫芸以及儿子强天强都深感愧疚，总觉得过意不去。强震虎也经常捕捞一些鱼虾送去给田丽芳补补身子，补充些钙质，促进田丽芳的结核病灶的钙化，让她早日康复。强天强的母亲紫芸听说，凡是染上这种结核病的人，都会伴有盗汗。大凡出盗汗的人，每天晚上一旦睡着了，就大汗淋漓，浑身上下湿漉漉的，把内衣都打湿透了，脱下来都拧得出水来。这种盗汗是很难为人的，也非常伤害人的身子的，能把人折磨得精疲力竭，浑身乏力，不治是不行的。于是强天强的母亲紫芸也给田丽芳送去了瘪桃、浮麦、红枣，让田嫂煨汤给田丽芳当茶饮用，以便治愈出盗汗这种十分伤害折磨人的怪病。田嫂非常感谢强震虎他们的关心，可是，李刚就不同了。李刚一味地责怪强震虎一家人，气呼呼地说：“你们强家的孩子强天强生了这种传染病，还不知趣，害得我们家的田丽芳也感染上了这种十分伤身劳神的富贵病，你们一家人还有脸面来见我们呢？”

强震虎和夫人紫芸只得左一声对不起，右一声对不住。他们夫妻二人连连打招呼，表示赔礼道歉，也从内心里感到愧疚。

“这不怪他们，是我自己要去照顾强天强同学的。”田丽芳瞪着眼睛冲着李刚说，“这不管你的事！我和强天强是一个村的，从小在一起长大又在一起读书，是好朋友，也是好同学，人家病成这样，总不能见死不救吧？那叫什么朋友？那叫什么同学？为了朋友，为了同学，田丽芳即使两肋插刀也在所不惜！”

李刚被田丽芳抢白了几句，讨了个没趣，心里老大不高兴。李刚心里有一股气，又不好对田丽芳说，因为他是继父，而且田嫂早就有言在先，不准李刚拿她的孩子说三道四，更不能高声大气，狠头狠脑地对待孩子，否则，田嫂跟李刚就没完没了。

李刚原来是帮工出身，家徒四壁，一直是光棍一条，老大才碰巧遇到田嫂，很幸运地被田嫂招亲到了田家，成了田家的倒插门的女婿，这是很不容易的，李刚不能不珍惜这门亲事。所以，李刚怕老婆在徐村是出了名的，村里人都说他是“妻管严”村主任。当时李刚吃了田丽芳的瘪，遭到田丽芳的顶撞，心里憋着一肚子的气无处发泄，就冲着强震虎发泄了一通。李刚想，当年在徐云豹家打工，你强震虎动不动就拿我李刚开刷，批评数落，说三道四，拿着鸡毛当令箭，跟我李刚过不去，我李刚能不生气吗？后来你强震虎触犯了徐府的天条，徐云豹命令我李刚鞭打你强震虎，我李刚复仇泄恨的机会来了，就咬牙切齿地恶狠狠地抽打了你五鞭子，出了这口怨气，我们之间的事就算两讫了，谁也不欠谁的了。可是，后来就是因为你强震虎的存在，徐云豹才把李刚辞退掉了。这就是你强震虎的不对了，害得我李刚打工没人敢要，很长时间闲在家里无所事事，受苦受累。这口气李刚还记得很清楚，还没有出呢？李刚冲着强震虎咆哮怒吼道：“强震虎，你别猫哭耗子假惺惺，谁稀罕你的小鱼小虾？有多远你就给我滚多远！”

“这是田家，不是你李家，你多什么嘴？”田丽芳义愤填膺地说出了这句气话。

李刚看看田嫂没有敢作声，他朝强震虎狠狠地瞪了一眼，就气冲冲地上徐村村公所办事去了。

强震虎和夫人紫芸十分尴尬地笑了笑，也感到过意不去，还是不住地向田家打招呼表示歉意。

田嫂面对这样的情况，看看这样的局面也深感过意不去，就十分抱歉地对强震虎和紫芸说：“你们别听李刚瞎说八道，我们田强两家的情谊不是一天的啦，你们千万别往心里去。”

人们常常说“宰相肚里能撑船”，强震虎虽不是宰相，但他肚里还真的能撑船。强震虎非但不怪李刚，还一味地表示自责。强震虎认为，李刚是因为田丽芳姑娘得了这种肺结核病，又病成这个样子，是心疼孩子，心里一急就说出了这样的气话，也是合乎情理的，是情有可原的。可怜天下父母心嘛，谁不疼爱惜护自己的孩子呢？强震虎对李刚发脾气说气话，根本就没往心里去。强震虎觉得，田丽芳得了这种肺结核病，的确跟他的儿子强天强有很大关系，她要不是照顾强天强，就不会得这种极其磨人而且很麻烦的结核病，强家确实是对不起田丽芳姑娘，也对不起他们田家。强震虎真的感到很痛心很愧疚。你李刚说你的，我强震虎捕捞来的鱼虾是专门送给田丽芳姑娘滋养身子补充钙质，促进生病的田丽芳姑娘早日康复的，又不是送给你李刚当下酒菜的。你李刚说你的，强震虎送我的，才不跟你李刚一般见识呢！

强天强和田丽芳这两个不幸的孩子，经过一段时间的诊治和精心护理调养，身体恢复得很好。他们两个人，都得长期休养继续调理，暂时还不能去上学。强天强和田丽芳两个孩子都担当起了自己家中放牛的任务。他们两人结伴，常常一大早就开心愉快地骑在牛背上，回归到大自然中，借助清新纯净的空气，吐故纳新，调理身心，确实是自在舒服得多了，起到了清心养肺的效果。

强天强和田丽芳两个孩子在病中患难与共，现在又常常在一起放牛，两人的感情也越来越深厚了。他们两人互相关心，互相帮助，像亲兄妹一样。田丽芳家里有什么好吃的，都要带些出来给强天强尝尝；田丽芳的牛绳断了牛跑了，都是强天强前去帮她把牛牵回来，接好牛绳交给田丽芳。徐村有一片开阔肥美的芦荡，放牛娃们都喜欢涉水过溪跑到芦荡里去放牛。芦荡开阔坦荡，水草丰盛，放牛自在，只要把牛绳往牛角上一缠，随牛自由自在地去吃草，放牛娃们就可以躺在草地上休息，或是嬉戏玩耍，十分泻意，潇洒极了。他们等到牛吃饱草喝足了水，再轻捷灵活地爬上牛背，优哉游哉地骑回徐村，牵回家中，真是开心痛快极了。

每次到芦荡里去放牛，田丽芳都不敢涉水过溪，强天强都是让田丽芳骑在水牛背上，牵着田丽芳的水牛涉水过溪，顺利地来到芦荡里。强天强和田丽芳两个要好的同学，从小在一起玩的朋友，常常双双平躺在芦荡的草地上，仰望着空阔的蓝天，或说笑谈天，或朗声唱歌，或遐思未来……真是一对心心相印，情深意笃，志同道合的青年，他们两人的朋友同学的情谊更加牢固深后了。

三十

强震虎天生着一副做骨，他大半辈子只知道种田打鱼，也没有过高的要求，只希望一家人的生活安定，日子能不烦心地过下去，也就心满意足了。强震虎拼命种田，闲下来就不辞辛苦地去打鱼摸虾，想多攒几个钱将来共孩子上学用。强震虎一心希望把儿子强天强和田丽芳两个孩子的病治好，把身子调养好，他才踏实放心，希望他们两个孩子早日康复，早日回到学校去继续完成他们的学业。这是强震虎的殷切期望，也是他的最朴实的愿景。

这天，天气晴朗，万里无云，他想出去打鱼，正在吃早饭的时候，副村长王左来到强震虎家，通知强震虎让他到村公所去一趟，说是上头来人找他有事。副村长王左其他什么也没有多说就走了。强震虎心里有点纳闷，他想，一定又是李刚要拿他煞气了，那天我强震虎都已经向他赔礼道歉了，李刚还纠缠不放，难道还要强震虎画把刀给他吗？强震虎匆匆忙忙吃了早饭，就上村公所去了。

徐村的村公所设在徐家祠堂里。徐家祠堂坐落在徐村中心的大庙西侧偏北的位子上。强震虎是旁门杂姓，就没有到徐家祠堂的机会，他从小到如今还没有进过徐家祠堂。徐家祠堂一共三进，最后一进是供奉徐家列祖列宗的牌位的殿堂，是专供徐姓族人跪拜祭祀的大殿。大殿外面是一个大天井，东西各有一个花坛，花坛里栽种着牡丹花，绿叶红花，映衬得十分美丽好看，清香四溢，沁人肺腑。祠堂的中进是空荡荡的大厅，是徐姓族人开大会议事的地方。它的前面是一个小天井，天井两边都有大小一样的耳房，是供管理人员生活住居的。祠堂的第一进共两大间，原来也是住人的，现在已经作为徐村村公所的用房了。祠堂的大门口的左右各有一尊青石雕刻的活灵活现的狮子，十分威严雄壮！

强震虎走进村公所的办公室，李刚村长正陪着两个穿西服的人在里面说话，见强震虎来了，并没有显怒发火，反而很平和地介绍说：“他们是县里来的，要向你了解一些情况，你要照实说，不要遮遮掩掩隐瞒不说。”

“那是一定的。”强震虎非常坦然地说。

县里来的两个人，一个姓王个头高大，方头大耳，脸蛋白中透着红润，红润里又透着白，两眼生光；一个姓赵，个头不高，圆脸方口，两眼炯炯有神。他们是县公安局长李桂佳派来的，李桂佳就是徐村外逃的保长贡家贵。贡家贵那年逃过江以后，七混八混化名李桂佳又跟着大军过了江，成了一名过江干部，混到了一个县公安局长的位子，他隐姓埋名，坐镇办公室，听到有人反应强震虎的事情非常重视，过去他们想整他没有成功，这回贡家贵就暗暗抓住不放了。

高个子的王同志问强震虎说："那次，小鬼子把你抓去，怎么又放了你啦？"

强震虎顿时感到来者不善，他笑着把怎么诓骗小鬼子的情况一五一十地说了一遍。

王同志"啊"了一声，似乎有点不相信，但也没有再追问，却提出了另外一个让强震虎哭笑不得问题。王同志说："你那天晚上送走了两个人，送到哪里去了？"

强震虎实事求是地说："他们两人坐在我的鱼盆里，我划着鱼盆逢沟过沟，遇溪过溪，将他们送到对岸，他们自己走了。"

"他们到哪里去了？"

"不知道。"

"你知道那两个人是什么人吗？"

"我只管送人，哪敢问他们是什么人呢？"强震虎不假思索地回答道。

王同志神秘兮兮地说："你不知道他们是新四军？"

"这个我不敢问，当时情况又那么急，不过，猜猜也是新四军吧。"强震虎实话实说。

那个个头不高的赵同志用小本子记录着。

"他们叫什么，你知道吗？"王同志再次追问道。

"不知道，我哪敢问这些？"强震虎笑着说，"当时情况又那么紧急。"

王同志态度十分严肃地说："你当时有没有把他们送出去？只有你强震虎清楚！他们到哪里去了你强震虎也知道。"

"我不清楚，也不知道。"强震虎十分诧异地说，"反正我是把他们送出去了。"

"有人反应，说你把他们两人送到小鬼子窝里去了。"王同志虎着脸说，"你要老实交代，人民政府向来都是坦白从宽，抗拒从严。"

强震虎这回急了，"呼"地站了起来说："这从何说起呢？这是陷害！栽赃陷害！"

“好了，你别急嘛。今天就谈到这里。”王同志一本正经地说，“你回去好好考虑考虑，将实情向政府交代。”

“现在人民政府是讲政策的，你是好人政府不会冤枉你。”李刚开口说话了，“你是坏人，人民也不会饶过你！”

强震虎出了徐村的村公所的大门，迈着沉重的步伐，亦步亦趋地往回走去。他始终想不明白，这件送人的事惹上这么多，这么大的麻烦。当初国民政府说他强震虎那天晚上送走两个“四老板”出逃脱险，这是通匪的行径。强震虎哪里知道什么三老板四老板的呢？人家要你送，你能不送，你敢不送吗？现在又有人说他强震虎把两个新四军送到小鬼子的手里去了，这简直是无中生有，胡说八道，强震虎再糊涂也不会糊涂到这种地步呀？你们不想想看，他们身上都带着家伙，强震虎就是吃了豹子胆也不敢呀！强震虎问心无愧，行得稳站得正，当时是冒着天大的风险，担着性命把他们两人送出去的。你们问强震虎那两个人姓甚名谁，当时逃命还嫌慢呢，还有心思管那些？你们追问强震虎那两个人哪里去了？你们也不设身处地地想想，强震虎是一个地地道道的农民、实实在在的打鱼人，是一个忠厚老实的臣民，部队那么多，中国那么大，他们两人上哪儿谁知道？我强震虎又上哪儿去找他们呢？你们搞专案的都找不到，何况强震虎呢？说句老实话，即使强震虎在哪儿碰到他们两人了，也不认识呀！

强震虎怀着极不愉快的心情，垂头丧气地回到徐村走进自己家中，夫人紫芸和儿子强天强立刻把他搀扶到椅子上坐下，问他到底发生了什么事情。强震虎叹了口气摇着头把在村公所遇到的情况告诉了夫人紫芸和儿子强天强。夫人紫芸和儿子强天强听了十分恼火，直气得差点骂娘了。他们意识到村里又有人跟强震虎过不去，又有人栽赃陷害了。这个人是谁呢？他们心中也有点数，但没有说出口。强震虎想，为人没有做亏心事，怕什么呢？强震虎那天晚上是冒着生命危险，明明白白把那两个人送出去了，你们凭什么说强震虎把那两个人送到鬼子手里去了呢？这简直是无中生有，实在是荒唐可笑！

强震虎走出村公所的时候，李刚村主任在村公所坐在椅子上，得意忘形地一边抽烟，一边品茶，一边暗暗发笑。李刚想，强震虎过去耀武扬威跟李刚过不去，骂我训我李刚，最后又害得李刚被徐云豹炒了鱿鱼。你强震虎能做到的也只能如此而已。如今李刚不是当年的李刚了，李刚扬眉吐气了，成了徐村的一村之长了，该我李刚说话的时候了。李刚也叫你强震虎看看是谁厉害？李刚不想拿你强震虎怎么样，就这样整你一下，让你强震虎不好受！

过了几天，县里来了两个背着盒子枪的公安人员，要来逮捕强震虎了，这是李刚万万没有想到的，他也觉得事情闹大了。两个公安人员找到李刚村主任，由他带着来到强震虎家，公安人员亮出了逮捕证，把强震虎拷了。夫人紫芸和儿子强天强诧异惊慌得不知所措，这到底是怎么回事呢？他们母子两人感到莫名其妙，顿时急得眼泪汪汪……

强震虎微笑着对夫人紫芸说："我没事的，你们母子俩在家好生等着。强天强病愈了，一定要送他去读书上学，即使家里穷得讨饭也不能荒废孩子的学业！"

夫人紫芸眼泪汪汪地点着头。

儿子强天强大声说："爸爸，你要坚强，会挺过来的。"

强震虎被两个公安人员押着走了一段路后，又回过头来大声对夫人紫芸说："夫人拜托啦，天强上学了，我就是死了也瞑目了！"

夫人紫芸和儿子强天强眼睁睁地看着强震虎被无缘无故，莫名其妙地拷走抓走了。

强震虎是作为一个隐藏得很深的反革命分子审判的。强震虎人很忠厚，但脾气倔强，他没有做的事，任你采用什么手段，就是把刀架在他脖子上，也别想让他开口认罪的！强震虎一口咬定一句话"我把他们送出去了，我无罪。"这样审讯了几天也没有审出个油和盐来。审判人员放话说："犯人强震虎，你不要狡猾，你听着，你要证明你无罪，除非你把那两个人找到请过来证明你清白，否则，你强震虎的罪责难逃！"

强震虎哈哈大笑了一会儿想，我的天呀！偌大个中国，你们又把强震虎关在这里，我上那儿去找他们呀？不过，只要有一线希望，他也要试试看。后来，有一位狱友了解到强震虎的冤屈，在他被释放时，答应强震虎，把这件事告诉他夫人紫芸，让她设法去找人营救。夫人紫芸接到信息后，变卖了部分口粮，凑了一些钱，她要死马当活马医，救人要紧。夫人紫芸不管三七二十一，在报纸上登了一条寻人启事。真是天无绝人之路，无巧不成书，好人总归有好报。这条寻人启事虽然在报纸上不显眼，然而还是被那天晚上强震虎送出去脱了险的那两个新四军看到了。他们两人现在已经是某师的正副师长。两位师长看了觉得问题严重而且很紧急，他们立刻就打电话给该县的县政府，证明强震虎清白无辜，并再三强调说，强震虎就是送他们两人出村脱险的那个农民，也是一个打鱼的渔民。他们说强震虎应该是一个对革命有贡献的有功之臣，怎么可能是反革命呢？他们强烈要求立即放人，追查责任。

这时候的强震虎已经被判作罪大恶极的杀害新四军的反革命分子，正在刑场上宣判罪状，准备处决。县长接到两位师长的电话后，知道大事不好，情况紧急，就亲自驾车，火急慌忙地加快车速奔赴刑场。县长还未下车，就大声喊道："枪下留人，枪下留人!"

真是说时迟，那时快，也就在这个时候枪响了，强震虎应声栽倒下去了。行刑的人是一个民兵，他没有行过刑杀过人，也没见过杀人，这是他第一次行刑杀人。虽然他喝了些酒以壮胆助威，然而他还是心慌胆怯，两手发抖，又听到有人喊叫，他眼一闭，心一慌，手一抖枪打偏了，正中强震虎的肩胛骨，可怜强震虎以为自己命归西天了，也吓得栽倒下去，人事不知了。县长下车后立刻命令行刑的民兵，将强震虎扶起来，松了五花大绑，背上吉普车，送进县医院救治去了。

强震虎的命是捡回来了，但他受伤了。强震虎在医护人员的救治下，很快就苏醒过来了，然而，强震虎由于多天的烦恼和折磨，一个忠厚老实的农民，在这种戒备森严，杀气腾腾的刑场上，已经魂飞魄散，他被吓傻了吓疯了。夫人紫芸和儿子强天强站在他的病榻前，抽抽泣泣，哽哽咽咽，泪流满面，心疼如刀绞。强震虎竟然不认识自己的亲人了。他嘴里嘀嘀咕咕地不断重复着一句话："我把他们送出去了，我无罪！我把他们送出去了，我无罪！"

两位师长在百忙中抽出时间，从远道而来，亲临医院看望慰问这位无名功臣了。两位师长看到这种惨状，也流下了眼泪。他们也非常气愤，并严肃批评了该县的领导们，他们说："肃反要肃，处决人要核准事实，不能把人命当儿戏!"

强震虎经过治疗以后，也受到了政府的安抚。他终于回到自己家里去养伤疗疾了。好友管田和五婶来看他了，他不认识了；田嫂和田丽芳来看他了，他失忆了。田丽芳流着伤心痛苦的眼泪抓住强震虎的手，心疼难忍地叫他强伯伯。强震虎竟然把田丽芳当成女儿天蓝了。强震虎睁大眼睛闪着亮光说："天蓝呀，你回来了就好，不要再离开我了呀!"

"我不走了，我终生服侍你!"田丽芳说着，眼泪像断了线的珠子一样簌簌地滚落下来了。

强震虎的枪伤养好了，可是，他受到的精神上的打击和摧残太深重太深重了。他真的失去了记忆，整天到晚精神惶惶惑惑，怎么也恢复不过来了。强震虎变得痴痴傻傻，疯疯癫癫，可怜一个高大结实的棒汉，一个种田的行家，一个打鱼的能手，最终失去了劳动能力，不能像正常人一样生活，实在令人痛心，令人惋惜，好不惨然!

三十一

强震虎天生一副做骨，过去整天到晚，没日没夜地做，他只知道打鱼种田，什么地方也不去；现在强震虎失去了劳动能力，大门边也不出了。强震虎整天到晚精神恍惚，呆板痴傻得像一个几岁的娃娃一样。每天他坐在自家门槛上，嘴里喋喋不休地重复着那句话："我无罪，我把他们送出去了！……"强震虎重复这句话的时候，有时候声音放得很低，低到你几乎听不见；有时候咋咋呼呼地大声叫喊，令人吃惊得吓一跳。"我无罪，我把他们送出去了。……"他重复着这句说了千遍万遍的话。强震虎说累了，喉咙喊哑了，就迷迷糊糊地睡着了，醒来又喋喋不休地重复那句"我无罪，我把他们送出去了"的话。夫人紫芸和儿子强天强见强震虎说着说着就睡着了，十分心酸疼痛，就把他背到床上，让他平躺着睡下。夫人紫芸就轻手轻脚地给强震虎轻轻盖上被子，让他好好地休息睡上一觉。强震虎醒来的时候还是重复那句"我无罪，我把他们送出去了"的话，实在令人可悲可叹！

强震虎原来是个强劳力，俗话说"能吃就能做"嘛，他一日三餐，每餐三大碗，这是不在话下的，也是雷打不动的。可是现在，强震虎不知道饿，也不知道吃了。总是夫人紫芸像哄小孩子一样喂上几口，才能维系强震虎的脆弱的生命。强震虎要是不张嘴，不下咽你就是神仙也难下手，你还能有什么办法让他吃饱吃好呢？尽管政府送来了一些慰问品和钱款以及营养品，可是，强震虎已经没福消受了。这样，久而久之，日子一长，强震虎终于落得骨瘦如柴，脸黄如纸了。强震虎拖着瘦骨嶙峋的身子，气息奄奄，连重复那句"我无罪，我把他们送出去了"的话的力气都没有了。夫人紫芸心疼焦虑，整天以泪洗面；儿子强天强也泪流满面，泣不成声。面对如此惨烈的情景，徐村人谁不同情？谁不叹息？谁不痛惜？谁不流泪？

夫人紫芸面容憔悴了，消瘦了，心也碎了。她们家的田地荒废了。野草杂蒿丛生，比庄稼长得高，比庄稼长得旺盛得多。家里发生了这种不幸的事，遭受到如此惨重的打击，谁还有心思到地里去忙活呢？儿子强天强看不下去，也不放心，想去忙活一阵子。可是母亲紫芸说什么也不让他去。因为赵郎中说得很清楚，儿子强天强的病要长期修养，千万不能劳累过度，伤精耗神，否则复发起来，麻烦就大了。还是管田有情有义，他在神不知鬼不觉的情况下，就已经替他们强家把地里的青蒿野草清除干净了。

日子一长，强震虎终于支撑不住了。夫人心急如焚地请来了能“妙手回春”的赵郎中——赵医生。赵医师摇着头，簸着脑，扒开强震虎的眼皮，观察到他的眼睛已经无光无神了。赵医师不光摇头，而且咂嘴了。赵医师把了一会儿脉后，终于十分惋惜痛心地说：“真可怜可悲可惜，人不行了，已经回天无望，我也无能为力了。”

赵赵郎中怀着沉痛的心情，举着沉重的步伐走了，不多时，强震虎的瞳孔放大了，眼睛瞪得老大的，瞅着自家的屋顶咽了气。

夫人紫芸和儿子强天强跪在床前，算是给可怜可悲可叹的强震虎送终了。夫人紫芸呛天哭地地呼喊着“虎哥”，“虎哥”；儿子强天强伤心至极地呼喊着“爸爸”，“爸爸”。母子两人声嘶力竭的哭喊呼唤的声音，惊天动地，可是强震虎怎么也听不见了。

夫人紫芸见强震虎不闭眼，不瞑目，伤心欲绝地哭诉着说：“虎哥呀，我知道你死不瞑目，是因为你受到了天大的冤屈。现在你清白了，你是有功之臣呀，你就合上眼睛瞑目吧！”

夫人紫芸抽抽咽咽，哭哭泣泣，泪如雨下，用她那颤抖的手在强震虎的眼皮上缓缓地轻轻地抹了一下。强震虎的眼睛仍然瞪得老大的，还是不瞑目。儿子强天强见了更心疼难受，哭得更伤心了。

夫人紫芸想起了强震虎被拷走与家人临别时说的话，就对儿子强天强说：“天强呀，你还记得你爸爸被抓走时说的话吗？”

“记得。”儿子强天强眼泪扑簌簌地流淌着说，“爸爸要我病好了就去读书上学。”

母亲紫芸极其悲痛，她要求儿子强天强说：“天强呀，你跪在你爸爸灵前，面对你爸爸的未寒的尸身，说句让你爸爸放心的话吧！”

“爸爸，你放心吧，你的儿子强天强一旦病愈了，一定听你的话，好好读书上学。”儿子强天强极其虔诚地跪在他爸爸的灵前，伤心痛苦地恭恭敬敬地给他爸爸磕了三个头，并用右手小心翼翼地轻轻地轻轻地在他爸爸的眼皮上抹了一下说，“爸爸，你放心吧，你瞑目吧，你安息吧！”

这时候，强震虎真的瞑目了。他双眼紧闭着，像睡着了一样，他真的安详地走了。

强震虎真的走了，永远地走了。对于强震虎可以盖棺定论了。针对强震虎的冤假错案，政府下了一纸公文，进行了平反昭雪。公文明确指出，强震虎是被混进公安局的坏人陷害的，强震虎是冤假错案的受害者，并予以彻底平反，还他一个清白。在旧社会强震虎是受旧制度压迫剥削的，是遭到顽固势力打击迫害的；强震虎的亲人，有的被小鬼子抓走，有的被小鬼子残酷杀害了。强震虎对日本鬼子和旧制度、顽固势力是深恶痛绝的。强震虎在抗战期间成功护送过新四军，对人民对革命是有功劳的……

夫人紫芸看了这份公文，激动得流下了眼泪。她感到遗憾的是，强震虎本人没有听到，永远也听不到了。夫人紫芸想，强震虎要是在天之灵有知有觉，那该有多高兴啊！强震虎呀，你听见吗？你是清白无辜的，你对革命是有功的。你说对了“我无罪，我把他们送出去了”。那两个被你冒着生命危险送出去的人找到了，他们亲口说你是有功的。强震虎呀，你的夫人紫芸，你的儿子强天强在此郑重其事地告诉你，你昭雪了，你清白了，你也问心无愧了。我们愿你在九泉之下安息吧，永远地安息吧！

强震虎终于盖棺定论了。强震虎虽然死得凄凉悲惨，令人惋惜痛心，然而他殡葬时却很风光。夫人紫芸用政府的抚慰金买了一口上好的棺木，收敛了他，在声声哀乐中，鸣锣开道，众多乡亲们，左右邻村的乡邻们也悲悲泣泣，浩浩荡荡，随着殡葬队伍把强震虎送上山了，就连两个师长都送来了花圈，写了挽联，表示哀悼，并肯定了强震虎的功绩。他们还一再敦促当地政府，对造成这一天大的冤假错案的有关的责任人，要予以应有的惩处，以告慰强震虎的冤魂，让他在九泉之下安息！

夫人紫芸痛不欲生，泣不成声地哭诉着：“虎哥呀，你清白了，你走好吧！”

儿子强天强流着如瓢泼大雨似的眼泪呼喊着：“爸爸，你安息吧，永远地安息吧！”

那边高山，这边大地也折射出震撼人心的回声：“你安息吧，永远地安息吧！”

三十二

强震虎悲惨离世了，田丽芳那日悲伤痛苦地把强震虎送上了山，这些日子来，她一直感到非常痛心，也十分思念强震虎伯伯。田丽芳常常在睡梦中呼喊强伯伯，醒来竟满面泪痕。她总觉得强震虎伯伯是个大大的好人。他忠厚诚实，讲仁讲义。她们田家在最困难的时候，强震虎伯伯主动无私地伸出援手，没有要她母亲田嫂操劳烦心，几亩地的耕种、管理、收割等等，就搞得稳稳当当，而且获得了丰收。这种好事，全天下也无处找呀！自从强田两家结交以后，强震虎伯伯一直把田丽芳和田勇当成自己的孩子一样对待，经常捕捞些鱼虾来给她和田勇吃。田丽芳病了，强震虎伯伯也是无微不至地关心爱护她。李刚那样抹脸无情地责怪谩骂他，他仍然不动声色地给田丽芳送来鱼虾，让田丽芳调补滋养，促成田丽芳早日康复。强震虎伯伯确实是个大好人。可是“好人无长寿，祸害活千年”这句话在我们徐村倒是应验了，强震虎伯伯才四十多岁，就英年早逝了，那些坏得头顶长疮，脚底下流脓的祸害——李五、三姨太贡美丽、徐云豹和徐云彪们，知道在徐村没有他们的活路，就逃之夭夭，不知跑到哪个阴暗的角落里，像狗一样的残喘活命去了。

强震虎伯伯不在人世了，可苦了紫芸大妈和强天强了。他们两人太伤心太凄惨了。田丽芳担心他们哭伤身子，过分地悲痛而伤了神，就经常去看望他们母子两人，安抚劝慰他们母子二人。特别是强天强，这病才见好，不久还得去攻书上学，如果过度悲伤了，这病一旦复发了，那可是不得了的事！于是田丽芳劝慰强天强说：“天强呀，你不能太伤心，不能再哭啦，伤了身子可是不行呀!”

强天强还是哭丧着脸说：“丽芳呀，我爸爸没了，我能不哭不伤心，不想念他吗?”

“你这样下去会耗精伤神的，要毁坏了身子的!”田丽芳心疼难忍地说着背过脸去了。

“我怎么也控制不住呀!”强天强哭得更伤心了。

“你控制不住也要控制。”田丽芳心里酸酸的，却强忍着眼泪说，“你爸爸一心要你上学，完成学业，那样他老人家在九泉之下才瞑目呀!”

“我知道我爸爸的良苦用心，他是这么说的。”强天强还是控制不了悲伤的感情又说，“可是——”

“可是什么？人死不能复生。”田丽芳打断强天强的话说，“万一哭伤了身子，旧病复发了，不能读书上学了，你爸爸在九泉之下能瞑目能安心吗?”

强天强听田丽芳这么一说一提醒，就想起了他爸爸被拷走那天说的话；想起了他那天跪在他爸爸的灵前给他爸爸说的让他爸爸放心的话后，他爸爸才闭上眼睛瞑目的情景，他爸爸叮嘱他母亲紫芸，要她“即使家里穷得讨饭，也要让儿子天强读书上学，这样即使他死了也瞑目了”。这是强天强爸爸的遗愿，是强天强爸爸对儿子的殷切期望。想到这些，强天强擦干了眼泪，对田丽芳说："那好我听你劝告，我节哀，我不哭了，谢谢你田丽芳了。"

田丽芳这孩子虽只有十四岁，可她跟她娘田嫂一样花巧能干，做事麻利，聪明懂事。田丽芳知道，强天强跟他母亲紫芸由于过分伤心悲痛，不仅茶饭不思，而且也没有心思去绕煮吃的，这不饿坏身子吗？田丽芳拿出她从自己家里带来的慰问他们母子二人的挂面和鸡蛋，跑到灶台上生了火，打了鸡蛋，下了面条，盛好端来请紫芸大妈和强天强母子两人吃好补补身子。田丽芳一直看着他们母子两人将鸡蛋面条吃完了，又帮着他们母子洗了碗刷了锅，再三安慰一番，才安心地告辞回家。

田丽芳边走边想，强震虎伯伯是冤假错案的受害者，真是“世上无冤枉，牢中无罪人”了。这话虽然说的有点过火，但这起吗有一点可以肯定，由于种种原因，牢中还是有被冤屈的人的。强震虎就是被冤死屈死的，实在令人惋惜痛心！是谁制造了这起冤假错案的呢？这上面有些官员的官僚主义，极“左”思潮，应该是罪魁祸首。在徐村也不乏有此人。这究竟是谁呢？根据田丽芳的分析判断，她认为一定是李刚公报私仇干的伤天害理的事。近来徐村的老百姓多有猜测议论，都认为这事有点蹊跷，跟李刚不无关系。这次徐村的村委会的微妙变化，也表明了这件事跟李刚有很大的关系。不然，李刚村主任当得好好的，怎么就被折了呢？怎么就换了管田了呢？王左是跟着李刚跑的，虽然没拆换他，但他还是在副村长的位子上没有动。田丽芳想，这样的处理，对李刚是一种惩罚；对王左是一种警告。一个借助肃反的名义，公报私仇的人，怎么能当村主任？怎么配当村主任呢？

田丽芳越想越气，越气越火。田丽芳觉得李刚不是人。田丽芳回到家里，把这件事和她的想法一古股儿地跟她母亲田嫂说了。田嫂听了女儿田丽芳这么一说，大惊失色，气愤难平。田嫂想，好你个李刚，人家强震虎对我们田家是有大恩的，你竟敢恩将仇报，强震虎是个规规矩矩，绝不会做出违背良心的事的，你李刚做出这种伤天害理的事情，看你怎么向我田嫂交代？怎么向紫芸交代？你李刚背着我做了一件丧尽天良的事情，田嫂怎么饶你？

这些天来，李刚一直神魂颠倒，惶惶不安，原来他是想借这个机会教训一下强震虎，让他知道李刚的厉害，也好让李刚出一口积郁多年的怨气，哪里想到这次肃反这样严厉呢？结果，事情闹大了，被人利用了，导致了如此惨绝人寰的人间悲剧，李刚紧紧是道听途说的片言只语，怎么能当真呢？现在，李刚想来真有点后悔莫及了。

李刚那天在乡政府开会，反映了他道听途说的情况，其实也拿不出什么根据来。李刚是听王左说的，王左是在徐府帮工时偶然听到的。

徐云豹问三姨太贡美丽说："这个强震虎护送两个'四老板'脱险，这明明是通匪吗，乡政府抓了他怎么又放了他呢？"

"强震虎根本就没有把那两个'四老板'送出去。"三姨太贡美丽撅撅嘴窃笑着说。

"你怎么知道强震虎没有把那两个人送出去的？"徐云豹很感兴趣，就继续问道，"那他送到哪里去了呢？"

三姨太贡美丽笑着告诉徐云豹，这件事不仅徐村人在传说，就是在全乡也在风言风语地传说着。当时强震虎是从后村的水路把两个"四老板"坐在他的鱼盆里划过沟，越过溪流，刚一上岸，就被等在那里的日本鬼子抓住了。强震虎自己却平安无事地回来了。三姨太贡美丽最后神秘兮兮地说："强震虎通什么匪？他通了日本鬼子！"

徐云豹恍然大悟地笑着说："我说呢，难怪乡政府放了他。"

三姨太贡美丽的这种说法，正是新四军放的烟幕弹。那时，两个新四军被强震虎送上对岸脱险了。他们两人根本就没有离开这一地区，仍然在这一带开展抗日活动。后来，他们两人获悉强震虎因为护送他们脱险，被当地顽固派政府当通匪的嫌疑犯抓起来了。为了营救强震虎，他们就巧妙地施放了这样的烟幕弹，从暗中保护了强震虎。在新四军的极力营救下，强震虎真的获救了。

这里面的奥秘连强震虎自己都不知道，贡家贵保长、三姨太贡美丽哪里知道呢？他们信以为真，到处传播，把这个假消息传到了当时的乡政府，强震虎就这样被糊里糊涂地放出来了。当初，王左听三姨太贡美丽这么说，也只是将信将疑，也没有多问多打听。当了副村长后，他又把这件事告诉了李刚。

那日，乡人民政府召开会议，要求各村村主任，说说村里阶级斗争的动向，现行的或是历史的，比如抗战时期投敌破坏抗战的坏人坏事。李刚突然想起了王左告诉他的，三姨太贡美丽说的关于强震虎护送两个新四军的事情，就向政府作了汇报。谁知乡政府竟然当做大案要案来抓了，并向县公安局报告了。结果，就是这些道听途说，令人将信将疑的话，没有根据的事情，酿成了大祸，冤枉了好人，造成了一起天大的冤假错案，实在是令人顿足痛心！

李刚在田嫂的咄咄逼人的追问下，抖抖颤颤地说出了事情的真相。

“你李刚当不当村主任，我们田家不稀罕，只要你能管田种地，做一个忠厚喜良的人就行了。”田嫂气急败坏地怒骂道，“李刚，你这个畜生，大不该做出这种伤天害理的缺德的事情来！”

“我没有想到——”李刚十分懊恼地抱怨自己说，“我真浑！”

“你混蛋透顶，你恩将仇报，你这个千刀万剐的活猪死狗！”田嫂直气得像放连珠炮似的愤怒地骂道。

按照田丽芳和田勇的怒气和意见，是坚决要把李刚这个无情无义，丧尽天良的小人逐出门去。田嫂想，李五是别人骗了她害了她，她上了当吃了大亏，才用笤帚把这个大汉奸赶出家门的。这个李刚是田嫂自己找的，田嫂只能自作自受，生吞苦果，狠狠地教训他一顿就行了，不能让人笑话。如果真的把李刚赶出门去，那么你们的可怜的才三岁的小弟弟李小刚怎么办呢？不害了李小刚这孩子，苦了李小刚这孩子了吗？田嫂一把鼻涕一把眼泪的极度伤心痛苦地哭着，几乎哀求儿子田勇和女儿田丽芳了。田勇和田丽芳见母亲田嫂如此伤悲痛苦，泪流满面，又看看可怜可爱的小弟弟李小刚，也就不无同情地说：“那一定要李刚到强震虎伯伯坟前去忏悔认错，超度亡灵，否则定赶不饶！”

李刚也觉得自己做了亏心事，实在对不起强震虎及其家人，伤害了强震虎及其家人。他在田嫂、田勇和田丽芳的监督下，买了纸钱和香烛，跪在强震虎坟前，点了香烧了纸敬了酒，三叩九拜，痛哭流涕，表示忏悔。

后来，李刚又主动默默地跑到强家的田地里把强震虎家地里的成熟了的庄稼收割了，脱了粒扬了灰层，挑着送到强家。你们强家不谢情，不让做，即使把李刚骂得狗血喷头，李刚还是只顾默默地去做，他这是在忏悔，是在赎罪。

李刚垂头丧气地跪在紫芸面前，恳求紫芸发落。田嫂也当着紫芸的面把李刚骂得狗血喷头，李刚只是低头着地，毫不吭声……

强震虎夫人紫云已经知道，强震虎的冤假错案是公安局长李桂佳一手制造的。在两位师长的强烈要求催促下，县政府把这起案子查了个水落石出。公安局长李桂佳实际上是混进革命队伍里来的暗藏的反革命分子保长贡家贵。贡家贵改名换姓，隐姓埋名，混到了一个公安局长的位子。他获悉李刚汇报的关于强震虎的历史问题，就抓住不放，司机报复，驱使他的部下，让他们出面制造了这起天大的冤假错案，其用心十分险恶。暗藏的反革命分子贡家贵和相关的责任人都得到了应有的下场，为强震虎伸张了正义，还了强震虎清白之身。

紫芸看到李刚跪在她面前自责忏悔，就说："李刚你起来吧！你向乡人民政府汇报情况，这是你当村主任的职责，我不怪你，但你不应该只听三姨太贡美丽的一面之词，在这一点上你李刚有不可推卸的责任，是有罪的，但罪不当死。"

李刚仍然复地不起，他说："我李刚有罪，不可饶恕。"

"李刚你是被人利用了，该惩办的都得到了应有的下场。你起来吧！可是，那张官僚主义的魔网，必须撕破扯烂！"紫芸接着愤然说，"那股极'左'思潮的恶浪，必须打碎破除！否则，还会有人被冤屈死的！"

紫芸宽宏大度，原谅了李刚；李刚一味地跪地忏悔，忏悔……

三十三

强天强和田丽芳两人在家休养了一年病好了，身体康复如初了。他们两人准备回校继续读书上学去了。强天强家里因为遭遇到天大的，难以承受的灾祸，田地多半荒废了，这一年的收成很不好，缴了公粮以后，家用的口粮也不足了。强天强开学读书的费用还没有着落，母亲紫芸虽然心里着急，但她绝不显露在脸上，让儿子强天强看出来，令儿子强天强灰心丧气，无心去读书。那样就辜负了他爸爸强震虎的殷切期望，他爸爸在九泉之下也不得安宁！强震虎被抓走那天不是说了吗，即使家里穷得讨饭也要让天强读书上学。母亲紫芸想，眼下还没有穷到讨饭的地步，家里节省点变卖些口粮，也要凑点钱让儿子强天强作为开学的费用，先上起学来。

强天强也不是不知道家里的困难，母亲的难处，但他不能不听母亲的话，不能忘记他爸爸强震虎被抓走时说的话。他爸爸临终时不瞑目的情景还历历在目，永记不忘。母亲紫芸要他去上学，强天强二话没说，拿了母亲苦心给他准备的开学费用，自己带了行李衣物，连同田丽芳的行李衣物一担挑着，两人有说有笑，高高兴兴地上了路。强天强和田丽芳两人先到乡镇迁移了户口，准备带到学校去。

强天强和田丽芳两人到了县城下了车后，强天强挑着他们两人的行李，田丽芳背着包跟在强天强的后面，两人蹦蹦跳跳，乐乐呵呵地来到了县城中学的大门口。管有义和田勇两人已经在那里迎接他们了。大家欢喜高兴了一阵以后，又七手八脚地将行李物件，背的背，拎的拎，拿的拿着送进了宿舍。

管有义已经升入高一年级，田勇升入了初三年级，他们两个老生是学校组织起来专门迎接新生的。管有义和田勇两人把强天强和田丽芳安排好后，又去迎接新生去了。

强天强和田丽芳两人因为生病耽误了一年，现在他们两人只得上初中二年级。强天强和田丽芳两人报到注册后，仍然分在一个班级，他们两人也特别高兴。

中午开饭的时候到了，强天强还坐在宿舍里孜孜不倦地看书，田丽芳来喊他去吃饭。强天强显出不慌不忙的样子。田丽芳可急了，因为田丽芳担心别跟那年刚上初一时一样，人家把饭菜吃光了，强天强和田丽芳两人跑去没饭没菜吃。那年刚上初一，住校生大多数都是农村上来的小孩子，年龄都不大，都还不大开窍，一点不懂学校的规矩，又都是半桩子饭仓子，肚子感到特别饿，吃饭时一个个像打冲锋一样，下课铃一响，老师还没有走出教室，大家就火急慌忙地拿了饭碗争先恐后，蜂拥般地跑进饭厅，谁能捷足先登，谁就能占大便宜。他们把饭盛得多多的，菜也是多多益善。至于后来的人有没有饭吃，他们是不管也没有感觉。好像你来迟了就活该倒霉。那天强天强和田丽芳同在一桌，来得迟了，不仅饭没有了，就连菜汤也没有喝上。强天强和田丽芳两人看了先是面面相觑，后又扑哧一笑，活活地挨了一顿饿。到了晚饭时，还是这样，老师知道了这一现象，火冒三丈，将那些吃饭打冲锋，不顾别人的学生批评训斥了一番，又叫伙房给强天强和田丽芳两个学生送来了饭菜。强天强和田丽芳才算填饱了肚子。想到这些，强天强觉得好笑，他笑那些小同学太幼稚无知了。强天强认为，这回是不会出现那种局面，那样的乱象的。现在都是初二的学生了，已经经过了一年的磨炼，一定懂事得多，文明得多了。强天强说的一点没错，等到强天强和田丽芳两人姗姗来迟，围上了桌子，桌长才给大家分摊饭菜。大家规规矩矩，和和气气，开开心心吃了一顿饭。

强天强所在的班级一共五十人，只有他和田丽芳是初来乍到，当然他只认识田丽芳，其他人都不熟悉。强天强相信一段时间相处下来，会慢慢熟悉的，大家相处得一定跟亲兄弟姐妹一样和谐团结。

“强——”田丽芳本来想在家乡一样称呼强天强叫“强哥”的，可是一想，当着这么多同学的面直呼“强哥”，会引起大家的怀疑而说三道四的，她想改口叫强天强，但她又觉得这样不习惯不亲热，太一般了。于是她说：“天强呀，你学习好，以后要多多帮助帮助我呀！”

强天强谦虚诚恳地笑着说：“以后我们互相研究，互相切磋好了。”

打那以后，田丽芳凡是有不太理解的问题，或是解不开的题目，都要去请教强天强。强天强都会耐心地给她讲解分析，或者演示给她看。

强天强和田丽芳两人学习刻苦认真，又有钻劲，成绩都是名列前茅。他们待同学又和善诚恳，同学们都相信他们两人，愿意同他们两人交往。他们两人得到了同学们的肯定和信任。强天强被推选为数学学科课代表；田丽芳被推选为语文学科课代表。他们两人都纷纷表示要好好为大家服务，反应同学们的诉求，带领同学们学好各门功课。

强天强常常想到他爸爸强震虎被抓走时说的话，想起他在他爸爸灵前作了保证说了让他爸爸放心的话以后，他爸爸才瞑目的情景，他觉得他不能辜负他爸爸的殷切期望。他对学习抓得很紧，也特别用功，没有事他是不会往家里跑的。他觉得老往家来回跑，那样太浪费时间了。开学一个月来，有的同学几乎每个礼拜都往家跑。强天强虽然也想家，思念他孤苦一人在家的母亲，然而他还没有回过家呢。一个星期又过去了，星期一又开始上课了，中午开饭了，强天强去饭厅吃饭，看见饭厅里挂出一块小黑板，上面全是停火人的名单。强天强的名字排在第一位。这就是说，吃了中饭就无晚饭了。那时候，上了县城中学，住校的学生的户口都迁到了学校，只要缴伙食费，每天就有饭菜吃。如果你交的钱用完了，星期天到晚要补缴上去，否则，星期一晚饭就停火没有饭吃了。你必须赶回去拿伙食费。强天强学习认真，时间抓得紧，他哪里肯缺课呢？强天强吃过中饭没有像别的同学那样缺课赶回家去，而是把下午的课上完后，才开始往家赶路。强天强的家离县城有三十几里路，天又快晚了，还有一段漫长的山路要走。强天强拿了两本书，急火火地上了路朝家赶去了。

强天强一边赶路一边还想着书上的问题，有时还将书打开来看一看，然后再默默地记一遍。不知不觉他赶下了一半的路程。可是天已经擦黑了，这就意味着，剩下的一半路程，他要摸黑了。强天强急了，就加快了脚步。他终于来到一个叫野山凹的地方，天已经黑得伸手不见五指。顿时强天强周身汗毛紧竖，因为他要通过一段足有五里路长的，前不扮村后不着店的山路。

强天强最烦心最可怕的是野山凹那条羊肠小道。这条羊肠小道虽然不长，从这头可以看到那头的出口（当然天黑了是看不见的），但走进去令人感到阴森可怕，毛骨悚然。羊肠小道的两边是陡峭的崖壁，上面有一块石碑，虽然已经刻塑多年，可是那上面的文字还清晰可见。平时强天强、管有义、田勇、田丽芳他们四人从野山凹的羊肠小道经过时，曾经爬上去看过，那块石碑上刻着“人人不要跟我学，老子打死儿子”的字样。据传，不知何年何月何日，总之在很古的年代，有人说在清末民国初年，有一个老者，他儿子在较远的城里做生意。他们一家人都期盼着自家在外面的亲人回来过年，可是一家人穷得年关难过，父亲盼望儿子回来，到了腊月二十九这天等了一天，也不见儿子回来。天已经黑了，没有钱这年关怎么过呢？老头子急了，他心术不正想弄些钱来，连夜去购买些年货，就拿了一根棒槌来到了野山凹，准备碰碰运气，找点活食吃吃。他躲藏在崖壁的缝隙间。他等到很晚很晚的时候，终于发现有一个黑影在黑暗中移动，渐渐的朝野山凹的羊肠小道走来了。说时迟，那时快，老头儿不问青红皂白，他思财心切，也没有像那些拦路劫财的土匪那样说“山是我开，路是我栽，要想从此过，丢下买路财，要是没有钱，就在山里埋”的强盗喊话，而是躲在崖壁的隐蔽处，等到那个黑影靠进他时，冷不丁拦头一棒槌，可怜黑暗中的人被击倒在地，血流成河，脑浆涂地，送了性命。老头儿立刻搜了身，摸着了那死者的包裹，慌里慌张地甩开大步，一溜烟气喘吁吁地回到了家中。老头儿赶忙打开包裹，他的儿媳妇看到包裹里有一双鞋，慌忙拿起来一看，原来是她亲手给自己的丈夫做的，当时就“哇”的一声晕倒在地上了。这时候，那个老者方才知道被他打死的那个人不是别人，正是自己的在外面做生意的儿子。他觉得这是对他的报应，害人如害自己。老头儿非常伤心，也非常后悔。后来老头儿为了警示后来人，就在野山凹的崖壁上刻了这块石碑。对于这一点，强天强有谴责唾骂之意，但并不可怕。因为强天强认为，现在天下太平了，没有土匪了，而且他强天强是一个穷学生娃娃，身上除了手上拿着的两本书而外，别的什么值钱的东西也没有，怕什么呢？可是强天强心里还是很害怕，他不怕有强盗短路劫财，最怕的是遇到饿狼恶兽。那东西在荒郊野外可不跟你讲交情的。

强天强曾经听说过这样一件事：在很久以前，野山凹三里路外，有一个小村子，村上有一个农民推着独轮车进城去办事，回来的时候必须从野山凹经过，才能回到村子。那天已经很晚了，一只灰狼瞪着碧绿碧绿的令人可怕的眼睛看着他，挡在羊肠小道上，久久不肯离开。那个车夫怎么吆喝，那条灰狼也不理睬他，仍然瞪着碧绿的眼睛瞅着他。这个车夫毫无办法，他必须通过这条两边都是悬崖的羊肠小道，否则就无法推着独轮车回到家中。

这个农民跟大灰狼僵持了一会儿，见大灰狼没有离开的迹象，只得硬着头皮推着土车朝前面闯，看大灰狼走不走，让还是不让？可是这条大灰狼胆大包天，它就是不让不走，看你一个人能拿它怎么样？当这个农民无可奈何地把土车推到大灰狼的面前，大灰狼竟然胆大轻盈地跳上独轮车，稳稳当当，笃笃定定坐在独轮车上，两颗像灯笼一样的狡黠的碧绿的眼睛死盯着这个农民，看他推不推它一程。这时候，独轮车车夫已经被吓得神不守舍，魂不附体了。他战战兢兢，晕乎乎，不由自主地推着独轮车朝前面走去。独轮车夫足足推着蹲着一条大灰狼的独轮车走了三里路程，等到快要进村的时候，狡黠的灰狼迅速跳下独轮车，一溜烟地跑得无影无踪了。谁知这个农民真的被大灰狼吓破了胆子，回到家里后就病倒了爬不起来了。后来这个农民就这样茶饭不思，晕乎乎，气息奄奄，没有过多少日子，就一命呜呼，悲惨地离开了人世。

强天强想到这个农民——独轮车车夫被大灰狼吓死的事，顿时毛骨悚然，汗毛紧竖，心里非常慌乱。强天强最怕的就是在这个野山凹的羊肠小道也遇到恶狼，那样不也会把他的胆吓破了？人到急时反不急了，人到苦处一半挨嘛，你不走也得走。这时候，强天强将手中的两本书利用起来，他把书展开，一只手拿一本，甩开胳膊摆动起来，白纸在黑暗中闪着白光。强天强就是利用两本书上下前后的摆动，不断闪耀的白光来提神壮胆。强天强在黑暗的山野里高唱着在学校学唱过的军歌："向前，向前，向前！我们的队伍向前进……"强天强的歌喉低沉有力，在山野里，在夜空中震荡回响，他唱着军歌合着坚实有力的步伐，终于闯过了野山凹的羊肠小道。强天强幸运得很，他没有遇到拦路劫财的土匪强盗，也没有遇到瞪着碧绿的眼睛的大灰狼。可是，这下面还有好几里山路要走，虽然不像野山凹那么阴森可怕，然而天又这么晚这么黑，又荒无人迹，是一段前不攀村后不着店的路程。要赶完这么一段路程，强天强心里也不见得轻松，他还是有点紧张害怕。强天强还是放开嗓子，低沉有力地唱着军歌："向前，向前，向前！我们的队伍向前进！……"

强天强一个十几岁的孩子，在静寂的夜晚，在阴森恐怖的山野，在万籁俱静的旷野，怀着紧张焦躁的心理，连续赶了三十几里路程，终于走到了徐村前面的灌木丛林密布茂盛的一片小树林边。这时候，强天强满身大汗淋漓，湿透了他的衣裤，而且感到又饿又累，两腿发软，他真的走不动了。好在他反正已经到了徐村到了家乡了，能看到徐村的点点灯光了，他不急也不怕了。强天强素性坐下来在树林边休息一会儿。

强天强身上的汗渐渐地干了，也不喘气了，害怕紧张的心理缓解了。他先是躺在草地上的，眼下，他坐起来，伸伸胳膊觉得有力气了，就站起身来，拍了拍身上沾着的草屑，向着亮着灯光的村子走去。不一会儿他走到了自家门口，已经十点多钟了。他的母亲已经上床休息睡觉，听见儿子强天强敲门喊门的声音，不觉吓了一跳。母亲紫云立刻来开了门，看见儿子强天强站在自己面前，感到又惊又喜。母亲知道，儿子强天强一定还没有吃饭，走了这么多山路黑路，一定又怕又累又饿。母亲非常心疼，就急忙热了饭菜，盛来放在桌子上，看着儿子强天强狼吞虎咽地吃完了才安心。

"天强呀，你怎么这么晚才回来呀？"母亲十分疼爱关心地问道。

"学校停火了。"强天强笑着说，"也想念母亲了，就回来了。"

母亲紫云知道儿子强天强会说话，他加了后面一句话，特意冲淡“学校停火”的紧迫感，做母亲的能不心知肚明？儿子强天强缺生活费，母亲算也算出来了。好在她已经卖了几只鸡凑了几块钱，让儿子强天强先用着再说。强天强也知道家里的困难，就叫他母亲给他做点炒面，可以带到学校搭配着吃，这样钱少些无关大局。他要一心一意上学，专心致志地探求学问，增长知识就不经常往家里跑了，免得浪费时间。

母亲不放心地说：“这样营养跟不上会饿坏身子的。”

“没事的。”儿子强天强安慰母亲说，“我会调剂好安排好的，妈妈你就放心吧！”

第二天早晨四点钟，强天强爬起来吃了点早餐，五点钟准时出发。他拿了母亲给他准备的半个月的伙食费，背着用洋面口袋装的大麦炒屑往学校去了。

强天强赶到学校还不到八点钟，赶上了上第一节课。他对学习抓得紧，绝不会缺课的。

强天强的父亲不幸离世后，家里缺了主心骨，经济十分困难，他深知母亲的难处。在极其困难的条件下，强天强知道科学合理地安排自己的生活。他把吃炒面和吃饭错开来。他打算第一个礼拜和第三个礼拜吃炒面；第二个礼拜和第四个礼拜吃米饭。他认为这样安排既能解决一个月的生活，也不至于损伤身子。强天强想，古人尚且知道“十年寒窗苦，求得功名在”，而今我们读书人就应该肯吃苦，吃得了苦。我们不求功名，但求学业成功。这样才能对得起自己；对得起父母；对地起教育我们的老师；对得起培养我们的学校和国家。

中午开饭了，强天强没有到食堂去吃饭，因为他这个礼拜是安排吃炒面，就没有交伙食费，还没有起火。下课后，他跑到宿舍用茶缸装了些炒面，跑到茶水炉上倒了点开水，将炒面调和均匀后，用勺子一口一口地吃起来，而且吃得很香很爽滑。田丽芳以为强天强还没有来得及交伙食费，中饭没有饭吃，就关心地问道：“天强，你不吃中饭不饿吗？”

“不饿。”强天强拍着自己的肚子自信地说，“我吃饱啦。”

“你吃了什么？别骗人！”田丽芳诧异地问道。

“我吃了炒面。”强天强笑着说，“香着呢！”

田丽芳听强天强这么说，也没有再说什么。她以为晚饭强天强会去饭厅吃饭了。可是，晚饭时还是不见强天强到餐桌上来吃饭。强天强还是调炒面当饭，田丽芳明白了，有些心酸心疼了。

第二天早饭时，田丽芳没说什么，她认为早上吃炒面不比吃稀饭差。中午开饭时，田丽芳布防着强天强，看到他在茶水炉旁边调炒面，立刻上前一步，一把夺过强天强的茶缸笑着说：“强天强，你一个人躲在旁边吃香的，馋死人了，我也想弄点炒面香香嘴呢！”

“你要吃，我去弄点给你。”强天强有点尴尬地说。

“我跟你换着吃。”田丽芳窃窃地笑着说。

“炒面你要尝，就尝尝吧，饭还是你自己吃。”强天强无可奈何地说。

“我是牛肚子？”田丽芳没好气地说，“你想把我撑死呀？”

“那——”强天强不知所措了。

“那什么？我跟你换定了。走，跟我拿饭去！”田丽芳立方像发布命令似的，将强天强拽了就走。

后来田丽芳跟强天强约法三章，每天中午田丽芳吃炒面，强天强吃田丽芳的米饭；晚上强天强吃炒面，田丽芳吃自己的米饭。她觉得这样每天每人肚子里有米饭也有杂粮炒面，对消化有帮助，对身子有好处而无坏处，何乐而不为呢？如果一连几天光吃杂粮炒面，一点米饭不吃，不仅伤胃口，也会伤身子的。强天强觉得让田丽芳来代他受苦，有点过意不去，他不同意田丽芳这么做。

“你要是把我田丽芳当朋友，就这么办，你要不把田丽芳当朋友，你就天天吃你的香甜可口的炒面，田丽芳还是吃我的米饭！”田丽芳说着伤心得竟然蹲在地上哭起来了。

强天强无可奈何，只得勉强同意了田丽芳这个真诚可爱的小妹的要求和安排。田丽芳还要求强天强跟她拉了钩发了誓。强天强真的拿这个田丽芳同学没说的了。

强天强和田丽芳的情谊不是一天的了。他们从小在一起玩得很开心，也很投缘。强天强在他舅爷爷舅奶奶家拿来的香香喷喷的花生米，也不忘记送给田丽芳和田勇吃；放牛时，田丽芳常常从家里带几节山芋效劳强天强。强天强生病了，田丽芳很着急，给他倒茶拿水，打来饭菜，无微不至地关心他，周到细致地照顾他。他们在一起放牛时，强天强带着田丽芳趟溪流过沟坎，帮她追牛牵牛；两人躺在芦荡的草地上仰望蓝天，引吭高歌，遐思未来；学习上两人互相研究，互相切磋……正如田丽芳说的，她和强天强的友谊不是一天两天的啦，是在长期接触交往中，和睦相处，互相关爱中建立起来的深情厚谊，这种友好情谊是牢不可破的！

强天强虽然只有十六岁，可他生得高高大大，就跟一个大小伙子一样了。圆润而红扑扑的脸蛋上镶嵌着一对浓眉大眼，任何时候都显得神采奕奕。田丽芳今年十五岁，跟她娘田嫂长得一模活脱，不高不矮，不胖不瘦，身体的各个部位都非常匀称等样。高高的鼻梁架在长长的瓜子脸上，线条明朗清晰，乌黑水灵的眼睛的上方，长着一对乌黑的柳叶似的眉毛，像巧手画匠着意描绘出来的一样秀美灵动。她剪着齐耳的短发，梳着一束刘海，显得非常有精神，朝气蓬勃，充满活力。特别是她那忽闪着的水灵灵的眼睛，说起话来总是带着笑容，真是“带笑的眼睛会说话”啊！

同学们都开玩笑说，强天强和田丽芳两人长得俊俏，相处得又那么要好，真是天上一对，地上一双的一对恋人。

强天强和田丽芳都说，我们两人从小在一起玩耍长大的，现在又是同班同学。我们两人之间是朋友之谊，同学之情。我们现在还小，而且还在读书，请你们不要谈那些事，请你们不要胡猜乱说。

“那你们以后一定会谈那些事的啰！”不知哪位同学大声吆喝了一声。

这个同学的一句玩笑话，逗地全班男女同学都哄堂大笑起来了。强天强和田丽芳两人的脸都刷地红了，他们两人被同学们逗得闹得有点害羞了。

三十四

母亲紫芸一大早爬起来烧了早饭，等儿子强天强吃完早饭后，又极其疼爱地把儿子强天强送出了门。她久久不离，看着儿子强天强渐渐消失在烟笼雾罩的晨曦中。母亲紫芸站在风口路边，久久地看着儿子强天强远去的方向，真有点舍不得，也放心不下。昨天晚上，儿子强天强摸着黑赶了那么多山路，又惊又怕又饿又累，真是苦了这孩子了。昨天儿子强天强回到家时，已经那么晚，都十点半钟了。儿子强天强狼吞虎咽地吃了晚饭，由于太辛苦太累太困了，母亲就没有打扰儿子强天强，让他早早地上床休息谁觉了。母亲和儿子强天强两人还没有来得及谈谈心，说说体贴入微的话，今日一大早，天才麻麻亮，儿子强天强生怕缺课，就急急忙忙赶着往学校去了。母亲觉得这上学还真有点累有点苦，这都怪家里太寒酸太穷了。要是儿子强天强的爸爸还活在世上，即使地里的收成不好，强震虎肯苦肯累，还是会想着法子，打点鱼来换些钱来，家用开支是不成问题的，儿子强天强上学的费用是可以解决的，儿子就不至于这么苦这么累了。母亲紫芸是一个女流之辈，能有多大的能耐呢？这老天也不长眼睛，大不该让强震虎遇着那种倒霉的事情，作出那么大的牺牲呀！母亲紫芸真的愿意替丈夫强震虎去受过，代丈夫强震虎去受屈，为丈夫强震虎作出再大的牺牲她也在所不惜！这样把丈夫强震虎留在人世间，强家的门面定然能撑持下去，儿子强天强的生活、上学读书就不至于这么苦这么累了。

强家原本有一大家人，可以说是人丁兴旺。可是，现在只剩下母亲紫芸和儿子强天强母子两人相依为命了。过去人们都说他们母子相克，说什么母亲紫芸和儿子强天强母子两人总有一天一个要克死一个的。这不是瞎说八道吗？如今母亲紫芸和儿子强天强两人不是活得好好的吗？谁也没有克死谁，要说有克星的话，母亲紫芸倒是认为，天上、地上、人间都有克星。强天强的爷爷强大榆不是死于雷公爷的惊天霹雳吗？儿子天亮和天冬不是死于那个痘花娘娘施放的天花病毒吗？强天强的老祖母强王氏不是死于世间恶魔徐云彪的毒手吗？强天强的大哥强天明和他的舅爷爷舅奶奶不是死于侵略者日寇的残忍屠杀吗？强天强的姐姐强天蓝被歹毒可恶的小鬼子掳走，不知带到哪个天涯海角去了，至今还不知死活，下落不明；强天强的爸爸强震虎死于恶魔暗藏的反革命分子贡家贵一手制造的冤假错案。天上、地上、人间的这些鬼蜮似的克星，害死了强家这么多人，难道人们不知道不看见？强家的人都是忠厚善良的人，强家的人都是无辜的呀！这样的严酷的打击，如此惨烈的境遇，谁能承受得了？然而一个女人承受住了，可见母亲紫芸是个多么坚强刚毅的女性！

家人走了，丈夫强震虎悲惨地走了，把一个家交给了一个女人。强天强的母亲紫芸苦苦地支撑着这个不完整的家。这些年来还真苦了母亲紫芸了，随着时光像流水一样的逝去，母亲经受了不堪想象的不幸遭遇的打击和难以承受的生活的磨难，虽然她只有四十多岁，然而她像经霜的植物一样开始蔫了。母亲紫芸的头发花白了，脸上刻上了许多细纹，身子也萎缩了，不像以前那么挺拔高挑了。母亲紫芸十分清楚明白，她不能倒下，这个家要她挺住，哪怕是千斤重担，吃尽千辛万苦，她也要挑起这个家庭重担，安排好家庭的生活，让儿子强天强读书上学，圆满地完成学业，把儿子强天强培养成人。这样才能遂了丈夫强震虎的心愿，让丈夫强震虎在九泉之下瞑目，永远安心，永远安息！

儿子强天强读书非常刻苦认真，这是众所周知的，已故私学徐老先生就喜欢强天强这样的弟子门生；公学堂的小学老师也很看重看好强天强这样的学生。现在强天强上县城中学了，他对学习时间抓得特别紧，为了不耽误时间，少往家跑，家里困难，筹措的伙食费少，强天强就用大麦炒面充饥，凑合着熬过一个月的生活。母亲看在眼里急在心里，儿子强天强才十六岁，正是长身体的时候，又要时时刻刻动用脑子，这是伤精耗神的事情，成天长日地吃大麦炒面度日，营养跟不上那是万万不行的，做母亲的有点心疼，做母亲的再苦不能苦了孩子。母亲紫芸就省吃俭用，一天该吃三餐，就改作吃两餐；该吃干的，就改吃稀饭，而且把稀饭熬得稀稀的，一吹三条浪。有时候，母亲也摘树叶，挖野菜充饥。她想，一条母牛整天累日地吃草料，竟然能养得膘肥体壮，而且还能挤出奶水，还能耕田耕地，作为人吃点野菜不也能充饥当饱吗？所以，榆树叶、槐花、稻谷菜、野苋菜……母亲都吃过。有人告诉母亲紫芸说，野苋菜带刺的好吃，不带刺的不好吃也不能吃。母亲不以为然地说，只要不毒死人都能吃。虽然不带刺的野苋菜非常苦涩，但它到处都有生长的，只要能填饱肚子就管不了那么多了，还谈什么好吃不好吃？母亲紫芸不管不带刺的野苋菜苦不苦，好吃不好吃，还是照吃不误。这样，母亲紫芸就可以省下一些粮食，换点钱给儿子强天强送去，让儿子强天强吃饱吃好，她就安心宽心了。

强天强这孩子非常懂得甘苦，知道家里的困难，母亲的难处和苦楚，他非常孝敬疼爱与他相依为命的母亲。母亲跑了几十里路，辛辛苦苦，高高兴兴送钱给儿子强天强，儿子强天强坚决不要说："妈妈，这钱你拿回去，我弄点炒面搭着吃，一个月的生活费够啦。"

母亲十分关心体贴地说："天强呀，这点钱给你交了这个月的伙食费，还是吃米饭好，别饿着饿坏了，炒面你就留着课间饿了调着打打尖吧！"

"娘，我知道你这一向光是为我省吃俭用，人消瘦了许多，儿子怎么忍心安心呢？"强天强心疼母亲，几乎要流眼泪了。

母亲伸伸胳膊踢踢腿自信地笑着说："娘没事的，你尽管放心。"

"娘，你忙里忙外，跑进跑出，还有几亩地要管理要耕种，你要尽量吃饱，不要饿坏了身子，饿夸累夸了可不行呀！"强天强恳求他母亲要吃饱休息好，要保养身子。

母亲小心翼翼地从衣服口袋里，掏出一个用手帕包着的小包，慢慢打开将几块钱塞给儿子强天强，强天强先是不肯接，可是看见母亲急得眼泪汪汪，就无可奈何地收下了钱说："娘，下个月你就不用给我筹备伙食费啦，你还是给我准备半个月的大麦炒面就行了。"

"那哪能行呢？你正是长身体的时候，米饭不可少。"母亲心里酸酸的。

强天强要上课去了，他不能跟母亲多说什么了，就急急地走了。走时他回过头来依依不舍地看着母亲大声说："娘，你千万要保重身体呀！"

"我会的，你要吃饱米饭，要注意休息！"母亲也大声说着，目送着儿子，看着儿子走进了教室，才转移视线依依不舍地离开了学校。

母亲紫芸和儿子强天强母子两人由相见到离开那一刹那间，他们母子间的那种亲情，在他们的血液里流淌着，又凝聚成一股热流在他们的周身涌动。

儿子强天强说得对，家里还有几亩地要耕种要管理，他爸爸强震虎不在人世了，这耕田种地的重担全落在母亲紫芸一个女人身上了。母亲决心把这几亩地种好管理好，来年收成好了，就可以改变贫穷的现状，走出困境，儿子强天强读书上学的费用就有了出项了，就不会像现在这样受苦受累了。多少年来，母亲紫芸跟种田能手强震虎生活在一起，劳动在一起，虽然没有强震虎那么有力气有本事，虽然她还不是一个庄家里手，但由于多年的耳濡目染，这种地管地的活计，她也不是外行了。可是由于不幸遭遇的打击，以及生活的磨难，她开始老了，力量单薄了。不过，母亲紫芸肯吃苦，也吃得了苦。力量单薄不管事，做做歇歇就是了。明明一天能干完的生活，她做两天还不行吗？慢慢来，只要不误农时就行了。

母亲紫芸总是日出而出，日落而归。每逢大忙季节，她就起早带晚，披星戴月默默地在地里劳作。什么耕田、插秧、施肥、除草、割稻……样样她都拿得起来。对于一个女人来说，这在当时的农村的确是不多见的。

强天强的母亲紫芸，一个女流之辈会套牛耕地，这在徐村还是第一个。那年迎娶母亲紫芸时，强震虎是作为聘礼要给心狠歹毒的徐云豹做十五年义务长工。这两亩陪嫁紫芸的田地，强震虎常年不在家，总不能荒废着吧？两个女人紫芸和婆母强王氏就琢磨着自己学着耕地种庄家了。他们婆媳二人还指望这二亩地来维持家庭生活呢？她们婆媳二人，就一个拿铁锹挖，一个拿锄头翻，两人忙了整整一天，累得要死要活，腰酸背痛，气喘吁吁，也只挖了一个田角。第二天一大早，她们两个女人就架起犁来以人力拉着耕耘。她们婆媳两人一个在后面扶着犁稍，一个在前面像老牛拖破车似的，拼死命地拉扯。两个女人就这样轮换着拉犁作业，忙了一趟工，也没有什么进展。这种人拉犁的生活，别说是两个没有耕过地的女人，就是一个身大力不亏的男子汉，也比不上水牛的力气，也会累得上气不接下气的。后来，五婶放牛来到这里，看见她们婆媳两人在以人力拉犁耕地，累得坐在田坎上喘着粗气，觉得好笑，也十分同情这婆媳二人，就爽快地将耕牛借给她们婆媳用用，让她们套上犁用水牛耕翻土地。紫芸笑着煞有介事的一手扶着犁稍，一手拿着牛鞭，大声吆喝着。那条水牛像没有听到一样，站在那里纹丝不动。紫芸想，这水牛也欺负人呢，就是不听她使唤，一气之下，将鞭子一扬，又大声吆喝了一声，水牛一惊，嘚嘚嘚地朝前面猛跑了几步，又停下来了。如此这样，三番五次，反反复复都是这样。母亲紫芸回过头来看看已经耕过的土地，深浅不一，浅的地方只擦了一点地皮，牛跑得就快；深的地方太深，水牛根本就拉不动，走得就慢。母亲紫芸不知所措，望着水牛唉声叹气。母亲紫芸正在咧着嘴看着水牛苦笑时，管田来替换五婶吃早饭了。管田看见这种情况，就笑着对紫芸说，这样用犁使用耕牛是不对的。管田立刻从紫芸手上接过犁耙和牛鞭，大声吆喝了一声，水牛哞哞叫着，拉着木犁稳稳当当，轻轻松松朝前迈开了步子。田地被犁得深浅一致，翻上来的泥土，整齐划一地覆盖在一边，油光闪亮，香气四溢。接着管田将使用牛的要领，犁地的技术手把手地传授给了紫芸。紫芸也很精明灵巧，很快就摸清了耕地的诀窍掌握了耕田的要领和技巧，只花了半天的工夫，就把二亩地耕翻出来了。紫芸非常高兴，也非常开心，她十分感激管田，她送还耕牛给管田时，竟然跪在管田面前恭恭敬敬地磕了个头。

管田被紫芸弄得不知所措，立刻扶起紫芸笑逐颜开地说：“你这样不把我管田折死啦！”

紫芸和五婶都开怀大笑了起来。

现在母亲紫芸使牛耕地非常娴熟。她赤脚趴地，裤腿卷得高高的，右手扶着犁稍，左手扬着牛鞭，一声吆喝，那耕牛就像神使鬼差似的，乖巧听话的稳稳当当地朝前行去。母亲紫芸看着翻上来的黑黝黝的泥土，闻到了泥土里透溢出来的特有的香气，惊呼道：“好香啊！这么肥沃的泥土，定能长出好庄稼！”

这耕地的问题解决了，可是灌水倒是有点麻烦了。母亲紫芸一个单身女人，这水车是万万蹬不动蹬不转的。要是儿子强天强在家，母子两人蹬水车，问题就会迎刃而解了。然而，儿子强天强的读书上学是大事，不能耽误他的学习。不过“世上无难事，只怕有心人”嘛，是在人为。母亲紫芸一个人蹬不转水车，她就脱了长裤子，穿着短裤衩站到水沟里用木桶一桶一桶地舀水往地里灌，多花点时间，多吃点辛苦，还是能给地里灌足水的。至于施肥、除草她才不急呢，慢慢来，她绝对不会让庄稼忍饥挨饿缺少肥料的，也绝对不会让杂草野蒿争肥抢占庄稼的生长空间的。

庄稼成熟了，母亲紫芸十分高兴，她成天到晚都到地里去看几遍。看看这沉甸甸，平展展金灿灿的稻谷，她的老脸笑成了一朵花，因为眼看就要丰收了。

这收割庄稼的事，母亲倒是没有费心思，就非常顺利地完成了。等到收割的时候，正赶上儿子强天强他们放忙假，儿子强天强、管有义、田勇和田丽芳他们组成了一个支农小组，支援农户收割庄稼。他们支农小组，首先支援的就是母亲紫芸家。他们支农小组，只用了半天的时间，就把母亲紫芸家的庄稼收割完了。

母亲紫芸看着堆在家里的黄灿灿的稻谷，心里乐开了花，因为她这一年的辛苦没有白费，儿子强天强的读书上学的费用有了出项啦！

三十五

强天强是个品学兼优的三好学生。他为人谦虚诚实，待人诚恳，乐于帮助别人。如果你有什么不懂的问题请教他，他都有求必应，不厌其烦地跟你耐心地讲解。学校布置下来的各项任务，他都勇往直前不折不扣地去完成，再苦再累他也无怨无悔。尤其是在学习方面，强天强在初二年级时，就把初三年级的课程自学完了。升入初三年级，他又开始自学高一年级的课程了。按照这样的发展趋势，强天强完全可以跳过高一年级，直接考入高二年级就读了。强天强对自己的要求非常严格，在各方面的表现都得到了老师和同学们的一致认同和赞赏。

学校团组织准备培养发展强天强加入中国共产主义青年团。班里的团干部已经找强天强谈过话，并告诉他共产主义青年团的每个团员，必须忠于共产主义，忠于共产党，忠于人民。每个共青团员不光自己还要团结广大青年一道为实现共产主义而奋斗终生。对于共产主义强天强在书本上也看到了一些，但了解得并不深刻。这几天他在团干部的关心帮助下，逐步了解认识到，共产主义社会是人类最理想的美好社会。到了那个时候，人的思想极大地提高了；社会财富极大地丰富了；人尽其才，物尽其用。那时候的社会十分文明和谐，真可以夜不闭户了。强天强非常憧憬这样的文明和谐美好的社会。他愿意加入共产主义青年团，成为一名光荣的共产主义青年团员，团结广大的青年男女，艰苦奋斗，顽强拼搏，为实现文明和谐美好的共产主义社会而不懈努力。

强天强想，要是他爸爸强震虎遇上这样的文明和谐美好的社会就好了。人们的思想觉捂高，社会和谐了，人与人之间和睦相处，没有了尔虞我诈，就没有人会公报私仇，他爸爸强震虎就不会经受那么多的磨难和痛苦，就能尽其才，凭其力而立足于社会，也不至于被冤屈致死了。强天强觉得他爸爸强震虎的运气就没有他的儿子强天强的运气好了。强天强遇上了实现美好和谐文明的社会的绝佳环境，自己才有了实现美好文明和谐社会的决心。强天强觉得他很幸运，也感到很高兴。强天强诚心诚意地写了入团申请书。

加入共产主义青年团是每个青年，也是强天强生活中的一件振奋人心的大事，他必须郑重其事地对待它。团干部拿来一张申请入团的表格来让强天强填写，并告诉强天强要实事求是，不能夸大事实，或者隐瞒真相，对团组织要忠诚老实。其实这一点对强天强来说，是用不着担心的，用不着怀疑的。强天强跟他爸爸强震虎一样，是个非常忠厚老实的人，哪里会鬼舞三道呢？

强天强看了这张入团申请表格，觉得不难填。强天强这些年来的表现，大家有目共睹，学校和同学们都看得清清楚楚，他写出来的都是大家熟悉了解的，绝没有夸大事实的嫌疑。他们家祖孙三代的历史都清白得很。爷爷强大榆和父亲强震虎都是帮工的出身，祖母强王氏和母亲紫芸都在家种田种地，都是地地道道的农妇。三个哥哥，一个被万恶不赦的小鬼子血腥杀害了，两个死于瘟疫；唯一的一个姐姐强天蓝被可恶歹毒的小鬼子掳走了，至今下落不明，是死是活还不知道。当强天强看到社会关系这一栏，他有点犯难了。强天强想了想，觉得这是个难题，这外祖父外婆，还有舅舅和舅母究竟是那些人哪里人呢？强天强对此压根儿都不知道，他也从来没有听他母亲紫芸提起过说起过。强天强也曾经问过他母亲，他也想往到外公外婆家里跑跑，跟他们去亲热亲热，接受一下他们的爱抚吧。可是，强天强每次问起这件事，母亲不是不作声，就是说她自己也不知道她是从哪里来的。母亲还笑着说，也许是你祖母在哪个偏僻的地方，或是哪个灰堆里捡来的，差点送了小命，哪还知道你说的什么外公外婆呢？打那以后，强天强就再不去打破砂锅问到底了。要是那样，只会让母亲为难，并勾起母亲对自己身世的回忆而伤心流泪。

这回要填入团申请书了，这一栏是不可以空着不填的。一个大活人，怎么只有家庭成员，而没有至亲近戚呢？不填写怎么说得过去，交代得了呢？强天强决心回家一趟，问清母亲，把这一栏认真填写清楚，给组织上一个清楚明白的交代。

这天，强天强盘腿一个人坐在操场偏东南的一个角落里，他的对面是一片水域。强天强眼睛望着远处层层叠叠的山峦。他看见层层叠叠的山峰的上端，一阵阵雨云翻滚涌动着，他心潮起伏，也像层层叠叠的山峦上的雨云一样翻滚涌动不停。强天强此时此刻心急如焚，申请书上的社会关系这一栏怎么填呢？不填是万万不行的！可是，他一旦向母亲提起外公外婆的事情，母亲就不高兴，好像有什么难言之隐。这时候，强天强有点不知如何是好了，他随手捡起一快小石头用力甩出去。小石头落在水中，“咚”的一声溅起了细小的水花，水面上立刻漾起了细小的涟漪。强天强决心一定要把这事情弄个水落石出。

可是，母亲总是说不知道。过去母亲年轻，强天强尚小，说不知道还情有可原，现在强天强都是一个大小伙子了，母亲都已经是几十岁的人了，母亲对自己的身世一点信息都没有，这怎么可能呢？人们常说“没有不透风的墙”嘛，在这么大一个徐村，怎么会一点风声都没有呢？强天强断定他母亲是知道的，只是不愿意说，不想说罢了。这里面一定有隐情，有苦衷和难言的悲伤揪心的事。强天强怎么才能从母亲那儿获知真实情况呢？要是母亲坚决不说怎么办呢？强天强正在百思不得其解，无计可施的时候，看着远处的层层叠叠的山峦高峰出神思虑时，田丽芳悄悄地来到强天强的身后，用纤纤细手，从背后捂住强天强的眼睛。强天强先是吓了一跳，而后他用手一摸，感觉到是一双细嫩而又光滑滋润的手，断定这是女同学的手，强天强认定不是别人，一定是田丽芳。于是强天强不假思索地大声说“放开吧，田丽芳！”

田丽芳松开手，笑盈盈地一针见血地说：“我看你出神发愣，一定有心思。”

“我哪有什么心思？我是在想问题。”强天强否认道。

“想问题不是这么想的。”田丽芳像看透了强天强的心思一样，她说，“你一定遇到了什么不顺心的事情了。”

“我都急死拉。”强天强终于坦白了，他拿出入团申请填报表，坦然地给田丽芳同学看，并说，“这社会关系一栏我怎么填写呀？”

田丽芳看了笑了笑说：“这还不好填嘛，实话实说，有一说一，有一填一不就得啦。”

“你田丽芳说得倒轻巧，这外公外婆是谁？舅舅和舅母又是谁？”强天强既为难又着急地说，“我娘又不肯说，我填谁？”

是呀，强天强的老娘不说，这外公外婆、舅舅和舅母是谁，谁知道？田丽芳看到强天强急成这样，她想到上小学时，徐文和徐武逼着强天强喊他们舅舅的事，就想借此事跟强天强逗逗乐子，让强天强开心一下，缓解一下强天强那焦急烦躁的情绪，就说：“这还不好填嘛，舅舅就填徐文和徐武呀，他们还未成亲，舅母就不填；你外公当然就填徐云豹了，至于外婆嘛，就填两位，诚然是三姨太贡美丽和二姨太了。”田丽芳说完就咯咯咯地像摇振银铃似的笑开了。

“我都快急疯啦！你田丽芳还有心思开这种玩笑，还笑得出来？”强天强有点哭笑不得了。

田丽芳虽然说的是逗乐子的玩笑话，然而她也从中得到了一点启发。田丽芳冷静下来想了想，徐文和徐武是一对活宝，这大家都知道。他们两人纯粹是调皮捣蛋。他们两人曾经骂田丽芳是汉奸的女儿，这是因为她娘田嫂曾经嫁给过大汉奸李五，徐文和徐武才说出伤害田丽芳的话的。那时，徐文和徐武也曾经叫强天强喊他们舅舅，而没有叫田丽芳喊他们舅舅呢？当初私学的徐老先生批评徐文和徐武时，也说是“在私学馆读书的，都是同学，不分舅舅外甥的。”田丽芳觉得徐文和徐武调皮的行为，或是调皮的语言，或多或少都有点影子，何不从这里找找原因，打开缺口呢？说不定徐文和徐武两个活闹鬼，还真的是强天强的舅舅呢！于是田丽芳一拍大腿说：“天强呀，你回去问问你娘，你外公是不是徐云豹？或许能问出些名堂来。”

田丽芳的一席话提醒了强天强。他也想到了徐文和徐武调皮捣蛋时，逼着他跪在娘娘菩萨面前求取宽恕的事，是因为自己出天花死后复生，是徐泰安老爷子用秧蓝把他背回来的，强天强确实有过“秧蓝背”的名号。后来徐文和徐武又逼着他喊他们舅舅，恐怕也是有原因的。

记得那时，强天强把这件事告诉母亲紫芸，母亲听了先是一惊，而后又强笑着说：“你别听他们瞎嚼鬼蛆，你外婆只生了我一个。”

“我外婆是哪个呀？”强天强天真地问道。

“死了。”母亲有些伤感，流下了眼泪。

当时强天强就没有往心里去，也没有再问下去。现在想来，这事还真有点蹊跷。强天强把前前后后的情况联系起来一分析，觉得田丽芳的说法和分析也不无道理的。于是他决定回去问他母亲，这究竟是怎么回事？或许能问出点名堂，理出点眉目来。

星期六下午，强天强上完了两节课，背了书包，急急忙忙赶回家去了。

母亲紫芸见儿子强天强回来了，心里非常高兴。母亲赶忙杀了一只鸡，烧了几样可口的菜。吃饭时，母亲不时地往儿子强天强的碗里夹菜夹鸡块，生怕儿子强天强不好意思吃一样。强天强看着母亲如此这般地疼爱他，心里暖暖的，像通了电一样。强天强也不无感慨地笑着关心母亲说：“你别光顾我，娘，你也吃呀！”

母亲笑嘻嘻地夹了一段鸡脖子放在嘴里啃着。强天强立刻夹了一只鸡腿塞到母亲的碗里。母亲要把鸡腿放回菜碗里。儿子强天强不允许，自己又夹了另一只鸡腿说：“娘，你吃一只，我吃一只，公平合理，行不？”

母子两人吃着鸡腿会心地笑了。

晚饭后，母亲收了碗筷，洗了碗刷了锅，走出厨房，看见儿子强天强坐在桌子前在填写什么表格。母亲不识字，也不想打扰儿子强天强的学习，就静静地坐在儿子强天强的对面，像古人陪公子读书一样陪着儿子强天强。

强天强笑着告诉母亲，他正在填写入团申请书，他要加入共产主义青年团了。强天强还跟母亲说了加入共产主义青年团的宗旨和目的，是为了实现共产主义的美好社会。强天强也深深知道，跟母亲谈这些道理简直是对牛弹琴。不过，强天强觉得只要经常对着牛弹琴，时日多了，时间长了，听惯了，听熟了，这琴声的悦耳动听，美妙的韵味，牛也能听得出来，听得懂而驻足聆听的！

强天强告诉母亲，这表格要填家庭成员、社会关系。社会关系就是要填外公、外婆；舅舅和舅母等等。这些儿子强天强一点都不知道怎么办呀？

母亲听了说："没有就不填呗！"

"那可不行！"强天强开门见山地提出了让母亲猝不及防，突如其来的问题，"娘，我外公是不是徐云豹呀？"

母亲对于这一突如其来的问话，先是一惊，刷地脸红了。儿子强天强的这一句问话，触痛了母亲多年的隐私；触痛了母亲多年的创痕和伤痛。霎时间，母亲的眼泪像瓢泼大雨似的扑簌簌地流淌下来了。母亲对那个无仁无义，心狠歹毒的徐云豹，只有满腔的怨和恨。母亲真不愿意想，也不愿意提起这件事，想把这些事烂在棺材里了事。可是，儿子强天强一再恳求母亲说出事情的真相。母亲见儿子强天强焦心如焚，苦苦哀求，几乎要哭的样子，她心疼了，心碎了，就把她从出生到嫁给他爸爸强震虎的前前后后的遭遇和受到的伤害和盘托出，告诉了她的儿子强天强。母亲眼泪汪汪地说，这些年来，他们家一直受到了徐云豹和三姨太贡美丽的剥削和压迫，以至于遭受到他们的栽赃陷害。母亲说到悲伤处，就痛哭流涕；说到愤恨时，就咬牙切齿，骂不绝口。母亲还说，这样的人，这样的人家，你还提它干什么，你还填它干什么？

强天强听了母亲的如诉如泣的叙述，对母亲的悲惨遭遇，痛苦的身世十分同情；对家庭遭受到种种磨难和惨烈境遇感到异常痛心；对徐云豹和三姨太的恶行感到无比愤恨！

只要你提到徐云豹和三姨太贡美丽，母亲就切齿痛恨。母亲憋着一肚子的气，窝着一肚子的火说："他们是他们，我是我，都跟他们断绝关系了。我原来叫徐紫芸，现在叫强紫芸，连姓我都改掉啦，你还填它干什么？"

"要填的。"强天强认真地说，"这一栏空着不填，对组织不好交代。"

"我们早就断绝关系了，就没有别要再填了。对于这样的人家，拉屎都得离他们三尺呢！"母亲愤然说。

"为了对组织的忠诚，还是要填的。"强天强劝告母亲说。

“这不是逼着我撞墙，硬让我认贼作父吗!”母亲不服气也想不通。

“不管怎样，这血缘关系是改变不了的。”强天强郑重其事地说，“填还是要实事求是地填的，将有些事情跟组织说清楚，组织上也会弄清楚，实事求是地对待的。”

这样，强天强就在入团申请书里填了外祖父是地主徐云豹，外婆是徐云豹的大姨太陆俊霞，因为分娩难产，生下母亲紫芸后，就去世了。

强天强把表格填好后，如释重负，十分高兴，非常满意地交给了团组织，就等着组织上的审核查对，讨论通过，批准他早日加入他梦寐以求的团组织，成为一名光荣的共青团员了。

三十六

强天强不仅有超前学习的能力，而且门门功课的学习成绩都非常出色。中专高中招生考试时他没有参加，却参加了高一年级的升级考试，结果他的考试成绩超过了高一年级任何一名学生，取得了全校第一名。强天强被破格升入高二年级成了高二年级的一名学生了。

学期结束了，快放假了。学校的画廊里贴出了一张大红喜报。这是一张光荣榜，是全校各年级各班级被批准加入共产主义青年团的人员的名单。强天强看到了，心里一动，他想，这张名单上肯定有他的名字。他想象着他已经成为一名光荣的共青团员了。强天强怀着莫大的期望和兴奋激动的心情凑过去一看，可是怎么也看不见他的名字。强天强不敢相信，揉了揉眼睛，又从头至尾细细地查找了一遍，还是没有他的名字。强天强的脸刷地红账起来，他意识到自已入团未获通过和批准。哪个环节上出了问题呢？强天强深思了片刻，他明白了，肯定是社会关系上被误解了。强天强认为他填表是本着实事求是的态度，交代了血缘关系，而实际上他们强家跟那些人根本就不来往，根本就没有一点点亲情关系，可以说是早就断绝了关系，这都是不争的铁的事实，谁不知道呢？组织上可以调查核实嘛！处理这一问题时，也应该从实际出发呀？当然，强天强是个懂事明理的学生，他不会灰心丧气的。强天强反而认为这是团组织对他的考验，这也是在情理之中的，因为毕竟有这么个社会关系明摆在那儿吗？强天强呀，你千万千万不能自暴自弃，灰心丧气，一定要经得起受得住团组织的考验呀！

不过，话又说回来，这张入团申请书的表格，是强天强花了九牛二虎之力，才从他母亲那儿获取信息后填写完成的。当初他母亲死活不肯说，也不愿说。后来在儿子强天强的一而再，再而三地苦苦哀求下，他母亲才流着极度伤悲痛苦的眼泪，怀着满腔的愤恨和怒火，回忆了她一直深藏在心底的极其伤痛悲惨的不堪回首的生平往事，还害得母亲流了多少眼泪，好几天没有好心情，几夜没有睡好觉。强天强于心不忍呀！可是，这次入团申请没有获得通过，团组织没有批准他加入他渴求已久，梦寐以求的共产主义青年团，他感到十分遗憾。要是母亲问起这件事，他怎么回答，怎么交代呢？强天强心有不甘。强天强觉得，凭他在学校的各方面的表现，如果用等级来衡量的话，他在各方面的表现都可以打上一个“优”字，这是无可置疑的。组织上怎么就通不过了呢？强天强怎么也想不通，他百思不得其解。

“天强!”田丽芳在强天强的肩膀上拍了一下说，“榜上无名吧?”

“没有获得批准。”强天强坦然地说。

”不可能获得批准！“田丽芳把一份入团申请表格递给强天强愤然说，“你的申请表。”

强天强惊异地问道：“怎么到了你田丽芳手中啦?”

“我是在字纸篓子里捡到的!”田丽芳有点义愤填膺了。

强天强打开一看，果然是他的申请表格。顿时他脑子里轰的一声，像一堆乱麻一样纷乱得毫无头绪了。强天强张着嘴，半天不语，不知所云了。

田丽芳愤愤地说：“你我这辈子别想入团入党了。你外公是大地主徐云豹，我田丽芳是汉奸李五的女儿，而且都成了有海外关系的人了，想入团？没门!”

“可我们跟那些人根本没有关系呀!?”强天强不解地说，“我们都是无辜的呀!”

“你不是听说了吗，‘龙生龙，凤生凤，老鼠生儿会打洞’嘛。”田丽芳咯咯咯地笑着自嘲道，“你强天强的娘是流亡地主徐云豹的女儿，还能生出龙来？我家有几亩地出租过，后来汉奸李五又来我家插了一杠子，我田丽芳就是凤凰也变成鸡了!”

强天强苦笑了一下，不再言语了。强天强想，不批准也罢了，千不该万不该把他的入团申请表格丢弃在废纸篓子里呀?!这样也太不尊重别人的劳动，太不尊重别人的人格啦？不过，强天强还是往好处想得多，他认为也许是一时的疏忽吧，以后事情会弄清楚的，也就没往心里去。

放假了，管有义正在紧张地忙着准备迎接高考；田勇高二年级还没有考完；强天强和田丽芳已经初中毕业，他们没有事了。强天强和田丽芳两人吃了中饭就准备打道回府了。

田丽芳要乘车回家，强天强主张步行回家。最后田丽芳依了强天强。强天强挑了他们两人的行李，田丽芳背着书包跟着强天强上了回家的路。田丽芳和强天强两人边走边说边笑，非常开心高兴。天气炎热，骄阳似火，强天强挑着行李走得满头大汗。田丽芳非常关心疼爱地要强天强坐在树荫下歇歇再赶路，反正天还早着呢！田丽芳从背包里取出用盐水瓶装好的凉开水递给强天强，让他喝点凉开水解解渴。而后田丽芳又将书包上系着的一条花毛巾解下来，递给强天强擦了擦满头满脸的汗水。

太阳偏西了，他们两人又开始赶路了。田野里稻浪滚滚，一阵凉风过，飘来了阵阵稻花香。路边的各种开得正旺盛的野花，也把它们的芳香无私地溢散出来，既沁人肺腑，又令人赏心悦目！田丽芳和强天强两个青年人高唱着“五星红旗，迎风飘扬”的歌曲，行进在稻浪滚滚的田埂上，引得路边行人投来了羡慕的眼光。不知不觉中他们两个年轻人已经赶下了一半的路程，来到了阴森恐怖的野山凹。他们两人走得有点累了，就坐在一块大石头上休息。因为烈日的暴晒，天气炎热，又挑着行李赶了这么多的路，强天强浑身上下都被汗水湿透了。强天强就袒胸露怀地坐着散热透气。强天强看着这阴森可怖的野山凹，想起他那天晚上，硬着头皮通过这羊肠小道的可怕紧张的情景；想起了“老子打死儿子”的石碑，所警示的悲惨事件；想起了那个被恶狼吓破胆而病死的农民的惨烈遭遇，心情变得沉重起来了。田丽芳看着这两边都是悬崖的阴森可怕的羊肠小道的野山凹，实在是令人生畏，毛骨悚然，她不知道强天强那天晚上，在伸手不见五指的黑夜里，一个人是怎么闯过这样的阴森可怕的羊肠小道的？

田丽芳虽然没有强天强那天夜晚惶恐惊惧地通过野山凹的感受，但她极力想像着那可怕的情景，不可思议地问道：“天强呀，那天黑咕隆咚的夜晚，伸手不见五指，你是怎么敢通过野山凹这道鬼门关的？”

“到了那种时候，你怕也没有用，硬着头皮闯呗！”强天强拍拍胸脯说，“我不怕撞见那些所谓的‘山是我栽，路是我开，要想从此过，丢下买路钱’的强盗，因为我是一个穷学生，身无分文，没有油水。当时我最怕的还是那张开血盆大口的恶狼。”

“你遇到恶狼吗？”田丽芳面带紧张的样子问道。

“我要是遇到了恶狼，今天还能跟你一起坐在这里吗？”强天强哈哈笑着反问道。

“没遇到，那也吓死人呀！”田丽芳显出不堪想象，不能忍受的样子。

强天强想起了听同学说过的一些关于野山凹的离奇的传说和故事，他神秘地绘声绘色地说了这样一个传说。他说山野里的野狼非常狡猾凶恶。强天强说：“我说给你听，你可不要害怕哟。”？

“你快说，我不怕。”田丽芳迫不及待地说。

强天强清了清嗓子说，过去，有一个卖黄罐的，他走村串巷叫卖了一天，黄罐敲得叮叮当当价响，也没有卖出几个黄罐。天晚了，他无可奈何只得桃着一担黄罐打道回府了。他走到野山凹的羊肠小道时，天已经黑得对面不见人了。他心里正有点紧张时，突然发现羊肠小道的对面出口处，有四只碧禄的如同灯笼似的眼睛瞅着他。他立刻意识到这是两只野狼的眼睛。他马上将挑黄罐的扁担卸下来，用劲敲打着崖壁，企图虾跑那两只野狼。谁知那两只恶狼坐着动也不动，四只亮闪闪的眼睛凶光四射，十分可怕。卖黄罐的临机一动，用黄罐朝恶狼砸去，恶狼稍稍躲让了一下，又回到原地，仍然瞪着眼睛恶狠狠地瞅着他。他还是一边吆喝，一边用黄罐朝恶狼砸去，结果其中的一只恶狼走了。他很高兴，以为他的黄罐起了作用了，就继续用他的黄罐朝另一只狼砸去。这只恶狼还是一动不动挡住羊肠小道的出口不让。当卖黄罐的回过头来取黄罐时，发现狡猾的走开的那只恶狼已经悄悄地绕到他的后面，正朝他走来。这时候，那个卖黄罐的人慌了神，立刻用黄罐朝后面的恶狼砸去，就这样他用黄罐大战恶狼，他朝前面砸出一只黄罐，又朝后面砸出一个黄罐，狡猾的恶狼就是不让不走。他只得用黄罐左右开弓，与恶狼斗法。结果一担黄罐被他砸完了，两只狡猾的恶狼也没有离开。这时候，卖黄罐的人真的惊慌恐惧极了，腿也发软发抖了。就在这时候，两只狡猾的恶狼一前一后凶猛地向他扑了上来，凶残地把那个卖黄罐的人撕扯着吃了。

田丽芳听了这个传说，浑身毛骨悚然。她打了个哆嗦，惊叫着一头扎进了强天强袒露着的胸怀里，那软绵绵热呼呼的胸脯，紧贴住强天强汗湿了的坚实的胸脯。霎时间，一对少男少女的心像火燎电灼一般，两人的脸都账红发烫了。这些年来，强天强一直把田丽芳当小妹，当好同学好朋友看待；田丽芳也一直把强天强当哥哥，当好朋友一样看待。两人相互关心，相互爱护，相互照顾。他们的这种友谊已不是一天了。但他们没有超越这种友爱和情谊，他们都要完成学业。对于他们的友情，同学们虽有闲言碎语，可他们不在乎，他们是同学，是好朋友。

此时此刻，田丽芳紧闭双眼，瘫软在强天强的怀抱里，浑身缠抖着，缠抖着……如果说田丽芳是被惊吓的，也不尽然，这里面也有像万马奔腾一样的激情的涌动和奔流。强天强一个近乎成熟了的男子，他那潜藏的激情，也像狂奔飞流的潮水一样奔涌流动着……他们虽然对了唇亲了嘴，然而他们还是非常理智的，并没有越雷池一步。

强天强清醒地安慰田丽芳说：“你别怕，快起来吧，大白天的，太阳还老高老高的，哪来的恶狼呢?”

田丽芳羞答答地坐到强天强的对面的石头上，用手拍拍自己的胸脯说：“你说的，把我吓死啦!

“吓死了，我也立一块石碑曰‘人人不要跟强天强学，讲故事把田丽芳吓死了’。”强天强说着哈哈大笑起来。

“你坏!”田丽芳给了强天强当胸一拳，但下手跟拍灰一样。

“走啰!”强天强挑起行李边走边说，“田丽芳，快赶路吧!”

田丽芳多么想多坐一会儿啊，可是她又想，如果迟了天真的黑了，真的遇到恶狼，她和强天强两人就要把小命丢在这深山野凹里了。于是她站起身来，咯咯咯地笑着跟着强天强蹦蹦跳跳地赶路了。

他们两人唱着“五星红旗，迎风飘扬”的歌曲，雄赳赳气昂昂地走过了野山凹的羊肠小道，又走进了一片荒野山地里，出没在荒郊田野上，太阳悬挂在西边的天幕上，把它的金色灿烂的余晖洒向这片山野田地上，照射着这一对活泼开朗，可敬可爱的青年男女，构成了一幅生机勃勃的美丽图景，可人极了!

强天强和田丽芳行走在这山地田野间，他们或高谈阔论，或引吭高歌，或大声喊叫……山谷中传来了一阵阵回声，连他们自己听了都发笑了。后来田丽芳和强天强两人又借用《逛新城》的曲调，开心地唱开了：

天强挑担前面走，
丽芳背包走后头。
过了一村又一村，
穿过山凹到山后。
三步并作两步行，
两步合作一步走。
天强也，哎！等等我，噢!
丽芳也，哎！快快走，噢!
快快行来快快走，
前面就到咱村口。
哎哟哟哟，哎哟哟……

两个青年人把《逛新城》的曲调演绎得惟妙惟肖，表叙得活龙活现，实在是令人发笑，令人佩服，令人叫绝!

田丽芳和强天强两人，一个是金声玉韵的女高音；一个是低沉洪亮的男中音。他们两人和应得是那么贴切和谐，美妙动听，就连满山遍野的烂漫的山花和路边的青嫩繁茂的青草，也随风摆动，似乎在点头赞许；特别是那悬挂在西边天幕上的夕阳，也迟迟不肯下山，而把它那五彩缤纷的灿烂光辉洒遍漫山遍野，聚焦在两个朝气蓬勃，生龙活虎的充满活力的一对青年男女身上，在满山遍野的烂漫怒放的山花和路边繁茂生长的青草的衬托下，构成了一幅绚丽多彩，美丽动人的夕照图景。

田丽芳唱着唱着就走了味，她嬉皮笑脸地唱道："哥在前面走，妹在后面跟，哎哟，哎哟哟哟……"

"你别瞎唱!"强天强提醒田丽芳说，"被别人听到了会笑话的。"

"笑啥？你是我哥，我是你妹，有什么好笑的?"田丽芳理直气壮地咯咯咯地笑着说。

田丽芳和强天强两个青年人说说笑笑，唱唱叫叫，蹦蹦跳跳，不知不觉就回到了他们的家乡徐村。

三十七

田丽芳回到家中，她的小弟弟李小刚高兴地抱住她的大腿一个劲地喊着："姐姐，姐姐!"

田丽芳非常喜爱这个活泼可爱的小弟弟。她立刻从书包里拿出预先买给小弟弟的糖果给了李小刚。小弟弟李小刚一边开心高兴地吮着糖果；一边说着"甜"，跑到厨房里向他母亲田嫂报喜去了。

母亲田嫂喜不自胜地搀着李小刚从厨房里走了出来。田丽芳亲热甜蜜地叫了一声："妈!"?

"唉!"母亲田嫂见女儿田丽芳头发纷乱，又是满身满脸的汗水，急忙说："快打盆水梳洗梳洗。"

田丽芳笑盈盈地说："我马上洗个澡吧。"

田丽芳拿了澡盆，端了母亲田嫂给她打好的冒着热气的水进了房间，在烟笼雾罩的澡盆里，舒舒服服地洗了一把澡，换了一身干静爽身的漂亮衣裤，走出房间，显得十分清秀苗条大气漂亮。母亲田嫂早已将饭菜端上了桌子，田丽芳在母亲田嫂的关心疼爱下吃了晚饭。因为她确实有点累了困了，就早早地上床休息睡觉了。田丽芳迷迷糊糊地睡了一会儿，却做了一个噩梦：她梦见她跟强天强两人走到野山凹，天已经黑得伸手不见五指，他们两人汗毛紧竖，惶恐紧张地走进了野山凹的羊肠小道。这时候，有两只恶狼一前一后，紧盯着他们。她紧张得浑身发抖打战，一头钻进了强天强的胸怀里不敢动弹。强天强一个人既要护着她田丽芳，又要对付两只恶狼，与恶狼展开搏斗。强天强一个人终究力不从心，眼巴巴地看着两只凶残的恶狼瞪着碧蓝凶恶的像飘浮在夜空中的蓝色鬼火似的眼睛，张开血盆大口，像青面獠牙的魔鬼一样，向他们两人猛扑过来。田丽芳惊吓害怕得大叫了一声，她惊醒了，浑身上下冷汗涔涔，瑟瑟发抖。田丽芳稍稍冷静一下后，爬起来用毛巾擦了擦汗水，又躺到床上睡觉了。可是田丽芳怎么也睡不着。她想想真可怕，也好玩好笑，这做梦跟白天经历的事情是有关联的。田丽芳想到在野山凹钻到强天强胸怀里的情景。她是听了强天强讲了一个他听来的故事，也许是传说吧，才情不自禁地钻到强天强的怀抱里去的。她在强天强的怀抱里，清晰地听到了他的心藏搏动的声音，感受到了他的鼻息，闻到了他身体里透射出来的男人特有的那种极富魅力的气息。田丽芳开始热血沸腾，脸账得通红，耳朵滚烫火燎，周身血管像暖气管道一样发热发烫。田丽芳几乎透不过气来，浑身颤抖了。当时她已经豁出去了。她紧闭双眼，好像什么都不知道了，什么也不管了。她紧紧地搂着强天强；强天强也紧紧地搂着她。他们胸贴着胸，脸挨着脸。霎时间，他们只觉得天昏地暗，天旋地转，狂风大作，电闪雷鸣。他们仅仅对了唇，亲了嘴，就是这些田丽芳已经非常心满意足了。现在想来，田丽芳还感到幸福无比，还是那么回味无穷，余味不尽！强天强呀，强天强，就是那样一拥一吻，你该明白了，田丽芳就交给你了。

田丽芳想起以前两人在一个班，天天在一起上课，一起研究课题，在一起参加学校和班级的一切活动，天天在一桌吃饭。现在田丽芳一刻也离不开你强天强了。见不着你强天强，田丽芳就惦记着你强天强呀！可是强天强学习出色，直接升入高二年级了。田丽芳虽然报考了高中，自己感觉到考得不理想，不见得能考上高中，即使考上高中了，也只能上高一，不可能跟强天强上一个年级一个班了，当然也就不可能在一桌吃饭了。田丽芳最担心最害怕的，就是强天强要是结交了新的女朋友，就把田丽芳这个青梅竹马的朋友忘得一干二净了，或许抛弃了她田丽芳！这有什么不可能呢？强天强是个特别优秀的帅小伙子，看上他的女孩子多着呢！要是他们硬磨死缠，像勾魂摄魄似的，也有可能会被他们勾去的呀！不行，田丽芳要跟强天强约法三章，要跟强天强拉勾盟誓。田丽芳已经是你强天强的人了，强天强读书上学到什么时候，她不管，就是到三十岁四十岁，田丽芳也等着你；不管是什么情况，不管强天强遭到什么磨难，遭受什么苦难，田丽芳永远都等着你强天强。田丽芳想好了，要嫁人非强天强不嫁！这都是田丽芳的知心掏肺的话。田丽芳想到这里，恨不得马上就爬起来，敲开强天强家的门，跟强天强说清楚讲明白。可是，田丽芳毕竟是个女孩子，一个漂漂亮亮的大姑娘，女孩子总有姑娘家的羞涩感嘛，怎么说得出口呢？人们常说“樱桃好吃树难栽，小曲好听口难开”嘛，不行呀，难开也得说。不过，一个暑假呢，时间长着呢，接触的时间多着呢！慢慢来，找个合适的时间，再把话跟强天强挑明了说。明人不做暗事，也不讲暗话，说了总比不说好。这时候，时间已经到了下半夜，田丽芳也真的有点睏了累了，就闭上眼睛，渐渐地进入了梦乡……

这一夜，强天强也是迟迟睡不着。他思绪绵绵，感慨多多。强天强也想到了在野山凹田丽芳投怀热吻的情景。当时田丽芳将他搂得紧紧的，脸贴着脸，胸挨着胸。一个少女的松软的而富有弹性的胸脯挤压着他的坚实的胸脯，一个女人的特有的香气，撩拨着他的心扉。这一瞬间，他血流奔涌，全身像通了电一样炽热。强天强只觉得天旋地转，像遭遇到地震一样，感到山川大地都在颤抖。他真的感谢田丽芳给了他强天强温柔的一次拥抱；给了他强天强热烈温馨的一次香吻。强天强有何德何能受她田丽芳的一拥一吻呢？想来真有点受宠欲惊！

强天强想，男女之间的拥抱接吻，这在我们中国是非同小可的事情。可是，我们在电影里看到那些外国人，他们见面时，不管男女老少，都少不了拥抱接吻。这种见面的礼节，简直就像中国人的小菜一碟一样，非常简单，非常普遍。这种拥抱接吻的礼节，不久的将来，也会被我们中国人接受效仿的。强天强和田丽芳的拥抱接吻，你就当作新潮来看待吧。

强天强也知道，田丽芳对他是一片痴情笃意，而且是坚定执着的，也是真心实意的。强天强还在读书上学，今后能混成什么样子还不好说，“人没有前后眼”嘛，谁也说不清。如果混得不好，强天强无论如何不能拖累田丽芳，害得她跟着强天强受苦受累，那样强天强于心不忍！万一混得好，或者还能说得过去，承蒙田丽芳的抬举不嫌弃，强天强就请田丽芳放一百二十四个心，一定娶了她，让她田丽芳过上美好幸福而温馨的日子。

想到这里，强天强也迷迷糊糊地进入了梦乡，做起了美梦……

人们常常说起“同床异梦”这个词语，可是强天强和田丽芳两人做的却是“异床同梦”！

三十八

强天强一大早就起床了。他刷了牙洗了脸，他母亲还没有起床。强天强拿了一把铁锹，跟他母亲说了声："妈，我到田里去瞧瞧水去。"

母亲紫芸答应着，叫儿子强天强早点回来吃早饭。强天强自己开了门，兴冲冲地往自己家的田地里去了。他要看看自己家的田地里缺水不缺水，该不该上水。如果田埂边有漏洞，他要用铁锹把漏洞堵起来。最近天气干燥，稻子正在扬花灌浆，田里不能缺水。

强天强一个人默默地向自家的田地走去。田丽芳早已在那里等着他了。田丽芳对强天强每次回来后的活动规律摸得清清楚楚，了解得十分透彻。田丽芳知道强天强一大早必到他家的地里来看看庄稼的长势，或搞一下田间管理的事。田丽芳骑在牛背上一边放牛；一边注视着徐村通往这一片田野的道路。她坐在牛背上居高临下，看得远瞧得清楚。田丽芳远远地就看见强天强扛着一把铁锹朝她这边走来了。她暗暗笑着立刻从牛背上跳下来，放开牛绳，在水牛的屁股上抽了一鞭子。水牛疼得一惊，向前紧跑了几步，跑得离田丽芳远了一点。强天强走过来见田丽芳站在那里，心里一阵惊喜，他说："丽芳，你这么早就来放牛啦?"

"天都大亮了还算早?"田丽芳掩饰着内心的激动，故作不高兴地说。

"一大早起来你怎么不高兴呀?"强天强关心地问道。

田丽芳故意哭丧着脸用手一指水牛说："这水牛今天犯了死相，不听使唤，它竟然从我手上挣脱了跑了。我追它，它就朝前跑，不让我接近它，请你帮我把水牛追回来，看我怎么教训它!"

强天强过去跟田丽芳在一起放牛，田丽芳的牛跑了，都是他帮她追回来的。今天又遇到了这种情况，哪有不帮忙的道理?于是强天强把铁锹往田边一插，一阵小跑就把水牛的牛绳捉住了。强天强高兴地牵着水牛像西班牙斗牛士一样，英武潇洒地来到田丽芳的身边，笑着大声说："给!"

田丽芳咧着嘴咯咯咯地笑着，就是不伸手接牛绳。她说：“你答应我一件事，我就接手了。”

“没问题，你就说吧！”强天强不假思索地非常爽快地答应了。

“你亲我一下。”田丽芳说着大大方方地将脸朝前伸了过去。

“那不行。”强天强作古正经地说，“这水牛看着呢。”

“就让水牛做我们的见证人！怎么不好？”田丽芳有点害羞了。

强天强朝四周看看认真地说：“这田野里说不定有人，被看见了就糟透了！”

“没问题，这一大早除了你我不会有别人的。”田丽芳有点不耐烦了。

强天强还是有点担心，他无可奈何，举目朝四野张望了一会儿，认定没有人了，才勉强伸着颈项在田丽芳的香唇上对了一下口，亲吻了一下。田丽芳这才心满意足地笑着接过牛绳。她说：“我一夜没有睡好，眼睛一闭就想到你强天强。”

这一夜，强天强何尝不是这样的呢？他们毕竟是一对年轻气盛的青年男女嘛。强天强听田丽芳这么一说，就暗自发笑。不过，他觉得他们还是学生，还要读书上进，就郑重其事地说：“丽芳呀，你不要这样，我们是好朋友，永远的好朋友。现在我们俩都在读书，要完成学业，不能为这事耽误学习，贻误前程呀！”

“谁贻误你的前程啦？”田丽芳脸色有点不好看了。

“我不是这个意思。”强天强急忙辩解道。

“那你是什么意思？”田丽芳咄咄逼人地说着，又灰心丧气地说了一句，“我知道我是考不上高中的。”

“不会的。”强天强陪着笑说，“我是说现在不谈这事，将来嘛——”

“将来怎么说？”田丽芳又紧逼着问道。

“将来嘛。”强天强愣了一会儿，不好意思地说，“学业完成了，立了业了，就考虑——”

“考虑娶亲了。”田丽芳抢着替强天强说了，又批评强天强道，“一个大男人，说话竟吞吞吐吐，真没出息！”

“是的。”强天强大声笑着说。

“娶谁？”田丽芳不放心地追问道。

强天强还是吞吞吐吐地说：“如果，如果——”

“如果什么？”田丽芳有点急了。

“如果你田丽芳不嫌弃的话，我一定——”强天强有点不好意思了。

强天强不好意思地着说，话还没有说出口，田丽芳就替强天强回答了说：“娶了田丽芳。”

“嗯。”

“一言为定!”

“一言为定。”

“驷马难追!”

“驷马难追。”

“拉钩!”田丽芳伸出了手给强天强。

强天强和田丽芳两人在水牛的见证下，在这美丽如画的田野上，糊里糊涂地拉了钩，定了终身。这时候，田丽芳才开心高兴地咯咯咯地笑着，敏捷地爬上水牛背，骑着水牛吆喝一声，心满意足地回家去了。

强天强将自己家的田里的几个漏洞堵死了，也扛着铁锹，怀着甜蜜欣喜的心情，跨着轻快的步伐跟随着田丽芳也回村去了。

他们在田野间，沟溪畔对嘴唇亲吻，微笑着拉钩的情景还真的被村里人看到了。一天还未到晚，这事就在徐村传得沸沸扬扬，尽人皆知了。有人说，强天强和田丽芳搞恋爱了；有人说，强天强和田丽芳亲嘴了拉钩了，订了终身啦；有人说，一对青年男女，混在一起，还不是缸炭遇着烈火，还能不燃烧，不干那种事？一个说，有这种事？我们都不知道吗？一个说，等你们知道了，人家生了娃娃都会叫你大爷啦！……真是说话轻传话重哟。

强天强和田丽芳的事情，在徐村人们的纷纷议论中，风风火火的传播下，似乎把他们两人的事情说成了风流韵事了。这件事很快就传到了母亲紫芸和田嫂两位母亲的耳朵里。她们一个气得气不打鼻孔里出了；一个气得三股气变作一股气冒了。强天强的母亲紫芸流着眼泪责怪儿子强天强不该做出有伤风情的事情。她倒不是说田丽芳姑娘不好，他认为田丽芳姑娘是个非常讨人喜欢的好姑娘。可是，他们两个孩子还小，还都在读书上学，追求上进，怎么能做出这种事呢？这样不影响他们的学习，耽误他们的前程吗？这不有伤门风吗？这两个孩子怎么就这么糊涂呢？万一生了孩子，你强天强是读书上学呢，还是去抚养老婆孩子呢？强天强呀，你这个昏了头的鬼东西，你糊涂透顶啦！你把你娘气死啦！你怎么对得起你死去的在九泉之下的父亲强震虎呢？

强天强十分委屈地辩解道：“娘呀，你别听人家胡编瞎说，我们没有做亏心事，也没有做见不得人的事!”

“无风不起浪。”母亲紫芸愤然说，“你还嘴厉，村里人都说得起烟了。”母亲泣不成声了。她硬逼着儿子强天强跪在他爸爸强震虎的遗像前，磕头谢罪，发誓痛改前非。

田嫂从来没有打过孩子一次。这次算是气急了。她拎住田丽芳的耳朵说："你这么小小的年纪，就做出这种伤风败俗的事情，简直是胆大包天！你不害羞，我可害臊呢！"

"我没有做什么伤风败俗的事情。"田丽芳十分委屈地大声回话说，"我们不过亲吻了一下。"

"这还了得？"母亲田嫂咋呼道，"真是男女授受不亲哟！"

"怎么不行？"田丽芳辩解道，"人家外国人的见面礼就是亲吻。"

"外国是外国，中国是中国，徐村就是徐村。"田嫂越发生气了。

"将来中国人也会这么做的。"田丽芳继续辩解说，"我们不过先走了一步。"

田嫂火冒三丈，大声喝道："你再嘴厉，看我不打烂你的嘴！"

田丽芳吓得伸了伸舌头，不敢作声了。

田嫂认为，田丽芳和强天强都还小，而且还在读书上学，搞这些事，还能安心学习？当然她也认为强天强这孩子也不错，很聪明，她也喜欢这孩子。强田两家虽然相处得很好，但还没有发展到结缘攀亲的地步。他们强家人丁不兴旺，好端端的一大家人，可怜就剩下紫芸和强天强母子两人了。田嫂对他们强家的不幸遭遇十分痛心，也非常同情。往后他们强家会是什么情况呢？"人没有前后眼"呀，谁知道谁会混成什么样子呢？女孩子嫁人，总得要找个生活有依靠的人吧！否则就要吃一世苦，受一辈子的罪。那样做母亲的怎么不牵肠挂肚呢？这些都是难以预料的。田嫂对田丽芳要加倍管控，不能大意失荆州！田嫂规定女儿田丽芳，从今以后不得与强天强交往接触，不得秘密会面。两个年轻人年幼无知，别再闹出是非，别再闯祸出纰漏，做出令人不齿的事来。

强天强和田丽芳两个年轻人，由于严母的管教掌控，又出于徐村人们的风言风语的传播的压力，他们不得不停止交往和接触了。但他们那种目目含情的眼神，还显示着他们的友情的存在，暗示着他们是心心相印的。至于他们两个年轻人能不能，会不会成为一对终身伴侣，这就让历史来见证吧！

三十九

这些天来，强天强心里有点不爽。他没有想到他跟田丽芳在田野沟溪边亲吻拉钩的事，被徐村人传播成风流韵事了。徐村人把这件事传得神乎其神，听来令人乍舌，不堪入耳。当初，强天强跟田丽芳说，让人看见了不好，会糟糕的。田丽芳不听不信。果不其然，还真的被哪个“活闹鬼”看见了。

这个“活闹鬼”不是别人，正是捣蛋虫徐文。徐文和徐武两人初中混到毕业后，没有考上高中。那个李五县长和三姨太贡美丽都跑掉了，他们两人失去了靠山，就无可奈何地回到徐村家中来种田了。解放后，徐府的田地房产被没收分给了贫下中农，当然徐文家也分得了一份。徐云豹和三姨太贡美丽跑了，徐武没有了爸妈，他毕竟不是二姨太亲生的，他们之间像隔了一层膜，总不投缘，有时候还磕磕绊绊，吵吵闹闹。徐武找到他的舅母贡宋梅英。贡宋梅英见徐武这孩子无爹无娘怪可怜的，就把他推荐介绍到她的在集镇上开布店的父亲的布店里当了一名店员。徐文就跟着他娘二姨太在家管地种田，维系着他们家的生计。

这天，徐文一大早也到地里去看看自己家的庄稼的长势情况。徐文发现强天强和田丽芳一对青年男女，在田野沟溪畔亲嘴拉钩，就躲在稻丛里暗暗笑着偷看。等到强天强和田丽芳两人走了以后，徐文才从稻丛中钻出来，大摇大摆地回到徐村。徐文窃笑着告诉他娘二姨太，说他在田野沟溪畔看到了西洋镜，就把强天强和田丽芳两人在田野沟溪河畔上亲嘴拉钩的事情绘声绘色，添油加醋地说了一遍。真是说话轻传话重，经过二姨太的一番加工描述后，又告诉了贡宋梅英。贡宋梅英的宝贝儿子二愣子，听到他娘和二姨太捕风捉影的议论和嘲弄的话语以后，就傻乎乎地跑到徐村中心地带的大庙前的空旷场地上，展开他那想像的翅膀，添油加醋，重三倒四地演讲起来了。场地上的人越聚越多，二愣子越说越起劲。他手舞足蹈，还神秘兮兮地做出亲嘴拉钩的动作，并打着手势，做出了更下流不堪一看的动作。贡二愣子宣讲得口中吐沫飞溅，白沫直翻，还是喋喋不休重复着说着那件事："你们说好玩吧，两人亲嘴，过瘾！两人拉钩，好玩！哈，哈哈……"

场地上的人们，虽然看着二愣子傻乎乎的样子，嘴里白沫飞溅，觉得好笑，但他们还是信以为真的。他们都知道，二愣子虽然傻乎乎的，但他很天真。他说的都是有根有据的。现在二愣子说强天强和田丽芳亲嘴拉钩也不会假到哪里去。

一时间，强天强和田丽芳的事，就成了徐村人的议论的话题，说笑的资料，甚至于越传越神，越说越玄。这让强天强和田丽芳两人的母亲紫芸和田嫂怎么接受得了，承受得住呢？

那天，强天强吃早饭时，母亲紫芸还不放心，还在追问儿子强天强有没有做像村里人传说的那种事？

强天强哭笑不得，他百般解释说："娘呀，你的儿子的为人品行，你还不知道不了解吗？妈妈你放一百二十四个心，你的儿子和田丽芳再幼稚再糊涂，也不会做出那种傻事蠢事的！青年人在一起交往，建立了友谊，产生了情爱，这是非常正常的，不足为怪。要是现在不合时宜，我们以后再说。我们两人拉钩正是表达了这个意思，这有什么大惊小怪的呢？我们相信，我们的事，时日和历史会证明我们两人是无辜的！"

母亲听了儿子强天强的这番推心置腹的话以后，也没有再说什么。

强天强进一步安慰母亲深情地说："妈妈，你就放心吃饭，安心睡觉吧，你的儿子绝对没有犯浑！"

"那你那个入团申请怎么样啦？"母亲关心地提出了这个强天强不愿意提的事情。

强天强实事求是地告诉母亲，没有获得批准。

"那是为什么？"母亲认为儿子强天强在学校表现那么好，有点不可理解地说，"会不会是因为你和田丽芳的事受到影响啦？"

"我和田丽芳的事是放假以后的事，入团是放假以前的事，两者毫不相干。"强天强解释说，"我看还是社会关系上出了问题。"

"我叫你不要填，你偏要填。"母亲有点抱怨儿子强天强了。

"填还是应该填的，做人要诚实。"强天强又安慰母亲说，"组织上是在调查考验我吧。"

"你爸爸的平反昭雪书上写得清清楚楚，明明白白，还有什么调查考验的？"母亲走到房间里拿出了政府给他爸爸强震虎的平反昭雪书，交给了儿子强天强说，“你拿去给你的组织上看去！”

强天强流着眼泪接过了他爸爸强震虎的平反昭雪书看了看，便小心翼翼地放进了他的书包里。

这时候，徐村的广播喇叭里传来了开会通知，要求全村村民早饭后立刻到村委会——徐家祠堂中进会议厅开村民大会。过去，徐家祠堂中进大厅是供徐姓族人开会议事的地方，现今这里成了徐村召开村民大会的场所了。

强天强和他母亲紫芸吃了早饭就来到了徐家祠堂。祠堂里人山人海，大人说笑，小人打闹，非常热闹。不一会儿，广播喇叭里喊话了，要大家静一静，马上就要开会了。这时候，会场里才安静下来。主席台上坐着徐村主任官田、副村长王左，还有其它村委们和青年团的干部。

村主任官田缓缓站起身来走到台前，会场上顿时鸦雀无声，寂静得连一根针掉到地上都能听到响声呢。官田谦虚地微笑着十分亲和地说：“今天把大家召集来开会，其实也没有什么事，耽误了大家的时间，误了大家的工，请父老乡亲们包含着点吧！”

管田从他当了徐村的村主任以来，在徐村徐家祠堂召开过三次全村村民大会，第一次是他接任村主任的职务时的就职演说。那次他只说了四句话：第一句是“村民同志们大家好！”；第二句是“本人不才，能力有限，请村民同志们多多包含。”；第三句是“我管田一定要带好头，领着乡亲们把徐村管理好建设好。”；第四句是“谢谢大家，散会！”

徐村的广大村民们你看看我，我看看你，一个个面面相觑，张着嘴看着管田村主任，都希望他多说两句。村民们还是站着一动不动，不想散场。当然也有人认为这样的短会，这样的风格就是好。

管田村主任自己笑嘻嘻地带头走了，他边走边说：“我都走了，你们大家还不走，回去干活去吧，别站着发愣啦！”

这时候村民们才嘻嘻哈哈笑着开开心心地走出徐家祠堂的大厅纷纷散场回家去了。

第二次开村民大会，管田村主任说得就多了一些，但他说得最多的是种好庄稼，管理好田地的山海经。最后他告诫乡亲们要互相关心，互相帮助，大家都是一个村的，要和睦相处，这样村里的事就能搞得好。

这一次是管田村长任职以来的第三次召开徐村全村村民的大会。这次会上他说得很多，也很动情。他声情并茂，振振有词地说，在今天这个村民大会上，他管田当着大家的面宣布辞职卸任，就是让徐村的村民们大家都知道，管田的村主任不是被撤职的，而是自己不想干了，自动卸任离职的。管田为什么要离职呢？因为这个村主任他没有法子当下去了，有些事情他万万是办不到的，也做不出来。这都是管田的正直无私的性格和忠厚诚实向善的良心使然的。有人说管田的阶级立场不稳，满脑子的右倾思想。管田的立场稳不稳，思想右不右，管田自己清楚明白，将来历史也会见证的。你们大家说说看，强天强是个多么好的孩子，人家要求进步，要求加入中国共产主义青团，他们学校派人来调查了解，关于他们家的社会关系。管田是直性子人，凭着天地良心，实事求是地反映了情况。他们家跟大地主徐云豹根本就毫无来往，可以说早就断绝了关系。虽然虎嫂强紫芸跟徐云豹有血缘关系，但她一生下来都是由奶娘强王氏养大带大的。徐云豹慑服于三姨太贡美丽的淫威，从来不管不问。紫芸长大了，出落成一个漂漂亮亮的大姑娘了，他们又强婚逼嫁，嫁给三姨太贡美丽的痴傻的侄子贡二愣子，又想利用强紫芸的姿色逼婚获利，直逼得紫芸姑娘疯疯癫癫，差一点送了性命。他们强家一家人深受徐云豹和三姨太贡美丽的压迫剥削，欺诈陷害，这在强震虎平反昭雪书上写得清清楚楚，明明白白，我管田没有害说吧！可是有人硬说是血缘关系是关键，谁也改变不了。说是“龙生龙，凤生凤，老鼠生儿会打洞”，阶级本性是改变不了的。还说他们有海外关系，能保证他们没有打上阶级的烙印？大家都知道，我们中国有好多大好老，家庭成分也有高的，可他们都成了进步人士或者革命家，这都是有根有据的事实。不错，我管田跟田嫂杨桃、虎嫂紫芸相处得都不错，大家都是一个村的，都是左邻右舍，互相关心，互相帮助，这是理所当然的。他们又不是反革命，管田跟他们合得来处得好，就是阶级立场不稳，就是右倾啦？这不是把门闩安在门鋊子上，把门鋊子扣在门闩上的蠢事吗？那样安得上吗？真是牛头不对马面，驴唇不对马嘴！

管田村长说着自个儿哈哈大笑起来。又说，我管田有何德何能？我管田没有官瘾，也不是当官的料子，从来就没有想过要当官。李刚的村主任被撤下以后，这个徐村的村主任，按常理应该由副村长王左顶上。结果，不知怎么阴错阳差，冒出个管田抢了他的村长，这对王左村长来说有点不公，他心里舒服吗？好受吗？管田今天就当着徐村全村村民的面，辞掉徐村主任的职务，请大家见证，请大家记住，管田的村主任是自己主动辞退的，不是犯了错误被撤掉的！我叫管田，生来就是种地管田的胚子，我还是种我的地，管我的田去了。管田说完了，乐乐呵呵地走下主席台，走出徐村村委会，出了徐家祠堂的大门扬长而去了。

会场上一片嘘声，一阵哄笑。

王左当然就顺理成章地成了徐村的村主任。他虽然被管田的一番连珠炮似的说辞，刺激得脸上红一阵白一阵，可他心里还是暗暗高兴的。他的目的达到了，他如愿以偿了，成了徐村的村主任。本来李刚下台，理所当然应该由他王左顶上去当徐村的村主任的，偏偏半路上杀出一个程咬金——官田来，抢了他的村主任，他真有点不服这口气。于是，王左就处处找管田的麻烦，揪他的小辫子，时时给管田出难题，给他穿小鞋，让他不好受！现在管田既然自动离职了，王左就成了徐村当然的村主任了，他最后以堂堂徐村村主任的身份宣布散会了。

在这个村民大会上，强天强和他的母亲紫芸终于恍然大悟了，难怪学校团组织没有批准强天强入团，原来是徐村有人从中作梗打了坝。他们听管田说的那些话，就知道是王左干的好事。强天强一边走一边想，难怪田丽芳说“逃亡地主徐云豹的女儿是生不出龙来的；她田丽芳就是凤凰也变成鸡了。”这话倒是击中了要害。不过，强天强偏不相信，他就这样被死死钉在耻辱的柱子上啦？强天强的父亲强震虎是冤屈死的，他的儿子强天强难道也要背冤屈吗？不，不行。强天强必须到学校去一趟，把事情向组织上说清楚，还他一个本来的面貌。

强天强吃了中饭，喝了点水，背了一个书包，带着他爸爸强震虎的平反昭雪书，往他的学校去了。这次为了赶时间，他破费了，搭了公共汽车。强天强看到汽车像快要产卵的地鳖虫似的，屁股后头挂着个大包，靠它来起动推进，实在是笨重难看。他觉得不久的将来，一定会将这个笨重难看的包割掉，让汽车轻装上阵，会跑得更快的。这班车上人不多，连他只有六个人，一来天气很热，人们难得出门，进城的人就少；二来嘛已经是下半天了，班车又少，人们怕来不及赶回来，谁还肯进城去呢？强天强有急事，他可不考虑这些，到时候没有车，他就坐“十一号汽车”。这条路他跑熟悉了，就是晚上摸黑赶路他也不怕。强天强到了城里下了车，穿过大街小巷朝学校方向走去。街面上人来人往，十分热闹，城里到底跟乡下不一样。

强天强穿过几条街道，来到了他的学校。学校除了高三年级的学生在复习功课，准备迎接高考外，其它年级的学生都放假回家了。强天强没有去打扰他的好朋友管有义，直接找到学校团委办公室，见到了团委书记。团委书记是一个四十多岁的中年人，络腮胡子刮得光光的，说话笑嘻嘻，一脸的和气相。团委书记很客气地让强天强坐下。强天强是学校出了名的三好学生，很多老师都认识他，别说学校的领导啦。团委书记平心静气地说：“强天强同学，这么炎热的天气，你赶到学校来找我有事吗？”

强天强把自己要求加入中国共产主义青年团的愿望和情况跟团委书记说了，并出示了他父亲强震虎的平反昭雪书。团委书记有点诧异。团委书记告诉强天强，他们校团委在研究审批时，没有看到强天强的申请书和材料。强天强感到很愕然。他立刻从书包里拿出那份田丽芳在字纸篓子里捡回来的申请书，抖抖地交给了团委书记说："这是在字纸篓子里捡来的。"

"啊！有这种事？"团委书记吃惊且气愤地说，"简直是胡闹！"

强天强在学校的表现，在各方面都非常出色优秀，又是个跳级生，团委书记知道他的情况。团委书记当即要强天强把申请表格留下，并让他先回去，这件事，他们团委会调查清楚的，会作出严肃处理的

原来，初三团支部派人到强天强的家乡徐村去调查。徐村的两个村主任的意见不统一，一个说强天强的社会关系没有问题，因为强天强家一家人从来不跟徐家人来往，没有任何联系；一个村主任说，强天强的社会关系复杂，问题严重，又有海外关系，这样的人还能加入共产主义青年团？这不乱了套啦！还有没有阶级立场呀？村上的几个人也跟王左的看法一样，说什么血缘关系任何人也改变不了。后来初三团支部在讨论通过时，强天强的入团申请就没有获得通过。凡是通过了的申请书都送学校团委审核批复去了。只有强天强的这一份申请书没有向学校团委呈报。放暑假了，大家走得匆忙，整理物件时夹在废纸里扔掉了。这是虚忽，绝非故意。团支部书记表示非常愧疚痛心，并向强天强表示道歉。

这件事情弄清楚以后，初三团支部书记受到了团委书记的严厉批评。学校团委要求各团支部，今后凡是入团的申请表，不管通过不通过都要呈报学校团委存档保管。关于强天强同学的入团问题，必须认真实事求是地对待，需要派人再去调查了解。

后来，调查的结果并不理想。徐村的王左村主任仍然坚持自己的观点，坚决反对强天强入团。强天强的入团问题成了悬案，像船舶触礁搁浅一样停泊在沙滩上了。

四十

两个月的暑假说长也不长，说短也不短。强天强在这个暑假中，除了帮助母亲下田干些农活外，就是看书学习。其实，这个季节田里的活计并不忙，相对来说还是比较清闲的，只要除除杂草，管管田里的水就行了。强天强更多的时间是用来学习。他把管有义的高二年级的课本全部借来，搞起超前学习来了。强天强雄心勃勃，信心百倍，打算在暑假中自学完高二的全部课程，开学后能滕出时间来自学高三年级的课程，恐怕他也想高二结束后，就同高三年级的学生一道参加高考了。

至于加入共产主义青年团的问题，是他梦寐以求的，但他遇着这“左”得要命的王左村主任，也无可奈何，要求进步是一个青年人的进取上进的精神体现，他不会气馁，慢慢争取，等待时机吧！强天强仍然严格要求自己，毫不含糊。

强天强的好朋友管有义参加高考已经结束，据他自己说感觉还不错。强天强高兴地祝贺管有义能成为徐村第一个大学生，为徐村争光添彩。

田勇暑假中已经到强天强家来过，他告诉强天强田丽芳没有考上高中，现在待在家里，急得像热锅上的蚂蚁一样，晕头转向，不知怎么是好了。田丽芳整天到晚考虑，是从此在家种田呢，还是找个工作做做呢？或者是继续学习，来年再考呢？她像掐了头的苍蝇一样，找不着方向，没有注意了。

强天强好多日子没有看见田丽芳了，也很关心她报考高中的情况。现在从田勇那里获知田丽芳没有考上高中，也替她感到惋惜，更替她着急。强天强想去看看她劝劝她，可是人言可畏，舆论压力太大了，家母又不准他去，还是要避避那些捕风捉影的闲言碎语为好，反正强天强心里有田丽芳，田丽芳心里也有他强天强就行了。不过，强天强还是要替他的朋友田丽芳出出注意，想想办法的。强天强绞尽脑汁写了一封信。信中极其真诚地劝慰田丽芳千万不能急不能烦。那样会伤害身子的，会贻误时光而错失良机的。只有身体健康，才有努力奋斗的本钱。强天强鼓励田丽芳要抓紧时间，不放松学习，继续刻苦钻研，努力拼搏，等待时机报考中等师范学校，将来当一名小学教师，对她来说还是很合适很光荣的。

强天强把信写好后，交给他母亲紫芸审查。他母亲不识字，又不放心儿子强天强念给她听，生怕儿子强天强忽悠她，就拿到五婶家请管有义念给她听。母亲紫芸听了以后，觉得儿子强天强在信上说的都是真诚宽慰的话，没有一句半句卿卿我我的话，语气上也没有嗲巴嗲巴的味道，便放心地拿给田嫂去审查定笃了。田嫂叫田勇读了，觉得都是真心宽慰之辞，也很高兴，这才将信放心大胆地给了女儿田丽芳。

田丽芳拿到信后，心里扑通扑通跳个不停。她想，强天强也是一时聪明一时糊涂，这回也太糊涂啦，这封信怎么能落在她母亲田嫂的手里呢？她娘一定要骂她田丽芳不能快刀斩乱麻，一刀两断，还是藕断丝连的，缠缠绵绵暗通信息。田丽芳哪里知道，这封信是通过两位严母的严格审查后，才传递到她手上来的呢？田丽芳抖抖呵呵地打开强天强的来信一看，开头没有“亲爱的”三个字，她心里虽然放心，但也不满意。她迫不及待地把信一口气看了，这里面没有一句甜甜蜜蜜的话，她恍然大悟了，要是信里面有那样的甜言蜜语，亲亲我我的话，有半句儿女情长的话，她母亲田嫂还会将信交给她田丽芳吗？早把信甩到灶膛里付之一炬了。田丽芳将信将疑地将信从头到尾又细细地读了一遍，细细地查找了一会儿，想从中找出一句半句暧昧体已的话语。其实，这封信的字里行间都透示着强天强最朴实最真诚的体已话。强天强的心里是有田丽芳的，田丽芳的心里也是有强天强的，田丽芳心满意足矣！

这段时间，对于别人的话，田丽芳心里恶心烦躁是听不进的，但强天强的话，她不仅听得舒服，而且言听计从。强天强说得对极了，田丽芳一定要振作精神，定下心来，继续努力，坚持自学，抓紧时间复习，一有机会就报考中等师范学校，将来当一名小学教师，成为一名人类灵魂工程师，岂不快哉乐哉？

田丽芳自从看了强天强的来信后，心里有说不出的高兴，也感到十分满意，异常甜蜜舒心。她开始闭门不出，奋发攻读，潜心研究，有不懂的地方，就请问他哥哥田勇，要是他哥哥田勇也搞不清楚，她就请他哥哥田勇代劳去请教强天强。强天强当然是有求必应了。

喜讯传来了，管有义考取了工科大学。过去，管有义是徐村第一个考上县城中学的，如今他又是徐村第一个考上大学的，这是徐村全村人的光荣。全村人都为他欢呼，替他高兴，给他庆贺。田勇也升入高三年级了，田丽芳也正在努力自学，刻苦钻研，准备创造奇迹。强天强认为田丽芳一定能达到目的，实现理想。强天强的几个好朋友都学得不错，发展得很好。强天强自己已经升入高二年级了。他有超前学习的意识，也有超前学校的能力。开学不到一个月，连同暑假的两个月的不懈努力，他已经把高二年级的课程自学完了。他又开始刻苦自学高三年级的课程了。按照这样的发展趋势，强天强说不定真的能跟田勇一道参加高考呢！

田丽芳虽然高中落榜了，但她在强天强的鼓励下，正在奋发努力，专心自学，刻苦专研，准备寻找机会报考中等师范学校。田丽芳人长得漂亮，脸蛋白净粉嫩，十分秀气，两只水灵灵的大眼睛，忽闪着特别有灵气有精神，真是人见人爱。爱慕她的人大有人在。其中就有集镇布店的店长徐武。徐武原来是集镇上布店的一名店员，因为在对工商业进行社会主义改造中表现积极，公私合营后，他当了店长。官虽不大，但在老百姓眼里却是了不得的，而且是吃公家饭的人了。这也是人们十分羡慕的。徐武自己知道，他曾经在上小学时伤害过田丽芳，那都是上小学时调皮蛋的，不懂事干的事。现在他长大了，你田丽芳就不应该记仇了。不管怎么样，好事多磨嘛。徐武就拜托他的二娘——徐文的亲娘二姨太找到王左村主任。王左村主任在徐府呆过，请他出面帮忙，他不会不给面子的。王左是村主任，要是他出面做媒，是再合适不过了。王左村主任跟李刚又在一起当过村长，李刚现在又是田丽芳的爸爸，他肯定走得进说得通。

王左村主任接了这个重任后，就去找了李刚。李刚和他一起在徐府打过工，他在李刚手下干过活。李刚当村主任时，王左当副村长，两人配合默契，事事他都听李刚的安排。现在王左当村主任了，去找老上级李刚，好说话得多。王左把要跟田丽芳说亲做媒的事跟李刚一说，李刚嘻嘻笑着说，这门亲事不错。徐武现在是吃公家饭的，又是集镇布店的店长，田丽芳要是嫁给他，说不定还能弄到布店里去站站店呢，这不是好事一桩吗！可是，李刚不敢做主，也做不了这个主，只能帮着打打擦边球，敲敲边鼓，在田嫂面前磨磨嘴皮子，促合促合，主要的还是要王左村主任自己去跟田嫂说去。

王左村主任兴致勃勃地来到田嫂家，田嫂正在给李小刚揩拭鼻涕。田丽芳关紧房门在自己房间里专心致志地闭门读书。

王左村主任摸摸李小刚的头说："李小刚这孩子长地像娘，比他老子李刚俊得多啦！"

"谢谢王主任的夸奖喽。"田嫂接着问道，"王主任今儿稀客嘛，来我家有什么事吗?"

"无事不登三宝殿。"王左主任咧着嘴笑了笑说，"我有好事要跟你说呢！"

“还能有什么好事能摊上我们呀?”田嫂好不客气地说。

王左主任接着把徐武夸得天花乱坠，他笑眯眯地告诉田嫂，他是受人之托来做好事的，是来牵线搭桥，提亲说媒的。

“王主任跟我们田家和徐家做这事，就不怕人家说你阶级立场不稳?”田嫂极其严肃地不痛不痒地挖苦王左主任说。

“你不要听官田瞎说。”王左主任面红耳赤，慌忙解释说，“我可没有哪个意思。”

“那是我冤枉王主任了。”田嫂故意哈哈笑着说。

“那倒不是。”王左主任不好意思了

“王主任说徐武干的这份工作倒是让人羡慕的工作，可是，这人品不怎么样。”田嫂一针见血地说。

“现在可不同啦，人家还当了个小头儿呢!”王左主任神秘兮兮地说，“将来把田丽芳姑娘弄去站站店不也很好吗?”

“那还要看田丽芳怎么说呢!”田嫂有点动心了，她想，让田丽芳女儿去站店倒也不错。

这时候，田丽芳在房间里好像听到有说话声，就大声问道:“妈，你跟谁在说话呀?”

王左主任伸了伸舌头笑笑。田嫂大声回话道:“没跟谁说话，我是自己跟自己说话呢。”

“是你自言自语呀。”田丽芳说着又埋头聚精会神地看书做习题了。

“田嫂呀，你跟田丽芳姑娘合计合计，歇天我再来讨你们的回头话。”王左村长说着高兴地跨出门走了。

王左主任刚出门，李刚从外面走进来了。李刚明知故问道:“王主任来有什么事的?”

田嫂笑着说:“他还能有什么事，是替徐武来提亲的。”

李刚故作惊讶地说:“好啊！不错不错。”

田嫂看着李刚说:“好什么?”

李刚也瞅瞅田嫂，清了清嗓子说起这门亲事的好处来了。他说，这门亲事是好事嘛，找还找不到呢！徐武现在是吃公家饭的，又是布店的店长，大小也是个官。女儿田丽芳没有考上学校，去站站店不也很好吗？田勇要是也考不上大学，也可以找徐武帮忙，你的小儿子李小刚，将来喝点墨水，认得些字，也塞给徐武，他还能推托？这不是一本万利的好事吗？李刚还告诉田嫂，现在的女孩子找对象，都喜欢找军人要当军嫂。有些家庭成分高的，家庭历史有点问题的，军人还不要呢，要了组织上也不批准。徐武是吃公家饭的，有一份好的工作，又是个布店的店长，他要是家庭成分好，我们家的田丽芳，说不定他还不要呢！

“我们家的田丽芳怎么啦？”田嫂非常气愤地说，“你李刚也这么看？”

“不是我这么看，社会上就是这么看的。”李刚解释说，“你知道管田为什么要辞职？他是受到上司的点名批评后，就发了一通牢骚，自己辞了职。你知道我李刚的村主任是怎么撤掉的？”

“你公报私仇，恩将仇报，栽赃陷害呗。”田嫂没好气地说。

“不全是这样，我李刚作为村主任，向上级反映情况，汇报问题，这是职分上的事，应该‘言者无罪，闻者则戒’。”李刚话锋一转说，“可是，我李刚成了田家的倒插门的女婿，田家又被哪个李五横插过一杠子，就成了李刚阶级立场有问题了。我这徐村的村主任还能当吗？不撤我李刚，还能撤谁的职？”

田嫂听了李刚这一番话以后，哑口无言，半晌没有吭声。她心里涌起了一股怒气和难言的怨恨。她恨透了给她设局的三姨太贡美丽；恨透了哄骗她的媒婆陈二嫂；恨透了欺诈凌辱她的杀千刀的李五。他们是一群狐朋狗党，把田嫂推向了万丈深渊，害得她苦不堪言，她真想放声大哭一场！

李刚见田嫂痛苦至极，显出一种无助的样子，就一方面安慰她；一方面嘱咐她，劝说她要她去劝说女儿田丽芳先捞现的。李刚说，早先田丽芳和强天强两人的事情，在徐村传得天翻地覆，早日给田丽芳姑娘说个婆家，尽快成了亲，不就堵住人家的嘴啦？免得我们做上人的担心劳神，寝食难安。再说，人没有前后眼，谁知道强天强日后会混成什么样子呢？我们农民是现实主义者，就跟打鱼一样，不管大小，见到了先逮住了再说。

田嫂想，你李刚是“吃了灯草，放的轻巧屁”，说得倒轻巧，女儿田丽芳的性格脾气，田嫂还能不知道？这个徐武曾经欺负过她。徐文和徐武在学校在徐村的口碑又不好，田丽芳能看上他？不过田嫂又想，她还是想要试试看，好事多磨嘛，多做做女儿的工作吧。田丽芳和强天强两个孩子又有过那么一些风言风语的事，现在看来是断了。不过，他们是真断还是假断还不清楚，万一他们两个孩子还藕断丝连，出了事就不可收拾了。田嫂也想尽快给女儿田丽芳找个婆家，对上对象成了亲，做母亲的就不会烦心劳神，担惊害怕了。

吃饭时，母亲田嫂亲热地给女儿田丽芳夹菜。田丽芳是个很懂事的孩子，她将碗里的菜，不是夹给小弟弟李小刚，就是夹给她母亲。她说：“我吃不了，你们吃。”

母亲田嫂不说话，光用眼睛看着女儿田丽芳笑，而且笑得是那样灿烂。田丽芳反倒有点不好意思了。田丽芳奇怪地问道："妈，你老是看着我笑，这是怎么的啦？"

李刚敏感地知道他们母女要谈那事了，就夹了菜，端着饭碗跑出去串门去了。

母亲田嫂脸上笑出了一朵花，她说："丽芳呀，娘看你越长越漂亮啦。"

田丽芳矜持地说："我都丑死啦。"

母亲进一步说："我看你长大了，成了大姑娘啦。"

"是吗？"田丽芳在母亲面前撒娇了。

母亲田嫂正儿八经地说："现在不上学了，好找个婆家了。"

"找婆家？"田丽芳吃了一惊，她想，母亲心里的婆家绝对不是强天强家，强天强还在读书上学，即使母亲同意，强天强的母亲紫芸也不会同意。于是她说，我才十七岁，还小呢。"

"我十六岁就成亲啦，你十七岁不小了。有人来提亲就嫁了吧！"母亲田嫂直接了当地发话了。

"彼一时，此一时。"田丽芳坚决地说，"我不嫁！"

母亲田嫂迫不及待地说："有人已经来提亲了，我看还不错。"

田丽芳想，她倒要看看他们的葫芦里装着什么药？究竟是谁想打她田丽芳的注意？于是她便问道："是谁呀？"

"徐武。"

"啊?!"田丽芳倒吸了一口气，浑身隆起了鸡皮疙瘩，瑟瑟发抖，不能自已。

母亲田嫂吓得慌了神，赶忙抱住女儿田丽芳说："丽芳，你怎么啦？"

田丽芳镇定下来后告诉母亲，你别再在田丽芳面前提徐武了，一旦提起徐武，她就恶心烦躁，恶心得要呕吐。田丽芳敬告母亲今后不要多管闲事，自作主张，包办代替。那样是犯法的。田丽芳一心要学习，决意要报考学校，不达目的誓不罢休。田丽芳还小，绝不嫁人。过去村里人把她和强天强的事，说得那么难听，传得那么离奇，简直是不堪入耳，不能启口。田丽芳要用时间月日来证明她和强天强是清白无辜的。田丽芳说完气呼呼地进了她的房间，关了房门，不理睬她的母亲，还是看她的书做她的习题去了。

母亲田嫂吓了一跳，不敢多说一句。从此以后，母亲田嫂再不敢提起那种事了。

四十一

田丽芳闭门不出，认真苦读复习了三个月，他的运气来了，机会到了。田勇受强天强之托，特意赶回徐村的家里，送来了强天强给田丽芳的信。信上说，目前小学教学人员奇缺。县级师范学校将在近期开办一期师范速成班，培训几个月就上岗。强天强是从他的好朋友好同学那里得来的消息。那个同学的父亲就是师范学校的教导主任。强天强获此消息后，就拿了田丽芳送给他的留念照片，替她报了名。强天强希望田丽芳明日一大早就同她哥哥田勇一道赶到城里，准备参加考试，不得有误，失去大好的机会。强天强并再三嘱咐田丽芳要准备好考试用的笔及其学习用具，要她不要因为太高兴而过份激动，影响睡眠。他说睡好觉休息好，才能保证考试时有充沛旺盛的精力。

田丽芳看了信后，心里特别高兴，她怎么能不激动高兴呢？不过，强天强的话真诚实在，她不能不听。她将尽量克制，平稳心态，吃好休息好，争取进了考场能打一场漂亮仗。

田丽芳的母亲田嫂知道这事后，高兴得满脸堆着笑，说话的中气也足足的了。她积极支持女儿田丽芳报考师范学校，以后当一名小学教师教孩子念书也是不错的职业，女儿合适做这样的工作。田嫂笑逐颜开地给女儿田丽芳准备了一些钱物。晚上还烧了一桌丰盛的好吃的菜，用来款待女儿田丽芳和儿子田勇两个孩子。

第二天一大早，田丽芳背了书包，信心百倍地跟着哥哥田勇一道进城去了。

这天是星期天，强天强早已在车站迎接他们了。田丽芳一下车，见到强天强真是好不开心，她像见到久别重逢的亲人一样，握了手又拥抱了一下。强天强也十分高兴。赶考是头等大事，不能耽误，他没有工夫跟田丽芳说什么了，立刻招呼田勇跟他一道，把田丽芳送到师范学校去参加考试。他和田勇两人一直把田丽芳送进考场才依依不舍，但也很放心地离开师范学校，回到自己的学校。

田丽芳这次考试非常顺利，这跟她三个月的刻苦攻读，潜心演练分不开的。田丽芳考得不错，真的考取了师范学校的速成班。田丽芳终于成了一名师范的学生。在师范学校的六个月的培训期间，她不敢马虎大意，仍然坚持刻苦认真地学习。由于她的不懈努力，顺利而且合格地结业了。田丽芳被分配到徐村小学当了一名小学教师。她真的开心极了。田丽芳非常感谢强天强给她指点迷津，又是强天强给她带来了信息，替她报了名，还亲自把她送进了考场。这样的人，你不信赖，还能信赖谁呢？这份情田丽芳是终身难忘的！

田丽芳在师范学校速成班学习期间，没有去找过强天强，因为培训时间短，仅仅六个月，学习紧张任务重，压力也大。田丽芳只给强天强写过一封信，都是鼓励他努力学习，早日考上大学的话。田丽芳参加工作后，她也给强天强写过信。她在信上说，她虽然拿钱不多，但总还是有结余的，她可以节省一点，支持他一点。强天强先表示千感谢万感谢，后又叫她千万不要这样。强天强说，过份节俭了会伤害身子的。他们两人心心相印，两人都心知肚明，谁也不想影响谁。强天强不想影响田丽芳的工作；田丽芳不想影响强天强的学习。他们虽然没有接触的机会，也不方便接触，他们心里都记住拉钩盟誓的情景，这就已经够满足的了。强天强和田丽芳一学期至多通两封信，互相鼓励鼓励。这样的书信，你就是看到了也无可厚非。何况你们还看不到呢？这样，时日多时间长了，徐村曾经传得沸沸扬扬关于他们两人的所谓的风流韵事，在人们的心目中也渐渐地谈忘了，甚至于销声匿迹了。

强天强经过一年的刻苦学习，潜心钻研以后，他真的参加了高三年级的毕业考试，其成绩仍然是数一数二的。这一特例，学校向上汇报以后，招办允许强天强直接参加了高考。高考结束后，强天强的感觉不错。他在填报自愿时，没有填综合性的大学。他非常清楚，自费上大学他是上不起的。他很自知自明，挑选了不用交钱并且提供生活费的师范院校。强天强想，要是填本科，好倒是好，但要上四年学，靠他年迈体弱的母亲一人挣钱，糊嘴都困难，实在太窘太苦了她老人家了。强天强是个非常孝敬懂事的孩子，他于心不忍啊！强天强考虑再三，决定填了两年的师范专科，这样他可以尽快出来，挑起家庭生活的重担，悉心赡养母亲，尽一份儿子的孝心！强天强想，以后他在工作之余，还可以自学，或者参加函授学习，攻读本科，甚至于报考研究生，不断深造，这是可能的，也是能成功的。

一年一度的高考发榜了，田勇考取了，强天强也考取了。一下子徐村除了管有义，又添了两个大学生，徐村的人们感到特别高兴，也感到特别荣幸。

强天强想，他上师范学院语文科也好，将来毕业了，分配工作了，虽然跟田丽芳不能分在一个学校，教一个年级，但都是教语文的，成了一个战壕里的战友了。田丽芳教小学，强天强教中学，不是很好吗？两人拉钩盟誓的承诺不能忘记，不可背离，“君子一言既出，驷马难追”！强天强别的不多想，就想着努力学习，刻苦钻研，以优异的成绩获得学历，毕业以后争当一名合格的中学语文教师，效力于社会，服务于人民！

徐武穷追死缠田丽芳的事，曾多次托人来说媒提亲，这些田丽芳没有告诉强天强。田丽芳生怕强天强担心着急，情绪波动，影响学习，耽误前程。田丽芳暗暗在心里说，强天强呀，强天强，你尽管放心学习吧，我们两人可以说是青梅竹马，我们两人情深意笃，你知道吗？田丽芳心里只有你强天强，我们两人的感情不是一天的啦！纵有十二级的台风，摧摧枯拉朽的狂风暴雨，也休想把我们两人分开撒散！

现在田丽芳在徐村小学，因为她长得漂亮出众，又有一份吃公家饭的教师工作，就成了当地的香饽饽了。徐村心仪她的人，追求她的人很多。特别是那个徐武，他妄想像勾魂摄魄似的，想把田丽芳勾去骗去。田丽芳可不吃这一套。一天，田丽芳正在自己房间里静心看书，徐武拎了两包东西上她家来了。徐武把两包东西朝桌子上一搁，冲着田嫂感了声“婶母”便问道：“丽芳姑娘呢？”

“她在自己房间里看书学习。”母亲田嫂答应着，笑着说，“你来玩就来玩，还带什么东西呀？”

“少了点啦！不成敬意。”徐武谦虚客气地说。

田丽芳在房间里听到了，非常气愤。她气冲冲地走出房间，指着徐武大声喊道：“徐武，你别做梦，我不欢迎你！你快把你的臭东西拿着走你的路！”

徐武非常尴尬，只得傻乎乎地笑笑，无可奈何地出门走了。田丽芳毫不客气地拎起徐武放在桌子上的两包东西，追出门去向徐武身后扔去说：“把你的脏东西拿走！”

徐武回过头来看看，羞愧难当，又不好意思去捡他的东西，就怏怏不乐地走了。结果这两包东西被过路行人捡回去纳福去了。

打那以后，徐武再不敢踏进田家的大门半步，见到田丽芳再也不敢启口吱牙了。徐武那水牛打汪般的胡思乱想，转移到别的姑娘身上去了。可是，徐村小学的另外两个教师竟然把眼睛盯上了田丽芳，打起田丽芳的注意来了。他们是和田丽芳在一起教书的同事，这两个人大着胆子给田丽芳写了求爱信。这倒是一件棘手的事情。田丽芳不好像对待徐武那样一顿熊，一番骂。怎么办呢？

田丽芳考虑再三，会心地微微笑了。她计上心来，将他们两人的求爱信收下，看也不看就在信上面打上一个大大的红叉叉，又用白纸在上面画了一个简易的无门无窗的严严实实的小房子，包了他们的来信还给了他们。那两个老师如获至宝，高兴异常，心跳不止，抖抖呵呵地打开来一看，他们傻了眼了。他们两人有点像罗生门一样摸不着头脑了。他们两人把玩来把玩去，研究来研究去，只看到图和叉，没有得到田丽芳的一言半语的回答。他们两人不知是什么意思，有点百思不得其解。晚上睡在床上，他们两人寤寐思服，辗转反侧，想了几个白天，思考了几个夜晚。他们终于一拍大腿，哈哈哈大笑起来了。这个鬼门日精的田丽芳真能逗，也只有她想得出来？他们两人悟出了其中的道理，体味到了其中的味道：这个大大的红叉是说他们的这道题目做错了；那个严严实实的无门无窗的小房子就是说这件事没门！

田丽芳觉得这样还不够，她决心要斩断他们两人的纷乱如麻的念头，堵了他们两人的异想天开的嘴巴。大家早不见晚见，不要弄得翻脸伤了和气。为了不伤感情，稳定对方的情绪，又不影响大家的工作，田丽芳找到徐村小学的殷校长，开诚布公地告诉殷校长，田丽芳已经有了对象，是个正在大学上大学的大学生，希望其它男教师不要有非分之想。田丽芳请殷校长，在适当的时候，合适的场合替田丽芳宣布一下，她田丽芳早就找好对象了，请大家自爱，不要自讨没趣！

殷校长在教师会议上，把这件事郑重其事地作了说明，进行了解释。大家了解了情况以后，这种追鱼式的单方面的求爱的风波才算偃旗息鼓。田丽芳和老师们仍然和睦相处，同志相称，一道为搞好徐村小学的教学教育携手并进，努力奋斗。

四十二

强天强进了大学，像鱼儿放归大海一样，他在知识的海洋里自由翱翔；像回归大草原上的骏马，在深邃辽阔的莽原上奔突驰骋。每天除了听教授上课外，绝大多数时间，他都钻进图书馆里博览群书，翻阅典籍，摘录名言警句，勤做笔记卡片，写出心得。不多日，他就有文章见报了。强天强成了学院该系科的一名才子。毕业后，强天强作为一名出类拔萃的优秀学生留校了。他成了一名助教。从此，强天强一方面帮助教授处理批阅学生们的作业；一方面跟着教授继续学习升造，研究课题。不久的将来，强天强一定能成为一名出色的人才。

强天强留在大学以后，他对徐村的事情也十分关心。他通过各种渠道了解到徐村农业合作化的情况。当时国家的农业社会主义改造已经进入高潮，全国广大农村都成立了农业生产合作社，走合作化的道路。有些地方已经转入高级合作社。这是大势所趋。可是，徐村的管田、田嫂以及母亲紫芸等一些人家还在单干，始终不肯入社。王左主任，当然也是合作社的社长。王左在徐家祠堂的中进大厅，召开了徐村的村民大会。王左在会上毫不客气地点名批评这些单干户。说他们放着宽广的社会主义大道不走，偏要单干，想发家致富，当地主老财呀？管田是个天不怕地不怕的人，针锋相对地冲着王左村主任说，就靠这几亩地，就成地主啦？你王左别给人扣帽子，向人抡棒子。当初，你想当村主任，你王左不早说呢？我管田让给你王左就得了，谁稀罕这个村主任？可你王左不明说，却给管田穿小鞋，向上级反映说管田阶级立场不稳，甚至于说管田丧失了阶级立场，跟一些有问题的人搅在一起，打得火热。可你呢？你王左受了二姨太的重托，替徐武做媒提亲，就不是阶级立场不稳，阶级意识谈泊？给人扣帽子，打棍子谁都会，可你王左在这方面最能干最起劲！

管田的一番话，引得会场上的群众一阵阵哄笑，有些小青年又一个劲地吹起了口哨。王左村主任气得鼻蹋嘴歪，半晌没有开腔说话。后来王左生气地无可奈何地说了一句："我奉劝大家走社会主义大道，尽快加入农业生产合作社。"

接着王左村主任宣布散会了。

田丽芳是一名教师，当然要积极响应国家政府的号召了。她对于国家和政府的政策看得很清楚，认为加入农业生产合作社是早晚的事，迟入社不如早入社好。她把会上的情况和村里的现状原原本本，详详细细地写信告诉了强天强。强天强又跟管有义、田勇联系，约定了一个时间，一同回到了徐村。他们分头去做自己家长的工作，给自己的家长分析形势，开诚布公地阐明弊端厉害，叫他们的家长不要拖后腿，迟早都是要入社的，这是大势所趋。结果，在他们的苦口婆心的开导劝说下，管田、田嫂、紫芸等几户人家，都高兴愉快地加入了农业生产合作社。管田当了农业生产合作社的后村队的队长。母亲紫芸是单门独户，离后村最近，就划归管田的生产队，而田嫂家住在前村，当然就归前村生产队了。

事情办完以后，目的达到了。强天强、管有义、田勇、田丽芳都很高兴。田丽芳好像是东道主一样，她又把他们三人请到徐村小学，他们的母校去走走看看，拜访拜访小学的老师们。当然，田丽芳也有向老师们无声地宣布她的秘密的意思。徐村小学的老师们和学生们，都感到很高兴很荣幸，因为他们三人都是从徐村小学走出去的大学生。在他们三位大学生离村之前，田丽芳又作为东道主的身份，自讨腰包，叫她母亲田嫂烧了一桌丰盛的好菜，宴请了三位大学生。席间，田丽芳向她母亲田嫂宣布了她同强天强的关系。田嫂听了高兴得笑得合不拢嘴了。过去，田嫂就喜欢强天强这孩子，现在又出息成一名大学的先生，还能不高兴不欢迎吗？田嫂觉得女儿田丽芳没有屈嫁，而且是高攀了。打那以后，田丽芳也常去看望强天强的母亲紫芸。强天强的母亲紫芸也是喜不自胜。过去她反对强天强和田丽芳接触，不是不喜欢田丽芳姑娘，而是他们两人都还小，都还在读书上学，况且村里又有不三不四的风言风语的传言，有些闲言碎语，令人不堪入耳，不能启口，难以忍受。如今，时间也证明了两个孩子是无辜的。他们也都学业有成，都立了业了，也该把这事提到议事日程上来了。田丽芳是个好姑娘，强天强的爸爸强震虎被冤屈致死以后，她像失去自己的亲人一样伤心落泪，又像关心自己的亲人一样关心劝慰他们母子二人。强天强生病期间，是田丽芳悉心关心照顾强天强，以至于自己也染上了病，却无怨无悔。田丽芳是个多么真诚可爱的姑娘啊！母亲紫芸喜欢这孩子，让田丽芳做自己将来的儿媳，这么好的事，打着灯笼都找不到，能不高兴吗？

田丽芳十分关心地说：“伯母，天强不在你身边，有什么事叫我一声，我来帮你做。”

强天强的母亲紫芸告诉田丽芳姑娘，她自己还行，现在，她入了社，地里的生活用不着她操心了。她只要每天出工干活就是了。管田队长待人和气，办事公道合理。管田队长对妇女很关心多照顾，重活累活脏活，都尽量安排强壮的男劳力去做。女队员们都说管田队长人好。

田丽芳的母亲田嫂和强天强的母亲紫芸关系很好，现在又成了未来的亲家，就好上加好了。田嫂觉得田丽芳能找到强天强这样的有知识有能力又漂亮的小伙子的确是她的福气。田嫂认为，还是女儿田丽芳有眼力，考虑得周到长远，才没有被徐武勾引哄骗去，差一点她就上了王左的当。田嫂跟紫芸说，我们两家不能光让两个孩子谈这事，两家人不闻不问，乡下事还得乡下舞嘛，要找个媒人站出来。找谁呢？田嫂觉得五婶是最好的人选。紫芸当然举双手赞成了。两位母亲跟五婶一说，五婶对这样的顺水媒人是欣然同意啰！

五婶笑呵呵地说：“这媒人我当定了。这喜酒我是左三餐又三餐，两边抢着吃，别把我的嘴吃歪了。”

“嘴吃歪了，我们就叫你歪嘴五婶。”田嫂和紫芸同事撇撇嘴笑着说。

这时候，三个女人都不约而同地开怀大笑起来了。

两个母亲都到了迫不及待的地步了。他们都希望早点把强天强和田丽芳两人的亲事办了，好让他们两个母亲早日饱孙子，尽享天伦之乐。

母亲紫芸语重心长地把他们两位母亲的想法和打算跟儿子强天强说了；田嫂也把他们两位母亲的意思和意见跟田丽芳挑明了。强天强和田丽芳观点一样，口径一致，都认为他们两人的亲事，要办就要办得风风光光，尽量办得漂亮些热闹些。现在他们两人刚刚走上工作岗位，才参加工作不久，还没有多少结蓄，等两年他们事业有成了，手头有点钱了，再回到徐村来办亲事不迟。他们两人一定要把亲事办得让全徐村的父老乡亲们都开心满意，那样是多么热闹，多么好呢！

徐村的人们，对强天强和田丽芳两人过去的那些传闻说法，已经不再提及，时间已经替他们两人把冤屈洗刷清了，证明了他们两人是无辜的。大家都认为，强天强和田丽芳两人长得都很漂亮，一个方头大耳，天庭开阔饱满，两眼炯炯有神；一个是使人看了十分舒服而有美感的长长瓜子脸，肌骨莹润，举止娴雅，脸上镶嵌着一对水灵灵的十分秀气的杏子眼。杏子眼的上方是一对如同画匠以巧手描绘出来的柳叶眉，透示着一个美丽的女人的心地善良而性情温柔的气质。强天强和田丽芳两人都是一表人才，真是天生一对，地生一双般配极了。

徐村的姑娘们都羡慕田丽芳，夸她有眼力，找了个有知识的有地位的大学里的先生，人又长得漂亮帅气，这真是田丽芳的福气，也是田丽芳和强天强两人的缘分。

田丽芳听了徐村姑娘们的议论，有点沾沾自喜，甚至于感到自豪了。她跟强天强是青梅竹马，打小就在一起玩耍。他们两人一起放过牛，一起躺在草地上唱歌；他们两人在一起读书上学，在一个桌子上吃饭……他们两人的感情要多深就有多深，你们是感受不出来，也感受不到的。田丽芳和强天强两人是情真意切，真心相爱，天长地久，海枯石烂永不变心！

强天强回到学校，也思绪绵绵，想了很多。田丽芳小妹对他是一片痴情。野山凹和沟溪河畔的一拥一吻，一次拉钩的情景，他至今难以忘怀。强天强生病期间是田丽芳关心备至，悉心周到地照顾了他，又亲自送他回到徐村的家里，这对一个女孩子来说，要有多大的勇气啊！强天强的家庭有困难，为了不耽误学习，竟以炒面度日，田丽芳却决意跟他分而食之，分担困难，拿自己的一份米饭拿来给强天强吃，其心之真，其情之诚，实在是令强天强感动涕泣，佩服至极。现在，强天强和田丽芳两人终于定下了终身，从今以后，强天强不能亏待她。强天强就是再苦再累，也要善待她呵护她，想着法子也要给她温馨，给她幸福！

四十三

强天强的入团问题在中学阶段没有解决，但他没有气馁。他进了大学后，也没有急着打申请，因为徐村村主任还是那个“左”得出奇的王左。强天强已经吃过王左的亏了，知道王左不会与人为善，不会有好话说，免得组织上曲解而坏事。强天强学习成绩优秀，大学毕业留校了。他们家划归徐村后村生产队，管田队长是个有正义感的人，而且办事实在，能从实际出发，实事求是地反映情况。强天强又打了一份报告，申请加入中国共产主义青年团，实现他梦寐以求的愿望。

一个星期天，他们系科团总支，派了两个学生团员去徐村调查核实强天强的情况。这两个团员走进徐村，在徐村村西边，向坐在门口树荫下打牌的四个人打听强天强家的生产队。这四个人看看来人胸前的校徽，知道是强天强所在的学校来的人。他们猜中了强天强学院里来人的意思，就没有多问，只是笑了笑，就给指了路。两个学生模样的人，顺路来到徐村的后村生产队，找到了管田队长，要求了解一下强天强的家庭情况和社会关系的实际情况。管田队长郑重其事地告诉那两个学生，强天强从小学到中学，一直到你们大学，表现都很好，这是大家都看得见的，用不着他管田说。当初，管田和几个农户要坚持单干，不愿意加入农业生产合作社。强天强就组织人员回到家乡，做了我们几户人家的工作，讲了很多我们听得进也感到舒服的道理，我们几户人家就欣然加入了农业生产合作社。强天强确实是一个思想开朗，进取向上的好青年。这样的好青年，团组织早就该吸纳他了。至于强天强家的社会关系，说复杂其实也不复杂。强天强申请入团前，根本就不知道他的外公是大地主徐云豹。等到要填写入团申请书了，才哭着逼着自己的母亲说出了令他母亲痛苦而不愿意说的事情的真象。除了强天强的母亲紫芸跟徐云豹有血缘关系外，但在思想上，感情上一点关系都没有，他们可以说是断绝了关系，要说有关系的话，那就是仇恨关系。这在徐村谁都知道。强天强所在的大学来的两个调查人员，把他们两人调查了解的情况向学院团总支作了口头和书面汇报。强天强的入团问题在系里支部会上获得了通过，并报学院团委审查批复。

过了好长一段时间，强天强的入团问题还是“泥牛入海无消息”。强天强一打听，才知道他没有获得批准。当时，校团委刚坐下来准备讨论审核并进行批复，却收到了一封署名“牌友”的匿名信。这封信中反映说，强天强有非常复杂的海外关系，社会关系也相当复杂。说强天强的外公是个大逃亡地主，外叔公是个反动连长，是个战犯。信上还说强天强在村上乱搞男女关系等等。他们“牌友”认为这样的人没有资格加入团组织。

其实，这封匿名信，就是那天四个打牌的人写的。他们其中两个小学教师是追求过田丽芳的人。他们认为田丽芳耍了他们，对此至今还耿耿于怀，伺机报复，这回遇到了机会。另两个人不是别人，正是徐文和徐武两个“活闹鬼”。徐武是追求过田丽芳的，不但没有得手，还遭到了田丽芳的羞辱，徐武当然也是怀恨在心。徐文也想帮着他们，替他们打抱不平。这四个人凑到了一起，还能做出好事来？他们合起来要整整情场上的仇人。他们四人根据那两个戴校徽的学生，判断是为强天强的入团的事情来走访调查的，他们四个人一合计，就写了那封检举匿名信，寄到了强天强所在大学的院党委。院党委又将这封检举匿名信转交给学院团委。强天强入团的事又像船泊一样停在沙滩上搁浅了。

强天强要求加入共青团，却没有获通过被批准，他心里不是滋味。强天强非常懊悔神伤，郁郁不乐。沈老教授看到自己的徒儿如此灰心丧气，萎靡不振的样子，便关心备至地问道：“天强呀，你最近有心思，遇着什么不顺心的事啦?”

强天强非常敬重沈老教授，在沈教授面前他不能闪烁其词，不敢不说实话。强天强把他多次要求加入团组织都没有获得通过批准的事告诉了沈老教授。

沈老教授听了恍然大悟，并哈哈大笑说：“要求进步固然是好事，但既然领导上不批准也就算了。”

强天强不甘心地说：“我不死心呀!”

沈老教授语重心长地说：“你看我是个无党派的民主人士，努力教书培养学生，是不是为国家出力，算不算为人类作贡献？你加入不了团组织，组织上有组织上的考虑，只要我们好好工作，认真教书，照样是替国家出力，为人类做贡献。凡事不能强求，要顺其自然，人要乐观开朗。”

沈老教授的一番推心置腹的话，开启了强天强的心智，驱散了强天强心头的阴云。强天强终于放下了思想包袱，轻装上阵，更积极努力地跟随沈老教授学习深造，终于获益匪浅，进步很块。

沈老教授名叫默语。他已经五十多岁了。沈默语教授中等个头，体形偏瘦，但很健康，精神矍烁。沈默语教授讲课生动幽默，中气很足。他语音低沉时，如同窃窃私语；语调高昂时，能让听者警醒提神，消除瞌睡。沈默语教授讲课从来不看讲稿，也不带讲稿，却能滔滔不绝，头头是道，旁征博引，出口成章，其知识之渊博丰富得一踏糊涂。沈默语教授讲课既吸引人，也令人佩服。

听沈默语教授讲课，简直是一种艺术享受，谁也不肯在他的课上缺席。沈默语教授只讲课，而且讲得那么生动有趣，但在校刊上，或是报刊杂记上，你就看不到他的一篇论文或是只言片语。见于沈默语教授的这一特点，人们就有趣地把他的“沈”字改写成“沉”字，把他唤作“沉默不语”。其实，沈默语教授不是不会写文章，如果你说这么有名气而又优秀的教授不会写文章，这简直是天大的笑话？你要是把沈老教授在课堂上讲的，完整地一字不漏地记录下来，就是一篇高质量的论文。可是，沈老教授就是不动笔不写文章。他不仅自己不写论文，看到他的爱徒，得意门生强天强有文章见报了，就找强天强谈心了。强天强是个忠厚诚实，聪明肯学的青年，也是沈默语教授看重的得意门生，老教授也非常看好器重强天强爱护强天强。沈默语教授真切诚恳地告诫他的爱徒强天强，先别忙着发声写文章，而是要先蓄势。他的意思是要求强天强刻苦学习，用心钻研，多做勤做笔记和卡片，积累足够的丰富的知识，存放起来就行了，千万别忙着写文章。他说，现在的框框多，棍子也多，弄不好就钻进了框框，招来棍棒乱打一气，只一棍就把你打闷了，你就再也爬不起来了。有了丰富的知识和积累的丰富的材料，还怕到时候写不出文章来吗？要等，等到合适的时间，合宜的环境，条件具备了，那时候，你就一发不可收拾。沈默语教授真诚地要求强天强写好两篇论文，一篇是助教升讲师的升职论文；一篇是讲师升教授的升职论文。其余的就要等待时间，等待时机，看准机会，这个时机一定会到来！

强天强对沈默语教授的循循善诱的教诲，言听计从，佩服至极，感激不尽！

一天晚上，学院领导召开了全院教职员工大会，会上院领导要求大家给领导提意见。院领导好像心血来潮似的说，大家要经得起考验，要踊跃发言，争当积极分子，不要甘当落后分子。这次学院领导们一定虚心诚意地听取大家的意见，“言者无罪，闻者则戒”嘛，大家要解放思想，抛开顾虑积极大胆地发言。

一开始大家都觉得院领导是心血来潮，都默不作声，不发一言，谁愿意在老虎头上拍苍蝇呢？谁敢向院领导提意见，谁敢说领导的不是呢？院领导对大家的沉默不语，不发一言的表现很不满意，也极不高兴，就一而再，再而三地动员说服大家要踊跃发言，做一个积极分子。

后来大家看看院领导的表态是那么坦诚，话又说得那么恳切，大家被院领导的坦诚和恳切的话语打动了，真的不想甘当落后分子了，金口被启开了。知识界的同仁们的思想真的解放了。他们或心直口快地在会上说，或采取大字报小字报的形式，甚至于以漫画的形式表达了自己的看法和意见。那情势十分热烈，态度十分积极，心地也十分善良诚恳。他们给院领导提出了各种各样的意见。

沈默语教授不再沉默不语了。他除了在会上说了一些，还画了一幅漫画。他画了一台始终摆不平的天平，由强天强替他刷贴出去了。强天强也跟着大家提出了自己的看法和意见。强天强说，作为领导者不能偏听偏信，要从实际出发，实事求是地做出正确的判断。强天强认为，徐云豹沿袭了他祖上不折手段盘剥来的家财，继续盘剥徐村的贫苦佃户，他是徐村的大地主，这是没错的。可是，强天强的母亲紫芸虽是徐云豹所生，但紫芸的母亲陆俊霞因为出身卑微，在三姨太贡美丽的威慑胁迫下，她被徐云豹遗弃了。陆俊霞死后，强天强的母亲小紫芸是由奶娘强王氏喂养长大的。后来紫芸又在徐云豹和三姨太贡美丽的逼婚强嫁的情况下，害的紫芸奄奄一息之时，是奶娘强王氏花了极大的代价救了强天强的母亲紫芸一命，把紫芸娶回来作儿媳。母亲紫芸一直在强家长大成亲，生儿育女，演化成了一个地地道道的贫苦农妇。这跟徐云豹根本就拉扯不到一块去。这都是不争的铁的事实。请领导不要偏听偏信，罔顾事实，借此把一个好端端的单纯的青年打入另册，死死钉牢在耻辱的柱子上，叫他永世不得翻身，这也太不公平啦？

后来，沈默语教授和强天强都被化成了右派分子。经过三番五次的批斗清算以后，就被关进了监狱。“沈默不语”的沈默语教授，还是没有能坚持他的“沈默不语”，金口启开了，右派分子的帽子戴上了；强天强一个好端端的朝气蓬勃的很有进取心的青年，也“祸从口出”地吃了大亏，戴上了一顶重如泰山压顶的右派分子的帽子。他们的一致的罪行都是反对党的领导。

强天强被关进监牢的消息传到了徐村，整个徐村像炸了锅似的。徐村人议论纷纷，什么说法都有。有的说，强天强这孩子看来蛮好的，怎么就出了这么大的事，闯出这么大的纰漏呢？有的说，徐云豹的外孙，没有错种，终究不会脱胎换骨；有的说，强天强一天到晚跟着那个思想反动的老家伙，受老教授的影响教唆还能不出事？有的说，强天强那么小就跟田丽芳干那事，长大了还能不犯错不犯罪？甚至于有人说，强天强是那个克星娘紫芸给克的，我们早就给他们母子算过命啦，早晚一天会出事的，这不就应验了？……

两个曾经向田丽芳写过求爱信的小学教师和徐文、徐武获悉强天强登大牢的消息后，都幸灾乐祸地窃窃地笑。

强天强被化成右派分子进了大牢，这个消息传到了母亲紫芸和田丽芳那里，母亲紫芸承受不了了。她老泪纵横，惶惶不安，痛不欲生；田丽芳是揪心疼痛，泣不成声；田丽芳的母亲田嫂是垂头丧气，有一种无名的失落感；管田和五婶是扼腕叹气，悲鸣惋惜！

强天强的母亲紫芸一夜之间头发由花白变成全白了。她消瘦多了，眼睛红肿湿润，精神萎靡，嗓音嘶哑，说话无力，咬字不清。田丽芳的杏子眼肿胀发红，像染上了红眼病似的，一开口说话就眼泪汪汪。田丽芳强忍着痛苦和焦躁，搀扶着强伯母紫芸进城探监去了。她们两人上了车，坐在车子后排的角落里，好像自己犯了罪似的不敢抬头，羞于见人。她们两人到了城里，就急急忙忙赶到监狱，躲躲闪闪。她们要求探监，可是，看监的人不让见，说是没有判刑之前任何人不得探监。任她们两人怎么苦苦哀求也没有用。可怜母亲紫芸和田丽芳无可奈何，只得流着眼泪，怀着极其失望的心情，带着十分伤痛悲凉的心绪，怏怏不乐地回到了徐村。

田丽芳搀扶着伯母紫芸，把她送回家中，又千叮咛万叮咛地安抚劝慰了一番，才忍着悲情惜意，尽量克制着自己的情绪回到了徐村小学。她情绪低落地坐在办公室里出神发愣。这时候，两个追求过她的青年教师看了暗暗发笑。她们像大洋里的鲨鱼闻到腥见到猎物一样，又可以发起进攻了。这两个青年教师，一个姓郭名叫郭清，生的倒也眉清目秀，还算是个帅小伙子；另一个姓吴名叫吴净，生得瘦吧啦支，两条胳膊喜欢撑开着，像个稻草人似的，要不是那双忽闪着的神采奕奕的眼睛，简直就看不出他是一个活物。郭清和吴净两人，初中跟徐文和徐武是同班同学，初中毕业后，郭清和吴净两人考上了县级师范学校，毕业后分配到徐村小学当了一小学教师。他们两人来到徐村后，跟徐文和徐武打的火热。他们四人经常在一起打牌喝酒。郭清和吴净两人见田丽芳愁眉苦脸，心事重重，显出一种苦不堪言的样子，便假惺惺地献起殷勤来了。郭清打来一盆热水，要田丽芳洗洗脸；吴净端来一杯热茶，请田丽芳解解渴提提神。

田丽芳过去把他们当作同事看待，现在她见到他们两人就厌恶。强天强在来信中说过，他入团搁浅未被批准的原因，是徐村有个叫牌友的写了匿名信，从中作梗捣了蛋。强天强说了，派去徐村调查的两个学生，当时到了徐村，没有遇到别的什么人，只是在徐村村西边，有四个人坐在门口的树荫下打牌，就向那四个人打听了一下去强天强家的生产队。这四个人从上到下诡秘地打量了他们两人一会，笑着给他们两人指了路。后来，他们两人找到了那个叫管田的队长，并未见到其他闲杂人员。他们两人了解了情况后，就回学院向总支部汇报了。田丽芳分析，这个署名叫“牌友”的，一定是郭清、吴净、徐文和徐武四个人，肯定是这四个人，这一伙“活闹鬼”。田丽芳想到这些，又火又气。她想，你们这些缺德短寿，又卑鄙又龌龊的小人可恶极了！你们别想得美，田丽芳就是嫁给一个讨饭花子，也不会找你们呀？别白日做梦啦，收起你们的邪念色心吧！田丽芳见郭清和吴净两人来向她献殷勤，恶心烦躁得气不打鼻孔里出了，她“呼”地站了起来，朝郭清和吴净两人狠狠地瞪了一眼，又怒目而视地“呸”地吐了一口唾沫，昂首挺胸，迈出校门，往前村她自己家中走去。

四十四

强天强和沈默语教授被关在同一间牢房，他们师徒二人倒也高兴。沈默语教授年岁大了，强天强年轻，他们两人在一起也好，万一沈默语教授有个腰酸腿痛的，强天强可以替他揉揉捶捶，他就轻松得多，舒服得多了。沈默语教授也非常喜欢这个徒弟，十分关心爱护这个得意门生。沈默语教授极其真诚地跟他的徒弟强天强说，他年纪大了，能不能活着走出牢房还不好说。他认为强天强年轻，也不会判得太长太久，将来一定有机会出去，说不定还能遇上科学的春天。沈默语教授说到这里，他站到有铁栅栏的窗子前，眯着双眼注视着远处的青山蓝天，遐思着未来深情地说："到了那个时候，你有知识，有水平，有能力，一定会在知识的海洋里游刃有余地倘佯，定能写出许多有水平高质量的论文。你就能为国家效力，为人类作出莫大的贡献！"沈默语教授又把话锋一转，循循善诱地告诫他的爱徒强天强。他说，不过你千万不能自暴自弃，灰心丧气。你还得在如此艰苦的铁窗环境中继续努力刻苦地学习。沈默语教授愿意把深藏在自己肚子里的知识和盘托出，传授给他的爱徒强天强，他相信自己的爱徒将来一定会派上用场的。沈默语教授十分真诚地嘱咐强天强说，这里的条件差，环境恶劣，你得用脑子记，用肚子装。沈默语教授坚信凭强天强的智商和毅力准能行。

打那以后，强天强每天都专心致志地听沈默语教授给他传授知识。沈默语教授也常常教授强天强如何掌握知识和技能。强天强勤思强记，进步很快，沈老教授非常高兴。

强天强和沈默语教授两人情谊深厚，互相关心，把监狱变成了交心传情的场所；把监狱变成了传授知识和技能的课堂。他们两个犯人谈的是师生情，传授的是科学知识。这个监狱毕竟是人民政府的监狱，只要你不违规违法，看监人员是不会干涉的。有些看守人员，见他们师徒二人一个是殷勤施教，一个是勤奋好学，也深受感动，还为他们弄来了纸笔。拿到纸笔后，强天强像鱼儿得了水一样活跃，高兴得活蹦乱跳起来，逗得沈默语教授也乐呵呵地笑起来了。

母亲紫芸打从儿子强天强进了监狱后，她整天以泪洗面。一个才四十多岁的女人，脸上竟然刻上了一道道深密的皱纹。她憔悴得多了，也苍老得多了。难道她真的是命硬命苦吗？家里那么多人，一个个先后离世，好不惨然；现在，唯一的与她相依为命的儿子强天强又踉铛入狱坐了大牢。这究竟是为什么呢？母亲紫芸真有点想不明白。

田丽芳虽然也焦急心烦，惶怵不安，茶饭不思，然而她毕竟是有点知识的人，还是有那么一点自控能力的。田丽芳坚信强天强是无辜的，会有出头之日的。她期望强天强不要自卑自毁，自暴自弃，应当振作精神坚挺着，总会熬出头的。强天强你尽管放心，田丽芳心里只有你。田丽芳想好了，不管你怎么样，田丽芳都认啦，八年十年都等着你，你就放一百二十四个心吧！

眼下田丽芳最担心的就是强天强的母亲紫芸，可不能让母亲紫芸急坏拖垮身子，那是不得了的事情，也是强天强最不希望见到的，最担心的事！这个责任全落在田丽芳身上了，也是田丽芳义不容辞的责职。强天强呀，你放心吧，你不在母亲身边，还有田丽芳呢。田丽芳隔三岔五的，就到母亲紫芸家去安抚劝慰她。有时候，田丽芳干脆就在母亲紫芸家做饭和伯母在一起吃饭，甚至于还跟伯母紫芸通腿过夜，谈心逗乐子。田丽芳像亲生女儿一样，关心照顾伯母紫芸，让伯母紫芸体味到和女儿一样相处的亲情爱意，以此来使伯母紫芸排忧解愁，开心快乐。

正如沈默语教授所说的，强天强判刑时间不会长。强天强被判了五年，五年一过，强天强就可以出狱了。判决后，强天强和沈默语教授等一些右派分子，都放到劳改农场去劳动改造去了。在劳改农场改造的过程中，强天强对他的恩师沈默语教授依然是照顾得很好。干重活时，强天强身大力不亏，他宁愿自己多承担一些，也不想累着恩师；闲下来，沈默语教授还是以知识来充实他丰富他。沈默语教授坚信，强天强这个门徒，将来一定会达到“青出于蓝而胜于蓝”的境界。

田丽芳和伯母紫芸曾经到劳改农场去探望过强天强。劳改农场很大，四周用铁丝网拉起来了，这是防范犯人逃跑的。农场里种着各种各样的庄家，有稻谷和各种瓜果蔬菜。干这些农活，对于强天强来说是拿手好戏，手到擒来。强天强在劳改农场的表现也不错，虽然时刻有穿警服的武装人员监督他们劳动改造，然而还是比较自由随便的，只要你不卖乖耍滑，好好劳动改造就行了，劳改农场也是酬勤罚懒的。他们是自种自吃，自食其力，还养了不少禽畜，看来伙食还不错。看了这些，母亲紫芸也就放心了，甚至于觉得儿子强天强在这里比在家里还好，国家正处于困难时期，农村粮食奇缺，每天每人三两米，要是儿子强天强在家，怎么能填饱肚子呢？饿还要饿坏呢！

田丽芳见到强天强，虽然眼睛有些湿润，但她没有流下眼泪，她是强忍着的，免得引得伯母紫芸和强天强伤心流泪。田丽芳千叮咛万叮咛强天强，要他好好劳动改造，争取早日出狱。她再三让强天强尽管放心，田丽芳一心等着他！

强天强笑着说："丽芳呀，你千万别这样，我不能连累你。"

"什么连累不连累的？"田丽芳坚决地说，"我们海枯石烂不变心！"

"你别说傻话！"强天强郑重其事地说，"我就是出了监狱，这头上的这顶右派分子的帽子拿不掉，就会连累你，影响你的光明前程，值吗？"

"那我不管！"田丽芳斩钉截铁地说。

"你还是找个合巧的人吧！"强天强苦苦地劝道，"我永远把你当我的亲妹子。"

"我不嫁人，要嫁人就嫁给你强天强！"田丽芳极其伤心地流着眼泪，搀扶着伯母紫芸，依依不舍地离开了劳改农场，郁郁不乐地回到了徐村。

田丽芳一直对伯母紫芸关心备至。她认为强天强的母亲就是她的母亲，她田丽芳不关心照顾，还有谁来关心照顾伯母呢？

有一段时间，伯母紫芸常常外出挑土方兴修水利，在家的时日不多，田丽芳同伯母紫芸见面的机会就少了。一开始大家吃食堂，吃饭不要钱，走到哪里都有饭吃，而且都能吃饱。后来粮食短缺了，规定每天每人只吃三两米。这三两米怎么吃呀？只得一天三餐稀饭，那稀饭稀得简直是"洪湖水浪打浪"，都照得见人，肚子越喝越大，喝下肚饱了，撒泡尿肚子就叽里咕噜地叫个不停，饥饿极了。由于饥饿难忍，村里的年轻人和壮劳力都丢下家小外流他乡到很远的地方混饭吃去了。留在村里的老弱病残，缺收缺粮，饿得皮包骨头，精神木讷，有的人得了浮肿病，脸肿、手肿、腿肿、脚肿，一个个懒洋洋地无精打采地坐在太阳底下，阳光一照，皮肤显得亮光光的，像涂了一层油似的；有人气息奄奄，临断气前还喊着叫着要吃白米饭。人们常说"衣食足而知荣辱，仓廪实而知礼节"，在这严重的灾荒之年，人们的思想也乱了套，好端端的黎民百姓，希望蹲大牢去吃牢饭；反而说蹲了大牢的人运气好，挨不着饿了。母亲紫芸对于儿子强天强被抓坐牢，她先是哭的死去活来，痛不欲生，现在她反而觉得儿子强天强运气好，要是在家，一个大男人三两米怎么填饱肚子不挨饿呢？那样是死是活还说不一定呢？

那时候，徐村真的饿死了不少人。人们饥饿难忍谁也顾不了谁。田丽芳好在每月还有工资钱，她不添衣服，不买化妆用品，节衣减食，买一些黑市粮，高价胡萝卜、山芋等，给家里一些，也给伯母紫芸一些。她们虽然不能吃好吃得很饱，但总算免强挺过来了。

一天，徐村小学的殷校长找田丽芳谈话。殷校长把田丽芳请到校长室，让田丽芳坐在他的对面，态度严肃地说："田丽芳老师呀，你是一个教书育人的人，就不应该跟右派分子的母亲拉拉扯扯，搅和不清。你怎么想得起来，跟右派分子的母亲一道去监狱和劳改农场探望右派分子强天强的呢？你要知道，跟右派反革命分子不能划清界限，这是很危险的。希望田丽芳老师悬崖勒马，坚决与右派分子强天强一刀两段，彻底划清界限，真正站到革命队伍这边来。否则后果自负，也不堪设想！"

田丽芳听殷校长这么一说，大吃一惊。她想，难怪强天强说他会连累她田丽芳的，还真的给他言中了。田丽芳对殷校长的观点不敢苟同，但考虑殷校长是校长，代表一种权力，怎么办呢？田丽芳冷静地思索了一会儿暗暗说，你们搞阴谋，田丽芳就跟你们玩阳谋。为了保住这个教书的饭碗，她只得暂时听从强天强的话，依了强天强，先断绝关系，不过是暂时不来往呗，强天强也不会怪罪她田丽芳的。田丽芳心里只有强天强，等到什么时候，田丽芳都等着他强天强，绝不后悔。你们这些别有用心的人又不是田丽芳肚子里的蛔虫，能知道田丽芳是怎么想的，有什么打算？田丽芳的事情只有田丽芳自己知道。强天强你等着吧，田丽芳是说一不二的，说得到也一定能做得到，你就放一百二十四个心吧！

人民公社化以后，王左成了徐村大队的大队长，他儿子王闯是前村生产队的队长，也就是徐村大队二队的队长。三年困难时期，他们父子二人没有外流他乡，大概他们父子二人是"近水楼台先得月"，人家挨饿，他们父子没有饿着，否则，他们也不会安心待在徐村家里的。王闯比田丽芳小两岁，生的头大脸大，脸上堆满了横肉。他做事麻木，喜欢横冲直撞，村里人都叫他"闯王"，谁都不敢招惹他。王闯跟田丽芳都是前村生产队的。现在强天强是个大右派，正在蹲大牢改造，田丽芳总不能嫁给一个大右派劳改犯吧？王闯看到田丽芳长得水灵秀气，是徐村不多见的漂亮女子，又有一份人人羡慕的稳定工作。虽然田丽芳比他王闯大两岁，但又不是"女大三动刀斩"，大两岁不管事，"女大男胜老娘"嘛，这样王闯就动了色心邪念。王闯哀求他父亲王左，凭借手中的权力和一张老脸托人去替他说亲做媒，他多么想娶了漂亮的田丽芳啊！王闯想，田丽芳虽然是个有知识的小学教师，他王闯只有小学二年级的程度，好歹他还是个生产队长，就算不是门当户对，也还是蛮般配的！

王左大队长考虑再三，觉得如果这门亲事能搞成功，那倒是一桩笑不动的好事，这个儿媳妇是打着灯笼也找不着的。王左想到了徐村小学的殷政国校长。殷政国校长身为徐村小学的校长，有很多事要听徐村大队长的。王左托他办的事情，既不好推托，也不好意思推托，就满口答应下来了。殷校长也深深知道王闯和田丽芳这两人有点不般配。王闯性格莽撞，有点瞎撞蛮闯，人品又不出奇，文化又低；田丽芳是个非常稳重的知书达理的姑娘，有智慧又漂亮，跟一个土包子在思想性格上怎么合的来呢？这不是给我殷政国出难题吗？当然，殷政国也只能试试看，不成功也怨不得殷政国校长了。殷政国校长考虑来盘算去，还是决定分两步走。第一步是先让田丽芳跟右派分子强天强划清界限，断绝关系；第二步再谈做媒提亲的事情。

殷政国校长没有想到，他的第一步实施得那么顺利，目的达到了。据他观察，最近一个阶段，田丽芳不去右派分子强天强家了，看来真的是和右派分子强天强一刀两段了。殷校长想想也应该这样，一个天真无邪的漂漂亮亮的姑娘，找个什么人找不到呢？偏偏要找一个坐过大牢的右派分子劳改犯呢？殷政国校长不负重托，琢磨着实施他的第二步方案了。有关做媒提亲的事刚一开口，田丽芳就大声惊叫了起来说：“哎哟喂，我的天也，殷校长简直是拿田丽芳开心啰！”

殷政国校长扳着脸一本正经地说：“我说的是真话，也是受人之托！”

田丽芳也扳着面孔郑重其事，态度十分严肃地说：“请殷校长自重，别再提这种事了。田丽芳年龄虽不大，可在这方面受到的打击和委屈太大，也太惨重啦！”

“早点找一个归宿，不就解脱了吗？”殷政国校长笑盈盈地说。

“我田丽芳目前不打算嫁人！”田丽芳很不高兴，也毫不客气地站起身来了。

“我看王闯还不错，又是生产队长，你好好考虑一下。”殷政国校长不死心地劝告田丽芳说。

田丽芳听到王闯二字，非常生气，理也没理殷校长，就气呼呼地出门走了。

殷政国校长也无可奈何。从那以后，就再没有向田丽芳提起过那种事。

田丽芳回到家中，那个嬉皮赖脸的王闯已经坐在她家里跟她母亲田嫂在闲聊。王闯见田丽芳回来了，欣喜欲狂地站起来殷情地说：“田老师你好啊！”

“王队长稀客嘛。”田丽芳回敬了一句，但眼睛看也没有看王闯一眼，就进了自己的房间，“通”的一声关上了房门。

王闯像只久饿的馋猫一样，馋巴巴地盯视着田丽芳房间的门口，连跟田嫂说话都心不在焉了。王闯是多么希望田丽芳出来陪他坐坐说说话，或是出来一下，让他再看一眼，心里就舒服多了。可是田丽芳就是不出来，不照面，真把王闯急坏急死了。王闯又像意大利奔牛场上的耍野狂奔的蛮牛一样，东奔西蹿，横冲乱闯起来。他冲着田丽芳的房间大声嚷嚷着说，强天强那小子，不知天高地厚，认识几个字，以为自己能说会道，就大着胆子给领导提意见，结果弄来一顶右派分子的帽子，蹲了大牢。这顶右派分子的帽子，同反革命分子的帽子一样，就是在棺材盖上也翻不了身呀？看来是要带到棺材里去了。这样的人还自不量力，还想得美，还想娶老婆呢？就是三个腿的蛤蟆也不肯嫁给他呀！谁愿意受他的连累呢？那样不苦一辈子呀！王闯说着把眼睛夹夹，朝田丽芳的房间看看，分明是把这一番话说给田丽芳听的。接着王闯又嘻嘻地笑着说，听说田丽芳姑娘已经跟强天强那小子断了关系。断得好，不断绝关系会连累田丽芳老师的，还要把田丽芳老师的铁饭碗砸碎打破呢！王闯说着又得意忘形地用他的小眼睛瞅瞅田嫂，想看看田嫂有什么反应，持什么态度。田嫂只是耷拉着脑袋不做声。王闯进一步说，田丽芳姑娘生的漂亮，又有知识，人又好，找个人家还不容易？应该找一个好对象，家庭成分好的，历史清白的。

田嫂急忙说：“田丽芳暂时还不打算找对象。”

“那怎么能行呢？”王闯装出一本正经的样子说，“男大当婚，女大当嫁嘛！”

“我家田丽芳还小呢，不急。”田嫂淡然地说。

“不小了，女孩子大了——”王闯是想说女孩子大了不好嫁，但他没有说出口，只说，“大了不好。”

田嫂知道王闯想说什么，也没往心里去，只是笑了笑没有作声。

“我跟田丽芳姑娘介绍一个吧！”王闯冒冒失失进一步说，“包她满意。”

田嫂不由自主地问道：“是谁？”

“远在天边——”王闯装出不好意思，羞答答地低下头摆弄着手指说，“近在眼前。”

田嫂听了感到很愕然。她想，凭你王闯这样的尸形假影的样子，还想吃天鹅肉？田嫂立刻镇定下来，显出泰然自若的样子没有作声。

田丽芳在房间里听王闯这样胡说八道，气不打一处出了。田丽芳冲出房间，大声呵斥道：“王闯，你别异想天开，白日做梦！你快给我走人，我田丽芳不欢迎你！”

王闯听了仍然不动神色，竟然厚颜无耻，干脆朝地下一跪哀求道：“丽芳姑娘，求你嫁给我吧！你不答应，我就不起来！”

“滚，滚，滚！我不嫁人，不嫁！你给我滚蛋！滚！”田丽芳气冲牛斗地夺出门走了。

王闯跪了一个时辰，田嫂也不理不睬他。王闯自觉没趣，就自己爬起来，拍拍身上的灰尘怏怏不乐地灰溜溜地走了。

四十五

强天强的母亲紫芸认为，儿子强天强真有运气，三年困难时期，他都是在监狱和劳改农场度过的。虽然名声不好听，但也没有饿着。强天强五年的刑期不短也不算长，不知不觉中也就到了。强天强在监狱和在劳改农场的表现都不错，释放出狱是不成问题的。听说强天强要出狱了，狱友们都为他高兴，有的还托他带口信给自己家里人，告诉他们家里人他们在监狱中很好，虽然劳累一点，但没有饿过肚子。他们要家里人放心，希望家里人坚持熬过三年困难时期，以后会好起来的。

沈默语教授心情更复杂，他既舍不得爱徒强天强离开他，又希望他的得意门生早点出狱。沈默语教授为爱徒强天强感到非常高兴，他的爱徒强天强出狱的这一天终于到来了，这完全在他的意料之中。世上没有不散的筵席嘛，爱徒强天强走就走吧，早走早好。沈默语教授循循善诱地告诫他的得意门生强天强，虽然出狱了，但这顶不大不小的，却很沉重的右派分子的帽子还像泰上压顶一样地压在头上，出去了还是要受到地方上的管制的，日子也不一定比在监狱里好过，行动也不会有多自由，做事说话都得小心谨慎，不可随便乱说。如果闹得二进宫麻烦就大了。沈默语教授还说，出去以后，还是要在政府的监督下劳动改造的，你是右派分子嘛，右派分子就是反革命分子，反革命分子就得要管制。到那个时候，你不管有多么艰难，不管有多累，条件有多差，困难有多大，晚上别忘了刻苦学习，奋发攻读。你掌握了雄厚的知识和熟练地运用知识的基本技能，将来就有了立足的本钱和本领。要记住，千万不可耽误，不能荒废，大展宏图的日子总会到来的。

沈默语教授的一番刻骨铭心的话，强天强深深地铭记在心，并暗下决心，一定要按照他的恩师沈默语老教授的诚恳教诲不折不扣地去做。当然，强天强也打心里深深地感谢沈默语教授。强天强的眼眶红润了，心里也酸酸的，像灌了酸醋一样。强天强真有点舍不得离开他的恩师沈默语教授，他恳请恩师沈默语教授要宽心养神，要保重身体，一定要挺过活着出狱。强天强将等着恩师跟他一道重返学院，再展宏图。强天强认为，恩师沈默语教授所遐思向往的科学的春天一定会到来。到那个时候，沈默语教授还是强天强的恩师，永远的恩师。强天强永远是恩师沈默语教授的学生，永远是恩师沈默语教授的徒弟。

强天强背了他的行囊，同狱友们一一握了手，同沈默语教授他的恩师相拥而泣，良久不离不散。最后，强天强依依惜别地告别了他的恩师沈默语教授，跨出了监狱的大门回到了徐村。

强天强怀着十分激动的心情来到了徐村大队，把他的出狱手续凭证交给了王左大队长。王左大队长看了诡秘地笑了笑说："你是右派分子，还是人民的敌人，你回来以后，要接受群众的监督，好好地老老实实地接受劳动改造，要悔过自新，不得有不规行为。"

强天强听了王左大队长的训话后，只得点头表示愿意接受群众的监督改造。他想，他回来了虽然能同母亲团聚，早夕相处了，可以关心照顾年老体弱的母亲了。可是，还不如在监狱省事省心，今后的麻烦恐怕也不会少。恩师沈默语教授告诫他的话不时地在他耳边响起……

强天强走在回家的路上，看热闹的人也不少。人们没有跟他答话，一个个像见到鬼似的，鬼鬼祟祟，指指点点，议论纷纷。各种各样的形态表情都粉墨登场了。有的朝他撇撇嘴；有的朝他挤眉弄眼；有的窃窃私语议论着，脸上还显露出一丝轻蔑的皮笑肉不笑的神情；有的指指点点像是责骂他一样……此时此刻，强天强身上像着了芒刺一样，心头像有无数只蚂蚁在叮咬他那样难以忍受。强天强感到非常愧疚伤心。他想，人家管有义和田勇回乡进村，一定是衣锦还乡，又露脸又风光；可是强天强回乡进村是戴着一顶泰山压顶的让他喘不过气来的右派分子的帽子，这是带着罪还乡进村的，他是带着羞愧耻辱还乡的。强天强心里很不是滋味。强天强想，娘呀，儿子强天强不孝，给你老人家丢丑现眼啦！此时此刻，强天强恨不得在半路上就跪地以膝代步行走，就是磨破皮，血肉模糊，也得向母亲紫芸谢罪，向强家的列祖列宗谢罪！

强天强惶怵不安地回到家里，母亲紫芸已经在门口翘首以待，迎接儿子强天强的归来。强天强见到母亲廋了许多，也苍老多了，心里一阵酸楚，眼泪顿时如瓢泼大雨一样簌簌流淌下来。强天强哽哽咽咽地喊了一声："妈！"

"哎。"母亲紫芸答应着也流下了伤心的眼泪。

强天强"扑通"一声跪在了母亲的面前；母亲立刻弯下腰来与儿子强天强相拥而泣。他们母子两人拥抱在一起良久，良久……

母亲紫芸紧紧地搂着儿子强天强泣不成声地说："回来就好，回来就好。"

强天强伤心愧疚地说："娘，孩儿不孝，给你丢脸现丑了，让你老人家受苦啦！"

母亲把儿子强天强扶站起来心疼地说："娘心里有数，不说这些，娘看到你就高兴，回来了好，回来了就好。"

村里的大人们倒也知趣，没有跟着看热闹看笑话，然而，强天强的身后却跟来了一群不晓事的看稀奇凑热闹的孩子。真是童言无忌，他们不管你受得了受不了，操着稚嫩的童音，尖着嗓子，毫不掩饰地大声的纷纷议论。有的说是个大右派；有的说是个反革命；还有的说是个大特务，大坏蛋……

管田看到孩子们在凑热闹，像看笑话一样在你一言我一语地瞎说一气，就大声把孩子们骂走吓跑了。

田丽芳站在远远的地方，强忍着心酸的眼泪，朝强天强投去了微笑，只有这双眼睛传递来了安慰和信任。田丽芳用眼神和表情表达了她要说的话，你们别说强天强是个右派分子，将来他一定是个大学问家。眼下在这众目睽睽之下，田丽芳只能跟强天强保持一定的距离。这样做是保护强天强，也是保护田丽芳自己。"留得青山在不愁没柴烧"嘛！

管田握住强天强的手关心地说："回来好，在生产队里做做，没苦吃。"

强天强觉得管田队长的话很温馨很亲切，他紧紧地握住管田的手，久久不松手。真是"此时无声胜有声"。强天强以脉脉含情的眼神，表达了他深藏在内心的，对管田队长对家母的关心照顾的感激之情。

强天强和母亲紫芸母子两人吃过晚饭后，母亲看着儿子强天强，感觉儿子强天强没有废，身子还是棒棒的，也就宽心得多了。母亲紫芸问儿子强天强，这些年来在监狱和劳改农场苦不苦累不累，每天能吃饱饭吗？儿子强天强笑着回答母亲说，有累就有苦，不过他吃得了苦，也熬得住累，饿倒是没有饿着。

母亲紫芸突然问道："去年你来要过钱和粮票吗？"

"没有啊。"儿子强天强有点莫名其妙了。

母亲"哦"了一声说："去年春天，有一个男人来，给你带去二十斤粮票和二十块钱，说是你要的。"

儿子强天强吃惊地问道："是谁？没有这回事呀！"

母亲诧异道："那人说你吃不饱，也缺钱花。他说是你托他到家里来要的。"

"没有啊！"儿子强天强惊呼道。

"当时家里哪有钱和粮票呢？娘急了就去田嫂家去借，田丽芳知道了，就将钱和粮票暗暗塞给了我。”母亲接着说，“那人说，他跟你是一起的，他先出狱，你就托他来家里要的。我信以为真，就将钱和粮票给了他，让他送给你。”

“妈，你上当了，那是个骗子，你被骗了。”强天强苦笑着不无惋惜地说。

母亲紫芸听了感到很愕然不解，也很气愤悔恨。她想，人家都这样了，好你个千刀万剐的骗子，还来偏我们这些可怜的人，这也太没良心，太缺德了。母亲感到很可惜，在那种情况下，大家都吃不饱，都饿着肚子，拿出二十块钱和二十斤粮票可不是个小数目，也不是非同小可的事。

强天强哭笑不得，世上竟有这样的骗子？强天强还是头一回听说，也就让他碰上了。他深深感到田丽芳一惯关心他体贴他，真苦了她啦！二十斤粮票和二十块钱，在那样的困难时期，田丽芳要省吃俭用多少日子才能结攒得起来哟？虽然强天强没有收到，被人偏去了，但田丽芳的这份人情比天大，比海深，强天强这辈子能忘吗？

“田丽芳姑娘是个好姑娘。”母亲紫芸深情地说。

“妈，正因为田丽芳是个好姑娘，我不能害她，你要劝劝她让她找个人吧，不要等我了。”强天强情真意切地说，“我强天强是个戴罪之人，一个右派分子，连鬼见了都离我们三尺远呢，我怎么能耽误她的青春，毁了她的前程呢？”

母亲紫芸的眼眶红润了，她哪里舍得下这么好姑娘呢，听了儿子强天强这么一说，她半晌没有吭声……

“我头上的这顶千金重的右派分子的帽子，还不知道到哪年哪月哪日才能摘掉呢？”强天强非常着急地说，“这顶右派分子的帽子不摘掉，就谈不上那事……”

母亲紫芸仍然流着眼泪不作声。

强天强有苦难言，他无论如何不能害人，不能连累田丽芳，不能毁了田丽芳的美好的青春。强天强拜托他的母亲一定要跟田丽芳说清楚讲明白，强天强不这样处理，良心上会受到责备的！

母亲见儿子强天强如此真诚着急，欣然答应了儿子强天强，准备去跟田丽芳说去了。

强天强告诉母亲，像我们这样的家庭，像强天强这样的右派分子，人家屙屎都要离你三尺，就是怕遭到连累。母亲就不能亲自去找田丽芳，那样会被人怀疑遭人暗算而害了田丽芳姑娘的。强天强叮嘱他母亲要暗暗地托五婶跟田丽芳姑娘把事情说清楚，让五婶劝劝田丽芳姑娘。

田丽芳那天被嘻皮笑脸的王闯蛮缠跪求，恬不知耻地想吃天鹅肉，气得几天没有回家过夜。田丽芳跑到五婶家向五婶诉苦，跟五婶通了几夜腿。五婶就趁机跟田丽芳说了强天强的一片诚心善意。田丽芳听了有点不理解，甚至于有点怪罪强天强了。她认为强天强辜负了她的一片苦心，辜负了她的一片真心好意。她认为强天强不该催着她早点嫁人，田丽芳等他强天强还不行吗？田丽芳有点生气了，她让五婶传话给强天强，现在徐村追求她的人很多，有“活闹鬼”徐武，有死不要脸的郭清和吴净，近来又冒出个横冲直撞的“闯王”——王闯，田丽芳倒底要嫁给谁呢？田丽芳就嫁给他们这些人？田丽芳是卖不掉的甘蔗？田丽芳考虑好啦，现在田丽芳绝不嫁人，要嫁将来就嫁给一个大学问家。现在强天强还不是大学问家，田丽芳也不会嫁给强天强，请强天强放心就是了。

强天强获知这一信息后，知道田丽芳都是在讲气话，他也只得苦笑不语，对于田丽芳曲解了他的良苦用心，他心有不安啊！

四十六

王左大队长原来要求管田队长，每天向大队汇报强天强的思想动态和行为表现情况。管田队长认为每天汇报太烦人啦。他建议有情况就立即向大队汇报，每一个月汇报两次，半个月汇报一次。王左大队长也欣然同意了。王左大队长觉得管田分析得也对，一个犯了罪的人，好不容易熬到从监牢里释放出来，他还会自讨苦吃，再二进宫吗？一个月汇报两次也好，免得大家麻烦。

强天强落在管田生产队里，管田很关心照顾他。管田琢磨着让强天强搞副业，让他自己一个人搞，免得跟大家在一起，弄不好还要受气，人多嘴杂嘛，一个人处人做事哪能做到个个满意呢？于是管田队长就捉了几十只鸭子，专门叫强天强去管理放养。强天强真的交了好运。强天强在他的人生道路上运气并不好，但他也交了不少好运。他出生时，母亲昏死过去了，谁还顾得了他呢？他在脚盆里已被冻得气息奄奄，是五婶把他抱起来，放在自己的怀抱里将他捂缓过气来，救了他一条命；那年徐村遭受到了天花瘟疫，强天强出天花已经死了，是徐泰安老爷子用秧蓝把他从小鬼滩背了回来，他才奇迹般地活了过来；读私塾时，他遇到了私塾馆的徐老先生对他的关心爱护，给了他启蒙教育，给他传授了知识；在大学里，他又遇上了恩师沈默语教授，在沈默语教授的循循善诱的教诲下，他获益匪浅，奠定了扎实的基础知识的基础，也学会了研究课题的基本技能，为他今后做学问奠定了坚实的基础；他还遇到了田丽芳这样的知心掏肺的好朋友好同学，受到了她的关心和无私的帮助，强天强有苦，田丽芳抢着替他分担，强天强有困难田丽芳就想办法帮助克服；现在强天强出狱了，又遇上了管田队长这样的好队长，管田队长时时处处都关心照顾他。这些都是强天强在人生道路上遇到的好运。没有这些好运，强天强就不可能活到今天；没有这些好运，强天强就不可能克服重重困难渡过难关；没有这些好运，强天强就不可能获取如此扎实丰富的科学知识……强天强相信，他的后半生虽然不能保证他不会交上噩运，但他肯定也会交上不少好运。强天强管理饲养鸭子很认真负责。他善于思考，勤于探索研究。他养的鸭子长得很快，一只只鸭子长得屁股坠坠的，走起路来像老太婆一样一摇一摆的，好像走不动了，好玩可爱极了。强天强把他的鸭子训练调教得非常听话，他只要把用来赶鸭子的竹竿朝地上重重地一插，所有的鸭子都昂起头来看着他的一举一动，听候他发号施令；强天强只要一声吆喝，鸭子们就煽动着翅膀朝他飞扑过来，真是神极了，妙极了。

强天强养鸭子动了不少脑筋，下了许多功夫。强天强在饲养黄毛小鸭子时，他不畏苦累，不嫌脏臭，经常挑着粪桶到人家茅厕里去打捞蛆虫用来喂养黄毛小鸭。黄毛小鸭见到鲜活的蛆虫这样的食物，高兴得活蹦乱跳，狼吞虎咽地吞食，长得风快，只十来天就脱了黄毛。有人见到强天强打捞蛆虫喂养鸭子，就风言风语地嘲笑他。说什么一个大学的先生，一个大知识分子，整天到晚闻着臭气，跟臭不可闻的粪便打交道，当初就不应该读书上学，更不必上大学，把钱都花糟了。他们强家人一定是前世作了孽，才落到这样的下场的。强天强听了不以为然，他认为做事就得认真，认真了什么事都能做好。养鸭子不仅要认真，而且还要讲究科学性。这些蛆虫的蛋白质的含量很高，营养丰富，做鸭子的饲料肯定是上上等的，而且还能减少苍蝇的滋生繁殖，泛滥成灾，我们何乐而不为呢？什么肮脏不肮脏，屎臭不屎臭？强天强是来劳动改造的，又不是来享福的，况且，强天强的祖祖辈辈都是跟粪便打交道的农民，强天强就不能？真是少见多怪！

后来鸭子养的多了，发展到一两千只，强天强可不能马虎大意了。他特意买来了饲养家禽的书籍，一个晚上就如饥似渴地看完了，还摘落了一些要点。这样还不行，强天强又去拜访了放养鸭子的师傅。强天强从他们那儿获取了一些养鸭子的常识、经验和技术，懂得了一些放养鸭子的窍门。强天强放鸭子前，由于鸭子多，他必须探路子打场子，每个通道必须细心踹点查看。如果场子里有腐臭的死的牲畜，这个场子就不能用；如果通道上有新入葬的坟墓，这条路就不能通行，必须改道绕行。因为鸭子非常娇贵，一旦闻到腐臭味，就会发摇头瘟，大批大批地死去，这可是不得了的事情。其损失之大，强天强可要吃不了兜着走了。

生产队里的鸭子养的多了，强天强一个人是忙不过来了。管田队长考虑准备派人去帮忙，做强天强的副手。强天强非常为难，他想，强天强是个受管制的右派分子，万一派人来了，他怎么管呢？能管吗？管的了吗？出了问题，强天强负的了这个责任吗？强天强考虑再三，还是希望管田队长将他母亲紫芸派来当他的助手。那样，儿子吩咐自己的母亲的事情，母亲不会不听，儿子要母亲做的事情，母亲不会不支持。再者，鸭子已经下蛋了，他三一回，五一回，要外出推销鸭蛋，否则，时间放长了，鸭蛋也会变质坏掉的，这个损失也不会小，这个责任又要算到右派分子强天强的头上了，强天强受得了，担待得起吗？要是他母亲做帮手，他隔三岔五地安排母亲在场子里管理喂养一天或是半天鸭子，他就可以放心大胆地抽身外出推销鸭蛋了。强天强要求管田队长考虑他的苦衷。管田队长听强天强说得很有道理，认为强天强不愧是个高级知识分子，想得周全说得到位，就答应了他的请求，将他的母亲紫芸派去当了他的助手。

强天强当然很高兴，也觉得管田队长善解人意，他非常感谢管田队长。强天强和他母亲母子二人，就在徐村的芦荡里开辟了一片养鸭场。他们又搭建了一个简易可行的养鸭窝棚。从此他们母子二人就吃住在这个鸭棚里，全身心地投入到养鸭事业上来了。他们母子二人生活虽然苦一点，但他们不觉得苦；工作虽然累一点，但他们不觉得累。强天强整天乐乐呵呵地喂养侍候他的心肝宝贝鸭子。

几天下来，他们捡回来了不少鸭蛋。强天强同他母亲说了一声，交代了一些事情，怀着一种丰收的喜悦，挑着白色的和绿色的鸭蛋到城里去卖了。谁知强天强的鸭蛋不愁卖，他有许多同学，也有不少学生，他们看到同学或是老师在推销鸭蛋，蜂拥而至，打过招呼，二话没说，几个人就把两筐鸭蛋抢购一空。有的人没有买到，就高声喊着：“强师傅，再给我们送些来!”

“好啰，三五天准来!”强天强高兴的大声地答应着。

强天强走在回家的路上暗暗发笑。他原来是大学的一名教师，学生都喊他强老师，人们也称他老师，现在竟然有人称他为师傅了。不过，老师跟师傅差不多，强天强不是把沈默语教授也喊作师傅吗？他觉得养鸭也是有讲究的，也要应用科学知识，要科学养鸭。人们不是常说“三百六十行，行行出状元”嘛，这养鸭也能出状元。如果强天强在这个养鸭事业上，经过多年的磨炼和探索，摸清养鸭的某些道理，探得一些规律，说不定还能写出一部关于养鸭的科普书籍来呢！这时，强天强又不觉笑话自己了，强天强你简直是痴心妄想，一个右派分子，是个反革命怎么同专家学者划等号，相提并论呢？这不是异想天开吗？

强天强回到鸭场后，立刻让他母亲把销售鸭蛋的款子如数送到生产队会计那儿入了账。管田队长很高兴，预计强天强的鸭场将给生产队创造不菲的财富。管田想，这么好的人，这么有能力的小伙子，怎么就划到敌人一边去了呢？会不会是弄错了？他老子强震虎也是个好人，是被冤屈死的，可不能冤屈人家的儿子强天强呀!

强天强很会用心计，他为了省得他母亲东奔西跑地去赶鸭子，就特意养了两条狗，经过训驯养和调教，小黄和小花都很乖巧，也很灵巧。牠们不仅能帮着驱赶鸭子，而且还能夜守鸭场，凶猛的吠叫声，连野猫和饿狼也不敢靠近鸭场。这样强天强和他母亲省心多了，也宽心多了。

强天强一边养鸭放鸭，一边劳动改造。他为后村生产队创造了财富，但他也没有忘记沈默语教授，他的恩师的忠告和循循善诱的教诲。在任何困难的条件下，在极其艰苦的环境中，他都不忘学习攻读。每天晚饭后，他就默默地坐在煤油灯下，刻苦学习，困了就打盆凉爽清纯的溪水擦擦脸，醒醒脑继续苦读，一直到深夜十二点才休息睡觉。由于强天强勤勉好学，他养鸭和学习两不误，获得了双丰收。

强天强是右派分子，他的劳动属于劳动改造，是没有报酬的，仅供给一些生活费。对此，强天强不计较，也没有理由计较，谁让你是右派分子呢?他母亲是个女流之辈，年岁也大了，其劳动所得也少得可怜，家庭生活十分困难。强天强喜欢学习，酷爱书籍，也需要买些书。可是，这笔款项只能靠他们母子两人省吃俭用。这诚然是不够的。强天强脑子活，善于想办法。夏秋之季，他在放鸭子时，就在路边地头采摘些夏枯草；冬闲之时，他就敲打一些乌桕树果子，这样可以变卖些钱，购买一些他需要的书。强天强孜孜不倦，如饥似渴地学习掌握了深刻丰富的知识，练就了一套驾驭知识的才能，奠定了他将来成为一名大学问家的坚实的基础。

强天强不甘心，也不死心，他觉得自己是无辜的，实在是有点冤屈。他相信，他的问题将来一定会弄清楚的，会有说法的，会还他本来的面貌的。不过，这要等待时间。他还年轻，他相信他一定能等的到。他也相信，沈默语教授，他的恩师所遐想向往的“科学的春天”一定会到来。强天强也一定有大展宏图的一天。这些就是支撑他强天强疯狂刻苦学习，潜心研究的动力!

四十七

好运和噩运往往是交替来临的。所谓“福兮祸矣，祸兮福矣”，这句话一点也不错。人有时候，往往就是在好运中遇到噩运，噩运中又遇到好运，生活中充满着辩证法，强天强交了一些好运，现在又交噩运了。

强天强把这批养成功的鸭子销售出去了，准备回家休息几日，顺便跟管田队长商量一下怎样放养下一批鸭子以及放养的规模。强天强和他母亲紫芸从鸭场窝棚高高兴兴回到徐村，把销售鸭子的款子如数交给了后村生产队会计，就回自己家中去了。

前村生产队的队长王闯，做事向来就麻木，不知横竖，是个我行我素，蛮缠胡搞的人。王闯曾经嘻皮赖脸地跪求死追蛮缠过田丽芳，结果碰了钉子，吃了瘪，讨了个没趣。他一直不甘心，一直耿耿于怀，怀恨在心。王闯把满腔的怨气都移植到强天强身上了。他想，既然上天降生了一个王闯，为什么还要降生一个强天强呢？他似乎要跟强天强势不两立了。王闯总觉得田丽芳表面上跟强天强不来往，见面不说话，但实际上他们还是藕断丝连，暗里传情。强天强是个大右派，明明是个反革命分子，现在又遣返回徐村来监督劳动改造了，田丽芳为什么还一心向着右派分子强天强呢？王闯百思不得其解，也感到不可思议，当然也很嫉妒。大权握在我王家之手，你强天强一个右派分子带罪之人，你就是一个闹翻天空的猴子，也逃不过如来佛的手掌心。王闯在失意失恋之时，心里一直郁郁不乐，他跑到城里散心去了。王闯在城里待了几天，看到了一些新鲜事情，也学了乖来了。他认为强天强头上这顶泰山压顶的右派分子的帽子一天不摘掉，王闯就有办法整他。王闯决定要把强天强搞臭，让强天强成为徐村人人喊打的过街老鼠，迫使田丽芳死了这条心，离开强天强另择夫婿。到了那个时候，王闯再下套蛮缠死追，只要好事多磨，不怕田丽芳不上钩不进网！王闯打着如意算盘，做着黄粱美梦窃窃地笑了。

王闯听说强天强从鸭棚回来了，就带着几个人喊着口号朝强天强家来了。

他们打头阵的是王闯，郭清，吴净和徐文紧随其后，贡二愣子也好奇地参与进来了，当然他们的后头，也跟了一些看热闹的不明真相的村民。

强天强知道他在劫难逃，他要挨整了，这是在他的预料之中的……

四十八

苦难的日子终究是要结束的，一九九七年国家恢复了高考制度。县城中学知道徐村的后村生产队还藏着一个出色的人才。县城中学就下了聘书。聘请强天强到县城中学去上辅导课，辅导老三届的毕业生参加高考。管田队长看了聘书后，非常激动，也非常高兴。管田队长虽然也舍不得强天强这孩子离开后村生产队，但他想，强天强是一匹骏马，是骏马就应该放归草原，让他自由驰骋。管田队长决定后村生产队暂时就不养鸭子了。他认为强天强的前程要紧，让强天强出去闯荡，属于他的春天到了，让强天强到和煦的春风中去沐浴，在大好的春光里尽情地绽放吧。

强天强到了县城中学，虽然他头上的那顶右派分子的帽子还没有脱掉，但气候变了，他已经感受到了科学的春天到来了。他到了中学如鱼得水，工作起来得心应手。他一边辅导学生复习迎考，一边又刻苦钻研学习，当然也开始着手他的课题研究，着手著书立说了。强天强想，一旦他的右派改正了，这顶戴了近二十年的倒霉的重于泰山压顶的帽子摘掉了，甩掉了，他就自由了，就可以发声了。强天强要向世人、向社会，甚至于是向世界展示他的才情，公示他的论文著作，为国家效力，为人类作贡献。这是强天强立下的始终不渝的远大意愿和抱负；也是强天强梦寐以求的宏伟理想。

代课期间，强天强拿钱不多，只有一些代课费，但比以前劳动改造时只给生活费好得多了，他也满意了。他和他母亲紫芸都饿不着肚子了。

这期间，强天强没有忘记他的恩师沈默语教授，他抽空到劳改农场去探望过沈默语教授，他的恩师沈默语教授见到他，与他热情地拥抱。他的恩师沈默语教授在他耳边悄声说："科学的春天来了，是你大展宏图的时候了。"

强天强笑着答应着，深情地点点头。其实强天强早已感受到了"科学的春天的到来"的气息。他觉得他的恩师沈默语教授虽不是神仙，但他却有先见之明，实在了得，令人佩服！

狱友们都问强天强出狱回去后的情况。强天强毫不避讳地把他在农村中受到的不堪忍受的折磨；遭到的不堪启口的羞辱，都一一地告诉了大家。对于徐村王闯他们卑鄙无耻的折腾和残忍龌龊的做法，狱友们发出一片嘘声；对于强天强遭遇到的不堪忍受的兽刑，都表示一致的同情。沈默语教授说："这是在预料之中的事。不过，根据报纸上的信息，我断定我们这些被错划的右派分子，大有改正的可能。我们还有可能在狱外再见面的机会呢！强天强呀，你就等着吧！"

强天强和狱友们都显出一种极其兴奋的神情，他们都盼望着这一天的早日到来。

"我在外面也感受到了。"强天强很自信地说，"不然，我就不可能到县城中学去教书。"

强天强在县城中学教了一年半书，成绩显著，受到了各届的好评。到了一九七九年，这些被错划的右派分子，真的得到了改正，他们头上的那顶沉重的压得他们喘不过气来的右派分子的帽子终于被摘掉了。他们欢蹦雀跃，欣喜欲狂，欣欣然奔走呼告。强天强又回到了大学，他真的遇上了生机勃勃的百花齐放的科学的春天。他的恩师沈默语教授预测的向往的"科学的春天"终于来临了。强天强要借这个好的机遇，乘着这温暖和煦的东风大展宏图了。强天强一时间发表了多篇高质量的论文，刊出了不可多得的重量级的学术著作。强天强很快成了著名的年轻的教授，他真的像田丽芳预测的那样，成了一名大学问家。沈默语教授的心血没有白费，功夫没有白花，自己的学生，自己的爱徒强天强，终于达到了"青出于蓝而胜于蓝"的境界。

强天强的右派分子改正以后，他获得了不菲的经济补偿。强天强已经是四十的人了。他是一个大器晚成的人，看来他也只能是晚婚晚育的人了。

母亲紫芸来信告诉儿子强天强，田丽芳至今还是单身一人，一直痴心痴情地等着强天强呢。强天强看了信后，心情万分激动，也深受感动。他不能做对不起田丽芳的事情。此时此刻，强天强心潮起伏，像微风吹拂着湖面上的碧水一养，漾起了一波一波的涟漪，使他回想起诸多往事：强天强想起了他小时候和田丽芳在一起玩耍的情景，他们是那么天真，那么投缘；强天强想起了和田丽芳在一起放牛，在一起唱歌的事。强天强感受着田丽芳在他床前给他擦汗拿药，喂他饮水吃饭的深情；强天强体味着田丽芳与他分担苦痛，共度难关的真情笃意。强天强想起了野山凹的那一霎那；强天强忆起了沟溪田边的那一刻……对于田丽芳的痴情真意，对于田丽芳的至诚真爱，强天强一千个接受，一万个接受，强天强绝不悔改，绝不变心，还是那句老话“海沽石烂不变心”！

强天强立刻给他母亲紫芸邮去了两千元人民币，也给田丽芳邮去了一封表示爱意的长信。强天强在信中请田丽芳协助他母亲紫芸，准备操办婚事，要把婚礼办得十分漂亮风光，让全徐村的老百姓热热闹闹参加他们的盛大的婚庆佳日！强天强说，他要借助徐家祠堂的大厅，大办喜宴，庆贺一下他和田丽芳姑娘的吉日良辰。

那天，强天强从城里回来了，回到了徐村。过去，他曾经以带罪之身，戴着右派分子的帽子，带着羞愧回到徐村。当时，他觉得对不起徐村的父老乡亲；对不起和他早夕相处的，相依为命的母亲；对不起他们强家的列祖列宗；也对不起田丽芳姑娘……那时，强天强觉得徐村的一草一木都在朝他看，都在嘲笑他。他不敢抬头，羞于见人。现在，强天强是衣锦还乡了，他已经是一名著名的教授和学者。他已经为徐村争光了，露脸了。强天强没有愧对养育他的这片土地。此时此刻，强天强对于徐村的一切都感到亲切温暖。徐村的人们已经在村口夹道欢迎他了。强天强频频向徐村父老乡亲们挥手致意，点头问好。……

晚上，徐村的徐家祠堂的中进大厅里，灯火辉煌，大厅被照得如同白昼一般亮堂。大厅里宾客满座，热闹非凡。徐村的大人小孩，男人女人，都来吃强天强和田丽芳的喜酒了。唯独王闯和郭清、吴净、徐文、徐武五人没有照面，他们又不知躲到哪里去喝酒打牌去了。其实强天强是个不计前嫌的非常大气的人，是王闯他们自已不来的，这就怪不了别人了，也许是他们过去做了亏心事羞于见人，或是看到强天强和田丽芳成亲完婚，他们心里难受的缘故吧！

婚宴的主席设在最高的主席台上，这一桌依次就坐的是：强天强和田丽芳；沈默语教授和大队书记杨兴仁；母亲紫芸和田嫂两亲家；管田和五婶夫妻二人；殷政国校长和管有义。田勇当司仪并负责拍摄婚宴照。

这次婚礼是开放式的，没有那么多的俗套。强天强和田丽芳都穿着端庄大方的中山装，也没有刻意化装。强天强站起来放开洪钟大吕般的嗓音说：“徐村的父老乡亲们，今天是我强天强和田丽芳小姐的婚庆佳日，请大家来庆贺庆贺，热闹热闹，如有招待不周之处，请父老乡亲们多多包涵！”

婚宴开始了，强天强端起酒杯大声说，这第一杯酒祭奠他的父亲强震虎；这第二杯酒祭奠早已仙逝的私塾的徐老先生，是徐老先生给了他启蒙教育，开启了他的幼小的孩童般的心智；这第三杯酒祭奠徐泰安老爷子，是徐泰安老爷子用秧蓝把他从小鬼滩背回来，强天强才得以起死回生。强天强把这三杯酒非常虔诚敬重地洒向地面，敬献他们的在天之灵，愿他们在九泉之下安息永远地安息！

强天强把自己的酒杯斟满酒，站起来端着酒杯，十分敬重地走到五婶的面前，他要用这杯酒敬献五婶，感谢五婶在他生命垂危之时救了他一命的救命之恩；强天强又端起第五杯酒，十分恭敬地走到他的恩师沈默语教授身边，对老教授对他的循循善诱的教诲，毫无保留地传授给了他高深莫测的知识，表示由衷的感谢。接着强天强又给他的母亲和岳母田嫂敬了酒，也向桌上的其他人一一地敬了酒，表示对他们的感谢。

徐家祠堂的大厅的台上台下一片欢腾。有人冲着强天强笑着大声说："这下一杯酒，你该敬谁呢？"

强天强看了看田丽芳，笑着说："这杯酒嘛，我当然是敬夫人田丽芳小姐喽，感谢她给了我一个香吻！"

田丽芳咯咯咯的笑声像学校上下课摇振的银铃似的，她拍了强天强一掌说："你再瞎说，看我不打烂你的嘴？"

此时此刻台上台下掌声一片，叫好声不绝于耳。徐家祠堂的大厅里呈现出一片祥和温馨的气氛。

强天强哈哈哈地笑得前仰后合，欢心甜蜜地跟田丽芳臂勾臂腕套腕喝了交杯酒。强天强又给田丽芳和自己斟满了酒，举起酒杯挽着夫人田丽芳走向前台，郑重其事地说："这才是最后一杯酒，我们要用这杯酒跟徐村的父老乡亲一起干，庆贺我和田丽芳双喜临门！"

徐村的父老乡亲们听了，一个个面面相觑，莫名其妙。大家想，今天明明是强天强和田丽芳小姐完婚成亲的喜庆佳日这一喜，哪来的双喜临门呢？徐村的父老乡亲们有点丈二和尚摸不着头脑了，在百思不得其解的情况下，开始议论纷纷起来了。有的说，强天强的右派分子的帽子摘掉了也是一喜；有的说，可能强天强加工资了；有的猜想，强天强一定是当了官了；有的说，强天强出了书，发表了论文不也是一喜吗？还有的说，要么是强天强的母亲紫芸跟沈默语教授结成对了。真是众说纷纭，不一而足。

强天强拉住田丽芳的手再向前台走了两步，面对徐村的父老乡亲们笑盈盈地朗声说："我和田丽芳小姐两个有情人终成眷属，今日完婚成亲，这是一喜；过去我强天强没有能加入中国共产主义青年团，现在我强天强已经加入了中国共产党，成了一名光荣的共产党员，实现了我梦寐以求的理想，这也是一大喜事！所以我们就用这杯酒庆贺强天强和田丽芳双喜临门。"

这时候，徐村的父老乡亲们才恍然大悟，一个个喜形于色，高举起酒杯以表示庆贺。

强天强大声对台下的父老乡亲们宣布说：“婚宴现在开始！请父老乡亲们喝好吃好，要吃得尽兴，喝得开心，一醉方休！”

霎时间，婚宴场上，杯盘碗筷叮叮当当响个不停，室外的鞭炮声，室内的划拳声、劝酒声、说笑声，夹杂着人们喝酒的吱吱声和吃菜时的咀嚼声汇成了一片……

徐村的父老乡亲们高高兴兴，开开心心，热热闹闹，吃菜喝酒，谈笑风生，一直到晚上十二点才纷纷散场……

四十九

强天强是一个饶有名气的有突出贡献的学者、科学家，是一名光荣的共产党员，也是一个事业心很强的人。他成亲完婚后，没有休婚假，而是把夫人田丽芳带到他的学院来休婚假，他自己照常每天孜孜不倦地给学生上课。强天强讲课跟他的恩师沈默语教授一样，讲解透彻，分析深刻，那幽默风趣的讲课的风格，旁证博引的论证思路，给学生的印象深刻，容易记忆。课堂上学生们都瞪着一双渴求知识的眼睛，十分敬重地看着他，聚精会神地听他讲课；学生们都怀着极大的兴趣和乐趣听他分析论证。学生们在强天强的孜孜不倦的耕耘下，潜移默化的影响下，学得主动灵活，很快就掌握了牢固的基础知识，像这样教授下去，能不出人才吗？

强天强虽然是四十岁的人了，但他在他们学院是名气最大，年纪最轻的教授、专家学者。强天强的知识面很广，而且掌握得深刻，理解得透彻，运用得熟练。强天强在任何艰苦困难的条件下，在难以忍受的恶劣环境中，他都不忘学习。他牢记他的恩师沈默语教授的循循善诱的教诲，埋头学习，刻苦钻研，在知识的海洋里游泳，在知识的莽原上驰骋，从而收集积累了丰富的资料，掌握了丰富广博的知识，因而在课堂上或是在著书立说时，总能得心应手，游刃有余。

强天强的一生是坎坷的一生，在他四十年的生涯中，他和他的母亲父亲所经受的苦难，遭受到的磨难和打击，是一般常人难以想象，不敢想象的。强天强遭遇到了瘟疫的肆虐，尝够了皮肉之苦，受尽了精神折磨，可以说他是在九死一生中挺过来的。人们都知道“久练成钢”的道理，强天强善于在磨难中学习，善于在痛苦中磨练，他终于铸炼成了一块永不生锈的白锈钢，坚韧而闪亮。

每逢节假日，总有一些学生三五成群地去看望拜访强天强教授，学生们最喜欢听他们的可敬的教授、尊敬的老师，讲他自己的故事。

强天强跟他的学生们讲了他在磨难中出生，抗争中生存，追求中成长的故事，算是告一个段落了。笔者把强天强讲的故事记录下来，汇编成册，也就成了这部长篇小说。

强天强婚后，在学院的领导的关心安排下，把他的夫人田丽芳调进大学当了图书馆的館长。强天强这回开心极了。从此，他可以“近水楼台先得月”了。他要看的书，想查对的资料，只要开一张清单给他夫人田丽芳，夫人田丽芳就可以给他带回来了。强天强用完后又由夫人田丽芳带回图书馆，真是方便极了，省事多了。

强天强是个大孝子，他把他的母亲紫芸也接到学院自己身边来了。母亲紫芸苦了一生，已经六十几岁了，该让她老人家享享清福，颐养天年了。

强天强的恩师沈默语教授的右派分子改正了，右派分子的帽子摘掉了。沈默语教授已经八十多岁了，那年因为老教授经受牢狱之苦，他的夫人在家苦不堪言，伤痛悲哀至极，早就先他而去了。沈默语教授的儿女们都出了国，而且入了外籍。沈默语教授怎么也不肯离开自己的祖国，就孤苦伶仃地一人呆在家中。强天强也把他的恩师沈默语教授接到自己家中，也让他的恩师沈老教授安心舒适地颐养天年，以尽一个学生和徒弟的一片孝敬之心。

强天强家的客厅里的墙壁上挂着两幅照片。第一幅是他的夫人田丽芳搀扶着他的母亲紫芸坐在右边，强天强搀扶着他的恩师沈默语教授坐在左边照了一长相，这张相像一张全家福一样挂在堂屋的一面墙上；第二幅照片是强天强的父亲强震虎在世时，强天强站在他父亲和母亲中间的前排照了一张相，强天强把这张照片放大以后，挂在了堂屋的另一面墙上。

强天强看了笔者记录的这部长篇小说的手稿后，感到非常满意，也非常关心这部长篇小说的问世。强天强把第二幅装照片的相框取下，小心翼翼地将这第二幅照片从相框里取出来，擦拭了上面的灰尘，然后很郑重地交给了笔者，要求在这部长篇小说刊印成书时，就用这张照片作为这部长篇小说的封面画。

见于此，笔者考虑再三，就将这部长篇小说命名为《母亲父亲和儿子》。(镇江市文联重点扶持作品)

2013 年 12 月 22 日完稿

后 记

写作是我的爱好，是我一生的追求，也是我的一种生活方式和情趣，写出来了就自得其乐。读书时，我就喜欢写作，我写过一些地方戏曲剧本，参加乡县级的汇演，获得过奖。

工作后，我仍爱写作，多半是写一些给学生作示范性的散文之类的文章，也写过一些小型歌剧，谱上曲子，拉着二胡，指导学生演唱，参加县里的文艺汇演。当然，我也想写小说，但在当时的应试教育的背景下，身上的担子重，工作繁忙，实在是不能分心，也不敢分心。

退休后，我走在路上，或是坐在家里，或是躺在床上思前想后，过去自己经历过的，所见所闻的一些人和事，一下子鲜活了起来，像过电影一样，在我眼前认现；在我的脑际萦绕。

于是，我就把这些鲜活的故事，鲜活的人和事，经过梳理，取舍加工，典型概括后，移植到小说中的人物身上、塑造了母亲父亲和儿子这样的艺术形象，讴歌他们在难以想象的磨难中坚毅顽强地抗争，在抗争中生存，在生存中追求的人格品质。

我想通过这部小说，让人们从母亲父亲和儿子，在难以想象的不堪忍受的磨难中，能够坚毅地抗争，顽强地生存，不懈地追求的轨迹中得到启迪，从而珍惜和爱护我们今天所处的和谐宁静的生活环境；珍惜和爱护我们今天所处的和平稳定的社会环境，热爱我们的正在奋发图强，蒸蒸日上的繁荣昌盛的富有中国特色的社会主义祖国，为实现中华民族伟大复兴的中国梦而努力奋斗！

《母亲父亲和儿子》这部小说，采用了倒叙、顺叙和插叙的叙事方式，推动情节的展开，描写和刻画人物；以时间为顺序，多条线索纵横交错铺展情节，描写和表现各类人物。小说中人物的心理情感的描写震撼人心，催人泪下；小说中引用了一些民间故事传说、清人药物情书、歌曲等，勾连了情节，表现了人物的心绪，刻画了人物的性格，增强了小说的趣味性。小说的句式简短、朴实流畅，读来朗朗上口。

这部小说的尾声，交待了人物的美好归宿，表达了作者的美好意愿，令人有一种真实感和亲切感。

在此，我感谢镇江市文联和句容市文联，也感谢一切支持这本书面世的所有人。

苑丁

二〇一六年四月于句容